新 潮 文 庫

男 の 系 譜

池波正太郎著

新 潮 社 版

3512

目次

I　戦国篇

II　江戸篇

Ⅲ　幕末維新篇

男の系譜

I 戦国篇

織田信長

父、信秀の位牌《いはい》に、
灰をつかんで投げつけた……

桶狭間《おけはざま》の戦いに敦盛《あつもり》の舞いを舞いながら出て行ったという、あのとき、信長はまだ二十五、六ですね。もちろん今の二十五、六とは違うけれども。あれは何といったか
……そう……。

人間五十年
化転《けてん》のうちにくらぶれば
夢まぼろしのごとくなり
一度生を得て
滅せぬもののあるべきか

この人間五十年うんぬんに信長の信念というか、生き方というか、それが端的に出ているという、まあその通りといっていいでしょうね。信長のやることは、いつも、思いきっていて、人を驚かせる。信長の奇行なるものを数えていったらきりがないくらい……。

斎藤道三《どうさん》の娘をもらって、道三と信長が初めて親子の対面をするときにも、それから、父の信秀が死んだときにも、信長のやることは奇行としかいいようのないものだった。信長が父を失ったのは十六のときで、このとき信長は、乞食《こじき》みたいな恰好《かっこう》をして来て、突っ立ったまま灰をつかむと、父の位牌に投げつけた……。

信長は、子どものころから、そういう男だったんです。これは理屈の上から簡単に解釈はできないことでね。育ちについては、信秀は小さいながらも尾張の一城の主で、その息子なんだから、信長が特別に不幸な、変わった育ちかたをしたとは思えない。天性といえば天性ということもあったろうし……。

いろんなエピソードは伝わっている。しかし、時代が時代だからね、果たして信長が信秀の正夫人の子であったかどうかもわからない……といえないこともない。はっきりと歴史の上に残っている資料がないから。

秀吉にしたって尾張の百姓の倅《せがれ》と片付けてしまえないところがある。新説とか奇説とかいわれるけれども、秀吉はどうも高貴な血筋であったらしいと、その研究をしている郷土史家がいるんですよ。それを頭ごなしに否定することはできないんだ……。茶筅《ちゃせん》まげという、およそ武将らしからぬ髪型で、派手な萌黄《もえぎ》のひもで髪をしばっていたという逸話も、よくあちこちに出て来る。しかし、派手な色というのは当時の流行だから、今の若い男が男か女かわからないような着物を着ているようなものでね。むしろ、変な恰好するのが流行していたんだ。信長だけが変わっていたんじゃなくね。

信長は、いつも汚い恰好してたんじゃないかな。

父親の信秀が死んだあとで、今川義元が京都にのぼって天下をとろうというので、そのときの今川義元と信長じゃ比べものにならない……まあ、どうにもならぬ状態で、自分のほうから降参して義元の下につくのはわけないことだが、そうなれば織田方の体面は一応保たれるんだけれども、それよりも「戦っておれが玉砕するか、あるいは義元の首をとるか」……これが二十五か六のときでしょう？　そういう中で、人間が形成されるということは、これは理屈じゃ説明できない。

始めから天下をとろうと考えていたわけじゃない……

戦国時代というのは、自分の国を守るためには周囲《まわり》をとってしまわなければ守れない、そういう時代ですよ。

　だから、自分の舅《しゅうと》が死んだ後に美濃《みの》の国を攻めとったのは、女房の親父が同族争いに巻き込まれて自分の子どもたちに殺されたので、これ幸いと舅の仇討《あだう》ちということで、その子どもたちをみんなやっつけてしまった。これが、まあ、戦国の定法なんだ。そのときに美濃をとって、岐阜に入って、稲葉山の城を岐阜城と命名したときから、これはなんとか天下をとれるんじゃないか……という気が起きた、と思うんです。美濃は一番京都に近いから。

　桶狭間の奇襲は、せっぱ詰って、もうやってみなくてはわからない……その結果、たまたま運がよかったという感じだけで、これに勝ったら天下をとるぞなんて気はなかったろうけれども。

　そして、それから二十年間、まっしぐらに天下一を目指す。実際、ほとんど天下をとったわけだが、武運がいいということと、自分の本拠が地味が肥えていて大変収穫が多い……これが強みなんだ。濃尾平野という大収穫地帯を領国に持ってしまったということから、軍資金がある。軍資金があるから、戦争しながら城を造ったり、政治をやったり、国を治めたり……戦争と建設と、いっぺんに両方やれた。

　周囲の状況が、非常に恵まれていたこと、それをまた存分に活用した、ということだね。信長の偉さは、この肥沃《ひよく》な大平野の利を土台にしてこそ成り立っていたんだな。

信長の場合は、一つの国を攻めてとると、そこをすっかり管理して、治世を行なって、行き届いてから次へ移る。だから手間どって信長に先を越された。しかし、その点で信玄も偉いと思う。病気で死なないで、あと五年も生きていたら……信長だって天下をとれたかどうかわからない。

そういう意味からも、信長は運がよかった。信玄といい、謙信といい、あと何年か生きていたら……という大物が相次いで死んじゃった。まあ、自分自身も最後にあとほんの少しというところで死ぬわけだが。

信長の地ならしがなかったら、
秀吉も家康もなかった……

信長は、最初から大きな家の息子じゃなしに、いわば最初は小さな十人か十五人の会社の社長みたいなものだった。そのときの独裁をそのまま持って行けたから、あそこまでやれたんで、これが足利義昭と違うんですよ。

足利義昭なんていうのは、本来が大きな家に生まれて、天下とろうと思ってあっちこっちやったけど、やっぱり足利資本という大枠にはめられてしまうから、なかなかそういうことができない。しかも実力のない資本。名義だけの社長だし、まあ、何か大きなことをやれる人じゃないけどね。

信長は、小さい資本で始めたから、かえっていろんなことができた。信長自身、その点をよく知っていてね……だから非常に緻密《ちみつ》で細心で、民政に対しても気を使っている。

信玄にも、謙信にも、始めのうちは下手《したて》、下手に出て交友関係を結んで、相手をなだめすかして……もちろん信玄も謙信も、そんな馬鹿じゃないから、信長が自分たちを利用しようと努めていることは知っていた。

万事承知の上で、利用されている振りして、いずれはと考えていたけれど、寿命が来て信長より先に死んでしまった……。

信長が持っていた若さと、こっちの二人が病気を持っていたということで、大変な差ができてしまった。信長ならではの科学的、実証的な性格、プラグマティズム、そういったものの力も当然ありますがね。

ああいう時代では、信長のような人でなければ天下はとれなかったでしょうね。秀吉が次に天下をとって、それから家康がとる。それも信長時代の地ならしがあったからできたんです。信長があれだけのことをしておかなければ、秀吉にしろ家康にしろ、どうにもならなかったでしょうね……。

信長が、いわゆる偉丈夫だったかというと、背は高いでしょうね。それはわかる。

豪傑みたいな人じゃなかったんじゃないかな。色が白くて……透きとおるように白かった。それでいて筋骨たくましい。

それは若いころから槍《やり》だの弓だの持って戦場をかけまわっていた人だから……。戦陣に出て、夏の陽に焼けてはいたろうけれども、ともかく色は白かったそうですよ。

〝啼《な》かぬなら殺してしまえ〟

実際そういう人だったろう……。

これは江戸時代の何者かが信長、秀吉、家康を諷《ふう》していったことでね、自分でいったわけじゃない。確かに信長は〝啼かぬなら殺してしまえ、ほととぎす〟で、全部自分の思い通りに進めていった。これは岐阜に行ったころだったと思うけど、信長のちょっとした留守に、普段うるさい殿様がいないってんで、女中たちが酒飲んで宴会みたいなことやって遊んだ。帰って来て、信長、その女中たちをみんな斬《き》っちゃった。残酷無慈悲、今でもそういわれていますけれど、その当時の女というのは、今の女よりすごいんだ。御《ぎょ》しがたくてね。

戦国時代の女たちで、武士の女も百姓の女も、年中戦争戦争で気が昂《たかぶ》っているから、絶えず締めておかないと、手綱を弛《ゆる》めたりすると、とんでもない失敗をやらかす。それが信長は身にしみてわかっていたから、ああいうことをする。見せしめのために。

男が出て行った後、女も城を守らなければならないのに、何故《なぜ》そんな気の弛んだことをするか、今は戦時じゃないか、ということで、みんなの前でやる。そういうふうにしていかないと、あの時代の大名の家というのは勝ち残ってゆくことができなかったんだな……。

もう一つの話で有名なのは、自分の同盟者である家康の長男の三郎信康に腹を切らせるという、あれだ。信康の女房というのは、ご存じの通り信長の娘で、その娘が、どうも姑《しゅうとめ》が武田方と内通しているらしいということを知って、家康も知らない、信康も知らないが、その娘が知って、武田を引き入れようとする陰謀があることを信長に通報した。娘は姑が嫌いだから、実の親父に通報したんでしょう。ところが信長は、娘の夫である信康に「腹を切れ」という。家康は泣く泣く信康に腹を切らせるということをしたわけだ。

今でも学者がいうんだけれども、自分の伜の信忠が大きくなったときに、家康の伜の信康のすぐれた資質にやられてしまうんじゃないか、それを考えて好機逃さじと信康に腹を切らせたんじゃないか、こういうわけだ。とんでもない間違いだとぼくは思っている。そんな男じゃない、信長は、そんなケチな男じゃありませんよ。

自分が天下をとってしまって、それを譲ることは譲るつもりでいたんでしょうが、その後の、自分が死んだ後のことなんか……そんな気の小さな人じゃない。

ぼくが思うのに、家康にも信康にも責任がある。同じ浜松の城内にいて自分の母親が武田と内通していることを知らない城主というのは、たとえ若くたって、言語道断、大変な責任をとらなければならない。それと同時に、夫婦仲がわるいからというので自分は岡崎へ逃げてしまって、別居して女房の顔も見ないでいる家康、これもまた言語道断。その責任をお前たちはとらなければいかんというので、それをしたわけです。

筋が通っているんだ。家康も一番信頼している伜を無実の罪で斬るということは、本当に立派なかけがえのない息子を殺すことだから、これはたまらない気持だけれども、信長のそういう気持がわかっていたのではないかな……。

本当に信長が理不尽ならば、家康はここで叛《そむ》いていますよ。まだ、そのころの家康は〝啼くまで待とう、ほととぎす〟じゃなくて、血の気の多いほうですからね。その前に三方ヶ原へ出て行って、敗《ま》けるのを承知で武田信玄と戦うほどの男ですからね。本当に理不尽に長男を殺せといわれたのなら、信長から離れたと思う。だけれども、やはりなるほど、しようがない、悲しいけれども自分の子の責任である、自分の責任である、だからしようがない。ぼくは、そう思いますね。

どちらかといえば

色を好まなかった英雄だ……

信長は短気だったでしょうね。だけど、短気と同時に精密に深く考えることもできた。両方できた。短気というのは一時カッとして道を見誤る。信長は、そういうことはなかったんじゃないかと思いますね。逆上して道筋を見失うというのと違うんだ。信長の思う道筋と、一般の人の常識的に思う道筋とが違うということで……。

自信のあるなしではなく、とにかく天下をとるまでは突き進む、だから必死ですよ、信長は。自分がそんな思いをして、必死の気持でいるのに、主人の留守の間に女が酒を飲むというのは、これを怒るというよりも、そのままにしては絶対しめしがつかないということですよ。見せしめのためにやるわけで、それじゃ信長には女の人へのこまやかな気持がなかったかというと、そうでもないんで、秀吉の女房をなぐさめた有名な手紙がある……あれなんか見ればわかりますよね。

英雄色を好むというけれど、信長の場合はむしろ〝好まず〟だったでしょうね。まあ、お妾《めかけ》もいたんだろうと思うけれども、あんまりお妾の話は聞かない。子どもはだいぶいますよね。

だけど、色というよりも、大変な時代だったからね。秀吉だって色を好んだというけれど、あの程度が普通ですよ、昔は。今のような微温湯《ぬるまゆ》に入っているような若い人たちには、なかなか、その当時の心情はわからない……。

死のうは一定《いちじょう》……

つねにその覚悟が信長にはあった。

戦前のぼくらの時代でも、十七、八になれば信長ほどじゃないけれど、死ぬ覚悟を一応していなければならなかった。必ず戦争に行かなければならないんだから、戦争へ行ったら死ぬか生きるかわからないことですからね。

若い人は、信長のことを考えるなら、人間五十年、化転のうちにくらぶれば——あの信長の覚悟というものを考えなくては……。今は人間六十年、七十年まで行くようだけれど、必ず死ぬということを考えていかなければならないんだ。人間は、死ぬところに向かって生まれた日から進んでいる、それしかわかっていない。あとのことは全部わからない。わかっているのは、そのことだけ。人間は生まれて来て毎日死へ向かって歩み続けているということだな。そのことを、よくよくのみ込まないといけない、若いうちから。

それでないと自分の進む道が決まらないんだよ。毎日自分がどうして暮らしていいかわからないんだよ。そこがちょっと解《げ》せないんだな、若い人には。死を覚悟しろ……戦争へ行ったからいうんじゃないけれど、この簡単な一事を男も女もわきまえなければいけないと思うね。

それは自分の体験したことじゃないからね。未知の世界のことだ、死ぬことは。それに向かって進むわけだから、わからない……わからないけれど、死ぬことは確実なんだからね。はっきりと本当のことはわからない。それでも、いや、それだからこそ、十日にいっぺんくらいは、われわれ考えてみなければいけないのじゃないかな、そのことを。

信長の〝人間五十年〟うんぬんは、ヤケじゃない。どっちみち死ぬんだということじゃない。人間が一番はっきりわかっているのは死ぬことだ、それだけわかっている、あとは何もわかっていないということですよ。

それは齢《とし》をとってから考えればよいと思うかもしれないが、今の若い人が、今、若いときに考えなければ何にもならない。齢とってから考えたんじゃ、追いつかない。若いときに考えるから意味がある。しかし、今の若い人はどうもわからないな……死ぬということよりも金のことばっかり考えてるらしいよ。高校生ぐらいになると。

天性、政治に対する感覚が鋭敏であったとはいえる……

そういう今の若い人についていくら総理大臣がいろんなことをいってもね、こりゃ駄目ですよ。十七、八の少年がテレビで国会のチャンバラ劇や茶番劇を、あの猿芝居を見れば、信用しませんよ。

政治というものは、汚いものの中から真実を見つけ出し、貫いて行くものでしょう。それを「政治は正しい者の、正義の味方だ」というようなことをいっても、ぼくは全然信用しない。そういうキレイごとがあり得るとは思わない。どんな人が政権とっても、古今未来、何千年何万年たっても、そういうことがあり得るはずがない。「正義の政治」だの、「清潔な政治」だなんていう政治家は絶対信用しないね。汚いものの中から真実を通してゆく、それが政治家なんだ。

そういう意味では、信長は確かに政治家だけれども、ずばぬけた政治的感覚を養うようなところに育ってはいないんだよねえ……。信長を政治家たらしめるのに何らかの影響をもたらすような争いは、小さくてもいろいろあったですよ。そりゃね。

事実、信長は、桶狭間に義元を破った後に自分の弟を謀殺しているし、叔父も殺している。しかし、それはそういうふうにしなければ自分の思うように治まってゆかないと思うからやったんですよね。

ああいう小さな大名同士、豪族同士、いろいろ軋轢《あつれき》があったでしょう。しかし人間の生態というものは、それを大きくひろげてみれば同じだから、そういうことで鋭敏に身につけた感覚が信長にはあるんじゃないかと思うな。今のところ具体的な資料がないから、まあ天性のものとしておいたほうがいいでしょう。天性のものとして、そういう政治的感覚が鋭かった……。

その一つのしるしとして、信長は、非常に人間を見通す目が鋭い。秀吉、木下藤吉郎が信長にとっては一番いいわけだ。それから前田利家、あまり有名じゃないが滝川一益《かずます》なんか相当信用しています。だれの場合でも、自分の、それこそ思うがままに忠実に動かなければ退けちゃうんだ。何もかも投げ捨てて、生命を賭《か》けて尽すということでないと認めない。また、そういう人だけが自分を助けてくれないと天下はとれないと思ったんでしょうね……。

もっとも、信長の周辺の人間にしても、信長自身がそうしたように、同様に信長を秤《はかり》にかけたわけだ。家康だって、信玄と信長を秤にかけて徳川の安泰を考えぬいた末に、信長についた……。信玄のほうが有望だと信じれば当然信玄についたでしょう。

信長自身も、家康も、それぞれ相手がどういう人物であるか非常によく見通していた。今のようにマスコミの発達していない時代だが、よくわかっているんですね。無論、相手を探る努力は絶えずしていたけれども……。

信長と家康のかかわりあいでいえば、一つには信長が自分の独裁的な力というものを明快に示した……家康の息子を切腹させたときのように……。けれども、なんといっても信長の本拠、勢力範囲というものが最も地理的に恵まれていること、これが家康をして信玄よりも信長を選ばせた最大の理由ですよね。京都を制圧するのに最短距離であると同時に、その国が豊かであることを考えるとね……。いくら信玄が偉くても、あの甲州の山奥からはるばる京都まで出て来るのは大変なんで。

戦国時代というのは、むずかしいんですよ。この人が本当にやれる、だれが見てもこの人が断然有力だということになってから、その人の味方についたんじゃ遅い。もっと前に、その人が下の下にいるころに先を見究めて、もうそのときから味方して、その人が大をなす日までついてゆかなくてはね……いざというときに、もらうものが少ない。絶対に駄目なんです、あとになってからでは。その点は、きびしい賭けなんですよ……どちらにとってもね。

信長の、家康への信頼

これは絶対的なものだった……

城攻めのとき、これはもういかんということになると、よく城内から手引きする者が出る。それはそれで利用しておいて、城を攻めると直ちに内通者も斬ってしまう……これは信長が最も多い。その次にきびしいのが家康で、秀吉が一番ゆるやか。「よく内通してくれた……」と自分の懐《ふところ》に入れてしまう。

内通するような人間は、たとえ利用はしても、許しがたいから……という道義的なことなんかじゃないんだな。もっと端的に、あぶないんだ、そういう奴は。実際、そういう奴が多いんだから。

そこへいくと家康は、そういうことがよくわかっていたからね。まあ、いろいろ迷ったこともあったんじゃないかと思うけれども、絶対の信頼に応《こた》えた。信長にすべてを賭けてね……。だから、武田を亡《ほろ》ぼしたときに、家康に対する信長の感謝は大変なものですよ。

なにしろ、自分の一番大切な子どもを切腹させられている家康ですからね。家康の心中には、そのことがつねにある……おそらくそうに違いないと信長自身知っている。その家康が、あれだけ心を尽して、よくこれまで頑張ってくれたというので、それまでだれにもやらなかった、これぱっかりは決して手放そうとしなかった吉光《よしみつ》の脇差《わきざし》を与えているんですから。これは万人の見ているところで与えている。信長の気持というものは、それでだれの目にも明らかにわかる……。きびしく要求するところは、あくまできびしく、それで、それに応えてくれた人に対する感謝は非常に率直に表わす、ここら辺りが信長らしい。

信長が偉いのは、決して自分の倅《せがれ》を甘やかさなかったこと……

まったく倅を甘やかさないというのは、なかなかできることじゃない。その点、信長は本当に偉かったとぼくは思いますねえ……。

ついに武田を亡ぼしたときに、大した戦争はない。勝頼のほうは、ずるずる負けていったわけで、戦争らしい戦争といえば、信州の高遠《たかとお》城だけでしょう。その高遠城攻めに当たっての第一の戦功者は、これはだれが見たって信忠ですよ。自分の倅が第一の戦功者。それなのに、ね、滝川一益や、それから森蘭丸の親父、家康にも、それぞれ信州をやったり、いろいろ戦功賞としてやっているけれども、倅の信忠には何にもやっていない……。

まあ、いずれは天下をやるわけだから、いちいち信忠にやらなくてもいいわけだけれども、それにしてもね。絶対に、倅を甘やかすようなことはしないんだ。「信忠、よくやった」ともいっていない……。むしろ、全軍の将たる者が、血気にはやって自ら先陣切って城内へ斬《き》り込むなどもっての外で、「信忠めが……」と舌うちせんばかりだったというから。

まあね、そういう信長《おやじ》のありかたは、息子である信忠のほうとしても非常によくわかっていたんですね。もともと信忠は秀吉に教育された……というか、作戦なんか秀吉と共同でいろいろとやっているしね、それやこれやで若いにしては大層よく世間のことがわかっている大将だった。

それでいて、大変な武勇の人だし……この信忠が信長のあとを継いだら、さぞや立派な天下人であったろうということは、疑う余地はないね。信長の子どもは、信忠ひとりというわけではなくて、信雄《のぶかつ》とか信孝とか、かなりいたんだけれども、やっぱり跡継ぎといえば、この信忠しかなかった……。

信長が本能寺で死んだとき、信忠も二条城で死んでしまった。あのとき信長が四十九、これは数えどしで九だから、今でいえば四十八。父の信長でさえ若いのに、信忠があの若さで死んでしまった……。

あのとき、親父といっしょに死ななかったら、また世の中、相当変わっていたろうに。信忠、いくつだったか……まだ二十四、五ですよね。いずれ、あれから天下統一で世の中治まることは治まったろうし、だれが治めてもそれなりに行ったでしょうが……信忠もいっしょに死んでしまったから。もしも信忠が生きていたら同じ天下統一でも、統一のしかたが違って来ていただろうにねえ……。

光秀自身すら予期せぬ「本能寺の変」だったから……

信長ほどの、そして信忠ほどの人が、ああもやすやすと死んでしまった。ということは、それだけ思いもかけない光秀の叛乱《はんらん》だったんですね。光秀の信長に対する叛乱は、いろいろにいわれるけれど、あの信長ほどの人間がまったく予測できなかったということですからね……まだまだ、いろんな解釈ができる……。本当に思いもかけないことだったんだなあ。肝腎《かんじん》の光秀自身が、事をおこすつい直前までそういう意識、つまり謀反《むほん》とか叛乱とかを考えてもいなかった、だからこそ信長にわからなかった……ぼくはそう思いますね。

人間の胸の、次第に内向して胸の中にたまったものが一度に出るときは、こわいからね……。いくら信長ほどの、鋭敏な感覚でも、これぱかりは。もともと、とてもそういうことのできる人間じゃない、まるで別のタイプの人間だと、そういう目で信長は明智光秀を見ていたんじゃないですか。

だれが見ても、内閣の内務か文部大臣ですよ、光秀という人はね。そういう感じで見ていたんじゃないかな。まあ、それはそれで、それなりの価値はあるし、そうと知った上で利用するつもりでいたんでしょう……。

中国攻めのときに、光秀の領地を取りあげてほかの人にやっちゃって、光秀には、これから中国の山陰のほうを攻めとったらやる、そういうことになってしまったのが原因だとよくいいますがね、それも解釈のしかたでね。信長がどういうふうに考えていたか、わからないと思うんですよ。もともと光秀が嫌いで憎かったりしていたら、使いませんよ。憎悪《ぞうお》しながらもそれを抑えて使ってゆく……あの人はそういう人じゃない、そうだったら使うはずがないんだ。

なにしろ、人間の胸の裡《うち》のことですからね。すっぱりと理屈で、単純に割り切れるものじゃない。信長と光秀の間に、そりゃいろんなことがあったでしょう……光秀という人が、これがまた鋭敏なほうで、信長のそういう点に、いちいち、ぴんぴんと〝感じ〟を持っていたから……。それが知らず知らず心の奥底にたまって行って、ある日、不意に出る、こわいね……。

まるで思いもかけぬことが、こうして起こる。そして信長は死ぬ……。信長の死後、いろんなものが出て来たと思うんです。遺《のこ》したものは相当大きかった、大きなものが遺りましたけれども、もう少し生きていたらね。もっともっと違った形で遺ったんじゃないか。それを、信長は、やりたかったでしょう……壮大な夢を見ていたんでしょうねえ、信長は。

信長四十八年間の生涯は
そのまま壮大なロマンだ……

信長のことを考えるなら、それがいわゆる戦国時代で日本中が戦争していたということを頭に置いておかないとね。男も女も、気が昂《たかぶ》って、血が燃えていて……そこが現代《いま》と全然違うんだ。

今は、みんな鈍っちゃって、それというのも自分の生命を賭けるようなものがないから……。

男でも女でも手足を動かさなくなって感覚が鈍くなった。感覚が鈍ると、自分にピタリと合う男や女を、見つけることさえもできなくなる。昔はね、目と目が合った瞬間に、（これだ！）という感覚が走った。それが今は、肉体的に結びつくことだけにすぐゆくから、これは自分に合った女だ、合った男だ、ということがなくなっちゃった……。

血がたぎっていないんだよねえ、現代《いま》は。だから〝人間五十年〟うんぬんもわからないんだ。死というものを、ひたとみつめることがないから。

これは、ぼくの体験ですがね、戦争末期のころは、本当にきょう死ぬかあした死ぬか、毎日、死というものを実感として見つめている。そうするとね、基地であした飛行機に乗り込むというときに、それまでは気にもとめなかった小さな花なんかが目に入って来る……。やたらに、そういうものの美しさがわかるんだ。歩いているときでも、風景なんかの見かたが全然違いますね。

信長は、四十八年間、つねにそういう緊迫の状態でいたわけですからね。戦争していないときでも、いろんなことを果てしなく次から次へと考えるからね……。

こういう町を作ってやろう、こういうあれをして、外国の教会を建てて、学校を建てて、ああしてやろう、こうしてやろう、いろんなことを夢想しているから……。

信長という人間は、そういう華麗な、真に大名らしい大名でいて、武人でいて、美的感覚はすごくて、壮大なロマンチストで。猛々《たけだけ》しいばかりの武将ではないんだ。最高の文化人だったでしょうね。

だから、秀吉なんか、そういう美的感覚を受け継いでいますから、そばにいて見ているから、秀吉は字、うまいですね。いい字ですよ。あんな字を見ても、当時の武将がいかに教養が豊かであったか、わかりますね。信長の字も、なかなかいいですよ。

お茶にしてもね、信長があれだけ力を入れたからこそ大変なものになったんですよ。茶道というものは、信長以前には、まだそれほどのものではなかった……。

戦わなければ生きてゆけないということで戦い続けた……その一方で、あれだけいろんなことをやっている、そこがすごいんだね、信長は。信長の生は、まさにロマンそのものだったと思いますよ。

その当時の人のことを考えてみると、これは現代ふうの考えかたからすれば、みんな馬鹿に見えるでしょうが……むしろ本当は逆なんだな。

いまの人間のほうが、みんな感覚が鈍くなっちゃっているということで……いやだね……逃避して過疎《かそ》の村へ住みつくというようなのはね、ロマンでもなんでもないんだよ。

戦わなければ生きてゆけないから戦った、そして近隣の敵を倒して自分が実力者になったとき天下を治めようという理想ができたわけですけれども、信長は、それで日本の国民たちを全部しあわせにしてやろうなんて、いまの政治家みたいに馬鹿なカッコイイことは決していいませんでしたよ。

それと同時に、代々織田家を残していこうなんて、そういう考えもなかった……自分の代でやって、息子に譲り渡し、そのあとは、もう自分が死んじゃうんだから、知っちゃいない。そこが信長の信長らしさだな……。

渡辺勘兵衛

渡辺勘兵衛――槍《やり》をとっては一騎当千。天正十年、織田信長の甲州攻略に、近江《おうみ》の小城主阿閉《あべ》淡路守《あわじのかみ》家来として加わって二十歳の初陣、抜群の武功をたてたが、その賞に大将織田信忠から拝領の名刀を自分にねだる、吝嗇《けち》くさい主人淡路守に、つくづく愛想がつき果てた……。戦国の世に「槍の勘兵衛」として知られながら、流転の生涯を送った一武将の夢と挫折《ざせつ》――。

（『戦国幻想曲』より）

槍の勘兵衛。もし、
この豪傑がせめてもう十年早く生まれていたら……

天正十年、この年六月を機に、信長の死ぬ前と後では、戦国時代といっても違うわけだ。信長の死後は諸国の大名小名たちがちょっと先を見たり、うかつに猪突《ちょとつ》猛進して敵をやっつけるというふうにはなりませんね。情勢を見て、秀吉が天下をとるか、家康がどこまでのびてゆくのか、やはり疑心暗鬼で……一番大事なときに実力を出さなければいけない、それを早まって、うかつに亡《ほろ》びてしまってはつまらない……信長が一度天下を統一したんだから、あとはだれがやるかわからないけれども、いずれは天下が治まるということはみんな、おぼろげながらわかっていますからね。

いまこそ大事なとき、今度しくじったらやりなおしはきかないんだ、一番肝腎《かんじん》な、天下をとる人をよくよく見きわめて、その人のためにやらなければ損をする……という気がある。だから天正十年を境にして、その前と後と、大名、侍、武士たちがだいぶ変わってくるわけだ。大将がそうだから、家来もそうなる。

渡辺勘兵衛なんていう人は、その前の時代の、戦《いくさ》の最も盛んな、何度失敗しても自分が強くさえあれば自分の武勇の力で何度でも取り返しがつくといった時代の男だもんだから、時代の変わり目の、新しくなったときでも、何度もチャンスはありながら、自分でそれを失っちゃう。明治時代の桐野利秋《きりのとしあき》、例の人斬《ひとき》り半次郎ね、あとで西郷隆盛の参謀していた、あれなんかもあの時代でなく戦国時代に生まれていれば、そりゃもう大したものだけれどもねえ……。

その時代からはみこぼれる人というのは必ず出るわけですね。まあ、その中で、渡辺勘兵衛はしあわせなほうだったと思う。一応しあわせな思いを何度もしているんだし。大体この勘兵衛の事績というものは、槍の大変強い豪傑だったということはわかっていて、自分の書き遺《のこ》したものが一つだけ残っているんですよ。

睡庵（水庵ともいう）と号して書き遺した……それが勘兵衛という人間をいまの時代に伝える、歴史家たちが手にしうる唯一《ゆいいつ》の資料といっていい。とにかく強い人だったということ……これは、いろいろな書物に散見しますがね。

だから、ぼくが『戦国幻想曲』という小説を書いて、勘兵衛を主人公に描いているけれど、それはぼくが作ったものが多いですよ。織田信長と渡辺勘兵衛の出会いにしても、そういうことを書いた資料は全然ないわけだから。ただ織田方が武田家の高遠城を攻めたとき大将信忠みずから突撃したことは事実で、それを助けて勘兵衛当人が戦ったのは事実なんだ。そこまでは事実ですからね、そこにおいて勘兵衛と信忠の関係というものは小説書く上に成り立つわけですよ。

……鞍壺《くらつぼ》に立って身をのばした織田信忠は、石垣上の板塀へ取りつき、小姓が下から差し出す槍をつかむや、単身、塀をおどりこえ、本丸内へ飛びこんだ。

「信忠ぞ!!」

城兵のだれかがわめいた。

武者走りの下から、六名ほどの城兵が信忠めがけて槍を突き出してきた。

飛びこんだばかりの信忠は片ひざをついて、体勢をたて直す間がない。

「あのときは、もはや、いかぬとおもうた」

と、のちに信忠が述懐している。

その転瞬……。

ほとんど、信忠と同時に、城内へおどりこんできた男が横合いから、猛然と敵の槍をはね上げた。

渡辺勘兵衛である。

彼の一本の槍が、数本の敵の槍をはね飛ばしたかと見る間に、

「曳《えい》!!」

尚《なお》も武者走りから犬走りへ駆け上って来る敵兵を、

「やあ!!」

電光のように突きまくった。

たちまちに四名の敵が勘兵衛の槍に突き倒され、絶叫を発してころげ落ちる。

……

一息ついた信忠が、勘兵衛に、

「いずこの手の者か?」

「はっ。阿閉淡路守が家来、渡辺勘兵衛にござります」

「うむ、ききおいたぞ」

「はっ」

よろこび勇んだ勘兵衛の、それからの奮戦ぶりについて、のべるまでもあるまい。

高遠城は、間もなく落ちた。

（『戦国幻想曲』より）

亡父ゆずりの大身《おおみ》の槍は備前祐定《すけさだ》の作、
身の長さは二尺五寸弱、柄は五尺七寸余。

槍というのは戦国時代に入ってから発達した。無論、支那から来たものです。鉾《ほこ》のようなものを日本人向きに洗練して使いやすいようにして育て上げたんだろうね。

ぼくの場合、勘兵衛を大きな人間に書いたんだが、特別にお相撲さんのような大きな侍というものは、めったにいなかったと思う。いま残っている鎧《よろい》なんか見てもね、が、相当の体力はあった。精神力でしょうね。筋肉がひきしまっていたろうけれども、非常な大男は、鎧なんかから察してもいなかったろう。

それに食べるものも粗食……大名の殿様にしても朝食はそれこそ麦飯のようなものに焼き味噌、焼き塩。粟《あわ》がゆ、稗《ひえ》をまぜた飯……そんなものを食べて槍ふりまわしていたんだから。やっぱり体力以上に気力だろうね。で、そう長生きできない。勘兵衛の場合は、まあ例外的に長生きで、七十八だか七十九歳まで生きた。これは実際に記録でわかっている。

高遠城攻めの働きで「槍の勘兵衛」として名をあげたとき、ちょうど二十歳。昔の「はたち」と現代《いま》の「はたち」は違う……と、信長のところでも話したが、いまの若い者より昔の若い者はしっかりしているとか、えらいとか、そういうことじゃない。昔にあっていまにないもの、いまにあって昔にないものというものがあるんだから。一長一短あるわけだけれども、ただ、違うところというのは、昔は、年中死ぬことを考えているわけです。若い人が。それは侍のみならず百姓、町人もそうですよね。戦争よりも病気のほうが一層人の生命《いのち》を奪ったからね。泥水飲んでも。うっかり水の中に入ってバイキンが入っても……消毒するものが何にもないんだから。破傷風になったら死んでしまう。盲腸炎になってもすぐ死んでしまう。勘兵衛の父親の渡辺勘太夫は、小説では腸捻転《ちょうねんてん》にしているけれども、これなんかいまはすぐ切ればなおる。昔は絶対だめにきまっている。腸捻転になった父親が苦しがって息子に首斬ってくれといって、勘兵衛が父親の腹に馬乗りになり、

「首は打ちにくいゆえ、父上、刺します」

「よ、よし。ここじゃ……」

「父上、さらば」

「おお、さらばじゃ」

父が指し示した心の臓のあたりへ、泣きながら脇差《わきざし》を突きこむ……そういう所があるでしょう。あれは、こしらえたもので、ぼくが作ったんだけれども、ああいう凄《すさま》じさ、ね。このとき勘兵衛は、まだ十六歳だ。

皆さんよくご存じの真田幸村。あの人の初陣は十三歳。たった十三歳で馬に乗って槍を抱えて生きるか死ぬか……どうしても戦をしに行かなければならないのだから。そういうことを考えれば、いまと昔と、どっちがいいかといえば、いまのほうがいいにきまっているけれども、生命力の燃焼のしかたが違うわけだ。明日《あした》死ぬかと思うのと、明日死なないと思う今日《きょう》とは、今日が違う。

恋愛なんかも、戦国時代の人は勇ましいですよ。自分の夫を殺した仇《かたき》を討ちに奥さんが出かけて行って、その仇が気に入ったというので一緒になって子どもを生んで、夫の親類がけしからんというので斬りに行ったら、反対に女がみんな斬り倒しちゃって、その夫の仇と子どもと仲よく暮らしていたという話がある。

こういう時代で、なにもかも燃えさかっている時代だから、ちょっと、いまとは違うんじゃないかと思う。戦争ばっかりしていた大名たちの勉強ということが、勉強のしぶりがいまとは違うし。勉強する機会もありませんがね、当時は。それでいて、字なんか見ると、これは違う。幕末の大名とか英雄、桂小五郎、勝海舟、あれと戦国時代の大名の字と比べたら格段の差ですよ。字の美的感覚からいっても力からいっても、江戸時代末期から幕末にかけての人の字はガタ落ちですよ。雑駁《ざっぱく》ですねえ、明治時代の元勲の字なんか見ても。信長のところでも話したけれど、戦国時代の人の字は立派だね。戦争の間に、そういう美意識というものを自然に発揮しているんだから……。

本能寺の変。明智光秀の三日天下。
そして始まる勘兵衛の流転《るてん》。やがて秀吉の時代に。

信長が死んだ後は秀吉が魔術師みたいに中国地方から引き返して来て、たちまちのうちに主人の仇を討った。とにかく風のごとく引き返して光秀を討ってしまったから、秀吉には大義名分ができて断然立場が強くなった。それまでは、みんな五分五分ですよ。主人の仇を討ったということで秀吉はすっかり強くなって、まず、賤《しず》ヶ嶽《たけ》から北ノ庄へかけての合戦でライバルの柴田勝家、織田の家臣団の中で一番嫌いで邪魔だった勝家をやっつけてしまう。

家康は別格。信長と同等というか、まあ弟子みたいなもので、秀吉は家康には一目おかなければならなかった。けれども家康は、すぐに無理していかなくても、自分が実力さえ蓄えておけば、改めて秀吉と中央で堂々と争えるという気があったんじゃないかと思う。だから家康は、信長が亡ぼした武田家の甲斐《かい》の国の平定をまずやったわけですよ。武田家の家来をみんな自分が抱え入れて手厚く遇して、その人たちを先頭に立てて信玄の領地を平定して、すっかり自分のものとして手なずけてしまった。

これで徳川の実力というものは、国の領土も広がったし、倍以上にふくれ上がったんじゃないか……。そうして実力を高めた家康と、秀吉が、小牧《こまき》・長久手《ながくて》で戦うことになる。これは信長の伜《せがれ》の信雄《のぶかつ》というのが、秀吉が天下を取りそうだというので、家康に泣きついて来た。家康はこれを保護して立ち上がったわけだ。ところが、あっさりお互いに和睦《わぼく》してしまう。どちらもこうだからね。お互いの強さ、実力を知っていますから。家康も秀吉を徹底的にやっつけることはできないと思うし、秀吉にしても同じことで。あまり深傷《ふかで》を負うと大変なことになるからね、中国にはまだ毛利家が健在だし。そういうことがあるから、お互いの利害関係が合致した……そこで和睦。秀吉のほうが三顧の礼を尽して、家康としてはさんざん秀吉に恩を売ってね。まあ、このあたりの秀吉の外交政策は見事なものですよ。

話はちょっと変わるけれども、「男は台所に入ってものを作ったりするな、台所へは入るものじゃない」ということを聞くでしょう。いまでもそういう人は少なくない。男が自分で庖丁《ほうちょう》もったりするようじゃ、男じゃない……と。ところが、これは江戸時代の道徳で、戦国時代の侍はみんな料理にかけてはうるさい。そのころのことだから、材料はないけれども。
伊達《だて》政宗という人は、お客が来るときは主人が必ず台所に入ってみずから食うものに目を通さなければ絶対だめだといっていますよ。加藤清正でも、織田信長でも、料理にはものすごくうるさい。自分でやっていますよ、料理を。戦国時代は、だから、そういう所が違うんです。神経が。江戸時代になって「男が台所に入ったら」の一言でかたづけるのと、気の配りかたがだいぶ違うんです。
だいたい「台所に入るようなのは男じゃない」というようなことをいう奴に限って女々しい奴が多い。わざと男性的なことを強調したり、男性的なものを好む奴ほど実は女々しい奴が多い。

何一つゆるがせにできない戦国時代と、
いま「われわれの時代」とはこうも違う……

とにかく料理であれ、なんであれ、どんなことでも、ちょっとでもゆるがせに、いい加減にしていたら、すぐ大変なことになる。そういう時代ですからね、戦国時代は。そうしないとともかく家が治まらない。家が治まらないと家来が治まらない。家来が治まらないと国が治まらない。これが基本だからね。家というものが絶対中心なんだから。

ところが現代《いま》は、家が中心でない。家そのものが国家と同様というんじゃないが、家族の生活そのものが基本で、その延長として国があり民族があるという形は、現在は崩れてしまっている。だから、わかりにくいと思うけれどもね。

かつての家中心から、いまはどう変わって来ているかというと、それがどの程度まで強い力を発揮するようになるか知りませんけれども、学生時代の学生のグループというものは、家族よりもいまは強いですね。結婚式なんかでも、このごろの若い人は親が段どりしないで友人たちがやる場合が多いでしょう。家族よりも、友人たちの連結のほうが強いんですね。その強さがどの程度のものか……たとえば、見ていると半分遊びのような気がする。そういう連中のやる結婚式というのは学芸会のようで、実行委員というものがいて、新郎新婦の側からそれぞれ出て、みんな友だちですよ。三月もかかって、中には結婚して子どもの一人もいるような若い奴もいて、それがガリ版刷ってきめてやるわけです。会場から何から。式のありようから、アトラクションまで、自分たちが出て。半分は自分たちが楽しんでいる。

さりとて、そこへ出席していやな思いをするかというと、そうでもない。キチンとやることはやるからね。そういうものの力というか、形というか、いつまでもいまのグループの形というものが強くなっていって、そういうものがいろいろなものを動かしてゆくようになりつつあるんじゃないか……と思いますけれども、それはまだ伝統としてどのくらい力強くのびてゆくことになるか、年数がたっていないからね……。

昔は、子どもが生まれたときから親同士で結婚の相手を決めたりした。それは、一つには男女交際の場所がなかったからね、日本では。自分たちで選ぶための場所が。戦国時代の見合いは、たいていうまくいっていますよ。無論、政略結婚だけれども、しかし、嫁いで夫婦になってみて、例外はあるにしても、みんな仲のいい夫婦のような気がしますね。

自分の嫁いだ家と、実家とが戦争になってしまうと、夫とともに死ぬ人もいるし、まあ実家に帰る人もいるけれども、目移りはしないからね。これにはこれがいいと、周囲で、一応政略結婚にしても、健康状態とかいろいろなことを調べてしますからね。ぼくなんかも仲人《なこうど》として、知らない同士見合いさせて、みんなうまくいってるね……。

男と女にしてもそうだし、男と男のかかわりあいにしても、やはり、だいぶ違う、いまとは。だれにつくか、だれについて戦うか、それが生きてゆく上で一番大事なことだったけれども、それと同時に、亡びてしまってもいいから自分の好きな主人の所で働きたい、好きな主人のためには死んでもいいんだ、そういう勘兵衛みたいな生き方があったわけですね。また、好きな主人でないと、生命《いのち》がけで働けないですからね。

こんな主人じゃいやだと、だから勘兵衛は何度も主人を嫌って飛び出してくるけれども、そういう勘兵衛のような侍はずいぶんいたろうと思いますよ。その点では、いまよりずっとドライなんだ。これだけの働きをして、これだけのことをしてもらわなければ……という計算は必ずみんなしているから、いまよりもっとはっきり主張しますからね。

せっかく小田原での北条攻めで勘兵衛があれだけの働きをしたのに、それに対して主人の中村一氏《かずうじ》が手前一人の功績にしてしまって、勘兵衛には陣羽織かなんか一枚くれるだけ……あれじゃおさまらないわけです。これは、自分が勝ったのは、渡辺勘兵衛の働きによるものであるということを、みんなの前でいってもらわなければこまる……。

かつて主人と家来の関係には、きわめて人間的な要素があった。現代《いま》以上に……

戦争が続いている時代には、力の強い奴はどこでも喜んで迎えてくれる。だから、いくら主人が自分を正当に認めないからと飛び出しても、強い人ならすぐ次の主人が見つかる。ところで、この主従関係が能力を互いに計算しあうビジネスライクなだけのものかというと、それだけじゃやはり成り立たない……。この人なら、この男ならという心情的に感じあうところがないとね。正当な実力の評価と人間対人間として感じあう部分と、両方ないとだめなわけです。その意味では、きわめて人間的な、ヒューマンな関係といっていい。

いまの企業の経営者と雇われて働いている人との間には、もう、そういうヒューマンな関係はまったくないといえるかもしれない。戦前までは、まだ、いろいろあったと思いますがね。まだしも人間的なつながりが。組織が大きくなったり、複雑になったりすると、次第にそういうものが失われてきますね。

「おお、そちが勘兵衛か……」

長盛《ながもり》は、こだわりもなく明るい声で、

「わしは、増田右衛門尉《ましたうえもんのじよう》だ。見知っておらなんだか？」

気さくに、いう。

その、長盛のさっぱりした態度に、渡辺勘兵衛は好感をもった。

「小田原御陣の折、遠目ながら一度、お姿を見かけたてまつりました」

「さようか。わしは、はじめて、そちの顔を見る」

増田長盛は体軀《たいく》も堂々としてい、顔貌《がんぼう》もたくましく、相当な美男子でもある。

……

(よい大将だ、な……)

と勘兵衛は感じた。

その彼のおもいが、すぐさま長盛へもつたわったと見え、いきなり、

「わしでよいか?」

長盛が、ずばりといったものだ。

「は……?」

「わしは主人でよいか?」

「は……」

さすがの勘兵衛も、肝をのまれた。……

なんとなく、うれしさと、得《え》もいわれぬ感動が胸にこみあげてきて、

「ははっ……」

「よしなに御願いつかまつる」

と渡辺勘兵衛が両手をついてひれ伏した。


(『戦国幻想曲』より)

人間的なつながりがあったということは、ひとつには、その当時は、上も下もほとんど生活の差がなかったからです。いかに昔の大名なんていうのが質素な暮らしをし

ていたか、徳川将軍でも三代の家光のころまでは足袋をはかないですよ、寒中でも。江戸城中で。家康の足なんてアカギレだらけですよ。

加賀百万石の前田利常《としつね》、利家のお孫さんですが、江戸城中で子どものころ、家康を見たというんですね。自分の前を通ったときに、

「大きくなられたな……」

といって家康に声をかけられたときに、家康の足を見た、その足はアカギレだらけだったと書いていますよ。

天下の将軍でも、生活自体は、そのくらい質素だった。もちろん客が来ればいろいろ買ってごちそう作りますよ。だけど、平常は、そう……。いまの経営者と労働者みたいな生活上の差はなかったわけだ。差を生み出すほどの食料品とか嗜好品《しこうひん》とか衣類とかいうものがない、当時は。みんな同じじゃないの。ちょっとそういうところは、いまの中国に似ているね。まだまだそういうものをたくさん生み出さないから……。

秀吉の朝鮮出兵のころに勘兵衛は増田長盛の家来になっているわけだけれども、勘兵衛としてみれば、久し振りにいい主人に出会った……。増田長盛の性格から割り出して、この人物と勘兵衛とならば気が合ったんじゃないかと思って小説では扱ったわけです。

事実、増田長盛のために勘兵衛はよくやっています。関ヶ原の天下分け目のとき、

長盛は大坂方《がた》について、家康から罪を問われ、結局、領国と身分を剝奪《はくだつ》されて紀州の高野山に押しこめられますね。そのとき自分は大和郡山《やまとこおりやま》の、長盛の城を守っていて、城の引き渡しの前後、勘兵衛はなかなかしっかりしていて主人の代りをつとめて堂々たるものですよ。

城を受けとりに来た藤堂高虎が、

「渡辺勘兵衛あっぱれである」

と絶讃したくらいにね。だから、よっぽどこの主人が気に入っていたんじゃないですか……。

男は、成長とともに顔が変わる、という。

男の顔を変える成長とは！

勘兵衛は、増田長盛の片腕として「槍《やり》をふるわぬ」戦いを体験するわけです、秀吉の朝鮮出兵のときね。得意の槍にものをいわせて武功をたてたわけではないけれども、主人の長盛の身近につきそって九州の名護屋の本陣と朝鮮との間を往来して、戦事のいろいろなことを経験する……その間に、大きな戦争というものが、単に槍や刀だけでかたづくものではないことを身にしみて知り、やがて休戦ということになって主人

とともに京都へもどって来ると、

「勘兵衛殿、顔つきが変わりましたのう」

「まさかに……」

「変わった。たしかに変わった……」

「どこが変わりました？」

「りっぱに……さよう、まことに立派な面《つら》がまえになられてござる」

そんなふうに小説では書いてあるが、これは実際そのとおりあることだと思いますよ。

人相について研究したこともあるんです。それと、ぼくは、いつもいうように十三のときから世の中に出ているでしょう。そのころから知っていた人の顔が、ずうっと変化しているのを見ている……自分が十四かそこらのときの自分の友だちとか、同じ年代の、あるいは先輩とか、いるでしょう。もっと上の人でもね。自分が育って二十歳になったときに、その人たちがどういうふうになっていたか、いまはどうなっているか、顔つきなんかの変化と実際のそのときそのときの生活を見て、両方の体験がぼく自身のなかでずっと積み重ねられてきているから……だから感じで、顔を見ればその人がわかるような気がします。

やはり、顔というものは変わりますよ。もともとがよければ、これは変わらないほうがいいけれども。まあ、若いうちからいい顔というものはない。若い時分はね、だれしもがそうだろう。それに世の中が変わらないから。世の中というか、こまかくいうと生活ですね。その人の生活の変化、日常生活の変化というものがないから変わりませんよ、とくにいまみたいな時代にはね。よほど積極的な姿勢でもない限り、みんな同じになっちゃう……。だから役者なんかの場合は、やはり顔が変わって来るね。役者は役をこなすからね。そのたんびに劇中の人生を経験するわけだから、当然、変わってゆく。また、いい方に変わらない役者はダメになっちまう。

普通の、勤めて月給もらって、という人の場合は、こういう人が数としては一番多いわけだが、そういう人が自分の顔をちゃんとしてゆきたいと思ったら、まず「うち」を整えることですね。自分の思うように。それはやっぱり男の大事業だからね。政治するのと同じことですよ。夫婦二人きりの場合は別としても、たとえば自分の親がいて、妻がいて、子どもができて、それを自分が統御してゆくことができれば政治とっているのと同じだからね。

うちを整えるのに金があるとかないとかは問題じゃない、金なんかじゃないんです。これができれば、やはり仕事も違って来る。外に出てやる仕事もね。昔の反動というか、うちなんかのことをちゃんとしたり、うちを整えるのに一所懸命な人は大したことはない、そういうことは放り出しておいて外へ出歩いているほうがカッコイイという……ちかごろの考え方、あれはまったく間違いです。

われわれの仲間でも、このごろの作家はスケールが小さくなった、作家というものは浴びるほど酒を飲んで、それで絵空ごとを……そういうことをいいますよ。それが作家だなんて、それは言語道断ですよ。それは昭和初期の作家、あの時代の人ですよ。その前の作家はそんな人はいませんよ。鷗外にしてもそうだし、藤村にしても、露伴にしても。鏡花にしてもそうですよ。尾崎紅葉にしてもそうですよ……そんなことで作家のスケールをうんぬんするなんて大間違いだ。

「うち」のこともきちんとできないで、一体そとで何ができるか。男も……女も……

うちへ帰って女房のそばにベタベタくっついているのはどうだとか、作家の場合に限らず一般の人もよくそういいますがね。いまのいわゆるマイホーム亭主というのは、ちがうのでしょう、ベタベタしているというのとは。本当にベタベタしているんじゃない。

うちのことを自分の思うようにきちんとやるという、それがまわりからベタベタしているように見えるのなら、それはいいのです。ベタベタしないで、年中外を出歩いているというのは、要するに逃げているということですよ。男には、もちろん、しなくてはならないつきあいというものもある。しかし、だからうちのことは放っておいていいということにはならない。男は両方やらなくてはならないですからね、結局。うちのなかのことさえ行き届かないような男が、外でろくな仕事ができるはずがない、と思いますね。ベタベタうんぬんを非難するのは、おおむね逃げている奴ですよ。

家族制度の崩壊なんていうものもね、核家族として親たちと別れて独立しますね、うちをもって……それを家族制度の崩壊というけれども、このことは一つにはやはり年寄りがいなくてもいい世の中になった、ということですね。昔は姑《しゅうとめ》のいるところへ嫁がないと、若い女が日常に必要な仕事を覚えなかった。仕事を覚えないことには毎日の生活ができなかった。

いまは全部電気がやってくれるでしょう。金さえ出せば何でもやってくれる。なんでもかんでも金で買っちゃうんですよ。昔はふとんの綿の打ち直し、縫い方、ごはんの炊《た》き方、味噌汁の作り方、すべて老人が教えてくれなければ覚えられない。覚えなければ自分が困るから、実際上。だからどうしても、うちには老人というものがいなければならなかったんですよ。それがそうでなくなった。いまは必要ないから、老人の力というものが。だから家族が分裂してゆく。

その結果どういうことになったかというと手足を動かすことが少ないから、どんどん頭が老化してくる、女は。電気のスイッチ入れるだけですから。神経を使うということが全然必要なくなって「気働き」というものがなくなってしまった。昔なら、かまどにたきぎを入れて火加減見ながら洗濯するというように、いっぺんに二つも三つものことを全部やらなければならない。頭の中にいつもいくつかのことがあって、それを同時進行でこなしてゆくのが気働きですよね。いまは、一つのことをやればいいんだから、ほかに気を使うということがない、どこへ行ったって。だから鈍化しちゃうんですね。対人関係でも気を使わなくなってくる。人に対する思いやりがないということをよくいいますが、これは当然の結果です。人間も動物で、動物的な機能というものはせっせと使っていなければどんどん鈍くなって、だめになってゆくものですから。

男女共学、それが大体間違いのもとだ。

せめて小学校だけは男と女を別にせよ……

なんでも便利になって、それはそれでいいけれども、気働きというようなものがなくなってしまうのは、やっぱりこまる。どうしたらいいか。これは小学校の教育に求めなければいけない。しかし、いま、絶望的ですね、ぼくらにいわせると。昔にもどれというのではないですよ。そうではなくて、小学校の教育というものは、非常に完備した子どもたちにいいような環境をつくるということは、いまのところ絶望的でしょう。学校だけが変わればいいというものじゃないですからね、これは。

小学校のときから男女共学にするでしょう。あれが間違いですよ。そういうことをするから男の尊厳も女性の神秘も子どものときに失われちゃう。全部。混ぜこぜに生活しているんだから、一番大事なときに。感覚的にもいろんなものが育ってきて一番大事なときに、一緒くたにして芋を洗うように教育するから。だから、男が女みたいになっちゃうし、女が男みたいになっちゃう。せめてそれだけでもマッカーサーの進駐軍の教育制度改革のときに男女別の組だけでも残しておくべきだったとぼくは思う。

外国ならいいけれど、日本人は、日本人らしい人間が育ってゆかなければ、国際的にも珍重されないですよ。国際的に珍重されるということは、その国らしさということに尽きるわけですから。外国のマネをしてここまできたぞとやればやるほど、かえって馬鹿にされるようなことになりますよ。せめて小学校だけでも、だから、男女別に教育したほうがいいと思いますね。中学校まででもいい、別にして。高校から一緒にしたら、ある程度のお互いの神秘的なもの、男に対するあこがれ、女に対するあこがれをもつようになるんじゃないかと思う……。

それが、一番肝腎《かんじん》なときにやるから、七歳から十三歳、一番肝腎なときに男女まぜこぜにしてしまうから。そのときに生涯を全部決定するわけですからね、人間というものは。大体、五歳から十歳くらいの間に全部決定されるわけですよ、そのときの生活環境でその人の一生が。こういうことを考えてみると、これはもはや個人の問題をこえている。どうにもならないようなところがある。

「戦前」は十把ひとからげで否定される。が、いまはもっと恐ろしい時代ではないか……

いまさら総理大臣が教育の何カ条なんていったって、そりゃいっていることは確かにまともなんだけれども、果たしてそれが実行できるか。でき得る環境が全部破壊されちゃっているのに、そんなことを口先だけでいってもどうにもならない。ただ勉強させればいいなんて。

大学なんて英国の二、三十倍あるんでしょう。大学の大安売りでしょう。それがしかもパーソナリティーというものを全部つぶされた教育だからね。芸術もそうだし、医学もそう。全部パーソナリティーのない、ね。医学なんて次第に管理的医学になってゆくだけですよ、そうなったら医学の亡《ほろ》びるときです。医学にはまだ管理するだけの能力がないんだもの。人間の肉体のほうが力があるんだから。その肉体本来の力をふやしてゆく、衰えてゆくのを防いで、助ける、それが医学ですからね。このまま管理的な方向にいったら医学は亡びてしまう……。

考えてみると、いまが一番恐ろしい時代かもしれない。ですからね、ぼくらは戦前から生きてきたわけだけれども、いまは戦前というと全部否定しますね。江戸時代、封建時代というと全部否定してしまうように。しかし戦前はいけない、軍閥が横暴をきわめた間違った戦争をした……これは実際確かにそうだけれども、内政はとても整っていたんですよ。国民に対する政治家の威張り方というものは、民主主義でもなんでもない、大威張りに威張っていたけれども、国民に対する心づかいというものは、神経の配り方は、全然違う。軍人ですら内政に対しては神経の配り方が違いますよ、いまと。外では馬鹿な戦争をして馬鹿軍人だったけれども、内政に関しては非常に安定していたと思う。

進歩主義者は、やれ監獄にぶち込まれたの、どうのこうのといいますけれども、しかし、ぼくらなんか相当無茶苦茶なこともしたけれども一度もいやな思いをしたことはないんだから、戦前は。思想関係だけでしょう、そういうことがあったのは。

学生運動の過激派みたいな、ああいう若い人が出てくるというのも、その人個人というより時代のゆがみ、それがああいうかたちで個人を通じて表われてくる、といえるかもしれない。よくわからないけれど、たとえば重信房子、ああいうほうに走るきっかけというのは、ごく単純なものじゃないかと思う。男にだまされたとか、失恋したとか、家庭環境が面白くないとか、そういうことではないかと思いますよ、動機は。

プロセスを通じて自分を鍛えようとしない……

だから己を賭《か》ける道も見つからない……

自分はこういうふうに生きたいとか、人間はこういうふうに生きねばならぬとか、若いうちは割合そういうことを考えるものですけれども、自分を賭けるだけの生涯のロマンみたいなものがどこにも見つからない……そういうものがないことはないけれども、やっぱり見つけられないいんですよ。

感覚的にだんだん鈍化している、ということがあるから。パッと見た瞬間にいいなアと思う、俗にいう「ひとめ惚《ぼ》れ」そういうことがなくなっていますね。ほんとにパッパッと、男なり女なり、見た瞬間にわかるということがない。

白か黒か、そういうきめつけがあって中間色がない、いまは。人間とか人生とかの味わいというものは中間色にあるのだから。中間色というのは白と黒の間の取りなしということは政治ですよ。本来。その政治そのものが白と黒なんだからね、いまは。

こういう時代では、勘兵衛が一生を賭けていたような男の意地、夢というものは確かに見つけにくいでしょう。その人の資質によりますけれども。たとえば医学校を出た人ですね、僻地《へきち》へ行って働くなんて絶対いやがっていますからね。僻地の自然の中で、本当に医者がいなくて困っている人を助ける、これは興味をもって面白く有意義だということ。これは多彩ですよ、あらゆる人間に接するんだから……それをやれば顔も変わってくるんだ。しかし、だれ一人やらない。

そういうところから得たものによって次の段階を見つけて登ってゆくということが、いまはないんだから。学校卒業した途端に、先に博士になっておこう、そればかり考えるから、途中の段階もなにも考えない。プロセスによって自分を鍛えてゆこうとか、プロセスによって自分がいろんなものを得ようということがない。だから、道が見つからないんですよ。小説書く志望の人でもそうですよ。すぐ流行作家になりたい、原稿を金にしたい、それでやっているんだから、いま。

はっきりわかっている自明のことをやらないんですよ、最近。いまの文明なり文化なりがどんな具合になっているかというと、時計をごらんなさい。腕時計を。まるで文字盤のないのがあるでしょう。真っ黒だったり赤い色だったりの上に針だけ動いている。あれは時計じゃない。「時を見る機能」がない。アクセサリーでしょう。あれなら腕輪をしたらいい、男でも。そういうこと一つを見てもわかるように、物事の道理というものが全部狂っちゃっているんだね。

医者や小説家志望でなくて、数の上では一番多いサラリーマンの場合ねえ……やっぱり同じことがいえるんじゃないかな。なんだか教訓じみていやなんだけれども、下の仕事、人のいやがるようなことをもっと進んでやる、それが大事なんじゃないかと思いますよ。実際ね、これが一番面白いんだよ。上ばっかり見て昇進試験だ、なんだというようなことにばっかり気を使ってるとだめだ。

ぼくは役所の仕事をしてましたがね、自分では一度も昇進試験なんて受けなかった。それより自分の、そのときの仕事を楽しむ、そういうふうにしていたね。そういうふうにしないとね……。楽しむことによって、おのずから次の段階というものが見つかってくるのだから……。

「努力」では実らなかったら苦痛になる

「楽しみ」として、仕事に身銭を切れ……

サラリーマンでは仕事を楽しむなんてとても無理、毎日同じで、毎日単調で、と思う人もいるかもしれないけれど、そんなことはないんだよ、決して。考えてもごらんなさい、ぼくは役所の、それも税金の徴収係をしていた。そういう仕事でさえ「楽しむ」ことは可能だったんですから。

自分の仕事としてそれを楽しむことができない仕事なんて、ないですよ。差押え係なんて、あんないやな仕事はないよ、それをぼくは実際楽しみにしたんだから。いろいろとやり方を考えてね。たとえば、日銭の入る店があるでしょう。そういう店には、「毎日来てあげるから、一日二千円、私によこしなさい」

これなら相手は払いやすいわけですよ。毎日必ず来る……毎日必ず二千円ずつ払う。そうすると、いつの間にかきれいに済んじゃう……。毎日必ず払ってくれるとわかっていれば、あらかじめ領収書つくって行ける。

自転車を店の前へ停めるとサッと払ってくれて、こういうふうだから、他の連中が一日中かかるところをぼくはお昼で終っちゃう。それでいて成績は五番と下らない。だから、お昼からは映画見に行っちゃう、大威張りでね。

どうしても税金を払わない床屋がいた。あるとき行ったら、ちょうど忌中。奥さんが亡《な》くなって。ぼくは、自分の金五百円だったか包んでね、何にもいわずに黙って置いて、その日はそのまま帰って来た。翌日、一番に来ましたよ、床屋が、税金払いに。なにも役所の仕事なのに自分の懐《ふところ》の金を払って、と思うでしょう。ところが結局、とくをするのはぼくのほう。自分の受持ちの町内が決っているわけですよ、で、ぼくが自転車でまわって行くと床屋が店から飛び出して来て、

「池波さん！　ちょっと、ちょっと寄って行きなさい。ヒゲそって行きなさい。この

剃刀《かみそり》使いやすいからもって行きなさい……」

あれで二十回以上ヒゲをそってもらったか、もちろん金なんかとってくれませんよ。あのころで一回二百円か二百五十円……だから、役人でも、会社員でも、身銭を切りなさいというわけですよ。仕事そのものにね。同僚と飲むことじゃないですよ。そうしないと実らないいんじゃないかな、仕事が。

しかし、いまの人は仕事に身銭を切らないねえ。職場で毎日お茶いれてくれる人がいるでしょう。そういう人に盆暮れにでも心づけをする人が、まあない。いつもおいしいお茶をありがとう……そういってちょっと心づけをする、こりゃ違いますよ、次の朝から。当然その人に一番先にサービスする。そうすると気分が違う。気分が違えば仕事のはかどりがまるで違ってくる。

こういうふうに、自分の仕事を楽しみにするように、いろいろ考えるわけですよ。楽しみとしてやらなきゃ、続かないよ、どんな仕事だって。

「努力」だけではだめですよ。ガムシャラな努力だけでは、実らなかったら苦痛になる、ガックリきちゃって。一種のスポーツみたいに仕事を楽しむ、そうすることによってきっと次の段階が見つかり、次に進むべき道が見えてくるものですよ。

最後にもう一ついえば、他人が自分をどう見ているか、気をつけてみることです。とくに日常まわりにいる人でなく、そのとき初めて会うような人、旅先で切符を買うとき、タバコを買うとき、旅館で女中さんに会ったとき、その初めての相手が自分をどう見ているかね。それで自分というものがわかる……。

これは、偉くなればなるほど、そういうふうに気をつけないと、課長とか重役とかになればなるほど、ね。

役者でもそうだが、偉くなると「とりまき」ができるでしょう。いつでも自分に対するいい顔しか見なくなる。そうなったらおしまいですね。

豊臣秀吉

秀吉の出生は、結局、謎《なぞ》であるとしかいいようがない……

秀吉についてはね、貧しい、卑《いや》しい生まれでありながら立身出世して天下を取った、そういう人物として一般には受けとられている。

しかしね、必ずしも貧しい名もないところの伜《せがれ》であったかどうかわからなくて、もしかすると高貴な血をひいていたのかもしれないという、そういう研究をしている人がある。それは、天皇の子だとはいわないけれども、朝廷関係の、宮様か、お公卿《くげ》さんの子であるということで、それを調べている人が九州にいるんです。相当、確信をもって調べているらしい。

それを否定するわけにもいかない。たとえば田中角栄なんかと比べて、成上り者だときめつけていう……秀吉が天下を取ったから成上り者だといわれるけれども、ほかの人たちも、信長にしたって、もうちょっと前までたどっていけば、それほど違いはないんですよ。

いまは、妙に身分のことなんかをうるさくいうようになったけれども、当時は、あんまりそういうことは考えていない。

近江《おうみ》の大津のそばの日吉《ひえ》神社に関係があるという説がある。秀吉の生まれが。だから、日吉丸という名がある。太閤記《たいこうき》にもあるけれど。これを調べている人がいて、それもはっきりわからないけれど、はっきりわからないといって否定するわけにもいかない。あのあたりの、名もない土民の子で、学問もないのに、そんな土民の伜があれだけになったという説も、だから、一概に信じることはできないね。

秀吉が偉くなってから、朝廷との関係が非常にスムーズに、うまくいっているということが一つの示唆《しさ》になるかもしれない。朝廷との関係は、これはとても密接で、朝廷は秀吉を親しくも思うし、大事にするし、そのために豊臣家と朝廷との関係が非常に密接になった。家康が天下を取ったときも、朝廷なり京都なりの人気というものが、まだ、豊臣家に根強く集まっているということから、家康はずいぶん苦心もし、乱暴なこともしていますね。

そういう結びつきというものは、そりゃ秀吉がずいぶん世話もしたろうけれども、非常にスムーズに朝廷との関係を結んでいたということは、単にそれだけでは説明しきれないところがあるような気がする。たとえば、家康の場合は、朝廷なり天皇に対して圧力を加えて、力で押し通そうとしたりしている。しかし、秀吉には圧力をもって自分の位を増したということはないような感じがしてならない。

お妾《めかけ》さんに、高貴な女ばかりを好んで選んだから、これは成上り者だと、そういう説もあるね。事実、それはそうなんだけれども、一方的に、それは秀吉が成上り者だったからということもできない。秀吉がとくに劣等感を持っていたという事実もないし、裏返しに物事を見るのは、ちかごろ一種の流行《はやり》だけれども、必ずしもそれは当たらないですよ。

尾張の貧しい家の子に生まれ、お母さんがなんとかいう茶坊主と再婚して、秀吉が継父との間がうまくいかなくて家を飛び出して放浪した……それはまあたしかにその通りだったでしょう。

室町時代の、あの戦乱の時代に、朝廷関係の宮様とかお公卿さんというのは大変貧乏してしまって、自分の持っていた領地はそれぞれ土豪だの戦国大名だのに勝手にされてしまうし、収入はなくなってくるというので、その貧乏ぶりというのはそれこそひどくて、方々、あっちこっちへ逃げていって、そのまま地方に土着したお公卿さんも少なくない……そういうことをさかのぼると、これは数百年も前からのことですから、そういうことは段々と時がたっていくにしたがって、土着してしまえば、もう、わからなくなってしまうわけですよ。

もちろん、だからといって秀吉が宮家の子だ、公卿の子だという証拠もない。秀吉自身はそういうことは一切いわないし。

自分がひとに作らせた伝記、そういうものは残っていますが、それなんかで見ると、えらいことといっているから、前身をかくしてあれしているなんてことになってくるんだな。結局のところは、わからないというしかない……。

天性、秀吉は人をひきつけずにはおかない人物であった……

秀吉の偉くなりかたというのは、まさに強運の人というのを絵に描いたようだというふうことになっている。けれども運だけで偉くなれるわけじゃないから、それじゃ秀吉があれだけになった一番の原動力は何かというと、天性人心を得るような、そういう天性を持っていたんですね。人の心をひきつけずにはおかない……。

これは、権謀術数とかテクニックということじゃなく、おのずから秀吉に備わっていたものでしょう。そうとしかいいようがない。彼の場合は、若いころからすでにそうなんだから。始めのうちはそうじゃなくて、いろんな苦労して中年に達してから初めて人をひきつけるような男になったというのと違うわけですよ。若いときからそういうところのあった人だから。

この点は、秀吉と前田利家なんかとの大きな違いですね。信長の家来で、秀吉よりちょっと先輩で、後の加賀百万石の祖になった、あの前田利家。この利家なんかと比べると……。前田利家の若いころと、中年以後の利家とは全然違うわけです、人間が。もうガラッと。いろんな目にあって、それで変わってきて、最後に老人になったころには、天下の要《かなめ》である秀吉が死んでからは、どの大名も前田利家には敬服していた。だけど、若いころの利家は、そうじゃない。もっと血の気の多い乱暴者で、力が強くて、槍《やり》の又左衛門といわれたくらいの武勇の士だったでしょう。信長には可愛《かわい》がられはしたけれど。とにかく大変強いけれど、強いばかりの豪傑だったわけですよ。それが、だんだんいろんな目にあってきて、そういう人格を形成した。晩年になるにつれて。

秀吉の場合は、もともと豪傑ではないわけで、おそらく人を殺すということも、信長の家来になってからはあまりないんじゃないですか。その前の、まだ放浪中だった若いころには何があったかわからないけれども、信長の家来になってからは、おそらく戦場に出てもね。

あの、桶狭間《おけはざま》の戦いには出陣しているけれども、あるいは槍をかついで後のほうからついて行っただけでワーッといって逃げちゃったかもしれない。どうも戦って人を殺したということはなくて、頭で戦うほうだったんだね、秀吉は。これは秀吉が自分自身でもそう考えていたと思う……だから、そのあたりを小説で書けば、こんなふうになる……。

豊臣秀吉は、黒書院の縁へ気軽にあらわれ、勘兵衛を引見した。

座にひれ伏した勘兵衛へ、秀吉が、

「おうおう、見おぼえてあるぞよ」

「ははっ……」

「山中攻めのはたらき、まことに見事であった」

「おそれいりたてまつる」

「わしは、な……」

「は……?」

「そちと同じ、生いたちは野ねずみじゃよ」

「……?」

「なれどのう、そちほどの腕力《うでぢから》はない」

「は……?」

「槍も刀も下手の下手よ。むかしは亡《な》き右大将さまの下について戦場をかけめぐったこともあるが、敵の首ひとつ、討ち落したこととてないわ」

　さらさらと、いってのける。

（こ、これが、天下さまか……）

　あまりに気軽く、秀吉が自分をあつかってくれることに、勘兵衛は驚愕《きょうがく》していた。

「そのかわり、な。わしは腕力をたのまず……」

　と秀吉が自分のあたまをさして、

「ここをつこうた。ここのちからをたのむことにした。そのおかげで、いまは天下人とはなれたわけじゃが……のう、勘兵衛よ」

「はっ」

「そちも、たまさかには書物を読め」

「はっ……」

「字も習え」

「たはっ……」

「申しきかす」

　急に、豊臣秀吉の声に威厳が加わり、

「わしが口ききじゃ。増田《ました》右《う》衛門尉《えもんのじょう》の家来となれ」

「はっ」

「わしの口ききゆえ、勝手わがままは、ゆるさぬぞよ」

すばらしい声であった。

その大きな、雷鳴のごとき声が、秀吉の小さな躰《からだ》のどこから出るものか……。

（『戦国幻想曲』より）

とにかく、あれだけ若い二十代で信長に認められて、身分も足軽から一軍の将になったわけだから、信長に認められれば認められるほど同僚たちから嫉妬《しっと》もされ憎まれもしたろうけれども、しかし、それがために後年になって秀吉が人の恨みを買い、それで失脚するということはなかったからね。

だから、天性でしょう。もって生まれた愛嬌《あいきょう》というのかな。天性の愛嬌と、人心をひきつける人柄と。そうして自分が偉くなるにしたがって、なればなるほど下の人を可愛がるし、同僚と仲よくするし、上の人に対しては媚《こ》びへつらうというんじゃなくて、うまく間を遊泳するというか取りもつというか、自分も知らないうちにいつの間にか自分が納めてしまうような、そういう能力を天性備えていたんじゃないかと思いますね。

サルよ、禿《はげ》ネズミよといわれながら……

だいたい信長という人は、口が悪くて、人をからかってあだなをつけるのが得意だったらしいね。秀吉はサルといわれていたし、ネズミともいわれていたようだ……禿ネズミ、禿ネズミといわれていたんですよ、信長に。信長は秀吉のことをそう呼ぶように、前田利家にも、やはり、あだなをつけて、こっちはイヌといっているわけです。前田利家の幼名が犬千代だったということと、犬のようにクンクン鼻を鳴らして自分にしたい寄ってくる、信長にしてみれば自分が年中飼っているような気持で可愛がっていたから、それでイヌ、イヌ……。利家という人はたいした美男子である上に、六尺豊かな大男、その利家にそういうあだなをつけるくらいだからね、信長は。

まあ、秀吉は、実際にもサルに似ていたかもしれないな。今にして、信頼すべき画像を見てもね。たしかにサルにもネズミにも似ているようだ。そのかわり、声は大きかったらしいよ。まわりがびっくりするくらいに。やっぱり信長なんか、ずいぶん頭たたいたりしてコキ使うわけだけれども、秀吉は、そういうことは一向平気なんだ。

これがもし明智光秀だとそうはいかない。光秀が信長に頭たたかれたりしたら大変なことですよ。気に病んじゃって。神経質になって、頭をたたかれたということは、こう思われているんじゃないか、主人に嫌われているんじゃないか、どうして自分は叱《しか》られるんだろうかと、内向しちゃうわけだ。

その内向したものがつもりつもって本能寺の変になったわけですよ。秀吉の場合は、頭のひとつやふたつたたかれたって、ボーンとなぐられると「痛うございます!」そういうようなことをいうらしいんだな。

それを見て何もいえなくなる、怒る気もなくなっちゃうということじゃないですか。それで怒られても平気で出てゆく。信長のところに。信長が出てこんでもいいって怒鳴るでしょう。翌日出てくる。平気な顔して。

信長という、自分の主人がどういう人かということを、秀吉はよくわきまえていたんでしょうな。そういう、人を見る目、人の心を察する感覚というものが、若いころから諸国を放浪していろいろ苦労している間に身に備わったものと思うね。だから、秀吉については、若い放浪時代というものを看過することはできないですよ。いろいろと伝説があるけれど、何をしていたかわからないけれど、それを小説に書いたらいいと思う。

二十《はたち》くらいまでの若いうちの放浪というものが人間形成に大きな役割を果たすと、よくいうけれど、その放浪時代、秀吉がどこをどう歩いていたかわからないんですが、だいぶ方々ほっつき歩いている間にいろんな人に出会う。

これは実際にいた人だけれど、蜂須賀《はちすか》小六。当時は野武士でしたが、橋の上で秀吉と、そのころはまだ日吉丸か、ふたりが会う話がありますねえ。あれは本当かどうかわからない。けれども蜂須賀小六は実在の人物で、後には秀吉に仕えて大名になった人だけれど、その蜂須賀小六も含めて、放浪時代に出会った人たちが秀吉に悪い影響を与えなかったということだな。

そのころに出会った人が悪い影響を与えていて、ひどい目にあったりしていたら、秀吉はもっと違った、悪い人間になっていたかもしれないし、途中で殺されてしまっていたかもしれないんだから。

人間は五、六歳までにきまる。

秀吉はおっかさんのおかげで……

若いときに、どういう人間に出会うか。それが人柄というものを左右する。その左右することを自然に選んでゆくわけですよ、だれでも。

子どものころ苦労して、中年になってからも、いかにも若いころ苦労したという、苦労が顔に出ている人がいますね。それから、苦労がすっかり消えちゃって、本当に苦労してないような顔した人もいる。そういうふうにふたつにわかれてしまうということは、なんとなしの生まれつきでしょうね。

生まれつきといったけれども、これは、つまり、うんと小さいころの母親の問題ということです。秀吉のおっかさんという人がえらい人だったんですね。人間の形成というものは、生まれついてから五歳《いつつ》くらいまでが最も大事で、そのときの家庭生活というものが全部、一生影響してきますよ、絶対。そう思う。

秀吉の生母は、お金がなくて貧乏だったけれども、後に大政所《おおまんどころ》と呼ばれるようになってからでも、その人柄というのはわかりますね。いかに人柄のよい婦人だったかということが。そういう立派なおっかさんに育てられた幼少のころというものは、秀吉の将来に相当影響しているんじゃないですか。

なるほど、おっかさんが再婚して、秀吉は義父との間がうまくなくなって、家を飛び出してくるけれども、そのときまでには、もう秀吉の人格、人柄というものが形成されていたから、だから諸国放浪に出ても悪い結果にならない。比較的にね。

秀吉の人柄というものが、接する相手を自然に選んでいって、彼に益するところのあるような人ばかりを選んでいたということになるんじゃないかと思う。結局、秀吉は、おっかさんの、大政所の影響でその人格をつくったということ、これは否《いな》めない事実です。

そういう秀吉だから。わかるでしょう。遠い九州の地から何度も、おっかさんが死にそうだというと駈《か》けつけてくる……朝鮮はおろか、明国《みん》からインドまでを相手にしようという秀吉だけれども、おっかさんをしたう心は人一倍強烈だった。大政所危篤《きとく》の使者がはるばる京都から駈けつけてくると、秀吉は、もうとても海を渡るどころじゃない。夜を日についで九州の名護屋から京都へ駈けもどるのだけれど、何しろそのころのことですから、ついに間に合わなかった。

「悲しや、悲しや……ま、間に合わなんだとは……」

いうなり秀吉は、ばったり倒れて、その場に気を失ってしまったといいますよ。これは事実です。いかにおっかさんという人が秀吉の一生にとって大きな存在だったかわかりますね。

土民の子も大金持も、

生活の内容は大差なかったから……

秀吉というと、すぐに、成上り者といい、土民の子というでしょう。しかし、昔は、そりゃたしかに大名なり大金持、大百姓というのはいるけれども、生活自体はそんなに土民と変わらないですよ。ないんだよ、貧富の差というものが。

いまは、ある意味で貧富の差が一番顕著な時代といえるかもしれない。当時は違うんだ。食べるものといっても、そんなに変わらないし。前にも話したけれども、大名にしてからさえも焼塩で稗飯《ひえめし》だか粟飯《あわめし》だか食うわけでしょう。加藤清正が、そこにタデの塩漬を余計につけたからぜいたくだといわれたという話が残っているくらいですから。

大名だって土民だって大差ないものを食っているんですよ。着るものとか、家とか、余分の金を持っているとか、そういうことでだいぶ差があったろうけれども、生活自体がそう上の人の暮らしをうらやむほど、それほどの差はなかった。それだけの物資がないんだもの、世の中どこにも。みんな同じものを食わなければいられない時代ですからね。

多少の違いはあっても、そんなに毎日まいにち、こっちは味噌汁にお新香だけで食べているのに、むこうはモーニング・ステーキでコーヒー飲んで葉巻ふかしている、それほどの差はなかったと思う。

そういう意味では、実質的な生活の差に歯がみして口惜しがったりすることはないわけだし、コンプレックス持ったりすることもなかったと思うんです。

武士と百姓ということでは大きな違いがあるという見かた、これも一概にはいえないことでね。武士は年中戦争しているから、戦争という大変なことをやっていたから、そのためにもかえって百姓を大事にする。それでないと戦争できないわけだから。自分たちの戦う原動力は百姓ですから。自分たちが朝廷なりお公卿《くげ》さんなり、旧足利幕府の守護大名たちの手から離れて、新しい戦国大名として生きのびるために戦う、それがためにはどうしても百姓たちを大事にしなければ、自分たちを助けてくれませんから。だから、いま考えるよりもずっと大事にしているわけですね。

例外は無論ありますよ。江戸時代の幕府の封建的な時代で庶民がみんな大名にいじめられていたということがすごく定説になっているようだけれども、これはごくわずかであって、それは徳川二百六十年の間に百にも足りないでしょう、農民をいじめた大名というのは。

ところが、そういう悪い例だけ残って、いい例は、これは当然のことがされているから残りはしない。

だから残っているのは悪い例ばかりで、それだけを見て大名は百姓をいじめた、ひどい時代だったというんだけれどもね。そういう解釈しかできないというのは実際情けないと思う。

始めから天下を望んだやつは

みんな駄目になってしまう……

秀吉が、始めからひたすら天下を取りたい一心で、それを目的にしてあれこれやっていたら、とっくに駄目になっていたでしょうね。信長に仕えている間、秀吉はまるでそんな気はなかったといっていい……。ただ、信長が自分にうってつけの主人であり、信長にとっても自分はうってつけの家来だという、そういう感じはあったでしょう。理想的な、双方がピタッと呼吸の合った関係で、その活動の中に主従とも酔っていたんじゃないですか。二人の関係を言えば。

秀吉は織田信長の天下のために粉骨して働き、その中でいい立場を占める家来になろうと思ったことは事実でしょうね。信長には信忠という大変すぐれた跡継ぎがいるわけだし、織田政権のために自分は天下がすっかり平和になるまで織田の重臣としてどこまでも働くつもりでいたんじゃないかと思う。それが、信長が本能寺で殺されたということを知った、そのとき初めて秀吉が考えたのは、自分よりほかに自分と肩を並べるような、信長のあとを継ぐだけの者はいない、ということですよ。自分ならできる……信長以外には自分しかいない……そういう自信がそこで初めて天下を取る、天下を自分が治めるという気持になったんじゃなかったかな。

ですからね、始めから天下を望んで、若いころから天下を望んだ人はみんな駄目です。信長だけがたったひとりの例外で。その信長にしてからが、桶狭間で勝ったそのときは天下を取るつもりはなかった……。次いで隣国の美濃の国を平らげたときになってようやく自分は天下を取れる、治めてしまうという気持が起きた。一国一城の主というよりも、尾張、美濃の相当大きな大名になった上で。だから単に若いころの野望でというわけじゃない。

若いうちから天下を取ろうという野望を燃やしたやつは駄目です。家康にしても若いころからそんなことは考えていない。それまでの積み重ねで、時期になってパッと花開くわけですからね。秀吉にしても、信長が生きているうちから天下を取ろうと内心思っていて、いろいろ下の者を懐柔したり、人心を自分にひきつけようと画策したりしたら、そういうことは必ず見つかってしまうわけですよ。彼奴《きゃつ》は油断のならないやつだということになってしまう。

だからね、前にも話したように、行く手の望みだけが目に映っていて、そこまでゆく過程というものを全然考えないでやる、そういうのは結局どうにもならない。毎日まいにちの積み重ねなり、そのときどきの生きがいというものが積み重なって、実力がそこで知らず知らず蓄えられて、それが機会を得たときに花開く、そういうものですからね。

秀吉の場合も、家康の場合も、みんなそうなんだ。現代でもみんな同じだと思いますね。

ぼくらの世界でも、なんとか小説書いて金にしようと思っても、それは必要だけれど、すぐ金にしようたってそれは無理じゃないか。たとえば、ぼくの師匠の長谷川伸のところへ初めて行きましたとき、小説を書くという仕事は肉体が相当疲れる上に神経が非常に細くなるというんだ、先生が。非常に神経が細くて、しかし細いばかりでも世に出てゆけない、神経が太くて細くなければいけない。両方持っていないとこの仕事は一人前になれないんだけれども、しかし男の仕事としてまあそうひどい仕事じゃない。やりがいのある仕事なんだから。自分がやりたいと思ってやるのだから、失敗したからといって、これは男の仕事じゃないということじゃないんだから。失敗したからといってこれはしようがないんだ。一所懸命やってそれで挫折《ざせつ》した、失敗した、世に出られないからといって、これは誤った、これは男の仕事じゃなかったということにはならないんだ。そんなことといったら、男の仕事なんて何もないんだと、そういわれたけれど、それと同じじゃないですか。

男というものは
挫折するたびに大きくなってゆくものだ……

いま、現にやっていることに、どれだけ打ち込んでいるかという、その積み重ねが後になってそのときが来たときの差になる……かといって、ただ一所懸命に努力するというのでも駄目だということは、この前にも話したと思うけれども。行く先の望みということで努力するというのは、その望みが思い通りにならないと、もう続きませんから。苦痛で。

どうしても自分が楽しみながら、生きがいを感じながら現在の仕事をするということでないと、挫折したときに立ち上がれない。ところが、いまの若い人たちは、挫折することを始めから嫌って、そっちを避けようとする、そういう感覚が非常に発達しているように思いますね。しかし、挫折するたびに、自分の仕事でも、人間でも、ひとまわり大きくなるものだ、必ず。

だから、ぼくなんかの場合は、いまはそんなことはしませんけれども、芝居を書いて、自分の芝居が初めて東京の舞台で上演されたのは二十八のときですから、比較的早いわけですよ。そのとき、商業劇団に出て来たんですから。それからずっと芝居の仕事を十年ばかり続けましたけれども、あの世界というのは小説の場合とちょっと違っていて、大勢の人間がひしめく世界で、縄張りが狭い。狭いでしょう、東京の芝居小屋、いくつありますか。歌舞伎はぼくの芝居の場じゃないんだから、大衆演劇の大劇場というと、明治座、演舞場、それだけしかない。そこに劇作家というのは何人かいるわけだけれど、そこへ下っ端としていきなりデビューしてね、これは相当つらいわけですよ。いろんなことを役者の間、先輩作家の間で、政治的にうまくやる必要というものはある程度迫られる……だけど、それをやった人は、ほとんど駄目になっちゃうんです。

そういうことをやるということは知っている、十分知っているし、わけもないことだ、そんなことをやるのは。だけど、それをやっちゃ駄目なんだ。自分の進出を阻止するものが何かないといけない、いつの場合でもないといけないんだが、それは、いい仕事をすることでひとつひとつ打ち破ってゆくしかないのですね。とにかく自分の本来の仕事でいい仕事をして、それをどうしても相手が欲しいというようにさせる。そっちのほうでだんだん上がってゆくのが一番いい。

これは小説の世界でも同じだと思う。おそらく、やってすぐ人気作家になるというのはわけない話だ。わけないというのは才能があればね。だけど、それは、わけないということはテクニックにすぎないことですからね。直木賞とった時点でぼくはエロ小説書けばいっぺんにそのときは出られるかもしれない。パッと、華やかに。しかし、そうしたら、いまのぼくはないわけですよ。直木賞とった時点では、まだまだ小説家としての自分は未熟なところで精一杯のところにいるわけです。だから、それから十年後、十五年後の自分の仕事というものを考えた場合に、やはりそのときには人に華やかに騒いでもらわなくても、蓄積することが大事なんですよね。行く先、自分が流行作家になろうということじゃなしに、自分が小説という仕事を何年か続けなければならないということを考えてみれば、おのずからそうなるわけだ。二年、三年で食いつぶされることは目に見えているのだから。

だけども十年十五年、自分で書いて食べていて、家族を養わなければならないということを考えると、十年十五年二十年先の自分がどういうものを書くかということを蓄積しておかなければ、とても仕事なんて続けられるものじゃないんだから。そのためには、やはりそうなってゆく、自然にそうなってゆくんですね。自分の力を知れば。

だから、秀吉という人は、信長の家来でいたころは自分の力というものを十分にわきまえていたんじゃないですか。信長はああいう人だから、どんどん抜擢《ばってき》して、古い織田の家来たちはずいぶん嫌な目で秀吉を見たと思いますけどね。そのために大変な摩擦が起きてどうしたという史実は残っていないんですからね。これは、秀吉が信長の下にいて、そこでの自分の力というものを十分にわきまえていた、そして信長のすることをどんどん吸収して蓄積していった、ということですよ。

政治家としては
秀吉よりも家康のほうが一枚上だが……

信長にね、秀吉がこういっていますよ。日本の天下が治まったら自分は朝鮮にやってくれ、朝鮮を自分に治めさせてくれ。そうしたら、お前は大変な大風呂敷だと信長が笑った。秀吉が異国へ目を向けるという感覚は、これはやはり信長の感化でしょうね。

信長という人は、外国の牧師さんなんかを安土に呼んで外国事情を聞いたり、いろいろ世界の国際感覚に目ざめた戦国大名だから。その下に付き添って年中話を聞かされていたわけだから、秀吉もどうしたってそうなる、それが後の朝鮮出兵に結びついてくるわけだね。

それでね、秀吉の場合は家康よりも政治家としては一段下ですよ、政治家としては。人間という点から見たら、家康のようにコツコツとたたき上げていった人と違って、パッと花が開くスタートであったことは家康がとても追いつかない点だけれども、政治家としては家康よりかちょっと下になるでしょうね。感情の動きの、あまりにも激しい人だからね。

朝鮮出兵というのは日本を守るためにむこうに進出しておいて、元寇《げんこう》のようなことがあるといけない、朝鮮から攻めてくるといけない、それより先に手を打ってこっちから出て行ってあれするという、そういうこともあったでしょうけれども、むしろ、どうにもならない感情の起伏に突き動かされてのことで、なにかせずにいられない、天下が自分の手に収ったというのに、なにかしなければいられない人だったんだ、あの人は。

秀吉の天下というのは、ごくわずかですよ。完全に天下をとったのは小田原征伐後だから、たった八年くらいですね。その間に自分の豊臣政権の安定をはかって日本の国に絶対戦乱がないようにしたかというと、そうではないんだから。小田原を降伏さして天下とって、二年もしたらもう朝鮮出兵だから。

せっかく、戦乱が収ったんですからね。日本の国自体の諸大名を諸国に配置して、それを自分が束ねてゆくという政治構成というものを打ち立てなければいけないわけだ。当然。政治家としては。そんなこともなしに、いきなり戦争にとりかかるというのは、ひとつには家康のように子どもがたくさんいるわけじゃなかったから。戦争にとりかかってから子どもが生まれたんだからね、秀吉の場合は。

これは結果論だけれども、信長の下にいて自分の国を治めるという一個の大名だったときの秀吉は、このときは立派だったと思うんですよ、民政といい、経済のことといい、非常に明るい才能を持っていた人でしょう。家臣団を統制してゆく上でも卓越したものを持っていた、その点で大変すぐれた政治家だったと思うけれども、それが日本の天下を治めるということになったとき家康に比べて政治家として一段落ちるんだね。

天下をとったときに家康と秀吉とどういうふうに違っていたか、ひとつには家臣団の構成がまるで違う。家康の場合は祖父以来の譜代の家来たちが一致団結してことに当たる。家臣団が非常に強力に整備されているわけですよ。その点では、武田信玄が死んでしまったあと、徳川家が当時日本一だ。一家一族の団結力というものは。

秀吉の場合は、全部、自分が偉くなってからの家来で、祖父以来の譜代の家来なんてないわけだ。全部自分が取り立てた家来ですよ。加藤清正、福島正則《まさのり》みたいな連中だけですよ、強いていえば。家康のほうは、本多忠勝、井伊直政、みんな譜代でしょう。その人たちも祖父の代から仕えて、その人たちの家来の家来もまたみんな譜代の家来で、家臣団の団結力、層の厚さ、これが家康と秀吉じゃ問題にならないですよ。そういうところで秀吉はずいぶん心細かった、と同時に、自分が天下とってもだれに譲るかというと、子どもがいないわけだ。

もし、秀吉に跡継ぎがいたら歴史は一変していたろう……

せっかく天下をとっても、自分亡《な》きあとの天下をだれに譲るかということになったとき、秀吉の心は暗澹《あんたん》としてくる。家康のように将来への展望というものが持てないわけだから。

なかなか子どものできない秀吉が、始め甥《おい》の秀次を自分の跡目に据えるでしょう。これは秀吉の姉が三好吉房に嫁いで生んだ子で、これを養子にした。

そこへ、側室の淀の方が思いがけず鶴松という子を生む。秀吉は有頂天になる、ところがわずか三歳で急死してしまいますね。

秀吉には父こそ違え血を分けたただひとりの弟がいて、秀長といったが、この人は大層人望のある立派な人だった。鶴松が生まれても、秀吉は、鶴松成長までこの秀長にあとを継いでもらおうと思っていたくらいだけれども、この秀長も同じころ病死してしまう……秀吉としては、もう秀次を出来は悪いけれどもなんとか一人前にして天下を譲りわたす以外にないと思い始める。と、そこへ今度は、また淀の方が拾丸、つまり秀頼を生んだから事が面倒になったわけですよ。話がどんどんおかしくなっていっちゃうんだな。

秀次がひがみ根性になっていって、内紛が起きて、ついに秀吉は秀次をはじめ、秀次の寵臣《ちょうしん》や妻や側室まで、みんな殺してしまう。自分の手で。

自分がとった天下をどう永続させていくかということになると、心細さというものがとても大きかったんじゃないかと思います。それがために次第にエキセントリックになってゆくんですよ、我を忘れて城をやたらに築いたり、朝鮮出兵をしかけたり……。その朝鮮出兵を始めたところで自分の生母が死ぬ、初めての子どもが死ぬ、秀頼が生まれたからいいんだけれども、そういうことがあって、自らの激しい感情に揺り動かされて、それがためにとんでもない行動を次から次へと引き起こしてゆくことになる……そのもとというのは、やはり、きちんと自分の跡継ぎがきまっていなかったところにあると思う。

だから、あの時点において、初めての結婚の寧々《ねね》ですが、これに男の子が三人も生まれて、信長における信忠のような子がひとりでもいれば、これはぼくは朝鮮出兵なんかしたかどうか疑問だと思いますね。

もしかしたら、その場合には、秀吉は家康以上の立派な政治家として天下を治めて、豊臣政権が続いたかもしれない。天下をとった途端に不運になった人ですよ、あの人は。

ナポレオンも天下をとった途端に、落ちてゆくわけですけどね。そういう点ではナポレオンも秀吉も似ている。ああいう英雄というのは。秀吉にしても、信長にしても。家康だけは英雄ということばがピンと来ないでしょう、家康は英雄というより、やっぱり大政治家で。

人間、やることは
必然的にその師匠に似てくるものです……

秀吉は、いろいろな点で、まったく信長と同じですよ。どうしても似てきちゃうんだな。絵描きさんでも、役者さんでも、始め似ますね、師匠に。やることが。まるでそっくりという人もいますね。あれと同じじゃないか。自分の師匠である信長のやりかたですよ、すべて。秀吉のやりかたは。城を築くやりかたにしても、政治のとりかたにしても、民政の整えかた、全部信長のやりかたの真似といってはなんだけれども、同じだね。だから乱世の英雄であり、乱世の政治家ですね、信長はもちろん、秀吉も。平和時代の政治家ではない。世の中うまくなっていますよ。天命というか。平和時の政権というのは然《しか》るべきところに収ってくるから不思議だね。芸術文化というものに対しての秀吉のやりかたも、信長そっくり。信長が興味を持ち、育てようとしたものを、すべて自分が育ててゆく方針ですね。お能がそうでしょう。茶の湯がそうでしょう。

自分でもお能は相当うまかったらしいですからね。毎年、舞ってますよ。なにかのときに絶讃を博しているね、専門の能楽師たちの間で。片手間の遊びをこえていたんだな。秀吉のみならず、あの野暮な家康だって、秀吉の相手をして太鼓打ったり鼓《つづみ》打ったりするんですからね。前田利家然りでしょう。忙しい戦争やりながら、そういう教養を身につけているんだからね。ひとつのことだけやっているよりも、いくつかのことをいっぺんにやっているほうがいい、うまく運んでゆくということはあるけれども。ぼくらの小説の仕事でもそうですがね。

専門家が見たらどういうかしりませんが、ぼくらから見ると、秀吉の文字なんか非常に洒脱《しゃだつ》で、洗練された趣きのある字ですね。やはり芸術的感覚に大変すぐれた人だったと思う。そういう感覚があるからこそ、お能なんか舞っても専門家が舌をまくらいの出来栄えを見せる。大きな声だったというからよかったんでしょうね。笛も吹くし、鼓も打つし。

そこへ行くと、いまの政治家は、だから駄目なんです。いつまでもアカぬけないというのは、つまりそこなんですよ。ぼくは、卑俗な例かもしれないけれど、一週間に一度閣僚は映画を見たらいいと思う。然るべき人に選んでもらって。外国映画というものは、世界の一番新しいテーマというものを、すべて才能のある芸術家が何人も集まってつくるものだから、ものすごい。その中でも日本に来るものは、必ず選びぬかれたものが来るんだから、そういうものを政治家が見ないということはおかしいと思うな。せめて映画でも見るべきだと思う、いい外国映画をね。

権謀術数という裏口の技術に憂《う》き身をやつしているからね、いまの政治家は。こういうことをいっても何をいわれているのかさえわからない。あんなバカな娯楽なんか見ているひまはないというかもしれない。とんでもない間違いだ、これは。政治家ばかりじゃない、ちかごろは編集者が見ないからね、映画を。それで編集しているんだから、おかしいと思うな、実際。

死にざまを見れば
その人間がわかる……

天下をとった秀吉というのは、朝鮮を攻めとって、そこへ天下様をお迎えするとか、少し誇大妄想《もうそう》気味になる。とうとう狂ってしまわれたと家臣みんなが思ったくらいだからね。家康なんかに、これはもう長いことはないという見きわめをつけられてしまう。もともと朝鮮出兵に賛成した大名はひとりもいないんだからね、みんな反対しているわけだ。

そうこうしているうちに、秀吉は死ぬわけだが、そこで秀吉の人間的な魅力が出てくるわけですね。臆面《おくめん》もなく、何ひとつ糊塗《こと》することなしに、全部さらけ出して、最後には弱々しく子どもの秀頼のことを心配しながら、泣きながら……そういうことは、いくら飛んでも跳ねても家康にはできないんですよ。

自分の死んだあとは、どうか頼む、秀頼を頼む、そう頼みながらその空《むな》しいことをだれよりも一番よく知っているのは秀吉ですよ。空しいことを知っているけれども、頼むよりしようがない。

この間、ある人から聞いたんだけれど、本当かどうかしらないが、志賀直哉さんは生前元気なときに、あの人は相当いい骨董品《こっとうひん》持っておられた、その茶碗とか絵に、そういう物の裏に全部自筆で、自分が死んだらだれにやるということがちゃんと書いてあったそうですよ。ぼくは、これは大変偉いことだと思う。

人間、死ぬときはスーッと死んじゃう、肝腎《かんじん》なことは何もいい遺《のこ》さないで。ぼくの先生もそうです、長谷川先生。まだまだだと思っているうちにスーッと亡くなられた。それがために、あとがずいぶん面倒なことになってきてしまってね……。子母沢《しもざわ》寛さんはお子さんが四人か五人、生前からちゃんと教育していますね。だから死後びくともしない。お葬式のときも。自宅ですよ。それも子母沢家なんて書いてない。梅谷家。いわれていたんでしょう、死んだら梅谷松太郎にすぎないということをよく呑《の》み込んでおけ……。兄弟仲よく、遺産のこともちゃんとして。

一個の家庭にしてからそうなんだから、まして大名なんて。前田利家なんかもきちんとしていたな。秀吉の場合は、そういう意味では可哀そうな人ですよ。自分の出番が来てから死んじゃうまでの期間が短いし。あまりにも。

ぼくらのうちなんか、子どもがいなくてもこれは気が楽だということだけのことだけど、当時の大名なり侍の家で、家というものがあるから、ましてや天下を治める秀吉が跡継ぎがないということは大変なことだからね。政治がいまのようじゃないから。いまは首相がひとり死んでも、総合的な政治というものがどこの国でも発達しているから、近代政治というものが。だけど、あのころはそうじゃないから。跡継ぎがないということは、これはどうしようもない、もう。

芸術文化の大パトロンとして
秀吉の名は永遠不滅である……

信長の死んだあと、秀吉の時代はたった十年かそこらしかなかった。しかし、この十年というものは大変な十年ですよ。

それまでにたまりにたまっていた平和への欲望が、平和になったらああもしよう、こうもしようと思い続けてきた、その思いやら計画やらが一度にパーッと花を咲かしたわけだ。貯《たくわ》えてきた力、財力というものを全部そういうことにふりむけられるわけだから。

その豊富な財力を秀吉独自の融通のきいたやりかたで、いろんな産業の奨励に使う、美術工芸の育成にあてる、そういうことを全部秀吉自身が先頭に立ってアピールするから、それが結実したんですよ。もともとは信長が種をまいたわけだけれども、秀吉がそれを花開かせた。

秀吉が信長の衣鉢《いはつ》を継いで桃山文化の豪華にして華麗な、あらゆる芸術、絵だのお茶だの、そういうものに付随する建築工芸だのを発展させた、すべてのものを一気に花開かせたということは、天下人としてのそれよりももっと大きい功績だと思う。偉大なパトロンですよ。多くの芸術家にいい仕事をさせて、一緒に桃山芸術の花を咲かせた偉大なパトロンということでは、秀吉の功績は絶対に見逃すことができない。

秀吉以後は、秀吉ほどの大パトロンはついに出てこない。そのあと徳川でやったことは、そういう点においては家康のスケールというものは秀吉に対してとてもとても及ばない。元禄文化というけれども、元禄文化は豪華けんらんとした桃山文化に比べれば、スケールも力強さも、質もまるで違う。

秀吉とはまったく比べものにならないけれども、明治以降、近代日本になってからも、民間の事業家、実業家、そのころの政治家もそうだけれども、私財を投じて芸術文化を育てようという、そういうことはずいぶんあったんですよ。

それが、いまではまったくできなくなってしまった。金が入っても税金に全部吸い上げられるものだから。芸術家を育てるばかりでなく公益事業でも個人の力でやっていた人は多いんですよ、昔は。個人でそういうことをすることはいまはできない。そういう世の中になっちゃった。

余裕がなくなったということと同時に、文化が衰弱している証拠だと思いますね。また、こうなってしまってからでは、いまさら金を持たせても、そういうことに使わないだろうしねえ……。

真《さな》田《だ》幸《ゆき》村《むら》

もともと真田一族というのは、さんざんひどい血を流して……

真田の一族というのは信州の小県《ちいさがた》郡の……いまの上田市から三里ばかり入ったところに真田庄というのがあった、そこの豪族なんだ。祖先をたどれば、清和天皇の皇子貞保親王だったといいますがね、こしらえたものかも知れない、その系図も。秀吉のところで話したように、あの時代は天皇の子といっても、みな、方々へ散っているんだから、絶対に清和天皇の続きではないともいい切れないけれども……。まあ、その流れから分かれたのが真田の一族なんだ。いろいろあったが、結局、信玄の時代に武田について信州の一角を確保したわけですよ。信玄が死んで勝頼の時代になってから、信州ばかりか上州の沼田、いまの沼田市、そこの城を武力で取った。

沼田氏というのが代々いたんだが、内乱が起きて、そのころ関東一円を制圧していた北条氏が沼田氏を牛耳《ぎゅうじ》っていた。それをね、真田が飛び出して行って、沼田城を取ってしまった。さんざん、ひどい血を流して沼田を取ったわけですよ。

　これは信州の真田なり上田なり、そっちのほうにある自分の本拠を守ることにつながりがある。自分の国を守って行くためには、隣りの国を守らないと、やって行けない。それがために、関東から北条氏が信州に目をつけて信州のほうへ侵略してくるのを防ぐには、その抑えとして沼田というのがどうしても必要だった。

　ところが、たよりにしていた武田が亡《ほろ》びてしまう。関東の小田原の北条が沼田をほしがって虎視《こし》眈々《たんたん》としているときに。真田家は肝腎《かんじん》なときに、自分の頼みになる武田氏という大勢力というものを失ってしまったわけだ。

　武田信玄亡《な》きあと、勝頼を自分の上州の岩櫃《いわびつ》に迎えて、そこで織田信長の大軍を迎え討とうというところまで行ったんだが、武田勝頼は来ないで死んでしまったわけです。

　岩櫃城に、こうして真田が縮こまっているときに、徳川家康と小田原の北条が取引をしたんだな。信玄が亡くなって、武田家が亡びてしまった甲州とか信州を、みんな二人で分けちゃった、真田のところは取らなかったけれど。

　そのときにお互いに約束して、上州の沼田はあんたのところへやると家康がいった。で、北条はそのつもりでいたところが、真田は絶対に渡さない。

そりゃそうですよ、自分が血を流して取ったのに、どうして家康の勝手ないいなりに渡さなければならないのか。

なぜ、真田親子が
秀吉方と家康方に別れたかというと……

当の真田を無視して、頭ごしに家康と北条が勝手な取り決めをした。本能寺の変のあとに真田氏の去就はめまぐるしく変わるんだが、やがて家康につく。このころ家康は、秀吉と争って小牧《こまき》の戦いで秀吉をちょっとやっつけたから、いい気持になっていた。そこへ北条がねじ込んできた。なぜ沼田をくれないか、約束したのにひどいじゃないか……。

家康としては、自分の娘を北条氏直というそのころ北条家の当主に嫁にやっていることもあるし、それで真田に、しようがないから沼田を北条に返してやれ、代りにお前のところにやる国は、いま空《あ》いていないから、いずれ空いたらどこか見つけてやるからといったわけですよ。これで、その当時の真田家の当主、真田昌幸《まさゆき》が怒っちゃった。幸村、信幸《のぶゆき》のお父さんですよ、この人は。

実に家康というのはけしからん。戦国武士の習いもわきまえない、自分が血を流して取った城を替地も決めないで人にやれ、返してやれ、そんな筋の通らない話があるかって、昌幸がすっかり怒ってしまった。

家康のほうは、みんなの手前もある、これを黙っていると抑えがきかなくなるというので兵を出した。ところがこてんぱんにやっつけられてしまう。家康自身は大病の後だったから出陣しなかったけれども。これが真田昌幸、幸村の親子が家康に対する不快感を持った一原因なんですよ。

そのうち天下がいろいろ乱れて秀吉と家康になりかかったときに、どうしてもしようがないから秀吉が口をきいて家康と仲なおりしろということで、いやいやながら仲なおりするんです、昌幸が。で、そのとき、その印として長男の信幸の嫁に徳川家康の娘をもらった。娘といっても養女で、本当のお父さんは家康の大変な重臣である本多平八郎忠勝、有名な武将ですよ。その本多の娘を家康の養女にしたうえで、真田にやったんだ。小松姫というんだけれどね。

この小松姫というのは、女ながらなかなかのもので、自分の嫁入った真田家と徳川家との間をいろいろあれして、徳川家というものがどういうものであるかということを自分の亭主にさんざんのみ込ませてしまった。当の亭主の信幸は、これは徳川というのは大変なものだ、秀吉亡きあとは天下は徳川が治めなければ治まらないということに思い至る。

徳川家康というのは、前にも話したように曾祖父《ひいじい》さんの代からの家来が結束して家を守り立てる。その結束力というものはどんな他の大名もかなわないほど堅実なものでしょう。だから、これは家康に従うのが真田家にとって一番の良策であると思い至った。

親父の昌幸、弟の幸村も、一応家康に従っていたけれども、結局、慶長五（一六〇〇）年、あの関ヶ原のときに、いままでの不愉快なものを全部吐き出すことになる……それで真田親子が西と東に別れるわけだ、ここで。昌幸と幸村は石田三成の西軍につき、長男の信幸だけは自分の信念から家康の東軍につく。ところが三成が家康に負けたから、真田の上田城は取られちゃった。

真田は直接の戦いには負けたわけじゃない、全然。幸村が父と共に兵をまとめて籠《こも》った上田城は、家康の息子の秀忠が大軍で攻めかかったけれども、びくともしない。とうとう秀忠はあきらめたくらいですから。関ヶ原が終ったあと、幸村と昌幸は、あっさり開城して紀州の高野山に流されることになった。高野山のふもとの九度山というところ。長男の信幸のほうは、家康に忠義を尽したから、沼田城主として残ったわけだ。

豊臣を根絶やしにしなくては、

という家康のあくなき執念から……

長男と親父と、どっちかが残るように考えた末のことだという解釈もありますがね、戦国時代を生きぬく一つの常法だったから、そういうことは。しかし、やはり信幸は自分自身の信ずるところに従って家康についたんだと思う。

真田親子は殺してしまえと家康がいった、そのときに信幸の妻の本当のお父さんである本多平八郎忠勝が、そういうことをしたら困る、自分の婿《むこ》のために昌幸、幸村の命だけは助けてやってくれ、もしもそうしてくれなかったら自分は何をするかわからない、といった。自分の大変な重臣ですから、昔からの。で、家康も平八郎の願いを容《い》れて、幸村親子を九度山に流すことで我慢をした。

秀吉が死んで、だんだん家康が力をのばして、ほとんど天下を取ったわけだが、まだ大坂城には豊臣秀頼がいた。簡単にいうと、家康は秀頼が自分に頭を下げてくれればなんのことはない、ということだったんですよ。自分の家来になると誓ってさえくれれば。ところがなかなか……太閤《たいこう》秀吉の伜《せがれ》だから頭を下げない。秀頼が下げないというよりも、おっかさんの淀君が下げないわけだ。

加藤清正や福島正則も困って、いろいろ苦労して、やっと秀頼が大きくなったとき、ちょうど京都へ来ていた家康のところへ秀頼をあいさつに行かせたわけです。こうすれば一応頭を下げた形になるから。清正なんかも安心した。ところが家康は安心どころか、自分の目の前に現われた秀頼を見てびっくりした。大層立派に成長していて。こういう頼もしい豊臣家の二代目ができて、依然として京都大坂の人気というのは徳川よりか豊臣一辺倒。徳川が京都へ来たってなんとも思わない。京都大坂は豊臣の、太閤殿下の都だということで一般の庶民も天皇も公卿《くぎょう》も、みんな豊臣びいき。これでは家康、心中穏かでない……。

それで強引に戦争に持ち込むんだ、家康が。そのやりかたというのは家康らしからぬ、あくどいやりかたなんですよ、いわば。だけど家康も七十になるし、自分もいつ死ぬかわからない。自分の目の黒いうちに豊臣一族を根絶やしにして、徳川の政権を確立したい、そういうことでしょう。まあ人間、だれでも自分が死期に近づくとそうなるんでしょうね。

二代目の秀忠、三代将軍になった家光、そのあたりまでは大丈夫だろう、さんざん仕込んで家来たちにもよくいってあるから、まあ三代までは安心だと思っていたろうけれども、しかし豊臣家があったのでは心配がなくならない。いつ、自分が亡ぼした大名たちが豊臣家を中心に再び集まって、自分たちをやっつけるかもしれない。その心配があるから強引に戦争に持ち込んだ。豊臣家が京都のお寺に寄進した鐘に「国家安康」とあった、これは家康という二字を胴切りにしてあるではないか、徳川家を亡ぼそうというたくらみの表われである……と理由にも何にもならない理由をこじつけてね。それで、いよいよ大坂城を攻めかけるわけだ。このとき幸村の親父さん、昌幸のほうは、もう死んでしまっていて、いない。幸村は五十くらいになっていた。

慶長十九年。

かくていよいよ「大坂冬の陣」始まる……

豊臣家の強い要望で、幸村は九度山を脱け出して大坂城へ入城することになった。家康のほうは、ちゃんと紀州に気心知れた大名をおいて、浅野家かな、そう和歌山城主の浅野長晟《ながあきら》に幸村を監視させていた。忍者使ったりして。しかし、そうそう監視しきれるものじゃないし、むしろ家康としては、ある程度大坂方と幸村との間を往来《ゆきき》させて、それをジッと見ていたという感じがあるな。

家康は、前に自分がひどい目にあっているから心配でしょうがない。彼奴《きやつ》を大坂城に入れたらえらいことになるということで。それで兄貴の信幸を通じて、なんとか幸村を豊臣方につけまいとした。信幸自身も何度か密使を送って弟の幸村をとめようとした。けれども幸村は応じない。敢然として大坂城に入ったわけです。

幸村という人は、実戦の経験はあまりない。上田城に、昔、十九か二十のころに沼田城の一件で家康が攻めかけてきたときに、兄さんと親父と三人で力を合わせて徳川軍を撃退した、それだけ。あと戦場にほとんど出ていない。だがそのときの幸村の働きというのが、あまりにも強く家康の心に焼きついている。幸村、幸村と家康はこわがるし、豊臣はたよりにしていた、ということはいかに武将としての幸村が優れた素質を持っていたかわかる。

負けるとわかっている大坂城に入城した、どうしてそんなバカなことをするんだという人もあるし、真田家の意気地を立てて死ぬのを覚悟で入城した、幸村の武士道――ということばはまだなかったけれど――侍としていさぎよい態度だと見る人もある。

けれども、ぼくとしては幸村はただ死ぬだけのために、入ったんじゃないと思う。勝算があったからのことだと思うんだな。それほど軍略家としての自信を持っていた。自分が行けば、自分のいうことを豊臣軍が聞いてくれれば、家康を破ることは絶対にできると……。

だけども入ってみて幸村が困ったことは、大坂城の中がもう四分五裂して、いくつもの派閥に分かれている。淀君の周囲には淀君派。それがうるさく干渉してくる。集まってきた大将だの浪人だの、みんな寄せ集めで、それぞれ一国一城の主だった連中ばかりだから、なかなか作戦が一つにまとまらないということになってきた。それで幸村としては、思うようにやれない。

幸村の作戦は、大坂城に籠《こも》っていないで、まず京都を抑えてしまう、伏見の城を取ってしまう。これはわけないことだ。そこで上ってくる家康を迎え討つ。大坂城でなく京都、伏見、できればもっと進んで関ヶ原、あの辺まで出て行って戦おう、そうすれば、その間に自分は如何《いか》ようにもして縦横無尽に敵の虚を突いて家康の首を取るというわけですよ。

ところが、明治維新のときもそうだったけれども、大坂城一つにしがみついて、あだこうだといって、そんなことしたらあぶないんじゃないか、こわいとかいって、敢然と戦いに出る勇気がなかった。幸村の作戦を遂行するだけの能力がない、それだけの器量が豊臣方になかった。

結局は大坂城に籠って、むこうが来るまで待って、ということになってしまったわけだ。じり貧、じり貧になって行くんだね。そういうところが人間の、どうにもしようがない……こればかりは幸村も入城してみて予想が狂ったんじゃないかと思いますね。これでは存分に戦えない……いかに幸村でも。

攻めても攻めても落ちない小さな砦《とりで》

真田丸……

徳川の大軍が大坂城を囲むというので、幸村は、しようがないから真田丸という小さな砦を造った。いまも、その跡が確認できますよ。

宰相山町、大坂城から出て来てちょっと南に寄った町の中だけど、そのあたりまでの大変大きな城だったわけだ、大坂城というのは。

そこへ真田丸という砦を築いた。真田の抜け穴の跡というのが、いまも残っている。墓地の中に。その近くまで大坂城の外濠《そとぼり》があった。そこから見ると天守閣が小さく見え、いかに大きな城だったかということがわかる。

それほどのスケールを持った天下の名城だからこそ、立て籠ろうということにもなったわけでしょう。食糧も相当集めているし、武器も相当あった。かなり秀吉が持っていましたから。いくらでも金を出して浪人を集めて戦うというので、家康もちょっとこわかった。果たして、冬の陣の戦《いくさ》が始まってみるとどうにもならない。

攻めちゃやっつけられ、攻め寄せちゃやっつけられ……片っぱしから。真田丸という小さな砦一つ、いくら押しかけても落とせない。そうしているうちに、戦争が長びくと、家康が負けるんじゃないかという噂《うわさ》が京都あたりで立ってくる。

これはいくら家康でもむずかしいんじゃないか、駄目なんじゃないか、そういう世の中の評判というのはこわいんです。それが聞こえてくると城方は勇気百倍するし、徳川についている中にも迷いが出て、次第に豊臣方につこうと思い始める者も出て来かねないという状態になる。

で、家康は、いきなり和睦《わぼく》に踏み切った。和睦するにも大砲で、淀君の住んでいる大坂城の奥の御殿に大砲の弾をつづけざまに撃ち込んでおいて女どもをびっくりさせておいてそれからおもむろにやる。

淀君を牛耳ってしまえばどうにでもなるということが筒抜けなんだ。城内に徳川方の間諜《かんちょう》がいっぱい入っていて、大坂城内のことは逐一家康の耳に入るわけ。きょう淀君は何をしたか、食事のしかたがどうだったか、大砲の音に仰天して御飯をあがらなかったということまでわかっちゃう。

間諜で充満していたわけです、大坂城は。間諜網はすでに十年も二十年も前から豊臣家に対して張られていた。家来になって入り込んだり侍女になって入り込んだり、いろいろな形で。

そこへもってきて淀君の妹の、浅井長政の娘だけれど、尼になっている人がいる、この人を差し向けて淀君を口説いたり。いろいろして、淀君が音をあげたら和睦しようと思って。そうして和睦するや否《いな》や外濠を埋めちゃった。約束が違うなんて城方が文句いってるうちにもどんどん埋めちゃう。

家康自身は知らんふりして京都のほうに行っちゃって、厖大《ぼうだい》な人夫を使ってどんどん埋めてしまった。城方は、ただもう、あっけに取られている、そのうちに、外濠をすっかり……。

豊臣家のだらしなさ……

それは二代目のだらしのなさ。

とうとう外濠のみか内濠まで埋めちゃって、どんどんこわして、大坂城を丸裸にしてしまった。アッという間に。そのときの豊臣家のだらしなさというものは言語に絶しますね。徳川幕府の維新のときより、もっとひどい。いいように濠を埋められて裸にされて、しかし一応和睦した手前もあるから、文句はいいながらも、またそこで一戦蒸しかえすとはだれもいわなかった。

総大将の秀頼は、このとき二十三くらいでしょう。それが少しボケちゃって。元来は立派な青年だったのが、いろいろ家康の内部工作でブクブクに太っちゃっていたそうだ。初め秀頼は和睦する必要なんかないといって怒りましたよ。それでいて、いやいやながらも淀君のいうことに従ってしまったというところに、やっぱり豊臣方の……亡《ほろ》びざるを得ない原因がある。

総大将が軍議の席で和睦の必要なしといった。秀頼はバカでもなんでもないけれど、戦あとで懐柔されて、おっかさんのいいなり。淀君にそういったにもかかわらず、戦争をした経験がない。利発ではあっても、戦争するための総大将というものがどういうことをしなければならないか、それがわかっていない。いまなら、簡単にいえば、過保護の大学生みたいなものだ。

昔の織田信長や武田信玄であれば、たとえ二十三の若さであっても、自分で淀君を殺していますよ。おっかさんがいるために軍議がまとまらないでは困るというので、淀君殺しますよ、自分の手で。

信玄は二十のころ、自分の親父の信虎を、この親がいたんじゃ武田家はつぶれるというので追放してしまっている、自分の国から。だから、殺さぬまでも追放することもできたはずだ。

そこの違いですよ、信玄・信長と秀頼との違いは。豊臣家の二代目の主になったといっても、気力、気迫において雲泥の差がある。総大将がこれでしょう、だから大坂城内がまるでまとまらない。あげくの果てに、丸裸にされてしまった。

すぐまた、そこのところを家康に攻められたらどうなるかわからないというので、また金を出して浪人を集め、武器弾薬を買い始める。

家康のほうは、実は、これを待っていたわけです。和睦をしたのに侍をいっぱい抱え込んだり、戦争の用意をしたりして、何事だとねじ込んできた。豊臣は再び天下に争乱を起こそうとしているというので、今度は有無をいわせず、すぐ兵を出す。翌年の夏。これが大坂夏の陣。

いまさら家康に頭下げてチビチビと生きるよりも、と幸村は……

今度こそ家康のところに来いと、兄さんの信幸がここで何度も幸村を口説いている。京都で兄弟が密《ひそ》かに会ったという説もある。仮説で史料はないんだけれども。だが幸村、断乎《だんこ》として――。みすみす今度は負け戦ですよ、城を枕《まくら》に。

そのときの幸村の心境、解釈はいろいろあるけれど、兄貴のいう通り家康のところに頭を下げて行ったところで、それは兄貴の顔で命は取られずに済む、ある程度のことはしてもらえるだろう、しかし小さな大名なり旗本なりに取り立てられ、これから先の何年か生きたって……。

幸村は、このときそろそろ五十だから。それから先、十年生きても、家康の下でお世辞使いながら小禄《しょうろく》もらってビクビクしながら頭下げながら、それでどうなるんだ、そこに幸村の真骨頂があるわけです。

人間というものは、いつか必ず死ぬということを、よくわきまえていた人ですね、幸村は。兄貴は兄貴で自分の信念にもとづいて家康についた、それは結構なことだ、沼田の城主で一応威張っていられるんだから。幸村自身は、始めから親父と共に家康に楯《たて》ついて来たんだから、上田のときも、関ヶ原のときも、ずっと楯つきっぱなし。九度山へ流されてからも、また豊臣について楯ついた。そういう自分が、如何に誘われたにせよ、頭を下げて家康の家来になって、わずかの禄をもらってありがとうございますってチビチビ暮らして、それが十年続いたところでタカが知れているじゃないか。つまらんでしょう、それは。

だから最後の最後まで戦う気。しかし、このときですら幸村は、まだ、望みを捨てていない。家康をやっつけられる自信があった。今度こそ死ぬんだという開き直りとも違いますよ、これは。

濠を埋め立てられ、裸同然の城で、家康の大軍が攻め上ってくるのを待つというときに幸村はまたいっています。また京都を抑えよう、大坂城は丸裸でどうにもしようがないから今度こそ京都を抑えよう。京都は豊臣に人気のあるところだから、天皇でも庶民でも。

伏見城へ立て籠《こも》ろう、大坂城は棄てて、大坂城は戦いの役に立たないから、いまこそ伏見の城を奪い取り、豊臣家は全部そっちへ移ってもいいんじゃないか、こういうことをいっているんです。その幸村の進言が、また容《い》れられない。城が丸裸になっても出て行くのはこわい。ビクビクしている。

それではというので幸村は、家康が京都から奈良を通って大坂の戦場へ向かう、その途中を奇襲しようと考えた。これまた烏合《うごう》の衆の悲しさで大坂城内はテンデンバラバラだから、幸村に協力しない。真田隊だけで奇襲したんです、木津川のところで。ちょっとあぶなかったものだ、家康も。もしも、全将兵が賛成して、一丸になって攻めていたらわからない。可能性はあった、十分、これは否定できない。

さすがの家康も冷汗かいて……

ようやく九死に一生を得た始末。

家康は幸村がこわくてこわくてしかたがないわけだ、上田のとき以来、真田に対して劣等感を持っていて。それだけになんとか幸村だけは自分の味方にしたいと、いろいろ画策したけれどもみんなはねつけられてしまった。さて、いよいよ家康が奈良を通って、大軍を率いて大坂城の南のほうから攻めてきた。最後の決戦ですよ、ついに。

決戦の前に大坂城から出軍して家康を迎え討ったけれども、作戦に手違いが出て……詳しい事情はわからないけれども、やっぱり、作戦会議で意思の統一ができなかったんでしょうね。

全軍が手足のように幸村の思うように動いてくれれば、そういうことにはならなかったと思う。しかし、現実には後藤又兵衛が死に、薄田隼人正《すすきだはやとのしょう》が死に、木村重成《しげなり》が死ぬということで、みんな討死してしまった。それでいよいよ最後の決戦になるわけです。

そのとき幸村は、その前の冬の陣で家康が本陣を構えた茶臼山《ちゃうすやま》というところに、大坂城から出てきて自分の陣を敷いた。それで、あしたは決戦だという日に、秀頼公に戦場に出てきてもらいたいということを重臣の大野治長《はるなが》を通じて申し入れたわけだ。総大将が出てこない戦場なんてない、古今東西ないんだから。秀頼が出てくれば味方は勇気百倍、そうすればまだ家康の首を取る機会もあるというんですよ。

治長は大坂城に帰ったけれど、翌日の決戦には、ついに秀頼は鎧《よろい》着て馬に乗って決戦場へ出てこようとしなかった。城内で母親と一緒に自殺してしまった。総大将が出てこない決戦なんて、あとにもさきにも、他にありませんよ。

幸村は最前線で、毛利勝永《かつなが》という、これはやはり関ヶ原のとき敗れて土佐の山内に流されて、そこを脱出して来ていた、その毛利勝永と二人で最前線に陣を構えて、それで決戦が始まったわけです。敵を十分に引きつけておいて、そこで二人で家康をやろうという手はずだった。ところが毛利が興奮して先に出ちゃった。幸村はもうちょっと引きつけたかったがしようがない。引きつけかたが浅かったわけですよ。しかし、こうなってはしようがないから幸村は真先に槍《やり》をひっかついで家康の本陣めがけて殺到した。

このときの幸村の戦いぶりは、徳川方でさえほめざるを得ないほどのものだった。家康の本陣を強固に守るはずの旗本が一里も二里も逃げちゃったといわれるほどの凄《すご》さだった。あまりにも幸村の殺到する勢いが激しいもので。家康は、これはここで死ななければならないかと、自決の決意までしたほど凄かったんです。しかし徳川軍も、他のところでは勝っている。大坂城そのものは、どんどん攻めて行って落城寸前。だけど、城を遥《はる》かに離れて外へ出ている幸村の一隊だけが、錐《きり》を揉《も》み込むみたいに家康の本陣に飛び込んできたわけですよ。家康は九死に一生を得て、やっと逃げた……。

戦国時代の戦史を飾る最後の花

真田幸村、ついに刀折れ矢尽きて……

三方ヶ原で信玄勢と戦って、あわやというところまで追いつめられ、あのとき以来の思いをしたでしょう、家康は。しかし、あのときは家康も血気盛んで、槍の達人で、みずから敵を叩《たた》きつぶして戦ったけれども今度は七十を越えて、そんなことはできない。鎧もつけずに出ていたんだし。

まさか、そんな身近まで攻め寄せられるとは思わなかったろうし。先祖代々鍛えぬいてきた精鋭が自分をがっちり守っていてくれるはずだったから。けれども、これが幸村の最後の抵抗だった……刀折れ、矢尽きて……。

安居《あんご》天神といって天王寺のそばにありますよ、神社が。そこで一息入れているとき敵方の松平の家来かな、確か越前忠直の家人西尾仁左衛門、それの手にかかって首をはねられた。これが幸村の最期《さいご》だが、秀頼も淀君も全部、大坂の豊臣家は滅亡して、完全に天下は徳川家康の手に入ったわけだ。その最後の戦史を飾る、戦国時代の花を咲かせたのが真田幸村ですよ。ほんとうの戦国武将だった……。

これをもって、いまの人たちに戦争というものを讃美《さんび》していると思われては困る。戦争は鉄砲だけではない。いつでも戦争です、人間の生きて行くということは。だから、あらゆる場面に戦国武将幸村の生きかたというものを当てはめて考えることができると思いますね。

異説に幸村は秀頼を擁して大坂城を脱出し九州に落ちのびたという。義経伝説と同じですね、こういうような話はいつでもある。ですけれど、ともかく豊臣方はここで全部死んだということでいいでしょう。九州から、後には山形のほうに移って、そこに身をひそめて幸村は一生を終ったという説もあります。真田幸村・豊臣秀頼の墓が九州に残っているという説もあって、鹿児島から少し離れた山の寺には「左衛門佐《さえもんのすけ》」という墓がある。幸村というのは通称で、あまり使っていなかった。

いまでは真田幸村という名前のほうが一般的になっているけれども、もともと信繁《のぶしげ》なんですよ、左衛門佐信繁。その左衛門佐という墓がある。いろいろ研究雑誌に出ているから、あるんでしょう。

ところが島津家その他のあれを見ても、左衛門佐という人はいないわけですよ。そこで、幸村ではないか、落ちのびて薩摩《さつま》に隠れていたんじゃないかという説がある……。

いやな国になってしまった。日本という国は……人間の基本を忘れて。

戦国時代と現代《いま》と比べて、それは確かに世の中は文化的になった。文明が発達して。しかし、どういう世の中になっても、人間の生業《なりわい》というものは変わらない。食べて、繁殖して、それで眠らなければいけない。女性と男性のまじわり、セックスというものがなければ成り立たないわけでしょう。それによって人間の動物的生活というものが充足されて行くわけです。セックスがなかったら人間なんてないんだし、それがすべての根本なんですから。それが根本にあって、その上にすべての文化があり文明があり、政治機構がある。それなのに、その根本を忘れちゃってる、いまは。だから人間がハアハアいって苦しむんですよ。その結果はろくなことにならない。あまり人間を素晴らしい高級な存在だと思っていると大変な間違いになってくる。動物なんだから、人間も。それが観念ばかり先走っちゃって錯覚を起こす……それが、たとえば赤線廃止だ、例をあげれば。日本はもともとそういう理屈で物事を決めるような国ではなかったんですよ、政治家にしろ国民にしろ。ところが戦後、こうなっちゃった。

外国の文化文明を採り入れて自分のものにして行くということでは、日本人は大変才能があるといわれている。戦前といわず、古代からそうなんです、これは。古代シナの文明を採り入れていたときからそうだったんです。明治維新以後は、近代国家に生まれ変わるために、欧米の文明を盛んに吸収したわけだけれども、このときお手本にしたヨーロッパの文化文明そのものがよかった。いまみたいに理屈っぽい、理屈だらけの、黒くなければ白といい張るような、そういう味気ない文明じゃなかった、ヨーロッパ文明は。だから採り入れてもよかったんだ。

それが、戦後みんな黒か白か。つねに対立の文明でしょう、極端な。イデオロギーの対立の文明、それが欧米諸国に蔓延《まんえん》してしまったのを、そのまま全部採り入れてしまったんだから困っちゃう。戦前まではね、アメリカ文明といっても実際ヨーロッパ文明とほとんど同じでしょう、アメリカ自体がヨーロッパに憧《あこが》れていた。その文明ですから。戦前のアメリカ映画を観てきたものには、それがよくわかる。アメリカの風俗なり生活、あるいは人間、男女のありかたというものが、非常に日本人によく似ていた。いわば、世界中が似ていたんですよ。憧れのもとはみんな同じヨーロッパだったから。いま、何がこわいかというと、戦争が始まる、大地震が起きる、そういうこともこわいけれども、世の中がだんだん余裕のない、融通のきかない、理屈だらけの冷たい世の中になりつつあるということ、これが一番不安だね、ぼくたちは。若い人たちは感じないでしょう、始めからそういう中で育っているから。それが普通のことだと思っているんだから若い人たちはいいでしょうけれども、ぼくらはやっぱり不安だな。

しかし、若い人たちだって、いくら理論や理屈をふりかざしたって、同じ動物なんだから。人間の動物的機能というものを、ある程度、政治家なんかにも認識してもらわなくてはねえ。物を食べる、眠る、男と女の営みをする、これが人間の基本ですからね。

戦後の焼け跡には、まだ、情緒というものがあったが……

現代の日本にない一番大きなものは、人間らしい情緒。終戦直後、物がなくて、何にも食うものがなくて、ボロボロの軍服みたいなものを着ていたときは、まだありました、情緒が、人間の気持に。生きている、という感じがしたんですよ。それは日本の復興ということをみんなが考えていて、そのために働こうという気持を持っていたから。

日本の復興のために働くと同時に自分の復興のために、自分たちの焼けて失くなった家を造らねば、家族と共に住む家を造らなければという気持がありますからね。その気持がみんなに共通にあった。大体、昭和三十年ごろからですよ、世の中が殺伐として来たのは。ちょうどそのころからテレビとか冷蔵庫がパッと普及して行って、暮らしが戦後のアメリカ風の電化生活になって……昭和もやっぱり戦後だけでもう三十何年もたつとね。

政治家なんか、そういうことをちゃんと考えて、一人一人真剣に考えてもらわないといけないと思う。ぼくらの世代は薄氷を踏むような中で生きてきた、本当の話。ぼくなんか割りと自分の齢《とし》不相応なぜいたくを若いころからしてきたけれども、そういうことはしていてもとにかく自分の目の前にいつも戦争、戦時の厳しさというものがあったわけですよ。

戦争が始まったときは無論そうだし、やっと戦争が終ってヤレヤレ、帰って来て焼け跡の中から復興して行くんだといって働き始めたときも、約十何年間というものは原爆問題でずいぶん苦しんだんですよ、精神的に。いつ何時、ソ連とアメリカでの間に戦争が起こるかわからない……昭和二十四年ですよ、ソ連が原爆を持っているという発表をしたのは。

ケネディとフルシチョフの間でも、キューバのあそこであぶないときがあった、原爆戦争になりかかったときが。なんとか米ソがうまく回避しましたけれども、あのあたりに至るまでの間というものは、絶えず原爆戦争の危機にさらされていたわけだから、そういうものがどうなるんだろうと思いながら一所懸命みんな働いてきたんだ。

いまは、原爆どころじゃない、もっと大変な爆弾になってしまったが、一応危機は去らないままで、それでも国際情勢には切迫したものはないからね、あの当時に比べれば。局地戦争はあっても大国の第三次世界大戦というような危機感は薄められている。昔は大変だった、そりゃア。

それで、いまになって別の問題、一番の不安は、戦争ということよりも世の中の人心というものがこういう風になって、こういう余裕のないギスギスした、なんでも対立関係でしか見られないような世の中になっているということ。世の中がそこまで押し詰められてしまったということの不安は非常に大きいね。今日のように人間が殺伐としてしまったということは、歴史のどこにもなかったかもしれない、日本といわず世界中……人間は人間なんだという、そういうものがまるでなくなっちゃった。

これからどういう風になって行くのかねえ。日本という国は。昔から非常に運のいい国だから、何度も何度もつぶれかかったところを助かっている国だから……。だけど、昔と違って現代《いま》は日本の国だけという風に行かなくなって、全部の国が世界中が同じ条件の中で生きて行かなければならなくなってきたからね。もう、海を隔てた小さな島国ということで危機を逃れるというわけには行かない。

そういう点で、しかし日本人というのは国民の体質が、いざとなれば神風が吹く式の楽天主義、もう大変な楽天家なんだな、昔から。インドみたいなところと違って、気候風土に恵まれているということもあるのかも知れないけれど。

幸村の生きざま死にざま。

そこに流れているものを、いま……

しかし、いくら気候風土に恵まれているにせよ、このままでは、いずれは食糧もなくなって行くのは事実です。何十年かの後には、そういうこと一つを考えても、いろいろな意味で、幸村の生きざま死にざまということは、なにかの参考になると思いますよ、戦争ということを除外してみてもね。

だんだん政略家タイプの人が多くなって行く中で、幸村はしんからの武将だった。明治時代の桐野利秋、あれも戦国時代に生まれたら大変な豪傑で大した武将だけれども。幸村の場合には、桐野利秋ほど生まれる時代を誤ったというわけじゃない……。もう少し早く生まれていたらということはいえてもね。

戦国における男というものはどういうものであるか、その極限的な正しい意味の最後をみんなに見せて死んだ、そこに幸村の値打ちがあるわけだ。それは、やっぱり、大変なことだと思いますよ。

息子が一人いて大助といったが、これは秀頼と共に大坂城で死んだ、当時十六歳だ。それから、いわゆる真田十勇士だけれども、あれは全部こしらえもの。もちろん、似たような腹心の家来とか忍者とか、それはいたでしょう。

幸村は死んだけれど真田家というのは兄さんの真田信幸によって引き継がれ、それで明治時代まで生きのびる。十万石で。これまた大変なことだ、それだけ生きのびるというのは。徳川幕府は真田をつぶそうつぶそうとしてずいぶん手をのばしたんですよ、何度も。そのたびに切り抜けて最後まで生き残ったんだからね。

その点では、幸村も立派だったが兄貴の真田信幸も大変な偉い男だと思う。卑怯《ひきよう》未練で徳川についたわけじゃない。始めから終りまで信念を持って徳川についていた。

それがため実の父とも弟とも関ヶ原のとき敵味方に別れちゃったわけですから。もう天下を治める者は徳川以外にないと、始めからそういう認識を持って、それで一貫して家康に忠節を尽したんですからね。

その信幸の信念たるや大変なものだ。家康が生きている間はよかったけれども、家康の死後は真田家をつぶそうとする動きがずいぶんとあったんですよ。信幸は、そのたびに徳川と戦って最後に九十三まで戦って、敵の魔手をはねのけて。ついに真田家を安泰に導いて死んじゃった人ですよ。〝信濃の獅子《しし》〟とまでいわれた人物だ。

信州松代《まつしろ》十万石を守りぬいて九十を越えてからようやく次男の内記信政《のぶまさ》に譲り渡し、やっと引退して一当斎と号した。そうして松代城下のちょっと北へ寄ったところに隠居所を構えたんだが、このときになって、とんでもない大事件が起こった。

真田の本家は、信州松代十万石。分家は上州沼田三万石。この本家と分家との間で、大変なお家騒動が持ち上がったわけですよ。あらゆる陰謀を行なっても機会《おり》さえあらば取りつぶそうと狙《ねら》っている幕府の時に、真田家は実にあぶないことになってしまった。

それを、すでに隠居していた信幸が九十三の高齢で出てきて、見事に解決して真田家を安泰に導いた。その話は、ぼくの『獅子』（中央公論社刊）という小説に書いておいた。

持続ということ。
これが世の中の基本だ。

タイプとして信幸は家康に似ていなくもない。持続ということに大変な努力をし、それを成功させたという点においてもね。持続ということは美徳だったわけです、つい十年くらい前までは。物事を持続するということが立派な美徳だった、人間の世界の。それがなければ、努力の積み重ねというものも意味をなさないんだから。

世の中というものが持続して行くから、一所懸命に働いてお金も溜《た》めるし家も建てようと頑張る、一般の人の場合。それが、こういう世の中になっちゃって、いつ何がどうなるかわからない時代。どこでも、世界的にそうなってしまった。だから、持続しなければいかんということが全体的に失われてきているんだね、あらゆるところから。

持続するということに対して、いろんな反応があるけれども、どうせ持続しやしないんだからと諦《あきら》めてしまっていたり、いつどうなるかわからないのなら、いまのうちにと思ってガブガブやっちゃったり……いろんな形で持続するということを世の中すべて認めなくなっているわけですよ。そういう世の中になっちゃった。

こういうことを考えると、政治の目的というものは持続ということに尽きる。持続するということが、人間の生活の、すべての基本なんだ。

芸能界においてもそうでしょう。端的にどこにでも表われているけれども。せっかくいい素質があって、人間的にも性格的にもいい、演技がよくて、当然のことながら人気がある、そういうスターがいるわけです。それが病気になって入院して、半年も寝ていたのがやっとなおって出てくる。そうすると、封切りが迫っているというので、やっとなおったばかりの奴を徹夜徹夜で映画に出させるわけだ。これは持続じゃないでしょう。

その男の価値を考えたら、いくら封切日が迫っていても、封切りをもっと先に延ばすとか、何か方法というものはあるはずだ。だれもそれを考えない。そういう意味では、だれでもみんな無責任。ゆっくり働かせて、疲れないように働かせて一本の映画を撮らせる、本当に責任のあるいい仕事をしようと思えばそういうことができないはずはないでしょう。だけど、現実にはどうですか……情けない世の中になってしまったと思うねえ。

加藤清正

慶長十六年三月、京都二条城において、徳川家康、豊臣秀頼と会見。それは豊臣家の存亡を賭《か》けた歴史的な会見であった。この日のために死力を尽してきた清正にとっては生涯最良の一日であったろう。だが……一週間後、清正は突然発病する。急遽《きゆうきよ》熊本への帰路についた清正は、船上で血を吐き、六月二十四日ついに帰らぬ人となった。清正公毒殺さる……噂《うわさ》はたちまち広がった……。

清正というと、
ひげの豪傑というイメージが強いが……

たしかに加藤清正、ひげは生やしていた。しかし、中年になってからだよね、これは。朝鮮出兵の前ごろからじゃないかな。そのひげと、有名な虎退治の逸話から、清正すなわち豪傑という概念がすっかり出来上がってしまっている。といっても、戦前までの話だ。

ぼくが子どものころは、五歳の幼児でも清正の名を知っていましたよ。ちかごろでは高校生でも知らない。加藤清正がほとんど主人公であるような小説、そう、『火の国の城』、あれを書くとき近所の高校生をつかまえて聞いてみたんですよ。

「加藤清正、知ってるかね」

「それ、議員でしょ……」

これだからねえ、いまじゃ。外国の歌手やスターの名前なら知っていても、自分の生まれて育った国のことは何も知らない……。

加藤清正と秀吉の関係ね。まあ、はっきりしたことはね、これはわからないんですよ。いわゆる親類筋になるんだな。つまり、清正の義理のおばさんが、秀吉の正妻、寧々《ねね》の姉さんなんだ。秀吉のほうからいうと、自分の義理の姉さんが、清正のおじさんに当たる人に嫁いでいるわけだ。別段、清正と秀吉と血のつながりがあるわけじゃない。親戚《しんせき》だね。齢《とし》は清正がだいぶ下だ。どのくらい下になるのかな……秀吉が六十一で死んだはずだよね、慶長三年に。清正の死んだのが慶長十六年で、ちょうど五十だった。そうすると、そう……二十五くらい違うか。

加藤清正は、永禄五（一五六二）年六月二十四日に、尾張の国、愛知郡の中村というところに生まれた。現代《いま》の名古屋市・中村。秀吉も、この同じ中村の生まれなんですよ。秀吉のところでも話したけれども、この時代のことはね、なにしろ百年も戦争が続いていたんだから家系だ、なんだといっても、それがどこまで本当かよくわからない。調べようもないし。秀吉も名もない土民の子に生まれて、ついに天下人になったということに定説ではなっているけれども、高貴な血を引いていたという説もある。

清正についても、やはり同じです。加藤清正の先祖をたどれば、近江《おうみ》・美濃の国司をつとめた従三位・中納言《ちゅうなごん》左大臣、藤原忠家ということになっている。しかしね、当時のことですから、本当のことはだれにもわからないわけですよ。そういう古いむかしのことはさておくとして、のちに美濃の国・加藤庄へ住みついた加藤正家から十三代目が清正の父、加藤弾正右衛門清忠。

その清忠の弟が、つまりこれは清正にとっては叔父さんに当たるわけだが、早くから秀吉に仕えていたんですよ。で、その叔父の清重が秀吉に頼んだわけだ。

「自分の甥《おい》に、虎之助というのがいる。これを召し使ってもらえませんか……」と。

そういうことから秀吉が自分の小姓にした、そのころまだ少年の清正を。夜叉若《やしゃわか》という名を与えてね。もともと清正の幼名が夜叉若だったともいう。

清正の父親は、清正がまだやっと二つか三つのとき死んじゃった。それで、清正のおっかさん、小さい息子を連れて義弟夫婦をたよって行ったんだな。まあ、なんにせよ、そのころの加藤家はすっかり落ちぶれていたらしい。

父の清忠という人は、美濃の斎藤家に仕えていた、もともとは。ところが、その斎藤家が道三《どうさん》亡《な》きあと内紛が起きて、とうとう亡びちゃった。で、清忠は、ひそかに逃れて尾張の中村に隠れ住んだ。そこで、同じ中村の鍛冶屋《かじや》、清兵衛の娘、伊都《いつ》と夫婦になって清正をもうけたというわけだ。

大した立派な女性だったらしい。

清正のおっ母さんという人は……

たかだか村の鍛冶屋の娘……というと、現在《いま》の人は「なんだ……」と思うかも知れないけれども、これがそうでない。しがない仕事どころか大した職業だった。当時は、ちゃんと苗字《みょうじ》もあるしね。相当な格式を持っていた。清兵衛の祖父《じい》さんは小島式部という武士であった、ともいわれていますよ。ウデのある職人というものは、むかしは珍重されたばかりでなく、社会的に尊敬されたもんだ。

むかしの書物《ほん》には、とにかくいろいろと書きのべてあって、清正の叔母さんが秀吉夫人の姉さんだという説のほかに、

「いや、従姉妹《いとこ》どうしだった」という人もあれば、「いやいや、清正の母と秀吉の母が従姉妹なのだ」と記しているのもあるし、また「そうではない、秀吉の母の妹が清正の実母に他ならぬ」と書いてある本もあるんだよ。

まあ、こまかいことはどうでもいいんだけれども、とにかく清正のおっ母さん、大変な偉い人だった、情の厚い……。清正の母、伊都という人については、こんなエピソードが伝わっている。清正が、まだ伊都の腹ン中にあったときの話だというんだが、ある日、近くの家から火事が出た。

その家に、めくらの老婆《ろうば》がいて、ちょうど風呂に入っていた。「火事だ！」という村人の叫び声を聞いて伊都は、自分が妊娠中の躰《からだ》だというのも忘れて外へ飛び出し、

「ばばさま、ばばさま……」

と、めくらの老婆を助けるため、猛火の中へ飛びこんで行った。そうして、見事、老婆を救い出した……というんだよ。

こういう話は、しばしば後から作られることがある。単なる英雄美化のための説話、といってしまえばそれまでだ。けれども、清正のおっ母さんという女性が、こういう性格の持ち主だったということは事実だろう、これは。そう思いますよ。ほかにも例証を挙げればいっぱいあるんだ。

だから、とにかく、そういう立派な母親に育てられた清正だということですよ。大《おお》政所《まんどころ》という立派な、偉いおっ母さんに育てられた秀吉と、そういう点で似ているんだね、清正は。

清正が子どものころは、村中で知らぬ者はないという、大変な腕白者だった。年上

の少年と相撲をとっても一度も負けたことがなかったというんだから。そのころの腕白仲間、つまりおさななじみが、後にみんな加藤家の重臣になっている。飯田覚兵衛とか、森本儀太夫とか……。

村の子どもの一人、後の家老の飯田覚兵衛がいっていますよ、清正のおっ母さんのことをね、自分の本当のおっ母さんみたいだと……。

「自分は殿（清正）の御生母から、我が子同様に可愛《かわい》がられた。自分の実の母は早くから世を去っていたため、まるで自分の本当の母のような気がして、ずいぶんと甘えたり、物ねだりをしたものである。御生母は虎（清正）の友だちは、虎の財産《たから》でござる、と、かように申され、自分のみばかりでなく、幼少のころの殿のまわりに集まる子どもたちを、惜しみなくいつくしんでくれたものだ」……これは覚兵衛が後年、語り残したことばです。

自分の息子も、その友だちも、少しも分けへだてなく可愛がることの出来た、そういう心の温かい、本当に情のある人だった、清正の母親は。ちかごろのいわゆる教育ママなんかとは違いますよ、全然。

天正九年、清正二十歳の初陣

以後、秀吉に従って……

十五歳になると、前髪を落として元服の式を挙げ、正式に名前が与えられて、一人前の男になる。現在《いま》でいうところの成人式だね。いまは、やっと二十歳《はたち》になってだけれども。このとき以来、加藤虎之助は加藤清正になる。このころ秀吉は、近江長浜の城主だ。肉親の情はことのほか厚い秀吉だから、正確にはどうかわからないけれども、とにかく身内といっていい清正、さっそく取り立ててやったに違いない。これから先は、秀吉に仕えつつ次第に清正、名を挙げて行くことになる。

最初に戦功を立てたのは、天正九（一五八一）年の鳥取城攻めのときだったといわれている。清正、二十歳。どういう男になっていたかといえば、大変堂々たる偉丈夫であったらしいね。非常に背の高い人で、優に六尺は越えていたという。現代でも相当なものだがそのころとしては大変な大男といっていい。

翌年、秀吉が高松城を攻めるに当たって、その前に冠山城を攻めた、このときにも加藤清正、武功があったらしい。一番乗りで攻めこみ、虎之助清正さながら鬼神のごとく、十文字槍《やり》を振《ふる》って働いた……と、これは『清正記』という書物に書いてあることだけれどもね。

そのあとも、いろいろあって、そのたびに結構、清正、働いた。しかし、なんといっても勇名をとどろかせたのは例の賤《しず》ヶ嶽《たけ》の七本槍だろう。本能寺の変（天正十年・

一五八二）のすぐあと、山崎の合戦で主君信長の仇、明智光秀を討ち亡《ほろ》ぼした秀吉は、文字通り旭日昇天の勢いだったわけだ。これが、まわりの連中、われこそは……と内心思っていた柴田勝家なんかにしてみれば面白くない。この勝家を中心にして出来た反秀吉勢力を、秀吉がすっかり討ち果たして天下統一を実現して行くんだけれども、賤ヶ嶽の戦いは秀吉と勝家が覇権を賭けて闘ったものだ。

このときの戦いで、秀吉側近の若武者たちが、それぞれ槍を振って目覚ましい働きをしたわけで、これが世にいう賤ヶ嶽の七本槍。加藤虎之助清正。平野権平長泰。脇坂甚内安治。加藤孫六嘉明《よしあきら》。福島市松正則。糟谷《かすや》助右衛門武則。それから片桐助作且元《かつもと》、この七人。清正は真先かけて飛び出し、一番槍と名乗って、敵の武将拝郷五左衛門隊の鉄砲頭・戸波隼人という者を討ちとったというんだな。

この賤ヶ嶽の働きで、七本槍の連中は一様に三千石もらうことになった。ところが、どういうわけか福島正則だけは別格の五千石。これには血気盛んな当時の清正、怒ったそうだよ。

「市松もご一家なれば、われらもお爪の端。こたびの槍、われら少しも市松におとり申さぬに、なにゆえ、われらのほうが、二千石少ないのでござる。気に入らねば、このお墨付、お返し申す！」

と怒鳴ったという話が伝わっている。ともかくも清正、これを機に主計頭《かずえのかみ》に任ぜられて、以後は部隊長としての働きになるわけだ。

天正十四（一五八六）年、関白の位について天下人になりつつあった秀吉は、翌十五年、九州平定に出かける。このとき清正は秀吉に従って初めて九州入りした。そして次の年の天正十六（一五八八）年には肥後の国、隈本城《くまもと》に入り二十五万石。これは、もう、大変なスピード出世ですよ。福島正則さえあっという間に追い越してしまう。まだ、ようやく二十六か七だ、清正。

この隈本城というのは、後世の熊本城とは違いますよ。古城と呼ばれているところで、現在の熊本城から五、六百メートル離れたところだ。二十六、七の若さで九州の大名に取り立てられたのは、このころもう秀吉に外征の心づもりがあったからじゃないかな。多分ね。朝鮮を攻め、さらに明国《みん》まで攻め入る、その先鋒《せんぽう》に清正を予定していたのだろうと思う。秀吉も、清正なら安心だからね。


清正、朝鮮に武勇をとどろかす。

しかし、秀吉の怒りを買って……


秀吉は、朝鮮へ兵を出す前に、天下統一の総仕上げとして小田原の北条氏を攻めた、天正十八（一五九〇）年に。この小田原攻めに際しては、清正は秀吉から「九州の地を守れ」と命ぜられて、熊本の城にいたから、従軍していない。九州の大名たちを、わざと出陣させなかったわけだ、秀吉は。それは朝鮮出兵のために、力を蓄えさせておいたのだ。九州が本陣になるからね。その大事な九州は清正にまかせておきたい、また清正でなくてはならない……と秀吉は考えていたのだろう。

秀吉は、小田原の陣中から、みずから筆をとってしたためたのも含めて六通もの手紙を熊本の加藤清正に送っていますよ。いろいろとこまかく戦況や滞陣の様子など知らせて。この手紙を読むと、清正にかけていた秀吉の信頼がどれほどに大きかったか、それがよくわかる。

朝鮮出兵は、知っての通り、二度あった。前役での清正の働きでは二人の王子をとりこにしたのが有名だね。清正の軍は、まったく無人の境を行くようなめざましさで、不敗だった。強いばかりではない。清正の軍は、軍紀が厳正なことでも知られている。そういう厳正な人物だったということですよ、清正。釜山《ふざん》上陸以来、どこへ攻め上っても民を犯すということがなかった。まったく、清正軍が占領した土地では、どこでも民はふだんと少しも変わらず安らかに生業に従っていたというんだから。

朝鮮の役が始まって四年目、慶長元(一五九六)年に、清正は秀吉の勘気をこうむって急ぎ帰還せよという命令を受けた。これは、結局、現場で生命《いのち》がけで戦っている清正と、本国の遠く離れたところにいる秀吉とをつなぐパイプ役がよくない、そのためです。

両者の意志の疎通《そつう》をはかる中継ぎ役であるはずの石田三成、これが小西行長なんかと組んで清正のことをいろいろと悪《あ》しざまに秀吉に報告したんだな。このあたりの理由については、いろいろいわれているけれども、元来、加藤清正という人が真向正直な、妥協することをよしとしない人間で、石田三成のような策謀家タイプと正反対だ。全然肌が合わない、お互いに。

最近は、新説や新解釈が流行《はや》って、石田三成を大変立派な人物だともいいますがね、そうは思わないな、ぼくは……はっきりいって。なにか、こう小賢《こざか》しい感じでね。智謀の士というよりも、むしろ陰険な能吏型の人間ですよ。人に取り入ることが上手《うま》くて。現代の政治行政でいえば、まあ官房長官みたいな、そういう役どころがぴったりだった。だから、秀吉という大器量の人の下にいれば、それなりの優れた働きはするんだけれども。

三成の中傷で呼び戻されて蟄居《ちっきょ》を命ぜられた清正、その心中は察するに余りがある……。こんなに殿（秀吉）のために一所懸命に最前線で働いて来たのに……物心ついて以来ずっと秀吉のためにつくして来たのに……と、ずいぶん失望したろうと思う、清正は。それまで自分の心の張りになっていたものが不意にプツンと切れた。がっかりしたろうねえ、そりゃ。

「地震加藤」の一幕があって、

徳川家康のとりなしがあって……

清正は、内心鬱々《うつうつ》としながら伏見の邸《やしき》に謹慎していた。ちょうどそのとき京洛《けいらく》の大地震があったわけだ。誤解から怒りを買い、秀吉に目通りさえ許されずにいた清正だけれども、このとき我を忘れて駆けつけた、伏見の城に。指月《しづき》城というんだが。余震もまだやまない深夜の庭で、提灯《ちょうちん》の明かりで清正を見た秀吉は、思わず涙を流したといいますよ。幼い時分から手塩にかけた清正なんだから、もともと。その清正が、数年にわたる異国の滞陣で、やせ黒ずんだ上に、自分に謹慎を命ぜられて、その心労が重なって……。本来はとても心の温かい人ですからね、秀吉という人は。

この地震騒ぎのときのエピソードが、例の有名な「地震加藤」という芝居になった。このあと、家康が秀吉にとりなしてくれてね、前田利家と一緒に。それで清正、許された。これが加藤清正と徳川家康の直接的なかかわりの最初かな。家康は先の先まで読める大変な人だからね。清正の価値をよく承知していたろう。こういう人物を自分の味方につけておかなくては、将来何かあったときにえらいことになる。そういう配慮が家康のどこかにあったかも知れない……。

それから間もなく、秀吉は大坂城で明の講和使を引見したが、その講和の条件というのがひどいものだったから、すっかり怒ってしまった、秀吉が。小西行長や石田三成が、耳よりの話ばかり、適当に秀吉に伝えていたわけですよ、それまで。ここで激怒した秀吉は、使節を送り返し、二度目の朝鮮役が起こる。二度目は前の役と違って日本軍、旗色が悪かった。明の大軍に押され気味でね。それでも、清正軍の蔚山《うるさん》の籠《ろう》城《じょう》戦は語り草になっているくらい立派なものだった。水も食糧もなく、紙を食べ、壁土を煮て食いながらついに頑張りぬいたのですから。

慶長三（一五九八）年八月に入って秀吉が死ぬと、その遺言で外征はとりやめになった。秀吉が死ぬときの話ですがね、いわゆる五大老に後事を託しているでしょう。家康を始めとする。こういうところが、人間の哀《かな》しさというか、むずかしいところなんだ。

加藤清正ほど秀吉にとって信頼できる人はいないわけだよ。親族であるし、同村の人間であるし、婚姻関係もある。そういう主従なんだから。徳川家康ほど親子代々の家臣団ではないけれども、秀吉にも清正をはじめとする大家臣団みたいなものがあったわけですよ、一応。ところが、せっかく天下を取って死ぬときに、秀吉、そういう本当にたのみになる人に後事を託さないんだねえ。遠ざけたというのではないんだけれども。清正なんか、ね。

結局は家康なんかに託しているわけですよ。つまりそれは、家康がそれだけの実力を持っているから、秀吉としてみれば自分の次は家康だと思うから、頼まざるを得なかったんだろう、家康に。

現在でも、よくある、こういう話は。ぼくの知り合いにもあるしね。見当違いのところに自分の後事を託しちゃう……自分が一番よく知っている、自分の小さいころからの旧友に託さないで……。そうすると、とんでもないことになっちゃって、あとに残された身内の人なんかが大変な苦労をしなければならない。そういうところ、なかなかむずかしい話でね。秀吉ほどの英雄でも見当違いをしちゃうのだから。やっぱり死ぬ前のころから、多少ボケていたかも知れない。

秀吉没後の清正は、

もはや単なる武将ではない……

関ヶ原の役で天下が東西に別れたとき、清正は東軍についた、知っての通り。西軍の張本人の石田三成と不和の間柄だったということもあるが、それ以上に、

「西軍は、豊臣家の軍ではない。あれは治部少《じぶしよう》（三成）の私的な軍である」

という信念を持っていたんだね、清正は。だから、徳川家康の東軍に味方をして、

九州一円の鎮圧に当たったわけだ。家康も、このことを大いに感謝し、

「よくぞ仕てのけてくれた」

と、戦後に肥後全土と豊後《ぶんご》の一部を合わせて五十四万石を清正に与えている。

また石田三成のことになるけれども、この関ヶ原の戦い一つを見ても、その人物が大したものでないことがわかる。兵数からいえば三成方が十二万八千、家康方が七万五千。断然西軍のほうが優勢なわけだ。ところが負けちゃう。実戦の経歴が、全然ないわけではないけれども、まあ、ないに等しい。

大軍をひきいて戦《いくさ》をする器じゃないんだね。根本的なことは、三成の西軍が数こそ多いけれども、まったくの烏合《うごう》の衆だったということ。それだけ人望がないんですよ、石田三成に。この人のために力を尽して戦おうという気にだれもならない。ほうびに釣られて味方しただけの軍勢だということが三成自身にわかっていないんだ。

三成は秀吉の好調時代に秀吉のそばにくっついていて、つねに権力の座にいたけれども、順境しか経験がない。清正みたいに異国の地で生命がけで敵と戦い抜いた、壁土まで食いながら頑張ってのけた、そういう体験をしていないでしょう。こういう、逆境に沈んで苦しみ抜いたことのない人間は、だいたい駄目なんだ。人を見る目も出来ていないしね。

関ヶ原は、家康が三成を挑発して計画的に誘い込んだ戦いですよ。みすみす、それ

に乗っちゃう、三成は。それでも西軍に勝つチャンスがなかったかというと、決して そうじゃないんだ。あったんだよ、絶好の機会が。家康がすぐ目と鼻の先に到着した、 その晩、夜襲をかけて一気に家康を討ちとる可能性がないこともなかった。それを献策した人があったのに、三成は実戦の経験がないから、むざむざこの好機を逃してしまう。

陰険な性格で人望がなく、実戦も知らず、人心を洞察する力も欠けていた、こういう三成が家康に勝てないのは、まあ、当然のことだった。これに比べて、加藤清正は人間の大きさが違っていたな。朝鮮の役から以降、清正は別人のごとく大人物に変貌《へんぼう》している。秀吉亡《な》きあとは、天下が家康のものにならなければ治まらないということを、明確に洞察していた、清正は。

戦争というものがどんなものか、清正は身をもって味わっている。永久に戦争のない天下であらねばならないと、清正は秀吉の没後ひたすらその一事を考えているんですよ。それには、家康が天下を治めるしかない……と清正は見きわめていたんだ、ぼくはそう思う。

家康に口実を与えてはならない。

豊臣家を守る道はただ一つ、と……

秀吉には秀頼という遺児がある。あるけれども、まだ子どもですからね。その秀頼が成人して自分の力で豊臣家を切ってまわすようになるまでは、どんなことがあっても戦争なしで済ませなくてはならない。それが清正の心だったとぼくは考えている。そのためには、清正は自分が家康に忠義を尽していなければならないわけだ。ところが清正の本当の心がわからない大坂城の豊臣の家来や、ことに淀君なんか、清正がすっかり徳川方に鞍替《くらが》えしたとしか思わない。清正の家康への忠義の尽しぶりが非の打ちどころのないものだけに、一層誤解されてしまうんだね。

清正の江戸屋敷は、現在《いま》の国会議事堂の北東面、皇居の濠端《ほりばた》に向かい合わせた尾崎記念館のあたり一帯にあった。後に井伊家の藩邸になり、幕末には大老井伊直弼《なおすけ》がこの屋敷を出て江戸城に出仕をする途中を勤王浪士に襲撃されるわけだ。大層豪華をきわめた立派な屋敷で、外塀の丸瓦にはすべて金の定紋をはめこんだから、きらきら光って大評判だったといいますよ。

ぜいたくな屋敷を建てたものだけれども、これだって清正が、暗に、

「これほどの費用を屋敷にかけておりましては、もはや戦をするゆとりもありませぬ」

と、徳川家康に表明していることですからね。そのくらい清正は気をつかった。

外様《とざま》の大名には、毎年のように江戸城や名古屋城の工事を命じて金を使わせる、これが家康の方針なのだけれども、ほとんど十年もの間、加藤清正は文句一ついわずに、この難題に耐え忍んでいる。はるばる遠い九州から出て来ては城つくりや城なおしを引き受けるのだから、実に大変なことですよ。

それもこれも、関東(徳川家康)の気持を怒らせまい、事を起こすまいと思えばこそなんだ、豊臣家のために。それを大坂方では「関東にこびへつらう肥後どの」だとか「むかしの武名が泣いておるわ」とか、聞くにたえないような悪口をいう。淀君に至っては、「肥後どのがまいっても、右府さま(秀頼)へお会わせしてはならぬ」とヒステリックになっている。清正の苦心、苦労が思いやられますよ、実際。こういう清正の胸の内を本当に理解していたのは、秀吉夫人、そのころ尼になって高台院と呼ばれていたけれども、この人だけだったろうと思う。

清正と高台院の二人には、ひたすら〝豊臣家の安泰〟と〝再び戦火を起こしてはならぬ〟という心しかなかった。この二人は、家康の本心を察知しているから。豊臣方がこわくて仕方がないんだ、家康は。完全に天下を取った形になってはいるけれども、いつ、豊臣方が反抗するかわからない。家康もだんだん齢《とし》をとって来るでしょう。かつての天下人であり、自分が臣服して来た信長や秀吉が、いずれも死後に天下の大権を子孫へ譲り渡すことが出来なかった、その事実を家康はわが目で見て来ている。

それだけに、自分が死んだ後も徳川の天下がつぶれぬよう、しっかり土台を固めておかなければ……と家康は決心しているわけだ。その家康にとって唯一の心配の種は豊臣家ですから、結局。できることならば、なんとかこれを戦争に引きずりこんで、徹底的に叩《たた》きつぶしてしまおう、そう考えている。

清正はそれを知っている。だから、家康に戦争をしかける口実を一つたりとも与えまいと苦心をしているわけですよ。

豪勇の武将から深慮の大政治家へ。
その清正に比べて、ちかごろの……

まったくお粗末になっちゃった、このごろの政治家は。すべてがそうではないが、大半は政治家と呼ぶにも値いしない、とぼくは思うね。少しは歴史を研究して清正や家康の人物を勉強するといいんだよ。この両者の虚々実々の駆け引き、そこに政治家の一つのありかたを見ることが出来るんじゃないか。

党利党略とか、党内での派閥争いとか、それだけでしょう、現在《いま》は。これは、どの党を見ても全部同じだよ。だから、日本の政治の全体がすっかりおかしなものになっちゃっている。内政も駄目。外交も駄目。ビジョンもなにもあったものではないし。

亡びる前の大坂方と同じだね、いってみれば。

加藤清正の立場としては、あくまでも関東（徳川）に乗ずるすきを与えてはならぬ、このことに尽きる。徳川家康が狙《ねら》っている開戦の機会を、絶対に与えてはならない……そのためには、いさぎよく頭を下げるべきときは下げねばならない、と、こう考えているわけですよ。もし再び豊臣家が天下をつかんだとしても、それは一時的なものに過ぎず、決して永続きはできまい……清正はそう見ていた。天下を統治して行くためには、そのころの豊臣家の政治機構が単純すぎて駄目なんだから。

まず、譜代の家臣団というものがないでしょう。豊臣恩顧の大名といっても、それは全部、亡き秀吉が一代のうちに〝わが家来〟にしたものですからね。関ヶ原の戦いを見てもわかる通り、中心の秀吉亡きあとは協力も結束も、もろいものだ……。

そこへ持って来て、秀頼の生母の淀の方の問題がある。そりゃ血筋はいいし、愛らしい、いかにも女らしい女だったろうと思う、むすめのころは。しかし、秀吉によって破天荒な甘やかしを与えられた。わざわざ彼女のために、淀へ城を築いてやったくらいだから。それで淀君とか、淀の方とか呼ばれるのだけれどもね。

女が、驕慢《きようまん》の頂点へのぼりつめてしまうと、もう決して、わが身のことをかえりみなくなる。物事が正しく見えなくなっちゃうんだな。自分中心で。自分の目先のことしか見えなくなって。大局を見るなどということはまったくできない。これは、まあ、女性の特質なのだけれども……。

冷静な政治的判断からすれば、当時、徳川家康の力がどれほどのものか、それに比べ、豊臣家がどういう現状であるのか、これは明々白々なんだ。それが淀君にはわからない。そのくせ自意識だけは、異常とも思えるくらいに高いだろう。天下は一時、家康に預けてあるにすぎない、家康などは亡き殿下(秀吉)の家来でしかない……そういう観念からどうしてもぬけきれないわけですよ。

加藤清正に対しても、そうですね。むかし、あんなに殿下のご恩をこうむりながら、関東へ尾を振り、家康の機嫌をとり結んでいる。あのありさまはどうじゃ……と腹を立てることしか知らない。関東と大坂方の実力の懸隔を知り尽して、なんとか豊臣家の安泰のために両家の間に戦が起こらぬように、と心をくだいている清正の胸のうちへは、どうしても考えが及ばない。文字通り生命を賭《か》けて豊臣家の安泰をはかろうとした実力者は、加藤清正ただ一人といってもよかったのだけれども、まあ、所詮《しよせん》は女ですからね……。

清正の豊臣家への忠誠心は
むしろ家康のほうが知っていた……

文句のつけようがない徳川家への忠義の尽しぶりだけれども、しかし、清正の本当の心がどこにあるか、一番よく知っていたのは家康だろう、大坂方ではなくて。

慶長十五（一六一〇）年の早春、加藤清正は肥後熊本の居城を発し、名古屋へ到着した。名古屋城の築城工事のためだ。このとき、清正は武装の兵列をひきいて、自分も甲冑《かっちゅう》に身をかため、まず大坂へ着くと直ちに大坂城の秀頼の機嫌をうかがい、伏見の加藤屋敷で三日をすごし、それから大軍をひきつれて名古屋入りをした、というんだな。

これは「おだやかならざること……」と徳川方で思った。当然。それで家康は、本多正信を使者に立てて清正のところへ寄こした。本多佐渡守正信、家康の腹心ですよ。この正信が清正に三カ条の質問をしたんだ。まず第一に、秀頼の機嫌うかがいを堂々とやってのけ、それから後にこちらへ出向いて来るとは、大坂方を関東より重く見ているのではないか……次に、天下太平の世であるのに物々しい軍勢をひきつれての道中は、いささか不穏ではないか……第三には、清正どのがむかしの戦陣の折のまま、ひげをつけておる、それは時節柄、異風殺伐な感じがするゆえ剃《そ》り落としてしかるべきではあるまいか……。

大名のひげにまで文句をつけるとは、まったくばかばかしいような話だけれども、そういう家康の無茶ともいえる注文が通るかどうか、試してみたんでしょうね、これは。このとき清正の返答、実に見事なものだ。

「これは、また、腑《ふ》に落ちぬことを申される。豊臣家が、この清正にとって、いかに大恩のある家か、これは家康公もとくとご存じのはずでござるまいか。なるほど、それがしは徳川家にも恩義がござる。なれど新恩のために旧恩を捨てると申すのは、まことの武士のなすべきことではないと存ずる」

正論ですよ、堂々たる。本多正信も、こう明快にいわれては返すことばもなかった。次に清正は、こういった。

「ご承知のごとく、それがしの領国は、肥後の国にて、はるばると遠うござる。もし万一、途中にて異変が起こった場合、軍兵を領国から呼び寄せたりしていては、急場の役には立ち申さぬ。したがって、十分のご奉公もできぬ、と、思いつきましたので……」

その、ご奉公とは、どなたへのご奉公でござるかと、正信が鋭く問いつめた。清正は言下に、

「無論のこと、天下を治むる徳川家へのご奉公でござる」といい切った。これではもう、これ以上問いつめようもないわけだ。ひげの件に関しては、清正、こういっている。

「なるほど、まさに、このようなものを剃り落としてしまえば、さっぱりといたすことでござろう。なれど、若いころからたくわえた、このひげ。むかし戦陣に在ったころ、このひげ面に頬当をつけ、兜《かぶと》の緒をきりりと締めたるとき、身の内が引きしまるほどのこころよさを、いまもって忘れがたく……。

このように天下太平の世とはなっても、若きむかしを忘れがたい清正の胸中、とくとお汲《く》みとりねがいたい」

しようがないから、本多正信、駿府《すんぷ》（静岡）の城にいる徳川家康のところへ帰って、その通り清正のことばを伝えたわけだ。すると家康、むしろ機嫌よく、

「清正の申すことよ」と、笑ったという話ですよ。しかし、清正の本心、家康ほどの人だからちゃんとわかっている。口調にそぐわない緊張が、そのとき家康の面上に漂っていたに違いない、と思いますね。

史上随一の土木と建築の名人、
それは、加藤清正である……

清正みずから率先して引き受けたという名古屋城の天守閣の工事。これは本丸の西北の方に建てられたもので、その偉容がどんなものだったかは、再建された現代のコンクリート造りの名古屋城天守閣を見てもある程度はわかる。形だけでもね。

天守は五重で、土台は地中深々と松の丸太を敷きつめた。その上へ二十数メートルも石垣を積み上げて天守台とした。もう実に大変な工事なんだけれども、早いんだ。清正の工事というものは、驚くほど早い。清正はじめ十九の大名たちが延べ二十万人を越える人夫を使っての築城だったというけれども、清正の工事が群を抜いて早かった。早いばかりではなくて、その工事のしかたが清正独特のもので、これは秀吉の流儀にならったんだろうね。思い切り金を投じて、派手に、にぎやかにやるんだよ。

天守の石垣に使う大石が船で運ばれて来るだろ。その大石を赤の毛氈《もうせん》で包み、大綱に鮮かな緑色の布を巻きつけたものでからげ、その石の上に清正自身が乗る。大烏帽《おおえぼ》子《し》をかぶって、片鎌《かたかま》の槍《やり》を突き立てて。まわりには着飾った小姓たちをはべらせてね。それで清正みずから「それ、唄え」と大音声に木やりの音頭をとる。この清正を乗せた大石を先頭にして、いくつもの石材を何千人もの人夫が引き運ぶわけだ。

「肥後さまの石引き」といえば、すっかり名物になっていて、沿道には酒、さかな、餅《もち》などを売る商人がつめかけ、店をひろげ、人夫と見物人を相手に目の色を変えたというんだから。いい機嫌になった見物人や商人たちまでが、ほろ酔いで何百何千、これも飛び入りで一緒に石材を引く……だから運搬の能率がかえって上がったわけですよ。人心の機微を実によく心得ているんだ、清正。まあ、こういうところが「秀吉ゆずりの仕様」というのだろう。

しかも、ね、加藤清正自身が、麻の小袖《こそで》に短袴《みじかばかま》をはき、工事場へ出て来て、人夫たちと一緒になって汗まみれで、石材を動かしたり大声で指揮をしたりする。これは福島正則なんかもそうだったといいますがね。

夜になると、遊女たちを大勢呼び集め、宿舎の前に踊り屋台をもうけて、笛や太鼓もにぎやかに、かがり火を明々《あかあか》とつらねて……もちろん酒さかなもたっぷりと用意させ、人夫や家来たち、見物人にも振舞った。大変な散財ですよそりゃ。

けれども、こういうお祭り騒ぎの中にも清正がこまかく神経をつかい、綿密な指揮を与え、みずから泥と汗にまみれて働くのだから。これは、人夫も家来も、働くことが愉快でたまらない。気分よく一所懸命に働く。結局は清正の築城工事が一番能率よく、むだがないということになるわけですよ。

まあ、そのころの加藤清正は、日本一の土木と建築の名人だったといえるだろう。その清正が心魂をかたむけて造りあげたのが熊本城だ。素晴らしいものですよ、これは。

熊本城。
実戦のための城としてこれ以上の城は他にない……

熊本城の実戦用としての素晴らしさは二百何十年も後になって、ちゃんと証明されている。例の西郷隆盛の薩摩《さつま》士族の反乱軍、さすが勇猛なこの軍勢も、どうしても熊本城を攻め落とすことができなかったんだから。西郷隆盛が、苦笑をして、自分の片腕ともいうべき部将、桐野利秋にいったそうだよ。

「わいどんらは、加藤清正と戦して勝てぬようなものじゃ」

この城は慶長年間に造られたものだけれども、築城工事が始まったのは慶長六年だ、いや三年からだ、あるいは慶長四年だ、と各説がある。熊本平野の北の端に、北から南へ細長くのびている丘陵があって、その南端を茶臼山《ちゃうすやま》という。清正は、そこに本城を築いた。この城を中心にして町づくりが行なわれ、それが現在《いま》の熊本市になったわけですよ。

茶臼山へ築城する前の清正は、そこから西へ五百メートルばかり離れたところにある隈本城を居城にしていた。朝鮮出兵のころは。いま、その辺りは古城と呼ばれていて、いまも当時の濠《ほり》の跡がありますね。

熊本城は、三つの川に取り巻かれている。坪井川、白川、井芹《いぜり》川、この三流を巧みに濠に利用した。谷と崖《がけ》を利用した幾層もの石垣が、南にひらけた平野に対し、とくに厳重な構えを見せていて、これはまあ当然のことだけれども、石垣と濠と、幾重にも備え固めた櫓《やぐら》や城門が、深く深く、城の本丸と天守閣をつつみ切っている……それを見るたびに、そこに加藤清正の意志が何か語りかけてくるような、そういう気がしますね。

城の周囲は二里余におよぶ、といわれています。当時の城郭は、現在の熊本市街の一部まで含みこんでいたわけだから、その偉容は大したものだったでしょう、もっともっと。築城に当たっては、水が重要になる。熊本城の築城と同時に周囲の土木工事も整然と行なわれた。水利を改良し、その水を城内に引き入れるためには、深さ五十メートルにもおよぶ井戸が掘られた。この井戸は、いまでも城内に残っていますが、これ一つ見ても城の素晴らしさがわかりますよ。当時、城内にはこういう井戸が百二十もあったという……。

熊本城は、その石垣の築き方が独特なんだ。日本の数多い城の中でも異色のもので、裾《すそ》がゆるやかに外に出て、その上に半弧形に積み上げてゆく様式。ちょっと見ると、よじのぼれそうだけれども、途中までのぼると、石垣の上のほうが頭上にくつがえって来て、空も見えない……さっき話をした西南戦争のときにも西郷軍の兵が「なんじや、こげん石垣」と走り上がろうとしたけれど、どうやっても駄目ですごすごと下りたという話だ。朝鮮の城壁にこの「はねだし」という様式が多いというから、何年間も朝鮮に滞陣していた清正、そこで学んで来たのかも知れないな。当時の書物には、清正のことを「石垣つきの名人である」と書いてありますよ。

いまだに崩れることを知らない「石垣」堤防というものが肥後の各河川にある。清正が築いたものだ、これも、何百年たってもビクともしない。この堤防の築造によって船が往来できるようになり、農村の灌漑《かんがい》にも大変役に立った。内政に力を尽し、領国を豊かに住みやすいようにする、そういうことにかけても立派な人物だった。加藤清正は。また、そうでなければ、到底これだけの築城工事はできませんよ。大変な金がかかるのだから。それも休むひまなしに家康に命ぜられた工事をやりながら……ですからね。

いくら度々工事を命じても、いささかもこだわることなく「お受けつかまつる……」。そこへ惜しみなく財を投じながら、しかもその間に熊本には、大坂城をしのぐとさえいわれるほどの古今無双の城を築いてしまう。家康も「底が知れぬわえ」と、さすがに舌を巻いたそうだ、これには。加藤清正が、領国経営にいかに手腕を持っていたか、これを見てもわかりますよ。現在《いま》、清正のような人がいて都知事になったら、さぞかし東京も住みよいところになるだろうと思う。

清正の、そういう政治家としての立派さはほとんど知られていないんだな。あまりにも豪傑のイメージが強いものだから。しかし、大政治家だったんですよ、加藤清正は……。

慶長十六年三月二十八日。

清正の望み、ついに叶《かな》うか、と……。

関ヶ原以後、徳川家康の天下が確定して行ったわけだけれども、その間、清正の唯《ゆい》一《いっ》の〝望み〟といえば、関東（徳川）と大坂（豊臣）との戦争を起こさぬことだった。前にもいったように。事が防げるものならどんなことでもしよう、どんなことにも耐え忍ぼう……そう考え続けていたわけですよ、清正は。

そうしないと、必ず、つぶされてしまう、豊臣家が。家康のほうでは、とにかく事を起こしたくてしかたがないんだから。とうとう最後には理由にもならぬ理由をこじつけて強引に戦争に持ちこむ、その話は、真田幸村のところでしましたね。大坂冬の陣、夏の陣の話を。

清正にしてみれば、そういう事態を何よりも恐れていた。洞察力のある人ですから。秀吉の朝鮮出兵にしてもね、その強引さは、清正自身は始めから心得ていたに違いない、とぼくは思う。承知の上で己れが為《な》すべきことを為した……そういう人ですよ、清正は。

それでとにかく、今度は、家康に開戦の口実を与えないために心魂をかたむけた。裏切り者呼ばわりされながら。豊臣家の存続のためには、それ以外に道はないと知っているから、二条城で家康と秀頼を会見させたのは、そのためですよ。この会見を実現するまでの加藤清正の苦労というものは、それは大変なものだった。

前に一度、家康が秀頼に〝あいさつ〟に出て来てもらいたいといったとき、大坂方ではこれを断っちゃっている。家康が将軍の座を倅《せがれ》の秀忠に譲り渡して、その将軍宣《せん》下《げ》の式をするために京都へ行ったとき……。このときは、まだ秀頼が小さくて、淀の方が、

「徳川が強《た》って秀頼どのに上洛せよと申すなら、母子《おやこ》（淀君・秀頼）とも大坂において自害したほうが、よほどましじゃ」

と、いきり立って断った。それで家康が腹を立てて、あわや……という寸前まで行った。まあ、そこで家康がこらえたからね。戦争にはならなかったわけだ。

しかし、それから五年たって、今度は家康の力が前とは比べものにならないほど強大になっている。家康自身、老人になって気が短かくなっているし。もう一度断られたら、

「大坂は、われに謀反《むほん》を起こそうとしている」

という理由で豊臣方を戦争に引きずりこむことができる。で、ちょうど後陽成《ごようぜい》天皇の譲位の儀式かなにかで家康が上洛《じょうらく》するのを機会に、また、秀頼に「京へあいさつに来るよう」に申し入れをした。これを断れば、今度こそ開戦ですよ。

だから、清正が必死の努力をした。万が一にも、家康と秀頼の会見が実現しなかったらどうなるか、家康の意図がどこにあるか、よくよくわかっているからね。清正には。もちろん大坂城内では、淀君が強くて、秀頼公のほうから、家康のところへ出向くなんてとんでもない……と相変わらず愚かなことをいっている。

そういう事情の中での苦心ですから、清正は大変だった。福島正則、浅野幸長《よしなが》なんかと力を合わせて、百方手を尽して、ようやく家康と秀頼の顔合わせを実現したんですよ。それが慶長十六年の春、三月二十八日。

清正と浅野幸長につきそわれて、秀頼は二条城へ出向いた。そこで家康に会ったわけだけれども、非常に堂々として立派な態度だったというね、秀頼は。

背は六尺二寸もあってても何といってもまだ十九歳の若さ。一方の家康は七十の老人。圧倒される思いがしたろう、家康のほうは。

しかし、家康と秀頼の会見が一応無事に終ったから、これで関東と大坂の危機はなんとか避けることができた。

この日が、清正にとって最良の日だったかも知れない。ついに多年の〝望みが叶《かな》った〟と思ったろう……。

〝二条城の会見〟からわずか三月《みつき》……
六月二十四日、加藤清正死す。

二条城での会見を無事に終らせるために、清正は実に周到な配慮をしていますよ。秀頼は四方あきの駕籠《かご》のようなものに乗り、この両わきに加藤清正と浅野幸長の二人がふとい青竹の杖《つえ》をつき、徒歩でつきそって行った。清正と幸長の躰《からだ》が、秀頼の袖にふれるばかりだったといいますから。文字通り、二人とも〝身をもって〟秀頼を守ろうとしたんだな。

さらに清正は、あらかじめ数百の将兵を小者の恰好《かっこう》をさせて京都と伏見の町々にひそませてあったという。城内に入ってしまうと自分はぴたりと秀頼のそばについて離れない。こういう宴席では丸腰にならなくてはならないから、ふところに短刀を秘めていた。

それだけの苦心をして、ついに無事、会見を終らせることができた。うれしかったでしょう、清正。そのまま帰りに秀頼を自分の伏見の屋敷に招き、改めて祝宴をあげている。前もって伏見まで回送しておいた秀頼の御座船の上でね。これも、やはり、清正一流の心くばりですよ。わざわざ川に浮かべた船の上で宴を催すというのは。

「秀頼が大坂城へ帰る途中に、折りしも伏見の肥後屋敷前を通りかかったので、しばらく足を休めていただき、酒食を供した……」という〝かたち〟を整えたわけで。白昼の川面でだれの目にも明らかな、あけっぴろげの宴でしょう。家康の神経を刺戟《しげき》しないように、という配慮ですよ。

ところで、ここから先が実に奇々怪々なんだ。加藤清正が発病する、会見の日から一週間か十日で。単なる気疲れか、風邪か、と思っていると、どうもそうでない。五月になると清正は、是非にも急いで熊本に帰る……と、大坂城の豊臣秀頼にいとまごいに行き、その晩すぐに大坂から船で帰国の途についた。ところが、この船上で血を吐いた、清正が。

五月二十七日に、ようやく熊本城へ帰ったときには、もう、重病だったらしいね。それから約一ヵ月、六月二十三日から危篤《きとく》状態になって、翌日、二十四日の丑《うし》の刻(午前二時)に息を引きとった。五十歳だ、ちょうど。

殉死者が二人出ましたよ、清正には禁じられていたんだけれども、その一人は、金《きん》官《かん》という朝鮮人で、あの朝鮮出兵のときに清正に拾われて熊本へ来ていた。清正という人が、どれほど家来たちを可愛《かわい》がり、家来たちがどんなに主人の清正を慕っていたか、わかる。

加藤清正が亡くなった同じ月に、清正より一週間ばかり早くに、堀尾吉晴が死んでいる。豊臣家恩顧の大名ですよ、この人も。紀州の九度山に押しこめられていた、あの真田昌幸が死んだのも、二年前のこの月だ。翌々年の慶長十八年になると池田輝政。それから今度は、清正とともに秀頼を守り続けてきた浅野幸長だ。まだやっと三十八歳ですよ、幸長。さらに、翌年には、加賀の大守の前田利長が死ぬ。あの前田利家の子どもの。

たった三年ほどの間に、豊臣家と最も深い関係にあった大名たちがほとんど死んでしまうのですから、だれが考えても、これは……ということになる。毒殺だ、という説が、もうその当時からあった。もちろん、そうだとはいいきれませんがね。

一方、徳川家康は、七十を越えて壮健そのものだ。そこで、いよいよ、

「もう、よかろう……」

と、腰を上げることになる。慶長十九年、大坂冬の陣。攻めてみたらなかなか大坂城が落ちないものだから、一時和睦《わぼく》して、濠をどんどん埋めてしまい、すぐさま夏の陣に持ちこむ。ここらあたりは、実に強引ですよ、家康。老人の執念だな。

もしも、清正が、大坂の陣まで生きていたらどういうことになったろうか……それを考えながら、ぼくは『火の国の城』という小説を書いたわけですよ。

大坂戦争が終ると、さすがの家康も、心身のおとろえを感じたようだ。

「それにしても……」

と、駿府の城へ帰って来た家康は、老臣・本多正信へ、

「大坂の戦《いくさ》に、もし主計頭《かずえのかみ》清正が生きて在ったなら……と、それを思うて、わしは、陣中にいて、つくづくと胸をなでおろしたものじゃ」

「いかさま……」

「なれど……」

「は？」

「清正は、まこと毒をのまされたのであろうか……」

「さて……」

「わしは清正を殺せとは申さなんだ」

「それがしも、うけたまわりませぬ」

さぐるような家康の視線を受け、本多正信は苦笑をもらした。

「もはや、すぎ去ったことでござります」

「そうであったのう……」

どちらにせよ、加藤清正の死によって、豊臣家の栄光は、家康の目の黒いうちに

消滅したのであった。

大坂戦争が終った翌年の四月十七日に、徳川家康は七十五歳の生涯を終えた。

（『火の国の城』より）

はっきりしたことはわからないが、
乞食坊主が家康の先祖だという説も……

徳川家康

徳川家康のことは、信長のときから、もう何回も話して来たから……大体のことはわかっているだろうが、家康の家系や生い立ちについては、まだ、話してなかったね。その辺のことを少しいおうか。

徳川家康の家系というのは、新田義重《にったよししげ》にさかのぼる……といわれている。一応ね。もともと上州新田の一族で、新田郡世良田《せらだ》村の徳川というところに居住していたのが、新田氏が足利尊氏《たかうじ》に亡《ほろ》ぼされて以後、本国を離れて流浪《るろう》して歩いていた、そういう説がある。

他にもいろいろな説があるんですよ。そもそも「徳川」を名乗るようになったのは、ずっと後のことで、家康が二十八になってからだ。それまでは「松平」姓を名乗っていた、知っての通り。いろいろな説がある中に、何か浮浪者のような乞食坊主のような者が家康のあれだった……そう主張しているのもある。

なんでも十五世紀の半ばごろに、徳阿弥《とくあみ》と名乗る時宗の遊行僧《ゆぎょう》がいて、これがあちこちさすらった末に、西三河の松平郷で土地の庄屋の家に婿入《むこい》りして、そこで子どもができた、それが徳川家の祖である……というんだ。

この徳阿弥は、婿入りしてから還俗《げんぞく》して、松平太郎左衛門親氏《ちかうじ》と名乗った。まあ『改正三河後風土記』の記述によると、そういうことになっている。本当のところ、どうだったかはわからない。何しろ戦国時代だから、秀吉の出生についても諸説があるということを前に話したけれども。

とにかく、戦国戦乱の中で、三河に松平と名乗る豪族というものが次第にできて行ったことは事実だろう。

親氏から七、八十年たって清康。その清康の子が広忠。これが家康の父親だよ。だから松平清康は家康のお祖父《じい》さんだ。天才的武将であったといわれている。どういうものか、松平家は内紛内乱が多くて、清康も家来に殺されているし、広忠もそうなんだ。

三河というところは、今川家と織田家の勢力のぶつかる場所で、東西から強敵の脅威にさらされ、国の内部では一族間の紛争が絶えない。そういう中で生きのびて行くためには強力な大名の下につく以外に道はない。そこで、結局、松平家は今川義元に服属し、それによって領国を安堵《あんど》することになる。

広忠のときに、今川義元について、松平家は一応三河の小大名としての地位を確立した。だから、今川のために織田方と戦わなくてはならない。それから、ずうっと松平・織田の交戦状態が続くわけです。

天文十（一五四一）年に、広忠は十六歳で三河・刈屋《かりや》（刈谷）の城主・水野忠政の女《むすめ》の阿大《おだい》をめとった。その翌（一五四二）年の十二月二十六日、男の子が生まれ、これが後の徳川家康だ。幼名は竹千代といった。

三歳で生みの母と別れ、六歳で人質。
八歳にして父が家来に殺された……

家康、そのころは竹千代だが、とにかく哀れな幼少時代をすごさなくてはならなかった。大名同士が戦争をしている上に、その家来たちが、また、三つにも四つにもわかれて争ったという時代だから、滅茶苦茶なわけだよ。そういう中で、家康は子どものころに両親を失ってしまう。

まず、三歳のとき、おっかさんの阿大が広忠に離別されて、以後、家康は温かいおふくろの味を知らない。これは、阿大の兄の水野信元、家康から見れば伯父さんということになるわけだけれども、この水野信元が今川に背き、織田家の側についたから。当時、織田は信秀の代だ、信長の父の。広忠としては、今川義元の手前、織田信秀の家来となった水野と婚姻関係を結んでいるわけには行かない。弱小国の辛《つら》さですよ。それで、まあ、阿大を実家《さと》へ帰してしまう。

それでも、まだ、心配で、今川義元のところへ忠誠を誓うしるしに、わが子の竹千代を人質に出すことになった。このとき、たった六歳ですよ。竹千代。ところが、手違いがあって、こともあろうに敵方の織田家に連れて行かれちゃった……。家来が織田に内通していたんでしょう、恐らく。油断もスキもならない、そういう時代なんだから。

で、二年間、織田家の菩提寺《ぼだいじ》である名古屋の万松寺に人質としてとられていたんだ。このころ織田信長は十四から十六だから、もしかしたら、後にそれぞれ天下をとった二人が、少年同士、ここで会っているかも知れない。

そのあと、今川と織田が一時的に和睦《わぼく》して、竹千代は二年振りで生まれ故郷の岡崎へ帰って来る。しかし、もう、そのとき父の広忠はこの世にいないんだ、その年の春、自分の家来に殺されてしまって。天文十八（一五四九）年だから、広忠は二十四歳の若さで死んでしまったわけだ。

竹千代は、やっと帰った岡崎城に、たった十二日間いただけで、今度は、改めて駿《すん》府《ぷ》の今川義元のところへ人質に送られる……。考えてごらんなさい、このとき八歳でしょう、それが生みの母はいない、父親は殺されてしまう、自分は息つくひまもなく再び人質に……そういう幼少時代をすごしたんだ、家康は。悲惨……の一語に尽きますね。

駿府では、まあ、かなり優遇されていたというんだが、人質は人質でしかないから。感じやすい時代でしょう。いちばん。このころの恩も仇《あだ》も、家康はいつまでも忘れずに胸の奥へ畳み込んでいる。

家康の鷹《たか》狩り好きは子どものころからだけれども、ある日、自分の可愛《かわい》がっている鷹が孕石主水《はらみいしもんど》という、今川義元の家来だが、その家の庭に飛び込んだ。竹千代が「どうか返してください」と頼みに行くと、孕石主水が、

「三河の小倅《こせがれ》めが……その面《つら》には、ほとほと飽き果てたわ」

と、いかにも憎々しげにいったそうだ。この一言が竹千代の心に突き刺さった。何十年もたって家康が武田氏の高天神《たかてんじん》城を攻め落としたとき、捕虜の中に、この孕石主水がいたんだよ。家康は、主水を見るなり、

「汝《なんじ》は以前からおれには飽きあきしたというていたゆえ、おれには用のない者だ。腹を切れ」

それで切腹させちゃった。執念深いともいえるが、逆に、少年時代どれほど口惜し

い思いに耐えていたかがわかる。

〝他人の飯〟を食って育った家康は、
その代り忠誠無類の家臣団を得た……

若君の竹千代が、人質として苦労している。その小さい主君を推し立てて（いつかは、きっと松平家を立派に、盛り立てなくてはならない……）と心に誓った家来たちがいる。この家来と主君の結びつきというものは普通じゃない。その団結たるや凄《すご》いものだ。徳川家康と豊臣秀吉の差は、結局、家臣団の団結力の差であったといってもいい……この話は前にもしたけれども。

竹千代が駿府に連れて行かれている間、岡崎城は今川家から城代が来て預り、所領は代官が来て管理をした。ということは、松平の家臣たちは知行も扶持《ふち》もろくにもらえない、ということですよ。食うものもろくにない……。

それでいて、合戦というと、一番の激戦地に行かされるのはいつでも岡崎衆と決まっていた。しかし、主君の竹千代のことを思って歯を食いしばって頑張ったんだ。彼らは。百姓仕事しながら露命をつないで。

竹千代がかなり成人して、何かの機会に岡崎に帰って来たことがある。父の墓参りということだったかも知れない。そういう名目に対しては、駄目だとはいえないからね、今川義元も。そのとき、久し振りに見る故郷の山川に、竹千代、いや、このころは改名して元信《もとのぶ》か、感慨無量だった。ふと見ると、泥にまみれた百姓のじじいが菅笠《すげがさ》を取り、深々とおじぎをしている。これがまぎれもない松平家譜代の家来なんだ、近藤登之助《のぼりのすけ》という。

「おう……そちは近藤登之助……」

元信は驚いた。すると、泥まみれの男は、手足の泥をぬぐい、田んぼから上がって来ると、あぜに置いてあった刀を腰に差し、やおら元信の前に手をついて、

「殿……お、おなつかしゅう……存じ……」

元信は、じっと登之助をみつめたまま、

「難儀をさせることよ……」

あとは絶句して、はらはらと涙をこぼしたというんだね。近藤は男泣きに泣き、供人も、まわりの百姓たちも、もらい泣きした。そういう話が残っていますよ。当時の三河武士の剛勇と忠誠心は驚くべきものだけれども、それは、こういう苦難に満ちた情況で培《つちか》われたものなんだ。だからこそ、彼らの団結というものは物凄い。血肉をわけた親兄弟にも勝るものがあった……。

家康の最初の妻は十歳上の姉女房。
今川義元に押しつけられて……

弘治二(一五五六)年正月十五日、いまでいえば〝成人の日〟だ。この日、竹千代は元服して、二郎三郎元信となった。烏帽子親《えぼしおや》は今川義元で、前髪を剃《そ》り落とす役は今川家の重臣の関口親永《ちかなが》。この親永は、義元のいとこで、今川家の身内だ。元服したその日、元信は親永の女《むすめ》を妻に迎えたわけだが、形の上では一度義元の養女にして、それから元信に嫁がせたことになっている。戦国時代の常套《じょうとう》手段だよ、これは。

元信、十五歳でしょう、元服したばかりなんだから。それで妻は二十五歳。いやもおうもない、押しつけの結婚ですよ。この時代には珍しいことではないけれども。政略的な結婚をさせられたとはいえ、夫婦仲は、そう悪くなかった……と思われるふしがある。結婚三年目に長男竹千代(後の信康)が生まれ、続けてその翌年には娘(亀姫)が誕生しているくらいだから。

それに、家康は三歳で生母・阿大の方と別れたという事情がある。母性愛に飢えていたわけだし……十歳も年上の女にかえって惹《ひ》かれたということは十分にあり得る。

これは、ずっと後の話になるけれども、この今川家による政略結婚のために、家康は自分が最も愛し最も信頼していた長男を、みすみす切腹させている。〝築山殿《つきやまどの》〟事件……そのいきさつは、前に話した通りだ。

男という生きものは女しだいでどうにでも変わり、女という生きものも、また、男しだいでどうにでも変わる。家康の最初の妻は、岡崎の築山というところに居住して以来、築山殿と呼ばれていた。家康は、このころ、岡崎を離れて浜松に移っている。岡崎城には長男信康を残してあるから安心なわけだ。古女房のことは忘れはしないだろうけれども、いい加減うとましくはなっていたろう。自分はまだ二十九歳なのに女房は三十九でしょう。桶狭間《おけはざま》の合戦後のことで、もう今川義元は死んじゃって、今川家とは縁が切れているし、それやこれやで、家康としては新しい浜松の城で、解放感を味わっていたろうと思う。

そこで、岡崎に置きざりにされた築山殿がヒステリーを起こした。息子の信康が、信長の女《むすめ》・徳姫を妻に迎えて、この若夫婦が仲むつまじいのもカンにさわる。水をさすために美貌《びぼう》の女を買い取って息子に勧めたという話もある。信康が頂戴《ちょうだい》したかどうかはともかく、これが徳姫に知れたから大変だよ。今度は徳姫が黙っていない。嫁《よめ》姑《しゅうとめ》の争いだから。いつの世でも同じだが……。

ついに築山殿は、口惜しまぎれに武田勝頼に内通するわけだ。亭主に対する面当て……。逆上すると何をするかわからないから、女というものは。これが徳姫の知るところとなって、徳姫は事のしだいを父の信長に手紙で知らせた。これも、やっぱり女だから……。徳姫にしてみれば亭主の信康は大事だが、姑はいちいち気に入らない、その憎い姑のほうだけ父親の力でなんとかしてもらおう、と思ったのだろうけれどね。結果は知っての通りだ。築山殿も斬《き》られたが信康も切腹。

信康は、このとき二十一歳だ。武勇知謀ともに秀《ひい》でた立派な息子で、家康がだれよりも信頼し、楽しみにしていた……その息子を、みすみす切腹させなくてはならなかった家康の心中は、察するに余りがある。よくよく肉親に縁の薄い人なんだよ、家康。

温かい〝家庭の味〟を知っていたら、家康は
もっと違った人間になったろう……

親と子が一つ屋根の下で和気あいあいと暮らすということが、家康にはついになかった。それがどのくらい家康という人の性格に影響しているか……。

信長も、どちらかというと、やはり家庭環境は冷たいね。自分の小さいときに肉親同士の争いがあり、父親が死んだあとで叔父さんが攻めて来たり、弟に裏切られたり……いろいろしていますからね。家康ほどではないにしても、家庭環境が冷たいという点では、信長も同じだった。

そこへ行くと、秀吉のほうは、流浪《るろう》の生活をしたりしていても、あちこちでいろんなことをしていても〝帰ってくるところ〟があって、そこに帰って来さえすれば、温かいおっかさんがいて迎えてくれる。二度目の父親がいて、これとはソリが合わず、喧嘩《けんか》したこともあるだろうけれども、陽性だね、苦労が。親戚《しんせき》がいるし、姉さんがいる。弟もいて、この弟とは喧嘩しない。とにかく、帰って来れば、貧しいながら自分を温かく迎えてくれる家があるから、秀吉はよかった。

それに、その後、信長の家来になってからトントン拍子でしょう。出世が。奥さんの寧々《ねね》も非常によく出来た女性で、気持が温かい婦人を迎えて作った家庭だから……。その家庭があればこそ、秀吉は、あれだけ偉くなれたともいえる。

苦労も、そりゃずいぶんしたに違いないけれども、苦労のしかたが秀吉の場合は陽性なんだね。信長は違うな、秀吉とは。しかし、信長と家康とでは、また違う。信長の、あの冷酷さというものは発散しますからね、外部へ。

家康は、どちらかというと、発散しないで、自分の持っているものを失わないように、守りを固めて、守りを固めて、大事に大事に自分の家を守って来た……「啼《な》くまで待とうほととぎす」式でね。そういう家康が、生涯にただ一度、我慢しきれなくなって、たぎり立つ血にまかせてワーッと飛び出して行ったのが三方ヶ原の合戦だ。信玄に攻められて、敗《ま》けるのを承知で飛び出して行った……あのときぐらいのものだね。

信長、秀吉、家康の三人を比べてみると、だから、三人それぞれの生い立ちというものが偉くなってからのあれに出て来るように思うね。何度もいうように子どものときの家庭というのは、死ぬまで影響するんだよ。十一、二歳のころまでの生活の影響というのが一番大きいんだ。人間の生涯がここで決定してしまう。

人間、大事なのは五、六歳から十二歳。現代《いま》の母親を見ていると恐ろしくなる……

本当いえば、五、六歳から十二歳ごろまでの六、七年間ですね、大事なのは。その時期に人間の一生涯というものはほとんど左右されてしまうね。そのころの教育が、だから、何より重要なわけですよ。

中学、高校も大事だけれど、小学校の教育というものは一番大事だ。そのとき、全部決定されてしまう。それに五つ、六つの小さな子どもにはそんなに意識はないという人もいるけれども、当人にそんなに意識がないからこそ、かえって一番影響受けちゃうんだ。知らず知らずのうちに。

五つ、六つのころの家庭生活が人間に及ぼす影響というものは、はかり知れない。だから、そのころ温かい家庭に育って幸福だった人は、たとえ七つ、八つのころから苦労の多い生活に入ったにしても、全然違うんだよ。本人がそのころのことを覚えていなくても違うんだよ。秀吉がそうだ。

逆にいえば、五つ、六つのころ、非常に冷たい家庭、不幸な家庭だったら、十二、三歳になってしあわせになっても、そのときのあれが尾を引いて来て、いくらあとからしあわせになっても違うんだ……。

幼いときの家庭、両親の生活というものが割合に温かければ、もし七つ、八つになって両親が死んだり、喧嘩別れをしても、それは違う。だから、子どもを育てるということ、教育するということは、五歳前後のときの両親の生活というものが、その家庭というものが微妙に影響して、それは恐ろしいほどだよ。

人間の一生涯がこの時期に決まるのだからね。それで、人間がどうにでもなっちゃう。本当に大事な時期だ。しかしね、この時期の教育というのは、なにも知識を詰めこむことじゃないんだ。教育というよりも、むしろ自分が率先して示すこと、ですよ。行儀のいい子に育てるなら、両親が行儀よくすれば自然にそれが子どもの血肉になって覚えこむわけだ。ところが、それがないから、現代《いま》は。だから恐ろしい……。

子どもをちゃんと育てるというのは大変なことだよ。それを、育てる能力も自覚もないくせに安直に子どもを作ることだけ知っている……そういう若い両親の生活そのものが子どもにどう影響するか、考えただけで恐ろしくなる。

秀吉の場合なんか、四、五歳の幼少のときには、まだ両親が健在で、貧しかったけれども家の中が温かくて、だから、秀吉が十二歳のころ、母親が再婚して、秀吉は面白くなくて家を飛び出したりしたけれども、それまでに身についた気持の温かさというものが、偉くなってから随所に出て来る。他人《ひと》と仲よくやって行こう、戦争しなくてはならない場合でも、なるべく殺さずに血を流さずにやろう……これが秀吉流だ。

家康は、自分が偉くなってからでも「家来たちに温かく」はない……

子どものときに、さんざん苦しい思いをして、それが身についてしまっているから、家康は。

天下を取ってからもあの忠誠無比の家臣団の統制ということについて、表面上は決して温かくということはない。

秀吉は関白になって自分が日本全国を領地にしても、みんなやってしまうんだよ、家来たちに。人がいいというのか、気前がいいんだから。家康の場合は、いくら自分が偉くなっても、自分のために忠義を尽して来てくれた家来たちにちっともやらない。

せいぜい十二、三万石。家康が約束を履行しないものだから、「上様、いつになったらくれるんだ、おれのはらわたが腐っちゃう……」

榊原康政《さかきばらやすまさ》なんか、いい、いい、いい
といったことがある。だけど約束履行しないんだ。なんといわれようと。

家臣団の中に本多佐渡守正信という人がいた。家康の重臣で「佐渡守は自分の家来ではない、自分の兄弟だ」と家康がいったくらいの人だね。この人なんか、家康が七万石やろうとしたら、必要ないと断った。

一万何千石か、そんなところで、

「自分はそれ以上望まない。その分を上様が天下を治めるために使ってください、自分にくれる分を……」

そういった。中には、こういう家来もある。

だから、譜代の家来たちよりも、新しく仕えて来た大名たちに余計にやった。その代り、幕府の職制というものは、大事なところは全部、譜代の家来ですよ。たくさん禄《ろく》をもらっている大名を治める閣僚は、みんな、禄高の小さな譜代の家来なんだよ。禄高こそ小さいけれども、幕府を牛耳《ぎゆうじ》る立場につけたわけだ。

大御所様と呼ばれるようになっても、
自分は質素に質素にしていた家康……

加賀百万石の前田利家の三代目か四代目が若いころ、十七か八のときでしょう、一種の人質として江戸城にいた。それで、何度か家康を見ることがあったわけだけれども、ある年の冬に、寒い最中に廊下でかしこまっていると、家康が向こうから歩いて来て、お辞儀をしている利常を見て、こういった。

「おう、おう、お前のお祖父さんにそっくりじゃ。頼もしいのう……」

そのとき平伏している利常には家康の足しか見えない。その家康の足が、ヒビ、アカギレだらけだった。足袋も何もなしで、寒中に。ヒビだらけで、真っ黒で、血がにじんでいたというんだから……。前田利常が書き残した日記のようなものに、このことが書いてある。

後の徳川将軍のぜいたくきわまる、お風呂に行けば手拭《てぬぐ》いも使わないで、新しい肌着で躰《からだ》のお湯を吸い取って、何枚も何枚も使って、次の日にはまた新しくする、そういう生活じゃない、家康のころは。それこそ、むしろ家来たちよりも質素な生活をしているわけで、一つの物を何十年も使って、棄てたりしない。筆でも硯《すずり》でも、家康の使ったそういう物が残っています、いまでも。それを見ると、そりゃあ大事に大事に使っていたということがよくわかる。下着なんかにしても何度も何度も洗いざらしたものを使っていたわけだ。

家康よりも、まわりの家来のほうが、ずっとぜいたくな生活をしていた。前田利家の孫にしても、自分の普段の暮らしに比べて家康のそれがあまりに質素だからこそ、驚いて日記に書いているわけでしょう。

徳川幕府の創設時代は、だから、一応そういう形でした。外様《とざま》の大名なんかは、むしろぜいたくな生活で、家康自身と、家康に本当にむかしからつき従っていた井伊直政、本多正信というような家来は、質素な生活……。

ついでに徳川幕府の体制というものはどういうものかというと、これは「まず第一に天下を治める……」この一事に徹している。つまり、戦争をなくして徳川家の存続のもとに天下を治め、諸国の大名を全部屈伏させるということが眼目ですよ。およそ天下万民の幸福をねがうというようなものじゃない。

だから、農民に対してはひどいものだ。家康は、農民が宗教的な約束のもとに立ち上がって抵抗したときの恐ろしさをよく知っているから、一向一揆《いっこういっき》の体験で。農民というのは何をするかわからないというので、物凄《ものすご》く押さえつけた。

「百姓は生かさぬように、殺さぬように……」

というのが基本方針なんだ。しかし、どんなに苛酷《かこく》な税金を取り立てても、まだしもいいですよ、戦争に比べれば。戦争があると、税金よりたまらないからね、農民としては。その戦争を完全になくしたということは功績だと思いますよ。信長、秀吉、家康は。近代社会が政治的にそれを解決して農民、万民の幸福をねがうというのとは本質的に違うとしても。

まあ、家康に対してわれわれが感心するのは、あれほどの権力者になっても、自分の生活はきわめて質素、それでなくては下の者たちはついて来ないということをよく知っていて、それを最後まで実践したことだろうね。これは、上に立つ人間の取るべき万古不易の姿だから。人間、どうしても、成功して上に立つようになると、その瞬間から自分がぜいたくすることばかり考えがちなんだが……。

上に立つ人間はいかにあるべきか
松竹新喜劇の座長・藤山寛美の例……

違う話になるけれども、松竹新喜劇という劇団、目下非常に人気がある……切符を買う人の行列ができるというくらいだ。その現座長が藤山寛美で、その前は渋谷天外だった。

天外という人は、自分がまだ人気の頂点にあるうちに後継者として藤山寛美を選び、見事にバトンタッチをやってのけた。なかなかできないことですよ、これは。

天外から譲られた寛美という人間もまた馬鹿じゃないから、譲られたことを忘れない。自分が役者であると同時に座長であるということを忘れない。それで、若い研究生が劇団に入って来ると、いきなりパッと六万円出すというんだ、その月から、月給を。どこだって、研究生にそんなことはしてくれませんよ。むかしは一銭も出さなかった。いまだって同じでしょう、多分。他の劇団はね。

ところが藤山寛美は、いきなり六万円出すんだ、どんな素人《しろうと》が入って来ても。ということは、やがてその中から次の時代のいい役者が出るかも知れない……という期待があるからだろうね。先行投資ですよ、いわば。

さらに、昇給のときも、高給取りは二割ぐらいしか上げないで、下のほうの給料の安い座員たちの月給は五割上げるんだ。これで若い人がついて来ないはずはない、それで、「自分に代わるスターが出たら、いつでも自分は脇《わき》へ退《の》いて仕出しでも何でもする……」

そういう肚《はら》でいるんだ、寛美は。

そうして自分は楽屋に泊まっているわけだ、座員たちと一緒に。座長だからといって別の宿屋なんかに泊まらない。自分の家はどうかというと、大阪の下級サラリーマンのいるようなところに住んでいるんでしょう。借金が一億何千万だか二億だかあるというけれど、座長自身の日々の生活がこれだから、座員が文句をいわない。無論、高給は取っているでしょう。高給は取っているけれども、借金を返さなければならない。それで生活は座員と同じ。それを見ているから座員が納得しているんじゃないかと思う。

そういうように自ら率先して日常の行動そのもので納得させる、これが指導者であって、家庭の主《あるじ》にしてもそうですよ。実態を知らない奴は「バーのマダムにパッと百万もする新車を買ってやるとは、借金があるくせに、座長になっていい気になっている……」と悪口をいう。しかし、そのバーのマダムというのは、新喜劇の公演があると百枚千枚と切符を買ってくれるわけだ。

そのバーに座員を引き連れて出かける。一回五万円として四回行けば二十万円だ。ところがブルーバード一台のおかげで、一年間くらい勘定を払わないで済む。払うといっても受け取らないというんだから。

自分が指導者でなくて役者だけなら、そんなことしない。しかし寛美は座長という責任を負わされているから、やっぱりそこまでやらなければ座員がついて来ないと思うから、やっているんでしょう。そういう寛美の姿勢は当然座員にもわかる。一緒に生活しているんだから、納得できるわけだよ。

家康自身は早々と隠居し二代秀忠へ、
しかし実権は死ぬまで放さなかった……

芝居の劇団と国を治めることとではスケールが違うけれども、根本は一つだよ。家康は、

「自分の力が盛んなうちに次の代のことをチャンと考えておかなければならない……」

ということを非常によく知っていた。ずっと見て来ているから、信長の場合、秀吉の場合、どうなったか……。

自分は決して、信長、秀吉の轍《てつ》を踏むまいと決意しているわけだ、家康。だから、自分の目の黒いうちに二代将軍、三代将軍まで決め、最大の心配の種である豊臣家を完全に亡《ほろ》ぼしてから死んだ。晩年の家康は、もう、その一心だね。それがために、ずいぶんと強引なことを敢《あえ》てやってのけた。豊臣家を戦争に引きずりこんで叩《たた》きつぶすまでの家康のやり方というものは、本来の家康らしくないね、およそ。まったくの横車だから、これが後年まで家康が不人気となった最大の理由でしょう……。

それで、とにかく家康は、早々と将軍位を秀忠に譲っている。二代将軍秀忠。慶長

十（一六〇五）年に、もう、譲っているんだ。もっとも家康は死ぬまで実権を握っていたけれども。

秀忠は五男。長男の信康は信長のために切腹させられているけれど、まだ他に秀康《ひでやす》、忠吉《ただよし》、信吉《のぶよし》といたわけだ。

その兄弟たちをさしおいて秀忠を将軍にしたということは、重臣たちの意見を聞いた上で決定したわけだよ。戦争に強い将軍であるのがいいのか……政治家としてすぐれた将軍であるのがいいのか……。

秀忠は、戦争はどうもうまくないけれども、人間として政治家として、ほかの兄弟よりも自分の、つまり家康の、やり方を踏襲してやって行くのに向いている、そう判断して秀忠に決定した。

三代将軍を決めるときも揉《も》めたんだ。家光にするか、忠長にするか。忠長というのは後の駿河大納言《するがだいなごん》、幼名は国松といって、家光のすぐ下の弟です。秀忠の奥さんの於《お》江与《えよ》の方は、もともと淀君の妹で、秀吉によって政略結婚を三回も四回もさせられ、最後に秀忠の妻として落ち着いたわけだが、姉さん女房で完全に亭主を尻《しり》に敷いていた。

この於江与の方は、本当は、家光よりも忠長のほうを可愛《かわい》がっていて、こっちを三代将軍にしたかった。

秀忠は女房に頭が上がらないから、このまま行けば三代将軍忠長に決まるところだったのを、家光の乳母が働いて、駿府の大御所様（家康）に直談判《じかだんぱん》して、結局、最終的には家康の断で家光に決まった。

結果はどっちがよかったかというと、家光のほうがよかったわけだ。忠長というのは、おっかさんに甘やかされて育ったから我儘《わがまま》で粗暴で、天下を治めるだけの器量人じゃあなかった。家光が将軍になってよかったわけですよ、やっぱり。

二代将軍秀忠、堅い一方のつまらぬ男。

しかし、おとなしそうに見えて……

家康の真似《まね》をして秀忠も早いうちに引退していますよ、家光に譲って。親父のやった通りに自分もやった。自分は隠居して、伜《せがれ》の指導をしている、家康の目に狂いはなかったということだ。そのまま家康の流儀を踏襲してやっていた。とにかく堅い男でね、秀忠というのは。

すっかり尻に敷かれちゃって。奥さんだって三婚四婚なんだからね。女といえども戦国時代の荒波の中で政略結婚をそれだけしているんだから、下手な男なんかとても歯が立ちゃしない。秀忠を尻に敷くぐらいわけのないことだ。年齢からいっても秀忠のほうが若いしね。ずいぶん年が違うんじゃないかな。

あんまりこれじゃ可哀そうだというんで、家康が、あるとき、駿府に来た秀忠の寝所に、

「たまにはよかろう……」

と若い女を差し入れてやった。そうしたら、秀忠は、

「父上のお志はかたじけないが……」

と、返してしまったというんだから。しかし、たった一度、浮気をしたことがある。江戸城の奥女中で、お静の方。これは大工の娘で、奥女中に上がって来た。それに秀忠が手をつけた。とてもきれいだったんだろうね。大工といっても現代《いま》と違い、身分がもっと高くて、その娘が将軍の侍女になっても不思議はなかった。その娘に男の子が生まれ、それで奥方が怒ってしまい、毒殺しろというわけだ。それを老中が必死で守り抜いて、生まれたその子どもが後の会津藩祖・保科正之《ほしなまさゆき》ですよ、非常な名君とうたわれた。

この保科正之は三代将軍家光の異腹の兄弟に当たるわけだが、兄の家光の意を体して、老中として四代家綱を補佐して、大変な働きをした。そのおかげで徳川幕府というものがさらにしっかりしたものになった。毒殺されていたら、もっと天下が揺れ動いていたかも知れないね。

それで、秀忠だけれども、女に関してはからっきし駄目な恐妻家だった代りに、将軍としては相当やることはやっている。加藤清正のような豊臣家ゆかりの大名はみんな潰《つぶ》されてしまったからね。秀忠の代になって。親父の家康が死ぬと、秀忠はみんな取り潰してしまっている。福島正則にしてもそうだし。加藤清正の一族なんか、本家も分家も根こそぎ潰してしまっているんだ。一見したところおとなしそうに見えて、なかなかしっかりしているわけだよ、秀忠。全部で七つか八つ、大名の家を取り潰していますからね。

まあ、とにかく駿府へ遊びに行って、せっかく自分の親父がよこしてくれた女を追い返しちゃうような人だから……小説の主人公になるような男じゃないんだよ。浮気をしたくないことはなかったろうけれど、よっぽどこわかったんでしょう、奥さんが。

あの時代は男が威張っていて、女は虐《しいた》げられていた、というけれども……

夫が浮気をしたら、その浮気の相手の女を毒殺するくらいのことを平気でやりますよ、戦国時代の女は。戦乱の時代で、自分も何度も死にかけている。いつ死んでもこわくない、そういう覚悟ができている。

だから、男が一方的に威張っていて、女は虐げられていた、というけれども、それは表面的な見かたにすぎない。

家康は、築山殿の後に、もう一度、嫁をもらっている。これも典型的な政略結婚でね、秀吉の妹を押しつけられた。朝日御前というんだが、もう、ばあさんなんだ。天正十四（一五八六）年から十八年まで、これを正室とした。それ以外には正室をおかなかった。天正十二年に、家康は秀吉と戦っているでしょう、小牧《こまき》・長久手《ながくて》の戦い。これで秀吉を痛い目にあわせておいて、和睦《わぼく》した。その後のことだから、仲なおりのしるしに、秀吉の妹をもらったわけだよ。

だいたいが家康はばあさんが好きだね。お妾《めかけ》さんは未亡人が多いんだ。身分の低い女ばかりで、百姓の後家さんとか、そういうのが多いな。身分の高い人は嫌いなのかね。最初の妻が今川義元の養女で、二番目が秀吉の妹で……身分の高い女性はこりごりだったのかも知れない。小さいときから、さんざん苦労して育って来たからね。家康は。いわば、その反動で、めんどうなことになりかねないのは嫌だったのでしょうね。

この点は、秀吉とは対照的だ。秀吉のほうは大変ですよ、身分の高い女性ばかりで。家康は、女に対しては、全然金を使わない。身分の低い人をお妾さんにしているから、金を使わないで済んだ。そういうところは、秀吉なんかに比べて、人間的魅力が乏しい気がするねえ……。ほほえましいエピソードというものが、あまり見当たらないんだ、家康の場合は。せいぜい、息子の秀忠に若い女を世話してやろうとしたくらいで。

徳川幕府が十五代も続いたというのは、やっぱりそれだけの金があったから……

天下第一の大大名ですからね、家康は。秀吉の下にあったときでも。実力は文句なしにナンバーワン。だから、秀吉亡《な》きあと天下が徳川家康のもとに治まるのが最も当然な形なんだ。他の大名に比べて格段に力が上なんだから。

それを秀頼が、というより淀君がだけれども、ゴネたでしょう。家康としては、秀頼が自分に臣属を誓ってくれれば、十分な待遇をするつもりでいたわけですよ、当然。なんといったって自分にとっては孫娘の婿《むこ》だから、秀頼は。千姫を秀頼のところへ嫁にやっているんだから。

ところが、ずいぶん待ったけれども、とうとういうことをきかない、大坂方が。それで、さすがの家康も、老人になっていて気は短くなっているし、無理を承知で豊臣家を戦《いくさ》に引きずりこんで亡《ほろ》ぼしてしまう。自分の子孫のためにあせったんだね、やっぱり。

大坂冬の陣・夏の陣で、完全に豊臣家の息の根を絶った直後に、家康は「武家諸法度《ぶけしょはっと》」「禁中並公家諸法度《きんちゅうならびにくげしょはっと》」「諸宗諸本山諸法度《しょしゅうしょほんざんしょはっと》」というような法令を相次いで定め、これで徳川幕府の基礎を不動のものにしようとした。大名は無論のこと、皇室や寺院に対しても、厳しい規則を課してがんじがらめにし、勢力を削《そ》ぐための法令ですよ、いずれも。

自分が死んだ後に、豊臣家の場合のように各大名が政権をめぐって争うことを極度に恐れたから、家康。それを防ぐために、ありとあらゆる手を打って、それが済んだ途端に死んでしまうんだ。

えんえんと続いた戦争のために消耗した財力、これを回復することにも手ぬかりはなく、せっせと金銀を貯《た》めこんだ。長崎を幕府の直轄地《ちょっかつち》にして南蛮貿易の利益を独占し、金山の経営も熱心に行なった。城の御殿にいて真冬に足袋もはかず、アカギレだらけの素足のまま歩いていたというのも、

「むだ金を使わず、少しでも節約して金や銀を貯《たくわ》えよ……」

ということを身をもって示したわけだよ。

そういう苦心が実って、財政がきちんと固まっていたからこそ、徳川幕府は十五代・三百年も存続できたといえる。途中、何回も財政的なピンチを招いてはいますけれども、それをなんとか乗り切って十五代続いたのは、やっぱり、貯えがあったから。

将軍直轄の領地、天領というんだが、これが五百何十万石か六百万石か、そのくらいはあったからね。そういうものを持っていたから維持できた。辛うじて。秀吉はそれをしなかったからね。みんなやってしまって。もっとも、秀吉の場合は、そういう風にしなければ、家来たちが自分について来てくれなかったわけだけれども。

元和《げんな》二年四月十七日に駿府に死す。ときに徳川家康七十五歳。

江戸幕府がしっかり天下を治めて行けるように……と、家康は死ぬ間際《まぎわ》まで働きづめだった。大坂戦争が終ったその年に、わざわざ駿府の城から江戸城まで出て来て、「秀忠の子・竹千代（家光）をもって三代将軍とする」と、自ら断を下していますからね。

ここまで来て、家康は、どっと疲れが出たんでしょう。もう大丈夫だ、と思った瞬間に。翌年の元和二（一六一六）年、駿府の城で正月を迎えた家康は七十五歳になった。

若いころから狩りが好きだったから、家康、「狩りに出ることは躰《からだ》のためによく、また、村や土地の様子を見ることもできて、政治を行なう上にいろいろとためになる……」

そういって、よく鷹狩《たかが》りに出かけた。それでこのときも出かけたわけだ。

昼間、気分よく鷹狩りを楽しんで、その夜、タイの天麩羅《てんぷら》を食べた。これがいけなかった。京都から、家康と親しい茶屋四郎次郎という商人が駿府の城へやって来て、

「このごろは、京の都で珍しい料理が流行しておりまする」

「ほう。それは、どのような料理じゃ」

「タイの切身を、ごまの油で揚げて食するものにて、まことに美味……」

それを聞いた家康、その晩さっそくタイの天麩羅を試したわけですよ。非常にうまかったとみえて、食べすぎて腹をこわした。七十五ですから、もう。結局はこれが生命《いのち》とり。いろいろ薬を飲んだけれども、病気はよくならない。二月、三月とたつうちに、

「これは、わしの生命もこれまでらしい……」

と、家康は覚悟を決めたらしい。

大名の主だった者たちを集めて、こういい残した。

「わしは間もなく死ぬであろう。なれど、将軍（秀忠）が天下を治めているゆえ、心配はせぬ。しかし、万が一、将軍のすることに間違いがあるようなときは、みんなが将軍に代わって天下のことを治めるがよろしい」

わが子の秀忠が、将軍として力がなかったら、構うことはないから、これを退けて、大名たちが天下を治めよ……こういうんだから、きっぱりと。大したものだ、やっぱり。伏見城で、豊臣秀吉が死ぬとき、

「秀頼を頼む、たのむ……」

と、家康はじめ五大老に手を合わせて、恥も外聞もなく泣きながら死んだのと比べると、大変な違い。こうして四月十七日、徳川家康は世を去った。

老獪《ろうかい》な政治家・狸親爺《たぬきおやじ》のイメージだけが

あまりにも強いが、大変な豪傑だった。

晩年が晩年だったからね、どうもイメージがよくない、家康。けれども、徳川家康という人は、大変な豪傑です。槍を持てば、だれにもひけはとらない。鉄砲も上手《うま》かったし。馬も上手い。武術も上手い。大変な豪傑ですよ、本来。いまでも家康の手形が残っているけれども、大きい、実に大きい。ぼくの手より一まわりどころか二まわりも大きいくらい。

戦国武将として家康が豪傑ぶりを如実《にょじつ》に発揮したのは三方ヶ原の合戦、武田信玄と戦った……。元亀三（一五七二）年、家康がちょうど三十一歳のときだ。

この年の十月三日に、武田信玄は三万余の大軍を率いて甲府の城を出発した。次々に手むかいする城をおとしいれ、徳川家康の本城、浜松へせまった。無敵の進軍だ。家康は、自ら四千の兵を従え、天竜川のほとりまで押し出した。三万と四千ですから、いくら頑張ろうと思っても、勝ち目はない。それでも家康は見付の町に信玄勢を迎え討って猛烈に戦った。勝てないまでも、徳川の意気というものを見せたわけだ。そして、さっと浜松城へ引きあげた。

信玄にとっては、このときが京へ上って天下を取るべき絶好のチャンスだった。織田信長は、ちょうど浅井、朝倉、それから本願寺などを相手にして、目がまわるほど戦いに忙しいときで、家康のほうを助けていられない。家康は、孤立無援で武田の大軍を相手にしなくてはならないことになった。

ところが、信玄、浜松城へ攻めかかって来ないんだ。その代りに、徳川家の城でもとくに大切な二俣《ふたまた》城をやすやすと攻め取った。それで、それからどうしたかというと、家康が浜松城に籠《こも》って討死覚悟で決戦に備えているのには知らん顔。三方ヶ原に向かって悠々と軍を進め始めた。三方ヶ原は、浜松の北面にあり、東北から西南にわたってひろがった、海抜百メートルくらいの台地だ。ここを越えれば、そのまま徳川家の本拠地・三河の国。これが十二月二十二日の朝だ。「さあ、家康よ。わしが恐ろしくないなら、ここまで出て来て見よ。どうじゃ……」

と、信玄は笑っているかのごとくに見えた。

これには、こらえにこらえていた家康も、

「おのれ！　信玄！」

と血が熱くなって来た。

三十一歳だから、家康。晩年の家康とはまるで違うんだよ。

「おれが国の中を、信玄めは勝手放題に押し進んで行こうとしている。このまま、城にとじ籠っていては、おれの名がすたる！」

と、家康は思った。そうして、ついに信長の厳命を振り捨てた。信長は、使いを寄こして、

「じっと我慢をして浜松の城に籠り、決して出ぬように……」

と命じていたんだ。それを忘れた、家康は。

浜松の城に五百の兵を残して、家康は三方ヶ原へ敢然と飛び出した。自分が先頭に立って。この日の家康は、桶側胴《おけがわどう》の具足をつけ、桃形兜《かぶと》をかぶり、二間の管槍《くだやり》を引っ下げていた。勝とうと思っての戦いじゃない、男の意地で戦うのだ。大将自らやらなければ……指導者が生命を賭《か》けてやらなければ、二度と再びだれもついて来ない……だから戦ったわけだ。

無論、戦いは惨敗《ざんぱい》です。三倍もの勢力を相手にするのだから。ついに徳川軍は突き

崩されてしまい、ばらばらになりながら浜松城へ引き上げた。このときの家康が凄《すご》いんだよ。総大将が、ただ一騎になって、退却の殿《しんがり》をつとめたんだから。返り血で全身を染めながら自分が一番最後に踏みとどまって、武田軍の追撃を防いだ。

こうして、家康は、負けるのを覚悟で出て行き、負けた。しかし、武田の大軍を恐れることなく出て行った家康の勇気は、万人の認めるところとなったわけですよ。諸国の大名の間で、徳川家康は、

「まことに頼みがいのある大将だ……」

という信用が一気にひろまって行った。これが大きい、この信用が。三方ヶ原で戦《いくさ》には負けた家康だが、負けて得たものは大きかった。

こういう、若き日の家康のことは、あんまり知られていない。大した豪傑であったということも、やっぱり知っておかなくてはね。

番外・戦国の女たち

血で血を洗う戦国の乱世に
政略の具として、というが……

戦国時代というものが、一体、どんな時代であったか、一応の様子はつかめたろうと思う……。

そこで、まあ番外というような形で〝戦国の女たち〟という話にしよう。女性たちの何人かを追ってみることで、逆に、この時代の男たちの生きざまを、一層よく知ることができるかも知れないし。

戦国や封建時代というと、もうそれだけで女は人間扱いされず大変に不幸な時代であった……と決めてかかる、そういう見かたが多いんだな。庶民は別として、武家の女性といったら政略結婚、人質の道具、つまり父だの兄だの、あるいは伯父だのというう、まわりの男たちの道具でしかない……という見かた。

これはね、必ずしも一概にそうだとはいえないんですよ。政略結婚というものはあった、確かに。だからといって、それがそのまま、戦国の女は不幸であったということにはならない。現代の人は、右でなければ左、左でないなら右、すぐさまどっちかにきめつけるでしょう。しかし、物事、そう簡単に断定するのは間違いですよ。大変な誤りだ。

政略結婚の例証は数え切れないほどある。その一つ一つの事例を、ちゃんと、実態はどうであったか、確かめた上でものをいっているんじゃないんだから、きめつける人は。もちろん仲の悪い夫婦だって、そりゃありましたよ。しかし、なかには政略結婚で非常に仲のいい夫婦ができあがったのも多いんですからね。

政略結婚といってもね、やっぱり、これは一種の見合い結婚なんだ。現在《いま》の女性たちのように、女の主体性だ、本人の自由意志だ、なんていいながら、その実は、男に目迷いして「あれと一緒になったらうまく行くだろうか、こっちのほうがいいだろうか……」とソロバンはじいて目移りばっかり……あげくの果てにろくでもないのを焦《あせ》ってつかまえては後悔する、そういうことがないだけいっそ確かだともいえるわけです。

一緒になってからは、たいてい夫婦仲がこまやかになるな、戦国時代の政略結婚は。実際は、そういうほうが多いくらい。結婚してから恋愛に入るわけですよ。だから、年月がたつほど深く心が通い合って夫婦仲がよくなって行く……。

第一ね、政略結婚というものに対して、女自身、考え方が違う、現在《いま》の女性と。自分もまた自分の国(領国)のため、家のために働く、働かなくてはならないという気持が強いんだよ。女だからって、男に負けてはいられない……。その意味からいうと、かえって戦国時代の女たちは主体性が強烈だったといえるかも知れないな、現在《いま》以上に。

当時はね、領国の意識が強い。日本に国境がなかったなんて、とんでもない話で、何十もの国境があったわけだ、現実には。その時分にはね、それを守るために男に負けないで働く、火のような情熱というものがあった。

信長の妹、お市の方。
その数奇な生涯をたどれば……

そういう時代だから。国を守らなければ、家を守らなければ、結婚も何もありはしないんだから。当然、結婚観が違うわけですよ、全然。親兄弟のことなんかまったく関係ないという態度で、自分本位に結婚を考えるのが今日のやり方でしょう、一般的にいって。それで、現在《いま》の人たちは愛情だとか、夫婦だけの生活の単位とか、そればかり問題にする。いってみれば〝自分の都合〟ばかりだ。だから、もし、親のいうなりに嫁に行って、相手が変な顔の男だったりしたら、たちまち不満が起こる。

戦国時代の価値観というか、結婚観からいえば、何よりもまず大切なのは〝国を守る〟ことだ。その上で初めて結婚も幸福も成り立つんだから。考え方の根本が違う。

そうなると、男に対する見かたも違って来る。男は顔だのなんだのじゃないんだ、男というものは働きなんだ、という風に基準が違うわけですよ。男の立場から女に求める基準も同様に違って来る。幸・不幸の観念も現在《いま》と違うしね。だから、政略結婚イコール女の不幸なんていえないわけですよ、まったく。そこのところを、まず、ちゃんと理解しておかないといけない……。

戦国の女の典型として、最も有名なのは、お市の方だろう。この女性《ひと》のことから話を進めるとしようか。

お市の方は、信長の妹に生まれて、非常に美人でね、若いころは尾張随一のいわゆる傾国の美女といわれたくらい……それほどの美女だった。絵像が残っているんです、信憑性《しんぴょうせい》のある。だからわかるんだよ。で、このお市の方は、織田信長の政略結婚で浅井長政に嫁がされたわけだ。やがて長政が信長に攻め亡《ほろ》ぼされたときに、長政と別れて信長のところに帰って来た……。

政略結婚の道具に使われた、形としてはそういうことになるけれども、これは信長だけじゃなく、だれもがやっていることでね。やらないのは上杉謙信だけだった。謙信は生涯独身だったから、当然、娘というものはいない。しかし、娘がなくても養女をもらって政略結婚に使うという手がある。彼はそれをいさぎよしとしない。それは珍しい例ですよ、非常に。

信長は、自分のまわりの女性たちを盛んに将棋の持駒《もちごま》のように使ったといわれるけれども、お市の場合なんか見ると非常に気を使っていたことがわかる。

つまり、いつもの信長らしくないと思えるほど根気よく辛抱強く協力の要請をしているんです、朝倉方の浅井長政に。自分が京都に上って、邪魔をするものを次々と平らげていたときに、越前の朝倉義景《よしかげ》は頑強だった。それを何度も何度も足を運んで、おれと一緒に協力してやってくれと交渉している。それというのも、長政と朝倉の提携関係を考えて、長政のところに嫁いでいるお市の方のことを考えていたからだろう。信長にしては珍しく粘り強くやっていますよ。

朝倉を敵にまわせば、お市の夫である浅井長政とも刃《やいば》を交えなければならない。できることなら信長はそれを避けたい……だから、ずいぶんこのときは逡巡《しゅんじゅん》しています。長政自身は、信長の心はよくわかる。わかるけれども、やはり朝倉に対する恩義から抜けきれない。自分のお父さんや重臣たちの意向を無視することはできない。それで信長と朝倉がついに事を構えたときに、信長の気持はわかっていながら朝倉方につかねばならなかった。これは提携というか、むかしのモラルですからね。古臭い義理だと簡単にかたづけられることではないんだ。そのモラルを守らなければ人間生きて行けないという場合もある……。結局、長政は、戦国に生きる武将としてモラルに殉じたわけだ。

やがて小谷城が落城して長政は死んだ。お市の方は三人の娘を連れて、兄のところへ帰って来た。娘が小さいからね。帰って来て清洲《きよす》だの岐阜だので娘と暮らしているうちに、今度は信長が本能寺で殺されてしまう、明智光秀に。そうすると、次は秀吉対柴田勝家の勢力争いになった。この勝家は、かねてからお市が好きだった……。

信長の息子たち、お市から見れば甥《おい》に当たるわけだが、この息子たちも「叔母上は勝家に嫁ぐのが一番よい」と勧めたので、改めて三人の娘を連れて柴田勝家に嫁ぐことになる。お市の方自身は、勝家のことはよく知っているわけですよ、やっぱり信長の家来だったんだから。代々の重臣の一人で。勝家の人物も性格もよくわかっている。だから、いやいや嫁いだとは考えられない。甥たちに頼まれもしたろうけれど、柴田勝家がいやな男だとは思っていないんですよ。

戦国の女は気が昂《たかぶ》っていた。
油断すると何をするかわからない……

柴田勝家という人も、また、戦国武将らしい立派な人物だったからね。そこでお市は柴田に嫁いだ。そうしたら今度は猿面冠者すなわち秀吉と柴田勝家の決裂だ……。それで賤《しず》ヶ嶽《たけ》の七本槍《やり》で有名な戦いで勝家が秀吉に敗れてしまい、居城までどんどん追われて、北ノ庄というところに立て籠《こも》ったわけだ。

いよいよ北ノ庄が落城というとき、勝家は「お市は故信長公の妹である。三人の娘は自分と血のつながりはない。浅井長政の娘であるから、秀吉も粗略にはしないだろう……」そう考えて、お市に城外へ逃げてくれといった。しかし、今度は長政と別れたときとは事情が違っていた。

というのは、三人の娘が大きくなっているから。お市の方は勝家とは琴瑟《きんしつ》相和していたから自分は城外へ出ない。愛している勝家と共に死ぬことにためらいはなかった。で、三人の娘だけを城外へ出して、北ノ庄の落城の炎の中で勝家と一緒に死ぬわけです。このとき、お市は三十七歳だね。

戦国の女というものは、どういうものであったか。別にこういう例も「渡辺勘兵衛」のところでちょっと話したけれど……武田の武将の妻だけれども、その夫が殺された。夫を愛するその女は、夫の仇を討とうとして追っかけて行き、その敵に刃を向けた。その途端にその男に惚《ほ》れちゃった。

そうして、事もあろうに、本来ならば夫の敵であるはずのその男と一緒になってしまったものだから、親戚《しんせき》中が集まって、

「けしからぬ……」

と追及したわけだ、当然ながら。ところが、この女は、惚れて一緒になった新しい亭主と二人で戦って、とうとう追手を返り討ちにしてしまい、見事に添いとげたというんだ。この女のことは、ぼくの『猛婦』という小説に書いたことがある。当時は、こういう女が多かったんだよ。

また、こういう話もある。信長の妻の濃姫は斎藤道三《どうさん》の娘ですが、この道三は、いわば、戦国の梟雄《きょうゆう》の代表みたいな人物で、裏切りだの、中傷だの、主殺しだの、ありとあらゆる凄《すご》いことをしてのし上がって来た……。

この斎藤道三の娘の濃姫が信長のもとへ嫁いで来た。まあ、いうところの政略結婚だね。ところが信長は、毎晩夜中の二時ごろになると外へ出て行ってしまう。濃姫が新婚の床の中で怒って、

「それほど好きな侍女でもいるなら、公然と愛したらよいではありませぬか！」

すると信長は、

「いや、そのような浮いた話ではない……。実は、お前の父・斎藤道三を攻める気で、斎藤家の家老としめし合わせてあり、その家老たちが道三の寝首をかいて反乱の火の手を上げる時刻が午前二時という約束になっておるのだ。それゆえ、今夜上がるか、今夜こそ火の手が見えるかと夜中に見に出ているのだ……」

と、こう答えた。濃姫はそれに対して、

「よくぞ打ち明けてくだされました。私も一たび織田家に嫁いだ以上は織田家の人間。このことは構えて父・道三には洩《も》らしませぬ」

それからどうしたかというと、信長は、濃姫の周囲を厳しい監視の目で囲んでしまった。そして、しばらくしてからわざとその監視をゆるめた。待ってましたとばかり濃姫はこのチャンスをつかんで、腹心の侍女を道三のところへ走らせ「夫の信長は父上を攻め亡《ほろ》ぼそうとしております。家老にご油断あるなかれ」と通報したものだ。

すると道三としては、実の娘のいうことだから、これは信じるに決まっている。いきなり怒って、左右の腕とも頼んでいた家老を斬《き》っちゃった、ろくろく調べもせずに。そのために斎藤家は貴重な家来を失くして勢力が衰えてしまい、やがて信長に亡ぼされてしまうんだ。

信長は、妻の濃姫を、まあ、だましたといえなくもない。というより試したんだね。

妻のほうで、あなたの妻になった以上は決して内通などいたしません……なんていっておきながらパッと内通しちゃって。女というものは、やはり度しがたいものだよ……。女がちゃんとしてくれなければ家がおさまらない。男は安心して外敵と戦うことができない。信長はとくにそういう点で女にも厳しく要求した人だからね。信長のちょっとした留守に、普段うるさい殿様がいないというんで女中たちが酒飲んで宴会みたいなことをやって遊んだ……。帰って来た信長、その女中たちをみんな斬っちゃった、という話。信長のところで話したね。

お市の方の三人の娘たち。
茶々《ちゃちゃ》、お初《はつ》、お江《ごう》の運命は……

さっきのお市の方にもどるが、自分は夫の勝家と死んで、三人の娘だけ城外に逃して助けたわけだ。その三人がまた数奇な運命をたどる……。

長女が茶々、後の淀君だ。次女が初。そして三女がお江。長女の茶々からいくと、これがまた母のお市の方に生き写しといわれた美貌《びぼう》の持ち主でね、秀吉はもともとお市の方に懸想《けそう》していたんだけれども、それを娘の茶々に移した。無理もない話だと思う。

次女のお初というのは、京極高次という人のところへ嫁いだ。京極家というのは近江《おうみ》源氏の六角の同族で、あくまでも秀吉に反抗した。三女のお江は、知多半島に小さな城を持っている佐治与九郎に嫁いだ。秀吉としては目的は茶々一人だからね。妹二人はまあコブだからしようがない、適当に……。それで妹の二人は秀吉と仲の悪いもののところへ嫁に行っているわけだ。茶々だけ自分のものにして。

ところが、だんだんと利用することを考えつく、秀吉が。それで佐治与九郎から強引にお江をもぎ取って、近い親戚の羽柴秀勝にやる。秀勝が朝鮮出兵で死ぬと、今度はさらに徳川秀忠にやる……。

佐治与九郎というのは人物でね。無理にお江と離婚させられたあと坊主になってしまった。これは当時の事情からいえば大変なことですから。普通の男だったら揉み手《もで》して、

「どうぞ、どうぞよろしきように……」

というところなんだ。

お江をもぎ取るについては、秀吉は与九郎に対してそれまで一万石だったのを二万石に加増してやった。それにもかかわらず、与九郎、家を出て坊主になっちゃった。やっぱり相当な男ですよ、これは。

二度目の亭主が朝鮮へ出かけて行って病気で死んでしまい、お江は未亡人になる。

すると秀吉が「それなら今度は徳川に縁結びをするのがよい」というので、家康の息子、後の二代将軍秀忠に嫁がせた。お江はこれで三婚でしょう。年齢《とし》も二十六歳だ。秀忠のほうはやっと十七歳。まるで女房に頭が上がらない。家康のところでも話したけれど、お江はたちまち自家薬籠中《やくろうちゅう》のものにしてしまったわけですよ、秀忠を。

徳川家のほうへ行かされたのは次女のお初も同様で、お初自身、秀吉にいい感じを持っていなかった。だから反秀吉派の京極に嫁いでいるんだ。京極高次は家康と接近して、関ヶ原のときには見事に大津を守って、一応降伏はしたけれど家康との盟約を果たして秀吉に復讐《ふくしゅう》したわけでしょう。

お茶々だけは秀吉について純然たる豊臣の人間になったが、妹二人は結局二人とも徳川についたことになる、秀吉に対する恨みで。大坂の陣で豊臣と徳川が天下を賭《か》けて戦ったときには、実は姉と妹とが敵味方に別れて戦っていたわけだ。しかも次女のお初は高次が死んでから仏門に入り、常高院となっていたんだけれども、冬の陣では休戦の使者を買って出て、姉の淀君を説いて休戦させた。これは家康の内命を受けてしたことだからね。妹二人はあくまでも徳川方の人間になり切って、秀吉・秀頼の豊臣家を亡ぼすことに力を尽したといえなくもない。

長女の茶々は淀君として大坂城で死に、三女のお江は二代将軍秀忠の正室として満ち足りた晩年を過ごした。運命の面白さだな。お江・秀忠の夫婦は徹底的にかかあ天下ですよ。秀忠は、お江の監視の下に、辛うじてたった一人の側妾《そばめ》を持っただけ……。この、ただ一人の妾《めかけ》に生ませたのが保科正之で後に会津の名君になった。正之がその女の腹に宿ったときに、お江は怒ってね、

「流してしまえ！」

と命じたのだけれども、本多正信が間に入って助けてくれた。秀忠の場合、この一回だけですよ、浮気は。

徳川関係の資料では「秀忠公は非常に律義なため御台所《みだいどころ》の他《ほか》は女に目もくれなかった……」という風に書いてある。しかし、お江は何しろお市の方の娘ですから。きれいだった、やっぱり。その上に二人の夫を持って経験豊かだったわけで、年齢も上だし……若い秀忠はお江の思うがままであったに違いないよ。

しあわせであったかも知れない、

好きな男と共に落城して死んだ淀君も……

お江は、秀忠と結婚してからは於江与《おえよ》の方となって二人の息子が出来た。その一人が三代将軍家光になった竹千代。自分は二代将軍の御台所で、息子は三代将軍で、徳川家三百年の基礎を固めた末に大往生をとげた……。

そのお江に比べると、淀君は哀れだという人も多い。しかしね。かわいそうには違いないけれども、本人としてみればそれで満足であったかもしれない。しあわせだったかも知れない。

始めは、いやいやであったかも知れない秀吉、一緒になってみるとフェミニストではあるし、持ち前の愛嬌《あいきよう》のよさはあるし、それに恐らくは閨房《けいぼう》の技術も達者だったから、茶々も秀吉が生きていたころはしあわせだったろうね。

その秀吉が死んだ。恋人も死んだ。恋人というのは石田三成。一般に淀君の恋人だったといわれている大野治長は、あれは第二の恋人だ。ぼくはそう思っている。資料は何もないけれども、秀頼というのは石田三成の子のような気がする。

秀頼が秀吉の子どもではないという理由の一つに、長い間北政所という正妻にとうとう子どもができなかった、それから何人も何人も若い健康な愛妾《あいしよう》を持ちながら、だれの腹にも一人も生まれなかった……そういうことが挙げられている。本当いうと生まれているんだよ。一人だけ。それはまだ秀吉が木下藤吉郎といった時分、長浜城主になったときに。どんな女かという資料は残っていないけれど、側室に一人の男の子が生まれた。この子は死んじゃった、間もなく。しかし、竹生島《ちくぶしま》にはそういう男の子が生まれたという証文が発見されているんですよ。

だから、秀頼が絶対に秀吉の実子ではあり得ないとはいえない。そうかも知れないし、そうでないかも知れない……。まあ、秀吉の子ではないという確率は高いだろうね、年寄りすぎるもの、秀吉は。

とにかく、だ。戦国時代の女性であるからといって必ずしも不幸ではない……ぼくはそう考えている。そもそも政略結婚といったって、戦国の女たちはそれなりに自主的で、積極的で、男の魅力の基準が現代とはまるで違っているのだから。現在《いま》の女性たちと比べてみるといいんだ……どっちが不幸か。目移りはするし、結婚してもお互いの愛情が不安のままに毎日暮らしているんでしょう……。

淀君と寧々《ねね》。

二人の女の違いはどこにあったか……

ここに、もう一人、面白い戦国の生き方を生きた女性として、淀君のライバルの立場にあった北政所ね、すなわち、お寧々という人がいる。織田の家来では、軽輩の娘だといっていい。まあ、中の下くらい。

しかし、この寧々を秀吉は愛していた。秀吉生前のころは、寧々は淀君へのヤキモチもやいたろうが、秀吉も、よく尽しましたよ、寧々に。

嫉妬《しっと》とかヤキモチとかではなくて、むしろ、秀吉の死後の淀君に対して非常に危険なものを感じ取ったんだね、寧々としては。

前にもいろいろ話したように、家康自体も頭から豊臣家を亡ぼそうとは考えていなかったわけですよ、秀頼さえ臣従してくれれば。家康自身も長い間秀吉に仕え、頭を下げて来たんだから。同じように、今度は秀頼のほうでそうしてくれさえすれば納得したのだ。

だけど淀君はあくまでも家康を家来とみなして、絶対に頭を下げない……それが昂《こう》じてついに大坂攻めになった。盲目的になっちゃっているんだな、淀君は。それが〝女〟だといえばそれまでだけれども。

そういうときに、寧々は、いろんな方面から、悪い感情でなしに、淀君に徳川家の下に頭を下げたらいいのではないかといっているね。

寧々は、秀吉の貧乏時代から、軽輩時代からの女房だ。文字通りの糟糠《そうこう》の妻。だけど、秀吉がどんどん出世して行くと、それに伴い彼女の夫人としての地位も高まって行く。と同時に、小さな家の切り盛りで済んでいたものが、次第次第に城主夫人になれば養う家来も多くなるし、意識のあり方が違って来なければならない。

そういうことで、大変な苦労を重ねて来たわけですよ。これを非常に見事にやってのけた。寧々という賢い夫人がいたればこそ、秀吉は安心して何でもできた。あの戦国時代の多忙な中を駈《か》けまわっていた男を夫に持って、いつ死ぬか、いつどうなるかわからないという生死の間を生き抜いたんだから。夫と一緒に。なみなみならぬ女性ですよ。

だから、人間的には、とにかく立派な人なんだ。あまりにも立派すぎてね、面白味がないという気がしないでもない。淀君は、女の愚かしさというものを、それこそうんと持っていた。愚かさ。驕慢《きょうまん》さ。その化身みたいでさえあった。そういう女のほうが可愛《かわい》い……たまらない魅力になるわけですよ、男の目から見ればね。寧々、つまり北政所には、そういう愚かしさがない。そこらあたりが、この二人の女の一番の違いだろうと思う。

夫・忠興《ただおき》を狂気に走らせた細川ガラシャの場合について……

戦国の女のもう一つのタイプとして、次に細川ガラシャという女性のことに触れておこう。

幼名を玉子といって、これはあの明智光秀の娘だ。信長の仲立ちで、見も知らない細川忠興のところへ嫁いだ。信長は「明智氏と細川氏は丹後と丹波の城主だから、これを提携させて、毛利攻めに参加させれば、なお緊密でよい……」と考えて、自ら媒酌を買って出た。

忠興という青年が十九歳。玉子という少女が同じく十九歳。この玉子がまた大変な美女で、美貌であったとはっきり史料に書き残されているのはお市の方と玉子くらいのものだ。宣教師たちも口をそろえて美貌だったといっている。

忠興のほうもね、後には父の細川幽斎をしのぐほどの、細川家では指折りの名君になった人物だ。まあ、だから実に似合いの夫婦が出来たわけだ。ところが……彼女がキリシタンに帰依《きえ》してから話がおかしくなる。以来、駄目になっちゃうんだよ、性生活が。

そのころのキリシタンというものは、いまのキリスト教と違って、やはり一種の流行ですから。新興宗教というのはいつでもそうだけれども、狂信的なものがある……。これはね、名前はいえないが、現代のある有名な俳優が、そのために細君と別れた話があるよ。この細君がやっぱり凝っちゃったんだ、新興宗教に。それで二メートルくらい飛び上がるのだ。亭主はかなわないよ、これやられちゃ。

忠興夫人の場合は、それほどではないにしても、宗教が夫婦の間に入って来たために、二人の夫婦生活がうまく行かなくなったのではないかな……。

こういうエピソードが伝わっているよ。夫婦で庭に向かって食事をしていたんだな。ちょうどそのときに、屋根直しの職人が足を滑らせて庭へころげ落ちた。それを忠興は斬《き》って、その血のしたたる生首をいきなり玉子の前へ投げ出した。

それでも玉子は平然として顔色一つ変えない。何事もないような様子で食事を続けたそうだよ。さすがに呆《あき》れ果てて忠興が、

「お前は、蛇のような女だ」

といった。すると玉子が答えてこういった。

「あなたは鬼だ。鬼には蛇のような妻がふさわしいではありませぬか」

忠興としてはね、水のように冷たくなってしまった理智的な妻の、生身《なまみ》の〝女〟に触れたい、そういう衝動から狂気のようになったのだと思う。結局、忠興は寂しかったのだ……ということがいえる。

お市の方の三人の娘にしても、性格的にはたくましく、強いね。それやこれやから、単純に現在《いま》の道徳感覚で「戦国時代の女性は不幸だ、悲劇だ」ということには、ぼくは非常な反撥《はんぱつ》を感じる。それなら、当時の女たちに比べて現代女性は幸福かといえば、必ずしもそうじゃない……。あの時代、燃えたぎるような動乱の中に、男と女の愛情が激しく火花を散らした、その面白さ、その充実感というものは現在《いま》の女にはわからないんですよ。

戦国時代に微温湯《ぬるまゆ》ムードはない。
つねに生きるか死ぬかだ……

愛情をどのように持続させるかということについてもね。つねにスリリングな、死物狂いの緊張があったわけだ、あの時代は。絶えず生命の危険がある。その、一つ間違えば必ず死ぬという情況の中で営まれる愛情生活というものは、非常に鮮烈なんだよ。

関東の北条の娘が、武田勝頼の妻になった。あのひとは、夫の勝頼と共に天目山で死んでいるでしょう。現在《いま》、夫が死なねばならないというとき、自分もためらわず共に死ぬという女性があるかい……。

人間というのは、ちっとも進歩していないわけだよ、あの時代と比べても。進歩というか、つまり、何も〝高等動物〟になったわけじゃないんだよ。それが、近代文明の力というものでいろんな形で阻害されて、また別の形で人間の不幸というものが現われて来るだけのことなんですよ。

現代の妻なり、女なり、まあ一般に女性全体といってもいいが、社会的地位は確かに向上している。女自身の自覚も教養も、見たところは進歩したようで、それだけ女は幸福になったように見える……。しかしねえ、日本という国の現状そのものが微温湯な太平ムードにひたっているだけでしょう。その中で、夫婦というもののあり方も、やはり微温湯で、一見しあわせそうな中に何か不安が影をさしていると思う。それから比べたら、戦国女性はある意味では大変不幸だし、暴力的な破壊力の前にはしばしば無残な結果になるけれども、逆にいうと、それだけ生活に緊張がある。愛情の燃え上がり方、夫や子どもへの対し方、実に鮮烈そのものですからね。

考えてみると、いまの世の中というものは、女を責めるより、やはり男がいけないのだ。戦国の男たちは女を力ずくで屈服させていたというけれども、女を屈服させるということは女を軽蔑《けいべつ》しているというのとは違うんだから。

戦国時代でもね、賤ヶ嶽の七本槍の一人である福島正則という豪傑が、奥さんには一目《いちもく》も二目《にもく》も置いていたんだが、あるとき浮気をして妾をこしらえた。それが発覚して、奥さんが薙刀《なぎなた》を振りかざして追っかけて来ると、正則はお城の表門まで逃げて、そこで手を合わせて拝んだ……という話が残っている。みんなそうだったんですよ。戦国時代の武将たちは。本当の意味での〝恐妻家〟。ということは、それだけ妻を尊敬して大事にしていたということに他ならないんだ。妻のほうもね、恐妻というよりは、妻としての責任感が凄《すご》く強かったんですよ。

戦国時代の女に比べると、〝まったく鈍っている〟と思う、現代の女性は。あの時代のような激しい愛の燃焼というものがなくなってしまった……。

戦国時代に女が蔑視されていたということの一つの例として系図に女の名前を出さないということがいわれるでしょう。あれなんかもね、女性蔑視と見るのは間違いなんだ、戦国時代の場合は。つまり、名前を書いちゃうと、後難のおそれがあるわけですよ。男が負けた場合、一族郎党残らず殺されてしまう。そのとき、女をかばう気持が、ああいう系図の書き方に表われているのだ。これは必ずしも女性蔑視というのではないんだよ……。

戦国乱世を生きた女たちは、みんな、それぞれに自分の運命というものにまともにぶつかって行った。自分の不幸にしても、しあわせにしても、精いっぱい自分の力を尽して闘いとる。ついに逆い切れない運命がやって来たときには、それを甘んじて受けるけれども、ひとたび受け入れると、今度はひたすらその新しい運命を切り拓《ひら》いてしあわせな方向へ持って行こうとする……その姿勢には実に素晴らしい強靱《きょうじん》さがあるんだねえ……。

Ⅱ 江戸篇

荒木又右衛門

家光が三代将軍になれたのは春日局《かすがのつぼね》のおかげと俗にいうけれども……

三代将軍・徳川家光が生まれたのは慶長九（一六〇四）年で、家康が初代将軍になった翌年のことだ。そして慶長十年には二代・秀忠が将軍職を継いでいる。だから家光は、生まれながらの将軍家ということになるんだね。

けれども、何の支障もなくすんなりと三代将軍になれたわけではなかった。家光の母は例のお市の方の三人娘の一人、お江《ごう》。これが秀忠の正妻におさまって於江与《おえよ》の方になり、何人も子どもが生まれた。

男の子は家光と弟の忠長。後の駿河《するが》大納言《だいなごん》。母親である於江与の目から見ると、次男の忠長のほうが可愛《かわい》いんだ。子どものころの性質からいって。いわゆる利発な子どもだった、駿河大納言忠長。それに引きかえ、家光のほうはいたずら小僧で、何だか、たよりなかったのだろうね。

それで、於江与の方は、家光よりも弟の忠長を可愛がった。三代将軍としては家光より忠長がいいというわけだよ。秀忠というのは以前にも話したように大変な恐妻家でしょう。だから、女房である於江与の方のいうことに引きずられて、出来ることなら忠長のほうを跡継ぎにしようと考えたこともあったらしい。

ところが、春日局《かすがのつぼね》。家光の乳母であった春日局が黙っていなかった。なんといっても家光は兄であるし、自分が我が子のようにして育てた家光だから、なんとしても家光を三代将軍にしたい。そこで駿府《すんぷ》の大御所（家康）に直《じか》談判に及んだ。

徳川家康ほどの人物ですからね、女のいうことに左右されるようなことはない。しかし、家康の目から見ると、確かに忠長は子どもの間はりこうかも知れないが、将軍としての素質は家光にあると見きわめて、それで家光のほうに決めたわけです。

家康としては、自身の息のあるうちに三代将軍を決めておきたかった。で、ちょうどいい機会だと考えて、わざわざ江戸城まで出て来て、三代将軍となる者は家光であると明言をした。家光が将軍になったのは、だから、やはりお祖父《じい》さんの家康のおかげ。家康もこれで安心をしたわけだ。倅《せがれ》の二代将軍・秀忠は、これは自分がきびしく教育してあって、すでに立派な政治家になっているから何の心配もない。

家康のかげに隠れているけれども、政治家としては一級だったからね、秀忠。あまり評価されていないが大変な政治家だ。何をやっても、どれほどうまくやってのけても、みんなお父さん（家康）の真似《まね》だといわれてしまう損な立場なんだよ、秀忠は。

　秀忠は二十七歳の若さで二代将軍になり、家康が死んだときまだ三十八歳。けれども早々と三代将軍に位を譲って、スパッと隠退してしまうんだ。これは家康流だね。自分は隠退して西の丸に入り、後見として自分の伜を三代将軍として育ててゆくという方針なんだよ。

　自分が何から何までやっちゃって、自分がパタンと死んじゃって、すぐ三代将軍ということになると、見てやる余裕がない。これでは将軍教育というものが出来ない。だから早いうちに秀忠は隠退してしまうんだ。家光が三代将軍になったとき、秀忠は四十五歳ですよ。それで元和九（一六二三）年家光が三代将軍となったときから、寛永九（一六三二）年に自分が死ぬまで、晩年の十年間は西の丸にいて家光の後見ができた。こういうのはすべて父親の家康のやりかたを踏襲したわけだ。だから真似ばかりしているといわれる。

　だけど、自分が生きているうちに徳川幕府の基礎を固めて、幕府にとって邪魔になりそうな大名はすべて取り潰《つぶ》してしまって、伜のために磐石《ばんじゃく》の土台を築いたんだからね、辣腕《らつわん》をふるって。秀忠という将軍は、やはり政治家としては大変なものだった。

　あの真田家だってあぶなかったわけだから、そのときに。豊臣生き残りの福島正則もこの秀忠に潰されている。広島四十九万八千石の領地を没収して信州川中島に流し、たった四万五千石の捨扶持《すてぶち》を与えている。

こういうふうに、あぶない大名はすっかり叩《たた》き潰しておいて、それであとを倅に渡してやったわけですよ、大まかにいえばね。


寛永十二年、鎖国令いよいよ強化。

幕府は宗教に名を借りた侵略を恐れた……


家光というのは、子どもの時分はいたずら小僧で、こういう性格は将軍になってからも変わるものじゃない。三代将軍になって親父《おやじ》の秀忠が死んでから後のことだが、新しい刀の試し斬《ぎ》りに江戸市中へ出て辻《つじ》斬りをしたという噂《うわさ》があるくらいだ。

それを柳生但馬守《やぎゅうたじまのかみ》が、わざと出て行って家光に斬りつけられたところを、逆にやっつけた……講談ではそういうことになっている。これは講談だけれども、そのくらいのことはしていたろうね、実際。そのころはまだ江戸城といっても後の江戸城と違う。全然違うんだよ。将軍様だって、ふらりと町に出て歩くこともある。戦国時代の名残りだから。戦国大名というのは後世の将軍と違うわけだ。もっと荒っぽいんだな。将軍といえども武将ですよ。

将軍の居城として江戸城の築造が完成したのは家光が将軍位に就いてから相当たっ

てのことでしょう。寛永十三（一六三六）年、家光が三十三歳のときだよ、確か。

ともかくも、そういう乱暴なことをするような将軍だった、家光。それを補佐したのが柳生家なんだ。柳生但馬守、飛驒守《ひだのかみ》、あるいは十兵衛もそうだったね。これが家光を補佐して、そういう激しい性格をなおした。沢庵和尚《たくあんおしよう》もそうだな。教育係。だから、そういうことの土台というものは全部、家康と秀忠とで固めてあったわけだ。伜が将軍になって多少ばかな真似をしても、まわりがびくともしない。そういう頼りになる重臣層をお祖父さんとお父さんがしっかりとこしらえておいてくれた。そのおかげで、家光の若いころの過激な性格がだんだんになおってきて、まず武将としての将軍、名将軍ともいえないかも知れないが、一応立派な将軍に成長して行ったわけだ。

政治家としての家光は、家康、秀忠のあとを承《う》けて、よくその遺志を継ぎ、なかなかよくやったといえるでしょう。徳川幕府の権勢がさらに大きく伸びて安定したのは、この三代・家光の時代であるといってもよいと思う。鎖国令、参勤交替《さんきんこうたい》の制度、いずれも家光時代に確立されたものだからね。

家康、秀忠のころには、まだ鎖国令の必要がなかった。ところが家光の時代にはキリスト教が九州を起点にだんだんと勢力を拡大してきて、侍にも大名にも信者がふえ、その数が無視できないほどになった。キリスト教の禁止、いわゆるキリシタン禁制は、家康の晩年にすでに定められていたわけだが、年々ひろまる一方だ。それで、幕府が考えるには、これは純粋にいい宗教をひろめるというのにとどまらない。宗教は隠れ蓑《みの》であり、これによって日本の国民をまず手なずけておき、その上で向こうのポルトガルなりスペインなりが日本へ侵略して来るものに違いない……こう考えたんだ。

最初は宣教師を送り込み、次に軍隊がやって来る。これは外国の植民地化政策の常《じよう》套《とう》手段だからね。だから、鎖国令というものに対して、今日の進歩的文化人と呼ばれるような人たちが、あれは宗教の自由を否定したものだ、信仰の自由を奪うけしからんことだなんていっているけれども、とんでもない話だ。大間違いだよ、それは。だって、その当時のポルトガルにしろスペインにしろ海賊だもの。そうでしょう。

宗教的に侵略しておいてから武力で乗り込んで来る向こうのやりかたを、幕府は幕府なりに研究して知っているわけですよ。いろいろな知識に情報がすでに入って来ているんだから。それで、あぶないということで、家光が独断で決めたというよりも幕府の重臣層が、家光とともに鎖国を決定した。

寛永十（一六三三）年から十二年にかけて三回にわたって鎖国令を発布しているのを見ても、当時、キリスト教の勢いがどれくらい盛んになりつつあったかわかる。現に、それを決めてすぐあとにキリシタンの蜂起《ほうき》があった。それは鎖国令と同時にキリシタン弾圧が強化されて、その反動として起こったわけだが。

寛永十四年「島原の乱」起こる。

民兵に手こずった幕府軍のだらしなさ……

島原藩主・松倉重治と天草を領していた唐津藩主・寺沢堅高とは、キリシタンに対する弾圧がことにひどかった。

島原では、改宗を拒否した信者を拷問《ごうもん》した上、雲仙岳の火口に投げ込んで殺したり、磔刑《はりつけ》にしたりしたというんだ。

単なるキリシタン弾圧というだけでなく、両藩とも無茶苦茶な税を課したから、それでついに農民たちが蜂起したわけですよ。たまたま、この寛永十四年という年は大変な凶作だった。苛酷《かこく》な重税、凶作、キリシタン弾圧、これらが重なって百姓たちが困苦のどん底にあったとき、この地方一帯に奇妙な流言が飛んだ。

「やがて天の使いの少年が現れるであろう。そのとき天は東西の雲を焦《こ》がし、地は不時の花を開く。人びとは頸《くび》に十字架《クルス》を頂き、白旗をひるがえし、イエズスの教えは、全土にひろまるであろう……」

こういうんだよ。ちょうどこのとき、空が何回となく真っ赤に燃え、秋だというのに桜の花が咲いたというんだな。

そうした状況の中でキリシタンの教えを説いていた益田四郎時貞、俗にいう天草四郎だが、これが並外れた美貌《びぼう》だったから、農民たちは、これこそ預言された天の使いだと信じたわけだ。

十月の二十三日、まず島原領内で農民が代官を殺し、附近の村々からも農民が集まってきて一揆《いっき》を起こし、島原城を襲撃した。すぐさまこれに呼応して天草でも一揆が起こり、寺沢氏の富岡城を襲う。

だけど、城はそうやすやすと陥《お》ちない。そこで、天草四郎時貞を総大将とする一揆の連合軍、といってもみんなお百姓さんですよ、この総勢三万七千が肥前島原半島の原の古城《ふるじろ》を修復してここにたてこもった。

幕府にこの反乱の報告が届いたのは十一月の八日だ。さっそく家光は、板倉重昌《しげまさ》を上使として現地に派遣し、反乱軍の鎮圧を命じた。ところが駄目なんだ。

板倉重昌は、鍋島《なべしま》、松倉、有馬、立花という各藩からの兵を指揮して、十二月八日から原城攻撃を始めたんだが、相手のほうが士気旺盛《おうせい》で、どうにも攻め落とせない。

ばかな話でしょう。

大坂夏の陣が一六一五年だから、それからいくらもたっていない。寛永十四年は一六三七年か。わずか二十二年しかたっていないのに、この間に如何《いか》に武士というものがだらしないものになってしまったかということが、そこで証明されている。相手は、民兵だよ。天草のキリシタンは武器なんて持ったこともないお百姓さんなんだ、みんな。それを本職の専門家の軍人が行っていながら、手も足も出ない。みっともないったらないんだ。

江戸の幕府もいささかあわてふためき、改めて、老中松平伊豆守信綱を総司令官として派遣するという騒ぎだ。これを知った先任司令官の板倉重昌は、面目上、何が何でも信綱着任前に城を攻め落とそうと、明けて寛永十五年正月の元旦から総攻撃をかけた。

ところが、すっかりだらしなくなっている軍隊であり、混成軍だということもあって、逆にやっつけられてしまった。板倉重昌自身は、このとき戦死する。面子《メンツ》にかけても生きてはいられなかったろうね。

正月四日に松平信綱が到着し、ここで新たに細川、黒田の兵も加わり、攻囲の幕府軍は総勢十二万にふくれ上がった。この大軍で攻撃してもまだ攻め落とすことができない。松平伊豆守はオランダ船に頼んで城を砲撃してもらうやら、坑道を掘って城内に突入しようと試みるやら、いろいろやったけれども、結局どれも失敗に終り、とうとう長期包囲政策を採るしかなかった。つまり、攻めることができないから、ただ遠まきにして自滅を待つというわけだよ。

こうして二月の末までかかって、あれだけの大軍で攻撃しながらさんざん苦労して、やっと城を陥とすことができた。幕府の武力というものの総合的結集がもはやそれほど大したものでなくなったということが、このとき如実《にょじつ》に示されたわけだ。ということは命が惜しくなってきたからですよ。天下泰平が二十二年続いて。戦国時代の武士と、このころの侍とでは、まるで別のものになりかかっているんだね。すっかり変わってしまったとはいわないけれども。

映画〔八甲田山〕に観るかつての軍人は頼もしいね。それが今では……

二十年でも人間の気持というものはそれだけの変化がある。ましてや戦後、日本に軍隊がなくなって三十何年でしょう。軍隊があって軍国主義の国になることがいいというんじゃないよ。けれども、日本が軍隊というものを持たない国になって三十何年たって、日本の男の心が現にどうなっているか……

これは例えばの話だけれども、もしも今、外国の軍隊が、ぱっと侵入して来たらどうなる？　男は一体どうする？　ゲリラになって抵抗したりレジスタンスを組織して闘うだけの気力はないだろう。おれは、そう思うんだ。たちまち無条件で降伏して向こうへついちゃうだろう、恐らく。

こういうことをいうと、すぐ右翼だときめつけられる。日本の軍隊を復活させるなんてとんでもないというわけだ。だけどね、これはむつかしい問題ですよ。観念的に十把ひとからげにきめつけたって駄目なんだ。

自衛隊を日本の守りとして育てるということはね、ぼくは、今の時点では必要だと思う。自分たちの国を自分たちの手で守らなかったら、だれが国を守るんだい。安保条約があるからアメリカが代わって日本を守ってくれるだろう……一応そういうことになっているけれども、いざというとき本当にそれで済むだろうか。

アメリカは手を引きつつあるでしょう、アジアから。これはまぎれもない事実なんだ。

韓国から完全に撤兵するといっているんでしょう、アメリカは。その次は日本だよ。それで、万が一、ソ連が千島から入って来て北を制圧したら、そこから飛行機で沖縄の基地を抑えたら、もう日本は完全に分断されてしまう。向こうから来る石油の船を抑えられたら日本は麻痺《まひ》してしまうんだよ。

しかし、それならば自衛隊をどんどん大きくして軍隊にしたらいいかというと、これはまた心配になってくるということだ。そうだろう。自意識過剰かも知れない。それでひどい目に遭っているからかも知れない。

だから〔八甲田山〕という映画なんか観るとね、つくづく思うんだが、少なくとも〔八甲田山〕のころの軍隊がいてくれると頼もしいなあ。かつての日本は、こういう軍人が国を守ってくれたのかという気がする。

あれは一種の人体実験みたいなことが行なわれたわけで、その意味では確かに問題があるけれども、頼もしいよね。高倉健や北大路欣也が演じた、ああいう将校がいて国を守っていたことだけでも、明治のころの人たちは頼もしかったんじゃないかな。彼らには、はっきりと自分の手で国を守るのだという気概があった。

いまや、国を守るという気概どころか、そういう意識すらないんだから。ソ連がいくら千島へ出て来ても、サケ・マスで強引な横車を押しても、若い人たちはなんにも感じないんだものね。まるで他人事《ひとごと》のようにしか見ていない。むかしのような危機感はまるで感じていないんだな。むかしだったら大変な危機感を抱いたところですよ、あんなことをされたら。

参勤交替を法制化し、盛んに国替えをし、幕府は支配権の強化に万全を期した……

それでね、九州の一画のキリシタンの反乱というものを幕府が抑えられないぐらいに大変な騒ぎで、この事実は天下に知られてしまったから、幕府にとって大きなコンプレックスになった。案外、たいしたことはないじゃないかというわけだよ、幕府といっても。

そういうことで、参勤交替というシステムを改めて強化する。法制化されてはいなかったけれども、大名が将軍の住んでいるところに奥方と子どもをおいておく、これはむかしからあったことだ。大名は何か用があったり呼ばれたりしたときに江戸へ出て来る。毎年じゃない。何年かに一回ぐらい。

それを今度は一年おきに必ず江戸へ出て来るという定めにした。一年間国もとで暮らすと、次の一年間は江戸で生活をする。ずっと国もとで江戸から離れたままでいると、何を企《たくら》むかわからないからね。そういう幕府の不安を解消するシステムとして、大名は一年おきに江戸と国もとを往復するということになった。

奥方と跡継ぎの長男は、つねに江戸にいるんだよ。次男以下は国もとに。それで奥方と離れている一年間、大名はどうするかというと、国もとには側室がいるわけだ。当時の側室というものは、現代のモラルでは測れないようなことで、単なるお妾《めかけ》とは違う。正夫人に子どもが生まれても、死ぬ率が高いでしょう、そのころのことだから。子どもがいなかったら、ただちに家は断絶ですからね。なるべく子どもはたくさんいたほうが安心なんだ。いくらいても食うに困るわけじゃないしね。とにかく、跡継ぎの子どもというものを確実にしておかなくてはならない。必ずしも男の子でなくても構わないんだ。女の子の場合、養子をもらえば済む。

だけど簡単に死んじゃうんだよ。現代と違って、ばい菌に対する予防が何もできていない。消毒なんていうこともない。ちょっと疫病が流行《はや》ったり、怪我《けが》をしたりすれば、すぐころころと死んでしまう……そういう時代だから。

だから、武家の場合、側室というものは不可欠であったといってもいい。奥方は当然それを許さなければならない。跡継ぎがなくなったら大変だからね。

それで、天草の乱を契機にして、幕府は支配力をもっとしっかり固めなければいかんということで、参勤交替をはじめ高等政策を続々と打ち出した。大名の国替えもその一つです。

江戸のまわりには譜代の大名、むかしからの徳川の家来を配置し、遠くには外様《とざま》。こうしておけば江戸へ攻めて行こうと思っても何百里もあるところを出て来なければならないから、現実には不可能だろう。九州の島津がそうだね。

外様の大名の江戸への道筋には、要所要所に譜代を入れて実に巧妙なものだ。真田家が、これはずっと前のことだけれど、大坂の陣のあと、上田から松代《まつしろ》に移された。上田というのは天下の要所だから。北陸街道の、江戸へ通じる街道筋の重要拠点。

そういう大事な場所に真田をおくということは、幕府にしてみれば不安の種だ。真田信幸の弟（幸村）は大坂方で闘っていて、兄弟で敵味方に別れた。しかし、互いに通じていたという噂《うわさ》がひろまっていたから。それで万が一のときを考えて、この真田を上田から松代へ移してしまった。

松代というのは山かげの荒れ地ですよ。それまでいた上田は六万石か七万石だけれども、これは表高《おもてだか》で、実収は十五万石という信州でいちばん収穫の多いところだった。それを十万石に昇格すると称して松代へやって、これで真田藩の実収は三分の二に減らされてしまったわけだ。かわりに上田へは親藩の松平が入る。

「身内優遇」という感じがする現代。

しかし、それでは指導者とはいえない……

大名と旗本というのは仲が悪い。これは、もとをただせば家康の政策から必然的に生じた確執といえなくもない。

家康のやりかたというのは、外にたっぷり、内にちょっぴりだろう。最初から自分に尽して来た譜代の家来に対しては禄高《ろくだか》は少ないんだ。三万石とか五万石とか、その程度の小さな大名にしておくわけだ。

その代りに権威だけは持たせる、老中にしたりして。老中という要職にあっても禄高はわずか三万石かそこらで、実際には贅沢《ぜいたく》なんかできないしくみだ。

何十万石というたくさんの禄をやるのは、自分が将軍になるのを外から助けてくれた大名たち。自分の家族のような家来には三万石か四万石。これは当然だと思う。

今でもこうでなければと思うね、おれは。まず身内を優遇してしまったら、外の人たちは面白いはずがない。

それが現代では、身内優遇という感じがする。一般的にいって。相当大きな会社でも自分の伜《せがれ》に社長を継がせることが多いでしょう。松下幸之助なんかは、その点、さすがだね。伜でもなんでもない他人に次代社長を譲るわけだ、人格と能力次第で。

徳川家康が死ぬときに、おれが死んで、もし伜の将軍の代になって不心得なことがあったら構うことはない、遠慮なしにやっつけていいといっている、重臣たちを集めて。まあ、そういうことのないように、よくよく伜を仕込んでから死んだわけだけれども。そういうことがある。

豊臣秀吉の朝鮮出兵のときに、ここのところはいろいろと行き違いがあったんだけれども、加藤清正だの福島正則だのが怒ったでしょう。自分たちが現地で一所懸命に戦ったことに対して、石田三成がその戦闘ぶりを正当に評価しないで秀吉に嘘《うそ》の報告をした、と。

戦争が終ってから、ほかの大名たちには恩賞があったのに、本当に戦地で命がけで働いた人間に何の恩賞もなかった。

そのことに加藤清正や福島正則が不満を持ったということは、恩賞をもらいたくていっているんじゃない。正確に自分たちの働きが伝えられていないという、そのことに対して怒ったわけだ。

石田三成にいわせると、秀吉が死んでしまった後でいうのはなんだけれど、殿下は清正や正則、子飼いの家来たちの働きというものをちゃんと正当に評価しておられた、そのことについては取りあえず外の人たちに恩賞を与えた後で、改めて考えるつもりでいたんだ、というわけだよ。

だけど太閤《たいこう》が死んでしまったものだから、清正や正則にしてみれば、何をいまさら、口先でうまいことといってということになるんだな。

ともかくもそういうことがあって、子飼いの家来、自分の家族同様である家来たちというものは、秀吉にしろ家康にしろ、あとまわしなんだ。それはそうですよ、やっぱり。

おれなんかでも、新国劇で演出をやっていたとき、座員に弟がいたわけだ。だけど弟には、いい役をつけられないよ。そんなことをしたら、他の座員たちにいわれるでしょう。なんだ先生は、自分の弟にいい役つけて、と。

それと同じじゃないかな。上に立って、みんなを引っぱって行く人間というものは、自分のことはもちろん、自分の身内というものを優遇したら駄目なんだよ。

不満のやり場がなかった旗本連中。そのはけ口が大名へのいやがらせとなって……

そういうわけで家康は、子飼いの家来にたくさんの禄はやらない代りに役職を与えた。老中とか若年寄、そういう幕府の閣僚は全部いわば身内で固める。禄の代りに権威、というわけだ。

だけど、譜代の大名たちはそれで一応納得させたとしても、旗本の連中がおさまらない。幕府の閣僚になれるのは大名だけであって、旗本というのは老中や若年寄になれないんだから。

閣僚のポストには限りがあるし、それに元来、旗本というのは実戦の部隊長だからね。そういう連中を全部閣僚にするわけにいかない。せいぜい部隊長、中隊長くらいだろう、旗本は。連隊長とか司令部は大名だからね。

役職ももらえない、禄高も少ない。一万石以下なんだ、旗本の場合。一万石以上が大名。それに比べると、ほかから手伝ってくれた大名たちはいずれも何十万石という領国を与えられている。あんまり差があり過ぎるじゃないかと、その不満なんだよ、旗本の不満というのは。

　戦争がなくなって二十何年も平和が続いているから、こういう連中、働き場がないわけでしょう。もともと実戦部隊なんだから。槍《やり》一筋で功名を挙げて禄をかちとるという、そういう機会がない。

　それで、お祖父《じい》さんの武勇伝というものをいやというくらい聞かされているだけなんだ。これじゃたまらない。

　それだから、そのエネルギーがどういうことになるかというと、白柄《しらつか》組とか何々組とか徒党を組んで、まあ今でいえば愚連隊だな。そんな組をこしらえて、集まっては酒を飲む。飲んでは暴れる。どうしてもこういうことになってくるわけだ。

　それで気勢をあげて、将軍家《うえさま》はわれわれに冷たいなんていいながら憂《う》さ晴らしをやる。事あるごとに、おれは徳川の直参《じきさん》だ、先祖代々の直属の家来だといって威張るんだよ。

　こういう旗本連中に対して、大名のほうは一目《いちもく》おかなければならない。何しろ将軍直属の家来だから。すると、旗本のほうは、大名たちが我慢しなければならないのをいいことに、将軍の威光を笠に着て、いろいろといやがらせをやる。

　大名行列が向こうからやって来ると、ウワーッと大声を張り上げて、大名行列の前で小便したりするんだ。さすがに大名のほうでも腹に据えかねて「無礼な！」って咎《とが》めるだろう。そうするとだ、「われこそは天下の直参、旗本の何々である。文句があるならばわが屋敷へ参れ。いつなりとお相手申す」というようなことで大威張りで帰ってしまう。

そういわれたって大名は、まさか本当に喧嘩《けんか》するわけにいかない。やけくそで生命《いのち》がけで喧嘩やろうという奴だから、相手は。いくら相手のほうが悪いのだといっても、喧嘩なんかしたらお家断絶だからね。結局、大名の側は歯をくいしばってこらえる以外にない。こういう軋轢《あつれき》がほうぼうにあった、当時。その代表的な事件が、荒木又右衛門事件なんだ。

寛永七年七月、折りしも盆踊りの夜。
河合又五郎、池田侯の寵臣《ちようしん》・源太夫を斬る。

日本三大仇討《あだう》ちの一つとして名高い、伊賀・上野の荒木又右衛門の三十六人斬り。三十六人というのは講談だけれどね。そもそもこの荒木又右衛門事件というのは、池田忠雄《ただかつ》という備前・岡山の何十万石の殿様と旗本との争いなんだ。

池田侯の家来の渡部数馬の弟に源太夫というのがいた。当時十七歳で岡山城下でも評判になるくらいの美少年だったが、殿様はこの源太夫を小姓として大層可愛がっていた。

ところが同じ家中の河合又五郎が源太夫を斬り殺して逃げるんだ。そして江戸へ出て来て、旗本邸にころがりこんで匿《かくま》ってもらう。岡山の殿様は怒り狂うわけだよ。なにしろ池田忠雄という殿様は渡部源太夫を非常に寵愛《ちょうあい》していた。男色の関係といわれるくらいに。

河合又五郎も、源太夫に対して、やはり同じような感情を持っていたんだろうな。又五郎は池田家から合力米《ごうりきまい》百人扶持をもらっていた河合半左衛門の伜で、源太夫より二つ年上の十九歳。

子どもの時分から二人は仲のよい遊び友だちだったが、だんだん年ごろになるにつれて、又五郎は源太夫に惹《ひ》かれて行った。男色といわないまでも、まずそれに近い関係でしょう。

しかし、源太夫のほうが、又五郎から離れて行った。自分の美貌を鼻にかけ、殿様の寵愛を得ていることをいいことにして、又五郎に対してはすっかり冷淡な態度をとるようになったわけだ。

かつては自分の弟のように、いや、むしろ妹のように可愛がって、なにくれとなく面倒を見てやり、かたときも離れずにいた源太夫が、いまや、たまに出会ってもろくに返事もしてくれない。無理に話しかけても、

（わしは殿様のそばちかくお仕えするものだ。しかも殿様の寵愛深きものだ。又五郎などとは、もうおかしくて……）

そういう冷ややかな目で又五郎を見下すばかりだ。これが我慢しきれなかったんでしょう、又五郎にしてみれば。それで、可愛さあまって憎さが百倍というやつで、とうとう盆踊りの晩に渡部家へ忍び入り、源太夫を斬った。そして、その場から岡山城下を脱出し、江戸へ逃げた。

又五郎の父の河合半左衛門は、ただちに池田家へ捕えられた。この半左衛門も実は敵《かたき》持ちなんだ。

半左衛門というのは、もとは上州・高崎の城主・安藤重長の家来だったが、あるとき、仲間の一人と口論になって、伊能某という男を江戸屋敷の門前で斬ってしまったわけだよ。ちょうどそこへ通りかかったのが池田忠雄の行列。これを見るなり半左衛門が、

「お見かけ申し、お頼みたてまつる！」

と、その行列の中へ飛び込んだものだ。

安藤家の者が、すぐに追って出て、半左衛門を返してくれるように頼み込んだけれども、池田家では承知しない。これは当時、こちらを心に頼んで救いを求めて来たものは武士の意地にかけても保護しようという気風があったから。池田家に限らない。

まだ戦国の名残りが多少なりともあるからね、だれでもこの場合、そうするわけだよ。

それで、ついに安藤家対池田家の争いになった。池田家はあくまでも意地を立て通し、河合半左衛門を岡山へ連れ帰って、なにがしかの扶持を与えた。その半左衛門の伜の又五郎が、今度は父が助けてもらった池田家の家来を殺して逃げたんだ。それも、旗本の安藤治左衛門の屋敷へね。

この安藤治左衛門というのは、河合半左衛門の旧主である安藤重長の従兄《いとこ》に当たる。だから荒木又右衛門事件には、こういった複雑な前提があるわけだよ。このことがわかっていないと、この事件を正しく理解できない。

寛永九年四月、池田忠雄急死。遺言に
「又五郎の首を墓前にそなえよ……」

ホモの関係といわれるくらいに寵愛していた源太夫だからね、その可愛い家来が殺されたものだから池田忠雄の怒りは大変なものだ。それこそ烈火のごとき怒りをぶちまけて、

「又五郎め、憎い奴じゃ。父を助けとらせた恩を忘れ、こともあろうに安藤一門へ逃げ込むとは、断じて許せぬ。何としても斬れ。又五郎の首を余の前へ持ってまい

れ！」

と、こういうわけだ。まあ、無理もない。それでさっそく池田家から密《ひそ》かに又五郎を討つための刺客が三人ほど江戸へ下った。表向きにはできないから、いずれも形の上では暇を取り一介の浪人として行ったわけだ。けれども討てない。三人とも失敗した。中には責任を感じて腹を切ったのもいる。

安藤治左衛門が旗本の面子《メンツ》にかけて又五郎を守っているんだからね。もともと従弟の安藤重長とともに池田家に対しては十数年来の怨《うら》みを抱いていたわけだろう。今度こそ池田なんぞに負けてたまるかと意気込んでいる。もちろん高崎にいる重長にはすぐに知らせを出した上、旗本の長老である例の大久保彦左衛門をはじめ、俗に八万騎といわれる旗本一同にも事をはかり、男色に端を発した殺人事件が、旗本対大名の大喧嘩に様変りしたわけだよ。

どうして兄である渡部数馬が自分で仇討ちに出て行かないか、それはわかるだろう。仇討ちというのは親の敵、兄の敵を討つ場合は認められるけれども、弟の敵を兄が討つことは許されない。これが、是非はともかくとして、武士の掟《おきて》なんだから。このき、ま、りは豊臣秀吉の時代にできて、それ以来ずっと続いているんだ。

封建時代というのは日本が二百にも三百にも分れている時代だから、それぞれを大名が治めていてどれも独立国なんだ。ちゃんと国境があり、一つ国境を越えれば法律も違う。備前・岡山から国境を越えてあっちへ移ったら、そこではもう岡山の法律は通用しない。だから人を殺しても隣りの国へ逃げ込めば済むということになると、これは困るだろう。そこで考え出されたのが、つまり、日本独特の敵討ち、仇討ちといっても同じだが、そういうシステムなんだ。

仇討ちをする場合には、仇討ちの免許状をもらった上でちゃんと幕府に届けを出して、出かけるわけだ。だから無事に仇を討った後は罪人にならないで大威張りで国へ帰れる。

自分の国じゃないところで人を殺さなければならないから、これは実に大変ですよ。日本の国で人を殺した奴がフランスに逃げたら、日本の警察が追いかけるかも知れないけれども、ワーッと行って表向きにとっつかまえてくるわけにいかない、今だって。

現代ならフランスの警察に頼んで向こうで捕えて向こうで裁判にかける。あるいは犯人を日本へ送還してもらう。そういう取り決めが国際的にあるからいい。封建時代にはそういう国と国との取り決めがない。その代りに仇討ちというシステムがあるということだね。殺された人間の身内が一応、公的な司法権を与えられるわけだ。

渡部数馬の場合は、いくら自分が出て行って弟の仇を討ちたいとあせっても、許可されない。何度も願い出たけれども却下されてしまう。大名として池田忠雄は、この点あくまで筋を通している。その代りに刺客を送り込んだが、これが失敗に終る。

そうこうしているうちに、たちまち月日が流れて、二年後の寛永九（一六三二）年四月二日、池田宮内少輔《くないしょうゆう》忠雄が急死してしまう。この池田忠雄という殿様は他の大名と比べてちょっと違うんだよ。亡《な》き徳川家康の娘が忠雄の母親で、つまり忠雄は家康公の孫ということ。当時の将軍である家光とは従弟《いとこ》ということになる。だから幕府も困り果てた。

旗本たちの肩を持って池田忠雄のほうを黙らせるというわけにいかない。そうかといって、旗本を怒らせるような決定もできない。そんなことをしたら何をしでかすかわからない連中だろう。

それで、ほとほと困り抜いた幕府が、ついに手をまわして池田忠雄を毒殺した……そういう説がある。本当のところはわからないよ。しかし、あくまでも退《ひ》こうとしない池田忠雄を幕府がもてあましていたことは事実だな。

ぼくの師匠の長谷川伸は、あれは毒殺だといってましたよ。そう確信していたらしい。

それで死の寸前に池田忠雄が遺言して、

「又五郎の首を余の墓前にそなえよ。そは、いかなる供養《くよう》にもまさるぞ」

こういい残した。自分の冥福《めいふく》を祈るただ一つの道は渡部数馬に又五郎を討たせることである、それが自分に仕える家来たちのただ一つの忠義である、というわけだ。

ただもう幕府に対する怒り、旗本に対する怒りなんだよ。河合又五郎に対する怒りなんてどうでもいい。まあ、どうでもよくはないけど、それよりも何故《なぜ》われわれ大名をばかにして、こういう悪いことをした罪人であるから返してくれといってるのに返さないか、何故そういう筋の通らないことをするかという怒りなんだ。それを遺言にして池田忠雄は死んだ。そうなると、これはもはや単なる仇討ちじゃない。

再三の数馬の頼みをしりぞけた又右衛門。
ついに旧主・池田侯の遺言によって立つ……

荒木又右衛門は、かつて池田家に仕えていたことがあるんだ。それが後に事情があって、大和《やまと》・郡山《こおりやま》の松平家に武芸指南として仕官をした。

それで三十一歳のとき、池田忠雄の家臣である渡部数馬の姉・みねを妻に迎え、数馬の義理の兄となったわけです。

渡部家では父母ともに早く亡《な》くなって、若い数馬が当主、みねが一家を切りまわしていたということで、ようやく数馬が結婚した後に、みねは又右衛門に嫁ぐことができた。当時二十一歳だから、このころの女としては晩婚だね。又右衛門とみねの夫婦仲は、それはむつまじいものだったらしい。

又右衛門は六尺に近い大兵《たいひょう》であり、腕にも胸にも体毛が濃い。したがって髭《ひげ》もこわく、朝のひとときを、又右衛門は入念な髭そりをたっぷりと時間をかけておこなうのが習慣であった。

やがて、冴《さ》え冴《ざ》えとした青いそりあとを見せ、又右衛門は朝飯の膳に向う。

「おひげをおそりなさいますのが、そばで見ておりまして、いかにも、たのしげに――」

みねが、そういうと、

「そう見えるか」

「はい」

「毎朝、髭をそりながら、わしは、いつも同じことを考える」

「何を、でございましょう?」

「わしにも、いつか、死ぬときがくるということをだ」

「ま……」

「わしばかりではない。お前にもくる」

「はい」

又右衛門が微笑すると、左の頬にふかいえくぼがうまれた。又右衛門のみねに向ける顔には、いつ、いかなるときでも、かならずえくぼがうかんでいたものである。

このことに、みねは感動をした。

松平下総守《しもうさのかみ》という主人をもち、武士の名誉に生きるためには、いつどこで、死を迎えることになるかも知れぬという覚悟を日々新たにすると同時に、生きて迎える一日一日を充実せしめたい、妻を愛し、家を愛する心をも日々新たにしようという又右衛門の生きかたなのであった。

（『荒木又右衛門』より）

松平家では、又右衛門は、いわゆる新参者ということだけれども、新陰流の武芸を買われて仕官をしただけに俸禄《ほうろく》も二百五十石もらって、人望も厚かった。決してこせこせしたところのない、おおらかな人柄でね。家中のみんなに好かれていたし、主君にも信頼されていた。

ことに又右衛門と親交が深かったのは河合甚左衛門。槍《やり》をとらせたら家中で並ぶ者がないといわれた達人だよ。年齢《とし》は甚左衛門のほうが上なんだけれども、甚左衛門が又右衛門に対する態度は、古参の者が新参者を見下すというようなものでなく、尊敬と親愛の情がとけ合って、何事につけても又右衛門を重んじるという様子だったというね。

こういう日々を過ごしている又右衛門のところへ、義弟である源太夫が殺されたという知らせが飛び込んで来たわけだ。同時に河合甚左衛門のところへも河合の本家から知らせが入る。河合甚左衛門は河合半左衛門の実の弟で、だから又五郎は甚左衛門にとっては甥《おい》に当たるわけですよ。

今の人間だったら大変だろうな。たちまち友情も何も消し飛んでしまって。しかし、又右衛門といい甚左衛門といい、そこは本当の武士だからね。相変わらず悠然と友情を深めているんだ。お互いに事件へは触れない。肚《はら》のうちがちゃんとわかっているから。

甚左衛門としては、もしも甥の又五郎が自分のところへ飛び込んで来たら、一刀のもとに首を打って池田家へ引き渡すつもりなんだ。又右衛門にしても、義弟の恨みをはらすために働くつもりはない。というのは、二人とも松平下総守に仕える家来なんだから。

渡部数馬は、それから何度も大和・郡山へ足を運んで義兄の荒木又右衛門に相談をするけれども、又右衛門の返事はいつも同じ。目下の者の仇討ちは認められていない、武士の掟としてそれは許されないことである、それゆえ冷たいようだけれども自分は武士であるから武士の掟を守らなければならない……そういうんだ。何度、数馬が頼みに行っても断ってしまう。

又右衛門の奥さんにしてみれば、なんと冷酷な人かと思ったかも知れない。あるいは臆病《おくびょう》者と思ったりしたかも知れない。女だからね。可愛い自分の弟が殺されたのにと、そのことしか頭になくなってしまうから。

それが、ここへ来てついに事態が一変したわけだ。池田忠雄の遺言によって、単なる弟の仇討ちではなくなった。

自分の冥福を祈るためには河合又五郎を討って、その首を墓に供えよ、それ以外に家来として忠義の道はないぞという、これは主君の命令だからね。問題が池田家と旗本との対立に変わった以上、荒木又右衛門は旧主・池田忠雄のために立たなければならない。武士の義として旧主のために数馬に助太刀をして、又五郎を討たなければならない。こういうことになったとき初めて荒木又右衛門は立ち上がった。

荒木又右衛門と河合甚左衛門。今日までの親友が明日から敵同士となって……

寛永九年というと、ちょうど二代将軍・秀忠が死んで三代・家光になった年だ。幕府としては新しい将軍がまだ若いだけに、政権が動揺しないよう、思いきった手を次々に打って行った。

将軍の実弟である駿河大納言忠長を流刑《るけい》にしたのもその一つだし、多くの大名の国替えや取り潰《つぶ》しもどんどんやってのけた。このときに池田家もちょっとあぶなかった。池田忠雄が急死したとき、跡継ぎは勝五郎といって、まだやっと三歳なんだ。幼年ゆえ大国を預る資格なしということで所領の大半を取りあげられても仕方のないところだった。事実、そうした動きも幕府にあったんだよ。最悪の場合は取り潰し。それを、池田家の家老で荒尾志摩《あらおしま》という人物が活躍して、なんとか三歳の勝五郎の家督相続を認めさせたわけだ。しかし、その代りに備前・岡山から因幡《いなば》・伯耆《ほうき》へ国替えということになってしまった。まあ左遷《させん》だな。禄高は同じようなものだけれども、今度の国は山ばっかりの日本海側で、収入は半減ですよ。それでもお家断絶に比べればね。

こうして岡山の池田家が鳥取城下へ移転し、それまで鳥取の城主だった同じ一族の池田光政が入れかわって岡山へ入った。これは池田忠雄の甥に当たる。

この国替えに秋までかかり、ようやく落ち着いたころには、年がかわって寛永十年になっていた。すると再び池田家では、家老の荒尾志摩が先頭に立って河合又五郎を奪い返すべく、またもや幕府へ運動を始めた。

鳥取へ左遷したのも幕府の威光を見せるためだったわけだが、池田家では、あくまでも亡き主君・忠雄の遺言を守って幕府や旗本の圧力と闘うつもりなんだ。

このころになると、事件はすっかり天下の評判になっている。池田家対旗本というだけじゃない。他の大名たちも関心を持っているわけだよ。それで、幕府はおかしいんじゃないか、なにか片手落ちじゃないか、旗本一つが処理できないのか、ということで他の大名の圧力が生まれてきた。

こうなると幕府としては黙っているわけにいかない。下手なことをすると、また戦争になる恐れさえある。そこでついに断を下した。旗本に対して、お前たち、いい加減にせい、匿《かくま》っている又五郎を追い放てと命令したわけだ。

旗本側としては、むろん、いや放さぬ、断じて又五郎は渡さぬと、さんざ、ごねたけれども、最後は将軍家の命令であるということで従わざるを得なかった。

これで、私怨《しえん》に始まった事件が幕府公認の、正確にいえば黙認だな、決闘ということに変わった。池田家が、追い放たれた又五郎をどうしても討ちたいのなら討て。同時に、旗本側が、追い放った又五郎を、密《ひそ》かに助けることは勝手次第。その代り、幕府や旗本を表に出すな、という肚なんだ、幕府は。為政者の常套《じょうとう》手段だね。

表には出ないが、江戸を追い出された河合又五郎を、安藤をはじめ久世、阿部など、そのころの名だたる旗本たちが力を尽して保護することには変わりない。腕の立つ浪人を雇い入れ、又五郎には逃げ隠れするための金も充分に与えた。

いまや河合又五郎は、旗本というものを代表するシンボルになったといってもいい。

その又五郎を、大名を代表するだれかが討たなければならない。それでよし、と幕府がいっているのも同然なんだから。

これで初めて渡部数馬が、又五郎の討手として出発する名目がたった。だからこそ荒木又右衛門も数馬を助けるべく立った。荒木又右衛門が剣をとって立つ以上、河合甚左衛門も当然ながら又五郎の身内として立たなければならない。旗本組に甥の躰《からだ》をまかせ放しでは武士として義理を欠くことになる。ついに心を許し合った友だち同士が二つに別れるわけだ。

この年の夏のさかりの或る日、又右衛門と甚左衛門は、荒木邸の一間に別れの盃《さかずき》をかたむけ合った。

「今日までは親しき友……」

と、甚左衛門が言いかけたあとを、又右衛門がひきとって、

「明日よりは敵《かたき》同士」と言った。

「いかにも――」

「明日ともに御城下をはなれたときから、それがしは闘いまする」

「いかにも――」

すでに、二人とも松平家に暇《いとま》を願い出て、これをゆるされていた。

「今日は、ゆるりと、くみかわしとうござる」

「遠慮なく頂戴いたす」

蟬時雨《せみしぐれ》の中にくみかわしているうち、庭いちめんが夕焼けにそまり、やがて、夜がきた。

二人は、まだ飲みつづけ、夜半にいたって盃をおいた。

「今日一日を、生涯の思い出といたす」

「河合氏。それがしもでござる」

二人が、かたちもくずさず、あくまでも静やかに語り合いつつ飲みあげた酒は三升におよんだという。


（『荒木又右衛門』より）


奈良にひそむ河合又五郎一行を発見。

いよいよ伊賀・上野で迎え討つべく……。

荒木又右衛門は、妻と幼い娘と家来三名をつれて大和・郡山を発《た》ち、とりあえず摂州・丹生《にう》山田、今の神戸の近くだな、そこの身寄りの家に落ち着く。ここで、岡山から来た渡部数馬を迎え、いよいよ又五郎の探索に乗り出すわけだ。

なにしろ当時のことだからね、大変なんだ、人間一人を探し出すというのは。交通機関なんてないし。大坂へ行き、京都へ行き、江戸にも来た。そうしているうちに年がかわって寛永十一（一六三四）年になる。

この年の夏、京都の町なかで一度、又五郎の姿を発見するんだ。もちろん渡部数馬は興奮して、すぐさま斬りかかろうとした。又右衛門は、これを制《と》めた。というのはね、又五郎は、ちょうど将軍上洛《じょうらく》の供をして京へのぼっていた旗本たちに囲まれていたから。万が一にも仕損じてはならない。そう思うから又右衛門は敢《あえ》て自重した。また、又五郎の姿が消える。あちこち逃げ隠れて奈良まで来たんだ。それを探りながら又右衛門一行も奈良へ入った。

そのうちに、旗本の重だった人びとの中で、これ以上は棄ててもおけない、あぶないからもう一度又五郎を江戸へ呼び戻して隠してしまってはどうか、将軍には内緒でこっそりどこかの話のわかる大名の家来にしてしまえばよい、という案が出てきた。なにしろこのままではあぶないから、それがよかろうというので、使者を出して又五郎にもう一度江戸へ戻って来いといいつけた。

それで、知らせを受け取った又五郎一行は奈良を出、また江戸へ向かうことになった。荒木又右衛門一行が、このことを探り当てた。

どうしてわかったかというとね。はじめは奈良にいるらしいということだけだったんだ。ある日、又右衛門の家来・森孫右衛門というのが、なにとぞ仇討ち本望とげさせ給《たま》え、どうか主人の仇討ちを叶《かな》えてくだされと、なんとかいう神社で拝んでいた。そこへ河合又五郎の家来がやって来て、これもやっぱり同じように拝んでいる。二、三日うちにいよいよ奈良を出て江戸へ行くというので、道中の無事を祈願するために来たんだな。

又五郎の家来のほうは孫右衛門の顔を知らない。孫右衛門のほうは、京の町で一度、又五郎と一緒にいたのを見かけて覚えていた。これが幸運だった、又右衛門一行にとっては。

孫右衛門、アッと思って、密かにあとをつけて行ったわけだ。それで又五郎たちの隠れ家を発見して、こっそり見張っていると、なにやら忙しげに旅の仕度をしている。笠とかわらじとか買い込んで、これは旅立つ準備だなとわかった。

それで、こっちも用意をして、いつでも発てるようにして機会をうかがっていると、又五郎一行、ついに出発した。寛永十一年十一月六日の朝だ。

河合又五郎に河合甚左衛門。それから桜井半兵衛、虎屋九右衛門。この二人は又五郎の妹婿《むこ》だ。これに家来、小者を合わせて一行二十人。講談でいくと又五郎の周囲はみんな旗本が守って、荒木又右衛門の三十六人斬りということになるが、そんなについてはいなかった。河合家に縁故のある商人が金を出して若干の警護の者を雇い、あとは親戚《しんせき》の侍たちですよ。

これを追う荒木又右衛門のほうは、又右衛門、数馬、森孫右衛門、それにもう一人の家来・川合武右衛門《ぶえもん》、合わせて四名。又五郎一行は全速力で進んで行く。一刻も早く江戸へ着きたいという、追われるもののあわただしさだな。その日午後三時ごろには、奈良から約八里（三十二キロ）の伊賀・島ヶ原というところへ到着した。

あとからぴったりとついて行く又右衛門には、又五郎一行の道筋がこれで読めた。伊賀の上野を通って伊勢へ抜けて、伊勢から江戸へ行く道。荒木又右衛門は、もともと伊賀の出身だから、子どものころに伊賀のあたりをかけずりまわっていた。だから、これなら伊賀でやるのがいちばんいいと作戦を立てたわけだ。

島ヶ原の宿屋に泊まった又五郎一行を密かに追い越した荒木又右衛門たちは、その先の与右衛門坂の山中に野宿した。宿屋へ泊まるとわかってしまう。向こうだって調べているんだから。翌朝早く、まだ、暗いうちに峠を抜け、長田・三軒家を通り、長田橋を渡っていよいよ伊賀・上野の城下へ入った。

四人で二十人を討つための必勝の作戦。
又右衛門が練りに練ったその計画とは……

荒木又右衛門、このあたりのことならなんでも心得ているわけだ。まず、城下入口の街道沿いにある〔万屋《よろずや》〕という茶店へ入って、ここで身仕度をととのえる。敵と闘う前に、数馬と二人の家来の心を落ち着かせ、上野城下の地形や、斬り合いの作戦を綿密に話して聞かせたことはいうまでもない。

そこで又右衛門の作戦だが、なんといっても敵の中でいちばん強いのは、河合甚左衛門。これはよく知っているんだ。同じ松平家の家臣として親交を深めていた仲だから。むろん、先方でもよく知っている。まず、この河合甚左衛門を討たないことにはどうしようもない。

おれは真っ先に河合甚左衛門を斬る。それまではお前たちを助けてやることはできないから、渡部数馬は本来の敵である河合又五郎と一騎討ちをせよ。もう一人、桜井半兵衛というのも槍《やり》を持たせたら大変な遣い手で、これには槍を与えないことだ。だから、孫右衛門と武右衛門は、二人でいきなり槍に飛びつけ。槍を持たすな。槍持ちに飛びかかって桜井が手にする前に槍を奪え。こっちはわずかに四人。敵は二十人。

必勝の作戦はこれ以外にない。

　そういう打ち合わせをして、まず、武右衛門を奈良街道の長田橋の上に待たせておき、又五郎一行の姿が見えたら唄をうたいながら戻ってこい。決してあわてるな、悠々とうたいながら来るんだ……その当時の流行《はや》り唄だね。その声を聞けば、おれたちは敵が来たことがわかるから仕度をするというんだよ。

　それで全員、仕度をして、茶店の勘定を払って、又右衛門ともあろう者が釣り銭を忘れたといわれると後世の名折れになるからというので、釣り銭をいったんもらって、改めてまた茶店の亭主にやったという話がある。それは講談でやるんだけれどね。

　荒木又右衛門という人は、隠れていた間のことは知らないけれども、実説では、ここではじめて真剣の斬り合いをやる。それまでは柳生十兵衛に剣術を学び、そのほかに中条流を学び、天下の達人といわれてはいるけれど、人を斬ったことはない。はじめてなんだ、真剣勝負は。それが、これだけ緻密《ちみつ》な作戦を立て、みごとな指揮を取ってやった。

　こうして仕度をして待ち構えていると、ついに又五郎一行がやって来た。

　そら来た、というので〔鍵屋《かぎや》〕という茶店の裏手からまわって、右手の、ほんの人ひとり通れるだけの薄暗い路地、これは今でも残っているけれども、狭いところだよ、そこに身をひそめる。又右衛門と数馬。道の向こう側の、同じように狭くて暗いところに、唄をうたって帰って来た武右衛門と、孫右衛門の二人。両側に二人ずつ隠れているわけだ。

そうすると見張りが来るんだ。河合家と又五郎に非常に近しい商人で、その見張りが馬に乗って来て、見渡したところだれもいない。大丈夫だというので合図して、荒木一行が両側に隠れている路地の前を通り過ぎる。そこが町人なんだね、やっぱり。武士と違って見張りのしかたが駄目なんだ。それで、なんでもないというので、合図を送って、行ってしまった。

さっきまで武右衛門が見張っていた橋の上で又五郎一行は立ち止まっていた。そこへ、なんでもないという合図が来たから、そうか、大丈夫か……

時は寛永十一年十一月七日午前八時。

ところは伊賀・上野鍵屋の辻《つじ》……

この日は物凄《ものすご》く寒く、冷え込みがきつかった。十一月七日というと、現代の暦でいえば十二月の十日ごろだろう。

万一に備えて、河合甚左衛門はじめ河合又五郎も鎖帷子《くさりかたびら》を着ていた。ところが寒くてどうしようもない。鉄でできているんだから、ぞくぞくしながらやって来たわけだ。

この鎖帷子というのは、鉄鎖で編んだ襦袢《じゅばん》で、肌の上に着る。衣服をつけてその上に着るわけにいかないんだよ。

それが、大丈夫だという合図で、みんな脱いでしまう。こういうところが、運命の別れ道。身軽になって又五郎一行、ずうっと入って来た。

見張りが行ってしまったあと、まず来たのが河合甚左衛門。最後尾《しんがり》が桜井半兵衛。その間に又五郎と供の者。甚左衛門、又五郎、桜井半兵衛の三人は馬に乗っていた。

河合甚左衛門、悠然と来たわけだ。目の前に。途端に荒木又右衛門、

「かかれ！」

と、数馬に一声かけるや、路地から飛び出した。同時に、名乗りをあげた。

「甚左衛門殿、又右衛門でござる！」

甚左衛門がパッと躍り出して来た又右衛門に目をやる、その瞬間、又右衛門は抜き打ちに、鐙《あぶみ》にかけている甚左衛門の左脛《すね》を斬り断った。

「うぬ！」

甚左衛門が、かっと両眼を見開いて、ぐらりとなるのをそれでもさすがに耐えて馬上から刀を抜こうとした瞬間に、又右衛門、馬の腹くぐって向こう側へ走り抜けた。本当なんだよ、これ。

馬の腹をくぐり抜けざまに、甚左衛門、こうやっているだろう、刀を抜こうとして、

それを下から鐙をパーッと跳ね上げた、又右衛門が。甚左衛門も武芸の達人、荒木又右衛門来たな！　と思って、刀を抜きかけた。ところがもう又右衛門が向こう側へ走り抜けて、鐙を払わなければ何とか斬れたろうけれど、それを下から跳ね上げられたものだから、甚左衛門ほどの達人でもたまらない、ワーッと向こうへ落っこちちゃった。尻《しり》もちをついて、馬は狂奔してかけ抜けるだろう。甚左衛門は地上に倒れ落ちている。それを又右衛門「えい！」と一刀のもとに斬った。考えて考えぬいた結果に出た行動を、荒木又右衛門は一分一厘の狂いもなくやってのけたわけだよ。作戦通りに。勝負が長引いたら困るということだから。

卑怯《ひきよう》じゃないかと思うかも知れないけど、これは卑怯じゃない。向こうが油断しちゃいけないんだから。油断したほうが悪いということだから。

悠然と斬り合っていたら駄目なんだ。又右衛門と甚左衛門の一対一の試合ならそれでもいいわけだよ。だけど、目的はそうじゃないでしょう。数馬に又五郎を討たせることが目的なんだ。

又右衛門が河合甚左衛門と桜井半兵衛を相手に当たり前に斬り合いをしていたら、二人を倒すのに一時間かかる。あるいは又右衛門のほうが倒されてしまっているかも知れない。自分が倒れたら数馬は絶対に助からない。そう思うから又右衛門は、絶対に相手を、それも一瞬のうちに倒す作戦を立てたわけだ。

又右衛門に続いて飛び出した数馬は、又五郎に飛びついて行った。桜井半兵衛のほうはどうなったかというと、槍持ちがパッと半兵衛に槍を渡しちゃった。孫右衛門、武右衛門の二人組が槍持ちに襲いかかってという作戦のほうは、うまく行かなかった。桜井半兵衛、槍を取るなり馬を飛び降りて、二人に突きかかる。そうしながら又五郎はと見ると、これは数馬とやっている。全然腕が違うから、家来の二人は、半兵衛にやられて血まみれだ。そこへ又右衛門が走り寄り、これを一太刀で斬り倒した。

家来の二人もよくやったよ。又右衛門がかけつけるまでともかく悪戦苦闘しながらも半兵衛をその場に釘《くぎ》づけにしたんだから。可哀そうに森孫右衛門は重傷、川合武右衛門のほうは重傷がもとで間もなく死にました。

これで甚左衛門をやっつけ、半兵衛をやっつけたから、あとは渡部数馬と河合又五郎の一騎討ちだ。又五郎一行の十数人いた供の者は、ほとんど逃げちゃった。数名の抵抗はあったけれども、問題にならない。又右衛門はこれを斬らずに追い払ったわけだ。

足軽みたいなのが一人、木刀で又右衛門にかかって来たんだ。そのとき、うるさい！　とパッとやった瞬間に又右衛門の刀がポキッと二つになった。はずみというのはこわいものだ。

荒木又右衛門ともあろう者が、下郎の木刀を払って折れるような鈍刀を差していたのか、不心得な、というけれども、ところが本当はいい刀ほど折れるんだ。二代目以降の金道《きんみち》は確かに大した刀じゃない。又右衛門の差していたのは初代の伊《い》賀守《がのかみ》金道なんだ。これは名工ですよ。そういういい刀というのは、何かのはずみでポキッといくんだよ。

ましてやですよ、はじめに河合甚左衛門を斬ったでしょう。そのとき甚左衛門、鉄の、軽いけれども兜《かぶと》みたいな、そういう頭巾をかぶっていた。それをスパーッと斬っている。だからね。いい刀は折れないというのは間違いなんだ。物を知らないにもほどがある、そういうのは。

それで、ここからは数馬と又五郎との一騎討ち。ここまでの闘いはごく短時間に済んでしまったが、ここからが長いんだ。延々と午後二時まで。六時間。

その間、荒木又右衛門、手出しをしない。自分がそこで手伝うと、この仇討ちに汚名がつく。数馬一人でやったということにならないから。そうすると数馬の故主である池田忠雄にもきずがつく。これはあくまでも数馬一人に又五郎を討たせなければならない。

この決闘は城下の人びとがいっぱい集まって見物している。天下衆人の目の前で数馬に立派にやらせるため、又右衛門は、励ましはしてもついに手を出さなかった。伊賀の上野の浪人の某が、オッチョコチョイで出て来て、この喧嘩《けんか》仲裁つかまつるとかいってね。それを又右衛門が、お控えくださいとはねつけている。見ているほうが疲れちゃうんだよ。自分の義弟が生きるか死ぬかでやっているのに、手出しできない。自分が出て行って斬るのなら楽なんだよ。あぶなくなると「数馬！」声をかけるだけ。そうすると又五郎がびっくりして見るから、また数馬が態勢を立てなおす。

はじめのうちに両者、パッパッとやって傷を負っちゃった。あとはハアハア、ハアハア。一時間そうやって睨《にら》み合っていても、当人にはそれが三分くらいにしか感じられない。そういうものです。剣道の試合、おれも出たことがあるけれども、たとえば自分では五分もやったかと思って、実はあとで聞いてみると一時間。だから、延々六時間だといっても当人になると三十分くらいの感じだろう。

その反対に、横で見ている又右衛門のほうが大変なんだ。斬り合っている当人は、闘いの中に没入しているから時間も感じない。又右衛門は一方で数馬を叱咤《しった》激励しつつ、同時にあたり全体にも気を配り、邪魔が入ることのないように見張っているわけでしょう。まさに驚くべき精神力というしかない。こうして、とうとう数馬は河合又五郎を討ち、とどめを刺した。

仇を討ったあと、又右衛門の一行は、伊賀・上野の城代である藤堂出雲守《いずものかみ》が預かることになった。ということは出雲守の主人で伊勢安濃津《いせあのつ》城主・藤堂高次が預かったということになる。なにしろ天下の大評判になった事件だからね。後の処理もそう簡単にはいかない。

第一に又五郎を死なせた旗本組の意地がある。今度出て来たら又右衛門、数馬を叩《たた》き殺してしまえという物騒な動きがあった。事実、伊賀一帯に怪しい浪人者が入り込みはじめた。

第二に、二人の身柄引き取りについての問題がある。これだけ立派な働きをした二人だから、藤堂家でも二人を家臣に欲しがったし、又右衛門の旧主である松平家でもできることなら元通りに引き取りたい。だけど、同じ家臣であった河合甚左衛門が又五郎のほうについて死んでいるわけでしょう。こっちが死んでしまっているから可哀そうなんだ、又右衛門を帰参させて優遇するというのは。他の家来たちの手前もある。そういうことで、結局、松平家では荒木又右衛門を引き取るわけにいかない。鳥取へ移された池田家では、渡部数馬はむろん帰参させるが「数馬を助けて見事に本望をとげさせられた荒木殿は、是非とも当家において引き取りたし」と、例の家老・荒尾志摩が強引に願い出た。

それやこれやで、こういったことを解決するために何年もかかった。その間、藤堂家でずっと二人を預かっていたわけです。ようやく四年後の寛永十五年になって、荒木又右衛門、渡部数馬、両名とも鳥取の池田家において引き取ってよろしいということになった。

その引き取りのときに、藤堂家では、二百人くらいの鉄砲の護衛隊を出し、厳重に二人を警護しつつ大坂まで運んだ。大坂の天満《てんま》橋だかどこかまで。そこへ鳥取から三百人くらいの鉄砲持ったのが来て、受け渡しをして、八月十三日の夕刻、無事に鳥取まで連れ帰った。

その後どうなったかというと、渡部数馬は、十何年かの間、妻とともに生きて、鳥取で死んだことになっている。荒木又右衛門は、旧主である池田家へ戻って、これは一年後に死んだ。一年後でなく、鳥取へ到着して半月かそこらで死んだともいわれている。これにはいろいろあって、幕府の手によって毒殺されたとか、あるいは池田家が毒殺したとか、諸説があって定かでない。

長谷川伸にいわせると、伊賀・上野の激闘六時間で精根を使い果たした、自分で闘う以上の苦しい立場で精も根も尽き、それで事件が完全に落着すると同時に死んでしまったというんだよ、ぼくの師匠《せんせい》は。

さらにもう一つには、鳥取へ行くと、ある程度信憑性《しんぴょうせい》のある説として、又右衛門も数馬と同じくらい生きていた。だけど、生きているということになると幕府の隠密《おんみつ》も入って来ていろんなことになってはというので、名前を変えて、別の名でちゃんと長生きをしたという説もある。一応、この三つだな。ともかくも、こうして日本三大仇討ちの一つである荒木又右衛門事件はかたがついたわけだ。

これだけの大事件だからね。何回も映画になっている。講談では俗に三十六人斬りだが、映画でも大河内伝次郎の又右衛門なんか百人くらい斬っている。この映画の又右衛門、なかなかよかったよ。河合又五郎が阿部次郎、渡部数馬が沢田清。

嵐寛寿郎がやっている。長谷川一夫がやっている。それから片岡千恵蔵。千恵蔵の又右衛門というのは非常に新しいものだった、新解釈で。なんにしてもこれは三十六人斬らなければ商売にならないから、やっぱり三十六人斬っている。黒沢明の脚本で、三船敏郎でやった〔決闘鍵屋の辻〕、あれは、おれにいわせれば、長谷川先生のイミテーションだな。

現代のようにテレビ、ラジオがあったわけでもないあの時代の事件が、これほど有名になって今日まで語り継がれているというのは、すべて藤堂家の記録にあるから。

忠臣蔵の討ち入りと違うんだよ。忠臣蔵の場合は、討ち入りの現場をだれも見ていないわけでしょう、当事者以外は。伊賀・上野では大勢の見物人の前で六時間もやったんだ。見届けた人が何人もいる。そういうのを藤堂家で全部記録にとってある。詳細なものですよ、これは。だれがどうなって何カ所傷をうけたということまで全部わかっている。そういう材料をいちばんたくさん持っていて、これ以上はないという自信をもって書いたんだ、ぼくの師匠の長谷川伸は。

だからね、ぼくの荒木は師匠ゆずりなのさ。荒木を短篇に書いたとき、先生が三日にわたって、いろいろ教えて下すった、ありがたいことだね。


寛永七年から八カ年におよぶ緊張の連続と、その緊張を少しも外にあらわさず、義弟のため、武士の道をつらぬき通すために、孤独な闘いをつづけにつづけた超人的な又右衛門の心身は、すべて解決するとともに空《むな》しくなったのであろう。

伊賀上野城下にあった四年の間に、又右衛門は、すでに発病をしていた。

だが、それをみじんも表にあらわさず、いかなる事態がこようとも、義弟数馬をふくめた自分の進退をあやまってはならぬ、と健康をよそおい、病苦に耐えぬいてきたのである。

(渡部数馬の仇討に汚点をのこしてはならぬ。事の落着《らくちゃく》をみるまで、わしは目をみはり、心をひきしめ、数馬をまもらねばならぬ)

この一事であった。

又右衛門が死んで五日後に、みねが、娘のまんと共に鳥取へ駆けつけてきた。

だが、五年ぶりに会う夫は、もうみねに声をかけてはくれなかった。


(『荒木又右衛門』より)

幡《ばん》随《ずい》院《いん》長兵衛

慶安四年四月二十日、三代将軍・家光没。
その途端に起きた事件が由井正雪の乱。

家康、秀忠、家光と三代まで来て、徳川幕府の威光というものは、かなり全国に浸透し定着した。家光の代になっても、島原のキリシタンの反乱があったりして、まだ問題がすっかりなくなったわけじゃないけど、一応、家光が引き締めてやって来た。その間に少しずつ武士の体質も変化していったわけだよ。そういう変化しつつある時代に武士の意気地を見せたということで、荒木又右衛門の名がいっぺんにあがったと……ここまでは話をしてあったね。

それで、慶安四（一六五一）年の四月に家光が死ぬと、その途端にまた奇怪な事件が起きるんだ。

前年から健康を害していた家光は、年が改まってから一時元気になって、槍剣の御前試合を見たり、そのころ江戸で人気を集めていた大歌舞伎・勘三郎座の役者を城中に招いて見物したりしていたのだが、それが四月に入るとまた具合が悪くなり、二十日に息を引きとった。このとき家光、四十八歳だ。

これで世の中が再び騒がしくなりはじめる。新将軍となった四代・家綱はまだやっと十一歳の子どもでしかない。現代流に数えれば満十歳かな。何もできないわけですよ、将軍としての政治なんて。

だから、幕府の運営は、大老の酒井忠勝、老中の松平信綱、井伊直孝、阿部忠秋、こういう元老たちが代わってすることになった。みんな徳川家康に目をかけられ、将軍を補佐するという重大な任務を与えられて若いころから鍛えられてきた、いわば徳川政権生えぬきのベテラン政治家です。

これに加えて、家光がとくに遺言で家綱の後見人に指名しておいた、あの保科正之《ほしなまさゆき》がいたわけだ。会津の名君の。保科正之は四代将軍・家綱にとっては叔父に当たる。これはわかるだろう?

二代将軍・秀忠が完全な「かかあ天下」の将軍で、家康でさえあきれたという堅物《かたぶつ》だったけれども、たった一度だけ浮気をしたという話。これは〔戦国篇〕で話したね。それで生まれたのが保科正之だから、家光とは腹ちがいの兄弟なんだ。

秀忠の浮気に怒った於江与《おえよ》の方は、子どもが生まれると知って密《ひそ》かに手をまわし、母子もろとも毒殺しようとした。妾《めかけ》の子は邪魔だというので。徳川譜代の重臣がそれを匿《かくま》って無事に子どもを生ませ、於江与の方も秀忠も死んでしまった後で、その子を取り立てた。それが会津の殿様の保科正之で、腹ちがいの兄である三代将軍に忠節を尽した。だから家光も、この人物がついていてくれれば心配ないというので、死ぬ前に、保科正之を家綱の後見人と宣言しておいたわけだ。

この保科正之がいなかったら、もしもあのとき毒殺されていたら、その後の徳川政権というものがどう変わっていたかわからない。それほどの名宰相となった。この話は後でまたくわしくするけれども。

とにかくそういうことで重臣たちの力を借りて四代将軍の政権が発足した。だけど、やっぱり不安というか緊迫というか、あるわけだよ。どうしても。肝腎《かんじん》の将軍が子どもだから。徳川幕府そのものが武力によって樹立されたものでしょう。ということは、今度はいつ武力によって奪い返されるかわからない。将軍が死んで次の将軍にかわるときがあぶないんだ、いつでも。

由井正雪の乱、例の「慶安事件」ともいわれる事件も、まさにそういうタイミングを狙《ねら》って計画されたものだ。

江戸の市中に放火し、その騒ぎに乗じて江戸城を占領しようという、大変な反乱計画だった。同時に、一方では駿府《すんぷ》（静岡）の家康の霊を祀《まつ》った久能山《くのうざん》を攻め、江戸と駿府と、この二つの拠点から全国の大名たちに呼びかけて徳川政権の打倒を狙う。徳川にうらみを抱く天下の大名たちが黙っているはずはないというわけだろうね。

幼い四代将軍・家綱のもとに物情騒然。

大名が「大名をやめる」といい出したり……

由井正雪というのは軍学者なんだ。もともと駿州・由井の生まれで、武士ではなく町人の出です。父は岡村弥右衛門といって、町人ではあるけれども豊臣秀吉と同じ尾張の出身で、秀吉とは若いころから縁があった。豊臣恩顧の染物屋なんだ。

そういう家に生まれた正雪は、小さいころから口だけは非常に達者だったらしい。大人も顔負けするぐらい。それが後に楠木不伝《くすのきふでん》という軍学者に気に入られ、その跡を継ぐわけだ。

その当時、江戸では、武士たちの間に武芸よりも軍学が流行した。武芸というものが武士の表芸であるけれども、現実問題としてあまり役に立たなくなりつつある。徳川幕府の力が強大になって、どこにも戦争がないんだから。武士たるもの、何もすることがない。そうかといって他のことをするわけにいかないでしょう。そこでどうなるかというと、軍談だ。まだ割合に記憶に新しい島原の乱の、さらにさかのぼっては関ヶ原から大坂の陣。むろん、こういう合戦に自分が参加していたのじゃない。先祖のそれを我が事のように自慢しあう。

それでもエネルギーをもてあまして、何かというと喧嘩《けんか》口論、つまらぬことに刀を抜き合っては武士の意気地を張ってみせる。そういう時代になって来たから流行《はや》るわけですよ、軍学というものが。

由井正雪は非常に軍学の講義が達者だった。テキストには〔平家物語〕や〔太平記〕を使う。それで、このときの合戦のありさまを、正雪が得意の弁舌をふるって解釈してみせる。源氏・平家の作戦から、大将たちの人物論、当時の世相や風俗にまでもメスを入れ、よどみなく巧みに説いて聞かせるんだな。

それが大喝采《だいかっさい》をうけた。門弟はいずれも大名の家来や大身の旗本ばかり。諸大名からの招きで出張講義をすることもある。将軍・家光の叔父に当たる紀州大納言《だいなごん》・徳川頼宣《よりのぶ》、これは家康の十男だけれども、この頼宣なんかすっかり正雪が気に入ってしまい、しょっちゅう紀州家へ呼ぶ。

幕府は、こうした風潮を黙認している。というのは、猛々《たけだけ》しさの残った大名や武士の血を鎮《しず》めるために好都合だから。余っているエネルギーをどこかへ吐き出させないと、どういうことになるかわからないんだ。

実際、奇妙な事件が起きている。大名の一人が突然、髪を切り、領国も家臣も一切捨ててしまって、坊主になった。考えられないような大事件ですよ、これは。

三河・刈屋の城主で松平能登守定政という大名だが、これが坊主になり、江戸へ出て来て托鉢《たくはつ》を始めた。松平定政がいうには、

「われは将軍家の御恩をこうむること海山もおよばず。なれど家光公亡《な》きのち、幼き将軍家をかこみ、思うままに政道をあやつる大老・老中の諸侯の仕様を見ては、とてもとても、天下はおさまるまいと見た。われは世の無常をおぼえ、天下の乱れを目撃するあたわず。仏門に入って天下の平安をいのる」

と、こういうわけだ。それで、自分がもらっていた二万石の禄《ろく》は幕府に献上するから、それを多くの人びとに分け与えてくれという意見書を提出したものだ。徳川家と縁続きの由緒《ゆいしょ》正しい大名が「大名をやめる」といい出して、その通りに実行したんだからね。大騒ぎになった。

幕府では、定政が発狂したということにして、改易《かいえき》を申し付けることでごまかしてしまった。これが慶安四年七月十八日のこと。その五日後に、由井正雪の反乱が発覚し、一味は一網打尽。正雪は自殺をする。

密告者があったわけですよ、内部から。それは弓師・藤四郎ほか数名が謀反《むほん》の計画を知って公儀へ届け出たということに一応なっている。だけど、幕府の隠密が働いていたんだろうと思うんだよ、おれは。そのことは『槍の忠弥』という小説に書いておいた。

慶安事件は、とにかくそういうことで未然に防ぐことができ、大事に至らなかったけれども、徳川の親戚《しんせき》である紀州家が由井正雪一派と結びついていた、裏で糸を引いて幕府を倒そうとしたのは紀州家だと、そういう噂《うわさ》も飛んで物情騒然たるものがあった。江戸では盛んに辻斬《つじぎ》りが横行した。なかには百人斬り、千人斬りなどと称して、むやみやたらに人を斬ることだけを目的とした曲者《くせもの》さえ現れた。それを防ぐために、江戸市中の各所に辻番というものを設けさせ、辻斬りの絶滅をはかったのも保科正之だといわれているんだよ。

江戸へ江戸へと諸国から人口集中。
その雑多な人間を受け入れる施設として……

そのころの江戸の町というのは急激な発展期にさしかかっている。幕府が玉川上水の敷設を許可して費用を与えたのが承応二（一六五三）年でしょう。水道がひける。手紙なんかも早飛脚の制度ができて江戸と京都の間を半月もかかっていたのが三日で行く、五日で来る。米や麦もこれまでより余計に穫《と》れる。だから団《だん》子《ご》なんかも売っているということになる。宿屋へ行っても自分で米を炊《た》かないで済むようになる。

すべて、戦争がなくなったおかげなんだ。終戦後の日本と同じだよ。生産力が飛躍的に拡大されて電気製品が普及して来るというのと同じで、なれてしまうとありがたいとも思わない、普通になって来る。だんだん贅沢《ぜいたく》を追い求めて来る。

その結果はどうなるかというと、諸事万端、形式ばって来る。これは徳川幕府の場合もそうだった。万事がしだいに贅沢になったがために、現代《いま》の結婚式と同じようなことで、何かの儀式が何万両、何十万両かかるというようなことになって来る。結婚式って、大変だろう、今は。それと同じなんだ。

そういう風潮の中で、依然としておさまらないのが旗本。うるさくて困るんだ、幕府としてみれば。それは先祖のことを考えれば、先祖はみんな徳川のために、幕府のために、将軍のために、血みどろになって働いてくれた人たちだから、そのことを考えると、むげに抑えつけるわけにもいかない。

だけど、結局、旗本というものを幕府は機会を狙って弾圧してしまおう、おとなしくさせてしまおう、そう考えていた。それで機会を待っていた。

そこへ、たまたま生じたのが旗本と町奴《まちやっこ》との対立。これによって幕府は、いよいよ自分のところの子飼いの家来を徹底的にやっつけて骨抜きにしてしまうことになる。

町奴というのは、これは平和の産物で、今話したように戦争がなくなって平和になって来ると、いろんな物資が豊かになるだろう。町の建設が盛んになる。江戸城を中心に、江戸の町というものが二倍、三倍にふくれ上がっていく。

江戸へ流れ込んで来る人間の数が多くなって、さらに町をひろげる。道路工事が盛んになるということで、当然、人夫がたくさん入って来る。いくら人手があっても足りないという時期なんだ。

こういう江戸の町に必要なものとして、人夫たちを束ねる頭領が現れる。その一番の代表者が幡随院長兵衛なんだ。

諸国から、さまざまな種類の、さまざまな人間がどんどん江戸へ流れ込んで来るだろう。そういう雑多な人間たちは、江戸へ行きさえすればなんとかなる、食って行けると思って集まるけれども、落ち着く家もなければ仕事もきまっていないわけだよ。そういう男たちをそのままにしておいたら、どういうことになるか……

人間というのは、まず、安心して眠れる家があり、食事をする場所があって、しかるのちに職業につかなければならない。それでないと浮浪者となり、そこには必ず暴行、暴力がつきまとうことになる。これは、いつの時代でもそうですよ。

それで、当時の江戸には「人いれ宿」というものが生まれた。時代の要求が必然的に生み出した制度だな。ここで、江戸へ流れ込んで来た人びとを受け入れ、眠る場所と食事を与え、その上で、その人その人に適した職を斡旋《あっせん》するわけだ。

この「人いれ宿」で人夫たちをはじめ江戸の庶民の世話をつとめたのが町奴なんだ。

だから、何かというと旗本と対立することになる、無力な庶民を守るために。

人呼んで、幡随院長兵衛、俠客《きようかく》の元祖。

しかし、もともとは立派な武士の生まれ。

幡随院長兵衛というのは、いろいろ伝説があるけれども、長兵衛のお父さんという人は肥前・唐津の殿様の家来であるということになっている。前に島原の乱の話をしたときにちょっと出て来た寺沢兵庫頭《ひようごのかみ》堅高。キリシタン弾圧に関して最も徹底していたという、あの寺沢堅高の家臣で、塚本伊織《いおり》という。その伜《せがれ》の塚本伊太郎が後に幡随院長兵衛となるわけだよ。

だから、幡随院長兵衛という人は、もともと武士の生まれで、それが新しい時代に即応して侍を捨てて町人になり、町奴の頭領になったということで、単なる元締、ボスとは違うんだ。生まれが侍だから。

武士の子である塚本伊太郎がどのような事情で江戸へ来て、武士を捨てて町人になったか、どうして幡随院長兵衛と呼ばれるようになったか、それをぼくが書いたのが『俠客』という長篇なんだ。

俠客というのは、辞書を引くと「強い者をおさえ、弱い者を助けることを標榜《ひようぼう》した任俠の徒。おとこだて」というように書いてある。

幡随院長兵衛は、その俠客の元祖といわれているけれども、はじめはその長兵衛の若き日だけを描くつもりが、ついにその死まで見届けることになってしまった、おれの小説では。

寺沢兵庫頭というのは、キリシタンに対する非常に残虐《ざんぎゃく》な仕打ちでもわかるように、いささか常軌を逸したところのある殿様だったんだな。領民のためにも、家臣のためにもよくないバカ殿様。それで、あまりの暴虐非道に家臣の一人である塚本伊織がやむにやまれず殿様を討とうと決意する。

だけど、悪運の強い殿様で、襲撃は不成功に終り、塚本伊織は国を追われて江戸へ出て来る。執念深い寺沢兵庫頭は、あくまでも追っ手をさし向けて、とうとう塚本伊織を暗殺させるんだ。


「えい、おう!!」

五人の武士が白刃をぬきつれ、一人の武士へ斬《き》りかかっている。

雷鳴が、すさまじくとどろきわたった。

またひとり、斬り倒された。

残る四人を相手に、浪人らしい一人のはたらきは相当なもので、手傷を負ってい

るらしいが、

（強い）

伊太郎は瞠目《どうもく》した。

しかし、その浪人が、ついに肩を斬られ、横ざまに倒れつつ、ぐいと顔を上げて刀をかまえた……その顔を雨の中に見たとき、伊太郎は愕然《がくぜん》となった。

「ち、父上!!」

叫んだ伊太郎は、雨やどりをしていた屋敷門のひさしの下から飛び出した。

夢中である。

四人の白刃につつみこまれ、泥しぶきをあげて路上をころげまわりながら苦戦している浪人者は、まさに伊太郎の父・塚本伊織ではないか。

斬り合っている五人は、伊太郎の叫びにも、存在にも、まったく気づいていなかったようだ。

「父上、父上!!」

わめきざま、駈け寄った伊太郎は腰の大脇差を引きぬき、父を包囲している敵の一人の背へ叩《たた》きつけた。

「ぎゃあ……」

（『侠客』より）

結局、塚本伊織はここで殺されて、敵は肥前・唐津城主である寺沢兵庫頭だといい遺《のこ》して、伜の腕の中で息を引きとる。これから塚本伊太郎の敵討ちが始まるわけだ。ちょうどその場を通りかかった旗本・水野百助が後の水野十郎左衛門。この日からお互いに意気に感じて親友となった二人が、十年後に宿敵として対決しなければならなくなる……と、まあ、そういうふうにおれの小説は進んで行く。全部、おれの推測だけどね。

なにかにつけて対立する旗本奴と町奴。
江戸市中では抗争の絶え間がなかった……

ついに宿願を果たして父の敵である寺沢兵庫頭を討った塚本伊太郎は、それ以後の自分の人生というものをひたすら世のため人のために尽そうと決心する。それで、そのときまで自分が厄介になっていた「人いれ宿」の山脇宗右衛門の跡を継ぐわけだよ。この山脇宗右衛門の前身も、やはり武士。そのころ江戸には、いくつかの「人いれ宿」があったけれども、浅草・舟川戸（のちの花川戸）にある山脇宗右衛門のそれが最も信用があった。

本当の江戸の建設のために、欲得を離れて人夫の世話をする。労賃を中間搾取《さくしゅ》しないばかりでなく、人夫に対しては全部、礼儀正しく規則を守らせる。だから、山脇から来た人夫なら信用できる、一番安心だといわれていた。そういう元は武士ならではのきちんとしたやりかたというものを、幡随院長兵衛もそのまま受け継いだ。

幡随院というのは、もとは神田の台地、今の駿河台《するがだい》にあったのが後に池の端へ移転した浄土宗の寺です。京都・知恩院の末寺に当たるというんだがね。そこの和尚《おしょう》といろいろ縁があって、しょっちゅう往き来《き》していたものだから、それで幡随院の長兵衛と呼ばれるようになった。山脇宗右衛門の一人娘・お金《きん》と結婚して、宗右衛門の跡を継ぎ「人いれ宿」の頭領になったときに、名前も長兵衛と改めていたんだ。

名前は塚本伊太郎から幡随院長兵衛とかわっても、長兵衛のやりかたというのは、あくまでも侍のやりかたなんだよ。自分をむなしゅうして庶民のために働く。自分のことはまるで考えることなく、ひたすら庶民をしあわせにすることにすべてを傾注するという、指導階級の武士のやりかた。万事それに準じてやっているから、しぜん、幡随院長兵衛というのは人の頭《かしら》に立てられる。

その長兵衛の下に、俗説だといろいろいるけれども、放れ駒《ごま》の四郎兵衛とか、唐犬の権兵衛とか、そういう人夫頭、いってみれば隊長に当たる男たちがいるわけだ。何かのはずみに驚いて暴れ出した馬を素手で取り抑えたというので、放れ駒の四郎兵衛。

無頼の旗本が得意気に連れ歩いていた町人迷惑の唐犬を蹴殺《けころ》したというので、唐犬の権兵衛。俗説だとそういうわけだが、何かの事件で名を挙げたときに、あだなが付くんだよ。そういう隊長たちの上に長兵衛が総帥《そうすい》としているわけだ。こうした長兵衛およびその部下、幹部だな、それを総称して「町奴」と呼んだ。

「奴」というのは人を卑《いや》しめていうことばなんだ、本来。だから町奴というのは、旗本がいっていることばなんだよ。卑しい町の無頼漢じゃないか、奴じゃないか、町奴だ、と。

それに対して「旗本奴」。旗本自身が旗本奴とはいわない。町奴、町奴と旗本のほうでいうから、なんだ彼奴《きゃつ》らだって旗本奴じゃないか。江戸町民たちが、双方を見きわめて、旗本こそ奴じゃないかというわけだ。それが天下の、町の人たちの評なんだ。町人たちの評価が「旗本奴」ということばになってあらわれたということですよ。こういう呼称が町民の間から出て来たことを見ても、その当時、旗本というものがいかに無頼の徒と化していたか推察がつく。

それで、町奴と旗本奴の対立がだんだん激しくなって来る。というのは、いろいろな遊び場に行っても旗本奴は金を払わない。威張り散らして、踏み倒すんだ。そうすると、泣くのは町民なんだ。江戸の町の人たちが非常に迷惑をこうむる。何かいおうものなら、天下の旗本に対して無礼者! と斬っちゃうんだから。

幕府は困っちゃうわけだ。罰しようと思っても、河合又五郎のときのように旗本が結束して将軍でもなんでも来るなら来てみろ、討手さし向けて来い、どこまでも相手になってやるぞ……こういう態度だからね。結局、いつも泣かされるのは町民なんだ。

それをなんとか防禦《ぼうぎょ》しなければいけないということで、幡随院長兵衛一派の連中、すなわち町奴が、旗本奴と対立した。そこに抗争が起きたわけだ。

玉川上水の工事が完成したのは承応三（一六五四）年のことだが、これには長兵衛も大いに働いた。玉川の水が拝島、小金井から新宿を経て、虎の門まで通じ、これによって江戸町民の水道が一応完備したんだからね。いまや幡随院長兵衛といえば大したものだ。

若いころから常人にまさる体軀《たいく》の持ち主だった長兵衛は、このころになるとみっしりと肉がつき、眉《まゆ》はいよいよ濃く、まさに堂々たる貫禄を備えていたのじゃあないかな。暴れ旗本なんか、そこへ長兵衛が現れて、

「まあ、お待ちください」

と、中へ割って入ると、無法に引き抜いた刀のやり場に困ってしまう。

「長兵衛ごとき素《す》町人が、何を！」

などと口先で怒ってみても、いざとなると長兵衛の威厳に圧倒されてしまう。へど

もどするばかりで、手も足も出やしないわけだよ。

旗本奴の中でも一番悪名高いのは白柄組《しらつかぐみ》。

水野十郎左衛門をその頭領として……

旗本奴も口では偉そうなことをいっているけれども、実際は、戦場に出たこともない。本当の斬り合いなんて一度もしたことのないのが多いんだよ。

旗本奴には、いくつかの「組」があった。一番有名なのが水野十郎左衛門、加賀爪《かがづめ》甲斐守《かいのかみ》を頭領とする「白柄組」だ。これは、水野十郎左衛門の亡父・水野成貞が、若いころに白くさらした棕櫚《しゅろ》の皮を刀の柄《つか》へ巻き込んで愛用していた。その「しゅろ柄」が「白柄」になって、いわゆる旗本奴の伊達《だて》姿の点景となっていたわけだよ。

その亡父ゆずりの白柄の大小を腰にしている頭領・水野十郎左衛門にならって、一派の旗本たちが、みんな同じこしらえの刀を差しているんだ。ユニフォームだな。もっとも、このときには棕櫚の皮でなく、特製の白の柄糸を使っていたという。

「白柄組」のほかに「神祇《じんぎ》組」とか「吉弥《よしや》組」とかがあって、それぞれに特徴のある恰好《かっこう》をして群れていたわけだが、猛烈な暴れぶりという点では白柄組が群を抜いていた。

こんな話が伝わっている。当時、江戸で名医と評判の高い島田宗庵という医者がいた。あちこちの大名屋敷へも出入りをして、診察料でも治療代でも眼の玉が飛び出るほど高いんだが、非常に繁昌している。往診に出かけるときには、金銀をちりばめた立派な駕籠《かご》に乗って、十五人も二十人もの供に前後を守らせて行く。

これが白柄組の連中にカチンと来た。「医は仁術と申すに、島田宗庵ごときいたずらに威を張り、金銀をむさぼり、まことにもってけしからぬやつ！」なんてんでね。

それで一つ、こらしめてやろうということになった。島田宗庵の行列が、例によって仰々しく大名屋敷へ行く道中を狙《ねら》って家来が飛び出し、わが主人・水野十郎左衛門が急病である、手遅れとなっては主人の一命もはかりがたく思われるゆえ、ご迷惑は万々承知の上、強《た》ってお願い申し上げる、なにとぞすぐさま当家へお立ち寄りくだされ、是非とも診察していただきたいと、あくまでも鄭重《ていちょう》に頼み込んだものだ。

宗庵も、むろん、白柄組の水野のことは知っている。三千石の大身旗本ではあるし、家来の頼みかたが礼儀正しく自分をうやまって鄭重そのものだから、よろしい診て進ぜようということになった。

宗庵が病間へ案内されてみると、水野十郎左衛門、病気どころじゃない。つるべの縄を引きちぎって、これを鉢巻がわりにし、大刀をつかんで大あぐらをかいている。

そして、いきなり、

「島田宗庵とは、そのほうか！」

　すさまじい眼つきでにらみつけた。たちまちふるえ出した宗庵に、

「早く、脈をとらぬか！」

　しようがないから宗庵は、かたちばかりに水野の脈を見て、

「だ、大丈夫でございます」

「さようか」

「では、これにて……」

　腰を浮かせて、大あわてで引き下がろうとしたけれども、帰してくれない。折角、診察してもらったからには、それなりのもてなしをしなくては帰すわけにいかないというんだ、水野が。そういう計略なんだから。

　そこへ水野の家来たちが酒と食膳を運んで来る。それからが大変だ。むりやりに酒を飲ませる。大盃《たいはい》になみなみと注いで、一気に飲み干せ。ようやく宗庵が一盃を空けると、すぐさま、もう一盃。もう生きた心地もないわけだ、宗庵。なにしろ頭の上で水野十郎左衛門が大太刀をふりまわして、今にも斬《き》るぞといわんばかりだから。

　やっと酒が終ったかと思うと、今度は、めしを食べよという。おかずは腐臭ふんぷんたる赤鰯《あかいわし》が十ぴき。食べられませんなんていえないだろう。斬られちゃうと思うから、死ぬよりましだと思って、宗庵は腐った鰯を食べた。一ぴき食べおえたときには

半死半生だよ。すると、もう一杯、飯をお代りじゃ、鰯もあまさずに食べよ！さんざん、なぶりものにされて、亡霊のようになって帰された島田宗庵は、それから十日ほどして急死しちまったんだよ。

真夏には真冬の仕度で大火鉢を囲み、

「寒い、寒い」といい合う我慢会の趣向。

このころ旗本奴たちの間で流行していたのが「我慢会」という、まあ、一種の遊びのパーティーだな。

明暦元年の夏はことに暑く、梅雨が明けると毎日風もない晴天続きで、江戸の町じゅう乾き上がっていた。夕立もない。そういう真夏の一日、白柄組の連中が頭領格である加賀爪甲斐守の屋敷に集まって来る。その恰好が大変なんだよ。

綿入の胴着をつけ、何枚も冬の衣服を重ね着して、「寒い、寒い」といいながらやって来る。

庭の木立では蟬《せみ》の声がうるさいくらいという真夏の昼下がりに、きっちりと戸を閉めきって、ごていねいに部屋の各所に大火鉢を置いてね。山のように盛り上げた炭火に手をかざしながら、一同、

「いや、よい心地じゃ」

「さわやか、さわやか」

「おお。なんと涼しいことか」

「いや、寒いほどじゃわい」

もう、みんな、顔から躰《からだ》から汗でぐしょぐしょだよ。これだけで終りじゃない。火鉢の上には、それぞれ鉄の大鍋《おおなべ》がのせられ、中の汁には得体も知れない食べものが煮えたぎっている。それを争って食うわけだ。

「うう……これはうまい」

「熱いものは、夏にかぎる」

「いや熱うない。口中へ入れると冷んやりするわい」

つまり、これが「我慢会」というものなんだ。退屈まぎれに一同が集まり、ともあれ先祖の霊に挨拶《あいさつ》をしてから、これをやる。夏の盛りであれば冬の仕度で、冬になったら今度は真夏の仕度で、我慢のしくらべをやる。

雪が降りしきる最も寒い日を選んで、こういうときは全員が下帯ひとつの素っ裸になってね。もちろん、戸という戸はすべて開け放ってある。そういうところで冷たい水をがぶ飲みしながら、例によっての放談をするわけだよ。

話というのは、いつも同じなんだ。やれ、ちかごろの大名どものざまはなんだとか、年少の将軍家を取りまいている老臣どもが腑抜《ふぬ》けだからいかんとか。そんなことを互いに声高に話し合いながら、心の中での憤懣《ふんまん》はますますつのって行く。

劣等感、インフェリオリティ・コンプレックスというやつでしょう、一種の。ひたすらに祖父《じい》さんたちの武勲と武名を誇り合いながら、その跡を継いだ自分たちには何の武勇談もないんだから。継子《ままこ》扱いされているというひがみ、ともいえる。

こういう連中には仕事がないからいけない。幕府も、彼らに何らかの役目を与えて働かせてみようと、考えなかったわけではない。だけど駄目なんだよ。折角、適当な役職を見つけて与えても、旗本たちは威張り散らすだけで、たちまち上役や同僚と喧《けん》嘩《か》騒ぎを起こす。

要するに、やはり彼らは「軍人」であって、「官僚」にはなりきれないんだな。それがわかってからは、幕府も匙《さじ》を投げたかたちで、旗本奴を抑えつけるものは何もないという状態だよ。

幡随院長兵衛に代表される町奴の人気というものも、我慢会のたびに問題になる。今日もまた、どこそこで旗本のだれそれが長兵衛のために恥をかかされた、あの長兵衛をこのまま打ち捨てておいては白柄組の名折れになる、斬れ、斬ってしまえ……集まるたびにこの話になるわけだ。

頭領である水野十郎左衛門は、むろん、長兵衛という人物をよく知っている。ここで気勢をあげている配下の旗本たちのほうが、長兵衛に比べて何と情けない連中か……と本当は思っているんだ。だけど、自分の立場というものがある。

明暦三年正月江戸に大火「振袖火事《ふりそで》」。

このとき保科正之の処置が実に見事だった……

火事と喧嘩は江戸の花、とよくいうだろう。半鐘の音を聞かない夜はないぐらいなんだ、当時の江戸市中は。

中でも歴史に残る大火として名高いのが、明暦三（一六五七）年一月十八日に起こった、いわゆる「振袖火事」。これは本郷・丸山の本妙寺の施餓鬼《せがき》に振袖を焼いたことが出火の原因だといわれている。

何十日も雨が降らず、からからに乾き切っていたところへ江戸名物「乾《いぬい》の風」が吹きまくったから、たまらない。西北から吹きつける強風だよ、現代《いま》でも冬の最中《さなか》によく吹くじゃないか。

火事は本郷からたちまち湯島、神田、柳原さらに京橋、八丁堀、築地まで燃えひろがり、ついには大川「隅田川」をこえて深川まで燃え移った。このころの消火法というと、延焼地帯の建物を打ちこわすのが精一杯なんだ。それが、このときは、何をするひまもないほどの凄《すさ》まじい早さで火が駈《か》け進んだ。

翌日になると今度は小石川の伝通院前から出火し、さらに番町からも火が出た。結局、この明暦の大火は江戸の町の約八割を焼野原にしてしまったというんだからね。江戸城も西の丸だけ残して、本丸、二の丸、三の丸から天守櫓《やぐら》まで、すっかり焼け落ちてしまった。

江戸開幕以来の大惨事ですよ。むろん焼死者の数も大変なものだ。このとき即座に機敏な処置をとって江戸復興をなしとげたのが、あの保科正之なんだ。出火と同時に江戸城へ詰め、不眠不休の指揮に当たった。浅草にある幕府の御米蔵に火がかかりそうになったとき、その報告を受けるや否《いな》や、正之は、

「焼け出された町民たちに、蔵の米を持ち出すことを許せ」

と、その場で命じている。すぐにできそうでいて、なかなかできないことだよ。保科正之のこの決断によって、米価の暴騰《ぼうとう》を防ぐことができた。焼死者をほうむった本所へ回向院《えこういん》が建立《こんりゅう》されたのも、このとき。

保科正之は、いさぎよく幕府の財産を洗いざらい放出して、大火後の救済に当たった。やりすぎだという反対意見も相当にあったらしいけど、正之は一歩もひかなかった。こういうときこそ幕府のたくわえを下々《しもじも》に与えるべきであり、むざむざと積みたくわえておくだけなら、たくわえなどないも同然である、というのが保科正之の考え

かたなんだ。今日の政治家たちは正之の爪の垢《あか》でも煎《せん》じて飲めといいたいね、おれは。焼野原となった江戸の町を建てなおすために、幡随院長兵衛たちが大車輪の働きをしたことは間違いない。焼け跡の始末はもちろん、こういうときに必ず横行する盗賊や暴力団から町民を守るために、町奴たちは生命《いのち》がけで働いた。だけど、焼け跡で夜昼なしに働き続けている長兵衛の姿を市中巡視中の保科正之が見かけ、名前を聞いて、

「おお。そちが名にし負う幡随院長兵衛であるか。なおも、ちからをつくしてはたらきくれよ」

と、労をねぎらったという話は、これはどうも作り話らしいね。講談だと、そういうことになっているけれども。

とにかく、未曾有《みぞう》の惨事ではあったが、間髪を入れない保科正之の処置がよかった。それで、かえって幕府政治の土台がしっかりと固まったわけだ。ここが大事なところだね。

この大火を契機として推し進められた幕府の文治政策で、これまで以上に窮屈になったのが旗本たち。もう戦争は絶え、平和な時代になったのだから、血なまぐさい戦国的なやりかたは廃止し、何事も正しい制度と法律によって運営して行こうという政策でしょう。戦闘要員である旗本の立場というものは、ますます弱められる。幕府か

ら じゃ まもの扱いされているという被害者意識が一層強くなって、もう半ば自暴自棄という状態だな。

それで旗本たちは、前にもまして、酒や女や喧嘩ざんまいに気をまぎらわせることになる。これに対して、長兵衛たち町奴のほうは、町民のための自衛隊として一段と力を強めて行く。決してこちらから仕掛けてはならないというのが幡随院長兵衛の指導方針なんだけれども、だんだんとそうはいっていられなくなる。こうして、旗本奴と町奴の対立というものは、明暦の大火以後、急速に「力」と「力」の対決になって行くんだよ。

幡随院長兵衛の名を江戸市中に轟《とどろ》かせた「猿若座事件」とは……

昔の書物《ほん》に長兵衛のことが出ているんだ。それをちょっと抜き出してみると、

「……往来をさまたげ、群衆のめいわくになる者どもに対しては、知ると知らぬとの区別なく、みな一様に打ちこらしめて歩き、町民へ無法をはたらく旗本奴と見れば、肩を張って競い合い、一歩もゆずらず……」

こんなふうに書いている。そういうとき長兵衛がどんな恰好《かっこう》をしていたかというと

「三つ引の大紋を染めつけた茶色の長羽織を着こみ、裾《すそ》高々と腰へ巻きつけ、関の孫六のきたえた無反《むぞり》の長刀をさしこみ……」という具合だ。立派だったろうと思う、躰《からだ》が大きいからね。

芝居や講談で有名な「猿若座事件」というのは、明暦の大火が起きる前のことだろう。あの火事で芝居町も全焼したんだからね。

猿若座という劇場は中橋広小路、現代《いま》の日本橋から銀座へかかる道筋のちょうど中間で、通り三丁目のあたりかな。当時、この一帯は江戸で第一という盛り場だった。この猿若座を舞台に、旗本奴と町奴が大喧嘩《おおげんか》をくりひろげたわけだよ。一説には猿若座でなくて、葺屋《ふきや》町の芝居小屋だったともいうんだが、まあそれはどっちでもいいだろう。

喧嘩の発端はよくわからないんだ。もともと仲が悪いんだから、ちょっとしたきっかけで大喧嘩になったということでしょう。このとき、水野十郎左衛門も白柄組の面々を引き連れて芝居を見物に来ていた。

水野の前だから、旗本奴は一歩も退かない。町奴のほうも負けていない。お互いに刀を引き抜いて、血の雨が降る寸前まで行った。そのときに、急を聞いて幡随院長兵衛が駈けつけて来たんだ。講談だと、ここは、

「上は梵天帝釈《ぼんてんたいしゃく》、地は金輪奈落《こんりんならく》まで御存じの、幡随院長兵衛とはおれがことだ」

と、長兵衛が大見得をきって、

「さあ、さあ、さあ、喧嘩の仲買《なかがい》なら白柄組でも吉弥組でも、この長兵衛が半畳に敷いてくれ」

そういうことになるわけだが、もとは武士の長兵衛だからね、実際にそんな芝居じみた真似をしたとは思えない。だけど、凄《すご》い気魄《きはく》で、旗本奴たちを睨《にら》みつけ、刀も抜かずに出て行った。どうしてもそちらが刀をふりまわして暴れるなら、こちらも仕方がない、この刀にかけても制《と》めてみせよう、どっちが悪いか芝居の見物衆が証人だ、さあ来るなら来い、おれは今ここで死んでも本望だと、自分の生命《いのち》を捨てる覚悟だからね、長兵衛。

これを見て、町奴の連中も、元締といっしょに死ぬばかりだと、長兵衛のまわりに集まり、じりじりと旗本奴に迫って行く。みっともないんだよ、旗本奴のほうは。生命がけの斬り合いをしたことがない悲しさで、ずるずる、ずるずる、あとずさりして行くんだ。人数は旗本のほうが多いのに、長兵衛一人に圧倒されてしまい、とうとう猿若座から逃げ出して行ったというんだから。

二階の見物席で、水野は事の成り行きを全部見ていた。心中察するに余りあるね、そのときの水野十郎左衛門。怒りとも悲しみともつかぬ表情になっていたろう。幡随院長兵衛や町奴が憎いのじゃない。あまりにも不甲斐《ふがい》ない旗本の姿が情けなかったんだ。

この猿若座の一件で、水野も含めて白柄組の旗本奴は、天下の笑いものになった。隠しようがないだろう。大勢の見物人がいたんだから。

今度のことで、旗本奴も世の中のうつりかわりを、はっきりと知ったろう。いつまでも旗本風を吹かして無体をはたらいている御時世ではないのだ。おれも今度は、そのことをあの人たちへ知らせてやるために、おもいきって喧嘩をするつもりでいた。芝居小屋の中を血の海にしても、一歩も退かぬつもりでいたのだ。

ところがさいわいに、向うさまが引きあげてくれ、血もながれず死人も出ず、ひとりの怪我人も出なかった。なれど、これでもう、どちらが勝ったか負けたか、何百人もの見物衆がしかと見とどけて、承知している。このことはお上もおろそかにはできまい。どちらが正しく、どちらが悪いか、それもこれも、あの日ほどはっきりと、世間へ見せたことはあるまい。

これで、おれたちののぞみは達せられたゆえ、向後《こうご》はいっさい、喧嘩さわぎをおこしてはならぬ。いいか、いいな。

もしも、おれの指図にそむく者があれば、その男を、そのときから、この幡随院長兵衛が義絶するぞ！

（『侠客』より）

明暦三年七月十八日、水野十郎左衛門、邸内にて幡随院長兵衛を殺す。

こういうことが何回もくりかえされ、積み重ねられて、しだいに旗本奴と町奴の対立は抜き差しならぬものとなって行ったわけだよ。旗本奴としては、もはや、何が何でも幡随院長兵衛を斬《き》るよりほかに意気地の立てようがない。いくら頭領の水野が「待て、いま少し待て」といっても、こうなったらね。

水野十郎左衛門自身も、彼らの気持はわかり過ぎるほどわかる。これ以上、我慢はならぬ、今度こそ腹を切るつもりで長兵衛に喧嘩を仕掛けよう……そういう旗本たちの決心がなみなみでないことを、はっきりと見抜いた。

それなら、それもよし、という気持なんだ、水野も。自分も、ここまで来たからには、いっそ大喧嘩をやってのけ、さっさとあの世へ行ってしまったほうがさばさばする、そう思っていたのかも知れないね。

町奴を相手に大喧嘩をしたら、このときこそ機会をうかがっていた幕府が乗り出し、旗本奴へ徹底的な弾圧を加えてくることは目に見えている。そうなったら、今度は、幕府を相手に暴れるだけ暴れて、さんざんに困らせてから、いさぎよく腹を切ればよい。それもまた面白い……それが水野の肚《はら》ですよ。

だけど、どうしても踏み切れないところがある。というのは、幡随院長兵衛という人物を知っているから。殺すにしのびない。できることなら、水野は長兵衛と喧嘩をしたくない。

水野の本心は、困っているんだ。自分の部下があまり暴れるんで。暴れれば暴れるほど幕府に口実を与えるだけだということが、どうして部下たちにはわからないのか。そう思いつつ、もてあまし気味なんだよ。だけど、奉《たてまつ》られているから、どうしようもない。どこかの首相か大統領みたいなもので。立場上は、あくまでも部下の面倒を見なければならない。

そういうことは、長兵衛も同じだ、肚の中は。それで、何とかしなければどうしようもないというので、うちで酒を飲みながら仲なおりしよう、部下の旗本たちに長兵衛を会わせれば、長兵衛という男の値打ちがわかるだろう、一献くみかわしながら仲なおりしよう……と、水野は長兵衛を自分の屋敷に招待する。

あの大火事にも水野十郎左衛門の屋敷は奇蹟《きせき》的に焼け残っていた。加賀爪甲斐守のほうは屋敷がまる焼けになったけれどね。

長兵衛を殺すつもりはない、水野には。一応、仲なおりするつもりだったともいうね。ところが、そこへ集まって来た旗本のやつらが、長兵衛が来たら殺してしまえ、ということで、水野が知らないうちに手筈《てはず》をととのえた。これを水野はまったく知らない。

長兵衛のほうは、招待状を受け取ったときから、これは一応覚悟は死ぬ覚悟をしておかなければなるまい……そう思って出かけて行った。自分一人を呼び出して、だまし討ちにかけるような、水野はそんな武士ではないことを長兵衛は知っている。しかし、待っているのが水野十郎左衛門一人ではないこともわかっていた。

だから、死ぬことを承知で行った。もし、自分が水野の招待を断ったとしても、結局、大勢の旗本が舟川戸の「人いれ宿」を襲撃するに違いないんだ。追いつめられて自暴自棄になった旗本たちには、他に道がない。それが長兵衛にはわかっているわけだよ。

そうなると、当然、双方に大変な死傷者が出るばかりか、巻き込まれた町民に大きな迷惑がかかる。喧嘩というものは両成敗が定法だろう。旗本がなぐり込んで来て、長兵衛の部下たちが受けて立てば、どうしたって両方とも罰を受けることになる。町奴も罪人になってしまう。それは「人いれ宿」そのものに傷がつくということだから。山脇宗右衛門の遺業を継いだ幡随院長兵衛にとって、これは耐えられぬことだ。だからこそ長兵衛は、たった一人で、水野邸へ出かけて行った。

水野の屋敷へ着くと、まず風呂へ入れというんだ。そういう計略なんだ、旗本たちの。水野は、長兵衛が屋敷へ入ったことも知らない。長兵衛が来ればただちに知らせがあるはずだと、奥の間にいて香をたき、茶を飲みながら静かに待っていた。

風呂場の中は、うすぐらかった。

壁に、古風な銅製の釣灯台が二つほど掛かっているのみであった。

長兵衛が、風呂場へ入り、屈《かが》みこんでひしゃくを手にとった瞬間であった。

突如、小窓の外から鉄砲の音が鳴りひびいた。

長兵衛の巨体が、ぐらりとゆれた。

槍《やり》をかまえた犬上新次郎が風呂場の板戸を引き開けたのは、このときである。

「死ねい！」

わめきざま、犬上は槍を長兵衛の背中へくり出した。

（しめた！）

と、犬上はおもったろう。

かわしきれる体勢ではなかったのだ。

にもかかわらず……。

「ああっ……」

ふりむいた長兵衛に槍の柄をたぐりこまれた犬上新次郎の両足が、ふわりと宙に浮き、どこをどうされたものか、次の転瞬、犬上の躰はもんどりを打って風呂場の板壁へ……

（『侠客』より）

鉄砲の音で、「しまった！」ということで水野が走り出て行ったけれども、間に合わない。芝居でいくと、水野が、他の奴らの手にかけるよりは自分の槍で――そういうことになっている、ご存じのように。

こうして幡随院長兵衛は死んだ。明暦三年七月十八日。三十六歳だった。死骸《しがい》を門前へ出したところへ、心配して駈けつけてきた長兵衛の手下が死骸を引き取って行ったわけだ。

それで今度は、町奴と旗本の間に、親分の敵討ちということで物凄い斬り合いが随分あって、何度も何度も血が流れて、幕府がこれこそ待っていたチャンスとばかり乗り出した。天下の旗本ともあろうものが、町人どもと斬り合いをするとは何事であるか、けしからんということで、いよいよ肚をきめて、徹底的に暴れ旗本どもの弾圧にかかる。

長兵衛亡き後、水野十郎左衛門の望みは、
一時も早く罪を受けて死ぬことだった……

長兵衛の死後、足かけ六年の間、水野は相変わらず無頼のふるまいを続けていたらしい。われとわが身をもてあまし、仲間の旗本たちや世の中のすべてに飽き飽きして、なるようになれと開き直っていたんだろう。

寛文四（一六六四）年三月、水野十郎左衛門は、幕府の評定所へ呼び出され、無頼の罪を問われて知行を召し上げられ、身柄は松平阿波守へお預け。

ところが評定所から呼び出しを受けたときの水野の態度、これが幕府を怒らせた。その日、水野十郎左衛門は、髪の毛をわざとおどろにふりみだし、これに泥を塗りつけ、袴《はかま》もつけない乞食同然の汚れた着流しで出頭したものだ。およそ、三千石の大身旗本がなすべき所業ではない。

幕府の高官たちが、これを見て憤激した。おのれ、そこまでも御公儀をあなどるつもりか！　というわけだよ。本当は、なるべく穏当な処置で済ませるつもりだった、幕府としては。名誉な家柄ではあるし、当人が反省して今後身を慎しんで暮らすというのなら、いずれ時期を見て……そういう含みがあっての「身柄お預け」だった。

それを、最初から、こういうふてぶてしい態度でしょう。もはや許しがたいということになった。取り調べのあいだも、にやり、にやりと薄笑いを浮かべて、まったく傲慢不遜《ごうまんふそん》をきわめていたというんだ、水野。

これはね、水野が、自分から憎まれるように仕向けたんだよ。生きながらえてみたところで、これから先に何の望みもない。それと同時に、自分を頭領にまつりあげている旗本奴にうんざりしていた。彼らから一時も早く逃げ出したい。

なるべく幕府の憎しみをかき立てるようにして、早く罪を受けて死にたいと思っているわけだ、水野の本心は。それならいっそ自分から腹を切ればよかったと思うかも知れないが、何かこうしたきっかけというものがなくては、なかなか死ねないものでしょう。生きているうちは旗本奴の暴走をある程度抑えることもできるわけだし。

だから、水野十郎左衛門は、死ぬ機会を待っていたんだ。そのために、これでもか、これでもまだ幕府はおれを処罰しないのかと、乱行を重ねたに違いない……そう思うね、おれは。

ついに、三月二十七日、幕府は取り調べに際しての不敬を理由に、水野十郎左衛門へ切腹を申し付けた。水野の切腹は、それは見事なものだったというね。貞宗の脇差《わきざし》で、一気に七寸ほど、わが腹を切り裂いてから、

「刃《やいば》の味が、ことのほかにすぐれておる」

と、にっこり笑い、刀を置いて坐り直し、

「いざ、首を打たれよ」

むしろ、うれしげに、介錯人《かいしゃくにん》の山名勘十郎へ声をかけたという。このとき、水野十郎左衛門成之、五十三歳。

こうして親玉が切腹したから、旗本奴はみんな、たちまち借りて来た猫みたいになってしまった。そこで幕府は、無頼旗本というものを、どんどん淘汰《とうた》した。水野と並ぶ頭目格であったあの加賀爪甲斐守をはじめ、旗本五十七名が罪を受け、八丈島や三宅島に流されている。

これによって、いよいよ天下泰平になり、侍というものが武力をもって天下のために尽すということはなくなってしまった。全部、官僚になってしまった。

だけど、侍の精神というものが全然なくなってしまったかというと、そうじゃない。寛文四年の水野十郎左衛門の切腹から三十六、七年たった元禄十四年、忠臣蔵の事件になるんだから。

徳川綱吉

江戸の「元禄」も「昭和元禄」も
つまりは戦後の繁栄ということだ……

もう、一時代前のことになるけれども「昭和元禄」ということばが流行《はや》ったろう。流行らせたのは福田赳夫《たけお》さんだというけれどね。

江戸の元禄と、昭和の元禄、必ずしもそっくり同じではないが、確かに共通するところがある。それはどういうところかというと、つまり「戦後の社会が繁栄した」ということだ。そこが一番よく似ている。

戦争が治まったあとの国が、戦争に費やしていたエネルギーを平和に振り向けることができたために、めざましい勢いで繁栄したということ。その点が非常に似ているんだよ。

元禄時代というのは一六八八年に始まって一七〇三年まで続くわけだが、これは、いわゆる戦国時代の終りから数えて七、八十年たった時期に当たる。

関ヶ原の天下分け目の合戦が一六〇〇年、徳川家康が江戸に幕府を開いて征夷《せいい》大将軍となったのが一六〇三年だろう。それが江戸時代の始まりということになるけれども、まだ戦争は完全に終っていない。大坂に豊臣秀頼がいたから。家康にしてみれば、これだけが目の上のこぶだった。

それで、無理やりにも豊臣側を戦争に引きずりこんで、ついに完全に息の根をとめる。それが大坂城の攻防だ。冬の陣が一六一四年、夏の陣が翌年の一六一五年。これでようやく徳川幕府の基礎というものが固まったわけだ。

家康が秀頼を亡《ほろ》ぼして後、二代秀忠、三代家光、四代は家綱、それから五代綱吉でしょう。綱吉が将軍位に就いたのは確か一六八〇年だと思ったな。

大坂の陣以後の七、八十年というのは、これはまったく戦争が絶えて、それまでは全部戦争に使っていた物資とか生産力とか輸送力、ひとくちにいえば経済力だな、それらがそっくり平和に振り向けられてくるから、当然、そこに繁栄の状態というのが、あらわれてくる。それが元禄時代を現出したということなんだね。

昭和元禄というのも、太平洋戦争が終って三十年近くたって、経済力が全部平和のために振り向けられた結果に他《ほか》ならない。だから、そこのところが根本的に似ているというわけだ。

日本は敗戦国になったけれども、その戦後の三十年間というものは、まったく戦争をしていない三十年なんだ。これは日本だけじゃないのかな。ドイツもそうか。世界の各国、主だったところは、この三十年間にも相変わらず戦争のためにエネルギーを使っているでしょう。イギリスだってちょっとやったし、フランスはアルジェリア、アメリカに至ってはベトナムに手を出して大変だったわけだ。こういう国にしてみれば、戦後というのがないわけで、ずっと戦争が続いているということだからね。ソ連の場合は、自分の国が直接戦争をしていないかわりに、あっちこっちに介入しているから、事実上は戦争をしているのと同じだろう。他のいろいろな国のために武器を生産して提供しているんだからね。中国とも、表向きは冷戦状態ということだけれども、つねに戦時体制にあるわけだ。

だから、文化水準とまではいわないまでも国民生活の水準というものは、ソ連ではいまだに繁栄から遠いわけですよ。

結局、経済力を全部平和に注ぎこんで国民の生活が豊かになったという点では、今度の戦争で負けた日本が一番。この三十数年というもの、まったく無傷でやってきたんだから。従ってこの高度成長になったわけだ。

しかし、反面では、社会にさまざまな歪《ゆが》みというものがあらわれてくることにもなる。政治家がちゃんとしていないから。五代将軍・綱吉の元禄時代もやっぱりそうだった。

五代将軍・綱吉の生母・桂昌院。

もとはお玉といって魚屋の娘……

綱吉のことをいうとね、この人は三代・家光の第四男として生まれたんだ。四代・家綱の弟ということになる。

綱吉のおっ母さんというのは桂昌院という人で、もともとは卑《いや》しい素性の女なんだが後に偉くなって、ついには江戸城の大奥で幕府を操るほどに女の権力を発揮したわけだ。

この桂昌院のときにはじめて幕府の大奥に女の権力が生まれたんですよ。綱吉の時代に。それまでは、女はほとんど政治にくちばしを入れることがなかった。幕府の閣僚、大老、老中、むろん将軍もそうだが、女には一切口を出させず、全部、男がとりしきってきたものだ。

それが、綱吉の時代になって、綱吉の生母である桂昌院が将軍の母親として権力を拡張したがために、ここに大奥の権力というものが生まれたわけだ。政治、経済、社会に至るまで、あらゆるところに江戸城大奥の女どもがある程度強い影響力を発揮するようになったのは、この五代将軍・綱吉の時代からですよ。

それで、桂昌院だけれども、もとはお玉ということだけで身元がはっきりわからない。俗説には、魚屋の娘だというね、京都の。あるいは京の堀川の八百屋の娘ともいう。

家光がどうしてこれをお妾《めかけ》にしたかというと、自分が三代将軍になったときに、幕府の威勢を京都の朝廷に誇示するために大変な行列を連ねて京都へ乗りこんだ。そうして将軍が天皇と対面したわけなんだ。

これはもう素晴しい行列で、大変豪華なものでね。京都へ行って盛大に金をばらまいているし、つまりはそれによって徳川の威光というものを見せつけたわけです。

そのときにね、向こうに滞在している間になんらかの伝手《つて》でお玉が将軍つきの侍女になって入りこんできたんじゃないかと思う。

別の一説では、参議六条有純の娘お万という女性が、寛永十六年、伊勢山田の尼寺・慶光院の住持になったお礼言上のため江戸へ下ったとき、お玉はその侍女としてついて行ったというんだな。

お万の美貌《びぼう》に目を奪われた家光は、江戸へ出てきたお万をそのまま還俗《げんぞく》させて側室にしちゃった。それで、お玉もそのまま仕えているうちに、今度は家光がお玉にまで手をつけたというわけだ。

まあ、いずれにもせよ、魚屋だか八百屋だか、よく身元もわからないような娘が将軍の身近に仕えるようになったということは、後の江戸時代の幕府においては、先《ま》ず考えられないことですよ。中期以後は、そういうことは例がないんじゃないか。だから、そのころはまだ戦国時代の名残りがあって、割合に闊達《かったつ》な素朴な感じというものがそこかしこに残っていたんだろうね。女であっても、そういうふうに自分の魅力を武器として、ついには将軍の側室になり、後には幕府の政治までも操るところまで行く……そういうことができるだけの、はつらつとした時代だったということでしょう。いいことか悪いことかは別として、つまり男にも女にもチャンスというものがかなり与えられていたわけだ。

とにかくそういうことで、お玉というのは家光の側室になり、後の五代将軍・綱吉を生んだ。家光には長男・家綱のほか腹ちがいの息子が四人いた。次男が亀松、三男が綱重、それから綱吉で、この下にもう一人、鶴松というのが生まれている。兄さんが三人もいて、自分は四男坊だから、まさか将軍になるとは思っていなかったわけだ、綱吉としては。それは全然計算に入れてなかったろうよ。お玉……桂昌院もそういうことは考えていなかったに違いない。それが、四代将軍・家綱に子どもがなかったために、綱吉のところへ五代将軍がころがりこんできた。

学問だけが趣味で学問に淫《いん》した綱吉。
それというのも母親の育てかたが……

家光は長男の家綱を世子にしたが、弟の綱重を甲府城主、綱吉を館林《たてばやし》城主として、それぞれ二十五万石を与えた。他の子どもは早く死んじゃったんでしょう、幼いうちに。ところが綱重という人も早死にしてしまうんだ。で、残っている家光の子どもというのは、上州・館林の殿様になっていた綱吉だけ。

館林の城では、ごくつつましい生活をしていたんだよ、綱吉も。そのころはたとえ将軍自身といえどもきわめて質素に暮らしていたんだから、家光自身。

そりゃ家光という人はいろいろ噂《うわさ》のある人ですよ。乱暴したとかね、あまり芳《かんば》しからぬ話もあるけど、将軍の生活自体はごく質素なものだったんだな。

それはどういうところでわかるかというと、川越に喜多院という寺がある。そこに三代将軍・家光のころの御殿の一部があって、春日局《かすがのつぼね》の使っていた部屋がそこに残っているんだ。それを見ると実につつましやかなものです。そういうところで家光は育っているわけだからね。御殿といっても、あまり御殿という感じはしない。地方のちょっとした庄屋さんのお屋敷程度のものだよ。

そういう質実剛健な生活をしていたわけだろう。将軍が。ましてや館林の殿様に過ぎない綱吉がそんなに贅沢《ぜいたく》な生活ができるわけがない。将軍自身がそれなんだから、家来の一大名がそんな贅沢できるわけがないんだよ。

どんな物でも大切にしておいて、いざというときに役立てることをモラルにしていた時代ですからね、その当時は。そういう根本的な人間生活のモラルを将軍自ら実践していたんだ。筆一本でもちびるまで使う、冬でも足袋をはかない、そういう生活が指導階級にあった。

だから、義理の兄貴である家綱が死んで五代将軍がころがりこんできた当初は、綱吉もまだ割合とつつましくやっているわけなんだ。

家綱という人は生まれつき病弱なほうだったらしい。四十歳で病死している。わずか十一歳で将軍になったから在職期間は長いけれどね。

この家綱に子どもがない。それで弟の綱吉を養子ということにして将軍を継がせたわけですよ。ところで、この綱吉だが、父親の三代将軍・家光という人が、自分が若いころ勉強しないで武術の修業ばかりやって学問しなかったということを悔んでいた。そんなわけで、家光は晩年に桂昌院に、

「自分は学問をきらって今日におよんだことを後悔している。さいわいに綱吉はかしこい性質のようであるから、つとめて聖賢の道を学ばせるように……」

そういう遺言をしたんだね。桂昌院はそれを守って綱吉に子どものころから盛んに学問をさせた。いい先生をいっぱいつけて。今日でいえば教育ママということだな。

子どもというのは、たいてい勉強なんて嫌いなもんだろう。親がいくら勉強しろ、勉強しろといったってね、いやがるのが普通ですよ。ところが綱吉は好きなんだ。学問することが大好きで、十七、八のころには家来を呼んで〔論語〕の講義をした。下手か上手か、それはまあ別として、綱吉としては家来を集めて講義して聞かせるのが何よりの楽しみなんだよ。

むろん綱吉自身の天性ということもあるだろう、幾分かは。だけど母親のせいだよね、大部分。桂昌院は、もともと身分が卑しい生い立ちでしょう。そのことがコンプレックスになっていて、いつでもひた隠しにしてきたに違いない。

その反動でもあるんだろうな。むやみやたらに綱吉を可愛《かわい》がると同時に、学問でなければ夜も日もあけぬという育てかたをしたわけだ。子どもの時分からこんな育てかたをされたらたまったものじゃありませんよ。

学問だけに熱中する子どもなどというものは、不健全にきまっている。子どものころは、何よりもまずその小さな肉体をフルに使って、躰《からだ》で万象を確かめるべきなんだよ。

綱吉が家来に講義するのが楽しみだというのは、それをつまらないという奴はいないからね。恐れ入って聞いていなくてはならないわけだもの。だから綱吉は面白くてしようがない。自分はこんなに学問ができるんだぞ、自分は学問のある偉い殿様なんだぞ、そう信じこむようになって、それが誇りなんだ。将軍になったときには、それで、学者将軍なんていわれた。

他に何も楽しみを知らなかったんだろうと思うね。〔論語〕の講義なんかする以外に。そういう人間、いまでもいるじゃないの。学問が趣味になり、いわば学問に淫《いん》してしまって、学問ばかりで世の中のことがまったくわからない……そういうのが。

綱吉が五代将軍になれたのは、ひとえに老中・堀田正俊の働きのおかげ……

綱吉が五代将軍になってすぐのことだ。越後騒動というのがあった、高田に。越後高田城主・松平光長の家中で世継ぎ問題をめぐって騒動が起きた。例の小栗美作《おぐりみまさか》の事件だ。

この越後藩の騒動は四代・家綱のころから引き続いていて、なかなか解決できなかったわけだ。延宝七年、これは綱吉が将軍になる前年だが、幕府は一応裁決を下して家老・小栗美作の勝ちということになった。これは当時の大老である酒井忠清が小栗の賄賂《わいろ》を受け取っていたためだというんだけれどね。

その翌年、綱吉は、将軍になるやいなや早速この越後騒動を自ら再審するというわけだ。就任早々に出て行って、たちまち解決してしまったものだ。一日か二日のうちに。

御三家以下、諸大名がずらりと居並ぶ中で双方のいい分を聞きとると、その場で大声で判決を下し、翌日には小栗美作に切腹を命じた上、続いて松平光長は改易《かいえき》だ。この綱吉の裁きというのは大したものだった。だから、偉い将軍が出てきた、これで徳川幕府は万々歳だというわけだよ。

そもそも綱吉は、将軍になれるかなれないか、わからなかった。何故《なぜ》かというとね、四代将軍・家綱を補佐していた大老の酒井忠清が、家綱が間もなく死ぬというときに、皇室から天皇のお子さんをもらってきて将軍に据えようという構想を打ち出したんだ。

酒井忠清というのは、当時、大変な権勢を誇っていて、世間では忠清のことを「下馬将軍」と呼んだくらいだ。忠清の邸《やしき》が江戸城大手門外の下馬札の附近にあって、将軍同様の権力をふるったからだね。

その忠清がどうしてそういう考えを起こしたかというと、家綱の弟の綱吉には老中・堀田正俊という人がついている。この堀田正俊に対抗して自分の勢力を維持するためには、家綱に子がない以上、だれか他のところから候補者を連れて来なければばいけないわけだ。それで、いわば窮余の一策だな。「鎌倉幕府の先例にならって……」という大義名分のもとに、京都から有栖川宮幸仁親王《ありすがわのみやゆきひとしんのう》をお迎えして将軍にしようと提案した。

老中の堀田正俊という人は、下総《しもうさ》の国・古河の城主で、三代将軍・家光の乳母として有名な春日局の養子格なんだよ。堀田正俊のお父さんという人も、やはり、春日局の養子格で、非常に春日局に可愛がられた。

春日局といえば、乳母とはいえ家光を育て上げて将軍の位に就けたほどの人で、その養子格だからね。堀田正俊。将軍直属の重臣ということで、その勢力もなかなかあなどりがたいものがあった。

だから、酒井忠清も、うっかりしていると自分が蹴落《けお》とされてしまうから、そこで宮様をもらってきて将軍にしようとしたわけですよ。これが実現すれば、自分は将軍のうしろだてとして権力が安泰になるからね。

ところが、大老・酒井忠清を恐れるあまり一人として反対する者がない中で、敢然と反対意見を主張したのが堀田正俊だ。

「館林侯（綱吉）は将軍家の実弟であられる。正統の後嗣《こうし》まさにこれなり。皇族をわざわざ迎えたてまつるなどは、まことにもって不思議千万なことである」

立派な肉親の血を分けた弟というものがありながら何事かというわけだよ。

それで両者の間に、むろん、暗躍がくりひろげられたわけだね。そして、いよいよ家綱が死にそうだというとき、堀田正俊が綱吉を連れて江戸城に入ってきた。正俊はよっぽどうまく事を運んだんだろうな。忠清の気付かぬうちに綱吉をさっと城内へ連れてきて、家綱が寝ている枕元《まくらもと》で、次の将軍は綱吉であると家綱に認めさせてしまった。電光石火のごとく。

これでは、さすがの酒井大老も手も足も出ない。結局、そのために酒井忠清は失脚しますね。「陰の将軍」といわれたくらいの酒井は、こうして威勢を失うわけです。堀田正俊に出し抜かれて。

貞享《じようきよう》元年八月二十八日、江戸城中にて
大老・堀田正俊・斬殺《ざんさつ》さる。

だから、綱吉にとっては、堀田正俊は自分を将軍の座に就けてくれた大恩人だ。それで家光が春日局に頭が上がらなかったように、同様に綱吉も正俊には頭が上がらない、少なくとも将軍になった当初は。

堀田正俊という人は、本来、なかなかの硬骨漢でね。幕府閣僚随一の剛直無類をうたわれた人物だった。それでいて馬鹿じゃないしね。綱吉を見事に将軍にした手腕はなみなみではないわけだから。

正俊は、もちろん、酒井忠清のあとをおそって大老になった。こうして五代将軍・綱吉とこれを補佐する堀田大老との幕政体制がととのえられた。正俊は綱吉を立派な将軍にしようと思っていろいろ進言するし、一方、綱吉も堀田大老の意見をよく聞き一所懸命任務に励む。だから最初のうちはボロが出ない。

ところが、堀田正俊が思いもかけぬ急死をとげてしまう。貞享元（一六八四）年八月二十八日というから、綱吉を補佐することわずかに四年だね。

それは、大石内蔵助《くらのすけ》が祖父のあとをついで国家老となって五年目のことで、浅野内匠頭《たくみのかみ》がはじめて赤穂《あこう》へ国入りをした翌年ということになる。

この日……。

堀田大老は、江戸城中において、一万二千石の若年寄・稲葉《いなば》石見守《いわみのかみ》正休《まさやす》に斬り殺された。

堀田正俊と稲葉正休とは、縁類であった。

稲葉正休は、

「乱心者」

とされ、その場において、駈けつけた人びとに討ち取られている。

どうして、このようなことになったか、はっきりとした理由はあきらかでない。一説には、堀田正俊が以前の酒井大老にかわる権力者となり、しだいに奢《おご》りたかぶり、

「このままでは御政道が乱れることになる!!」

と、稲葉正休が決意し、江戸城中にて従兄弟《いとこ》にあたる堀田大老を斬り殺した、ともいわれている。

（『おれの足音＝大石内蔵助』より）

もともと堀田正俊と稲葉正休は親類なんだ。それで片一方は若年寄で、堀田は老中だから、幕府の政治のことをしょっちゅう話し合わなければならないわけだ。

その間に、はっきりした理由はわかっていないけれども、お互いに意思の疎通《そつう》がなくなって行ったようだ。堀田正俊という人は大老になったからといって威張るような人物とも思われないんだが、大老という職掌柄、上から抑えつけるということもあったでしょう。かねてから政治上、意見が合わなくて、いがみあっていたのは事実だな。

その恨みがあったのか、突然、斬りつけて大老を殺してしまった。稲葉もその場で斬られて死んだ。この事件は、その場で喧嘩《けんか》両成敗になったから、あとに問題が残らなかった。

けれどもね、綱吉自身の立場で考えるとどうなるか。綱吉という人は、自分の在職の間に二度、江戸城中での刃傷《にんじよう》事件を経験しているわけだよ。

これはだれも気が付いていないし、書いた人もいないが、自分がまだ若いときに堀田正俊が殺されたということがね、浅野内匠頭の刃傷事件における綱吉の反応に影響しているのではないかと、おれは思っている。

頼りにしていた、父親とも思っていた堀田正俊を稲葉が殺したわけだろう。憎いよね。そういう思いがあるから、刃傷事件という場合には殺されたほうにどうしても同情的になる。吉良上野介《きらこうずけのすけ》に対しても、あのとき、そういう気持がはたらいたんじゃないかと思うんだ、とっさに。それで、あんな一方的な裁判をすることになった。むろん、それだけでなく他にもいろいろ理由はあるだろうけどね。この視点から「松の廊下」事件を書いたのはまだないと思うんだが。

齢《とし》を取ってから、やったことないことを始めると、これはどうにもならない……

堀田正俊が殺されたとき、綱吉はいくつになるかな。正保三（一六四六）年生まれで、将軍の座を射止めたのが三十五歳のときだから、このときすでに四十近いわけだ。

もう若いという年齢《とし》じゃない。

だから、堀田を失ったことでがっかりしたし、情けなく思ったけれども、その反面、うれしくないこともない。頭を抑える家来がいなくなったんだから。

いよいよこれからは万事、自分の思うがままということになったわけだよ。それから急速に綱吉が変になってくる。

親の代からの重臣というのは、頼りになると同時に、なにかにつけて煙たい存在でもある。どこの殿様でもそうなんだ。重臣にいじめられ、鍛えられて一人前になって行くわけだが、鬱陶《うっとう》しいんだな、どうしても。

館林時代からの質素な生活が、堀田大老の死後、手のひらを返すように一変してしまう。頭を抑えていた堀田正俊がいなくなって、もうなんでも自分の思う通りにできるというので、それまで綱吉の内部に鬱積していたものが反動的に出てきた。

それからは、どんどん贅沢《ぜいたく》しはじめて、あとは贅沢三昧《ざんまい》。御殿を建て直したり、毎日のように宴会をやったりしたんじゃないの。役者を招《よ》んで踊らせたり、お能に凝ったり……。

若い時分は学問一点張りでしょう。なにもやったことがないんだ、他に。人間、齢をとってから急にやったことないことをやると、どうにもならない。

こういうことをいうと自慢するように取られるかも知れないが、そうではなくて、おれなんかの場合、戦争に行くまで株屋だろう。ごく短い間で、まあ十年くらいやったような気がするけれども、充実していたからねえ、いろいろと……。だから戦後、兵隊から帰って来て、なんにもないだろう。だけど、一向に平気なんだ。何を着ていようが気にもならない。西洋乞食みたいな恰好《かっこう》していても平気なんだよ。戦後、おれはついに背広というもの、つくらなかった。若い人はみんな月給やりくりして、食うもの減らしても背広をつくっていたよ。靴を買い、ネクタイを買ってね。おれは昭和二十五、六年ごろまで海軍の服だったな。この間死んだ谷中の叔父のお古を一つもらって持ってはいたけどね。

昭和二十五年ごろには、ほとんどだれでも背広だった。だけど、別段、欲しいと思わない。全然。贅沢なこともなんにもしようと思わない。若いうちに贅沢の限りをしてしまったからだ。

戦争にも行かないで、あのままだったら、どうもこうもならなかったろうね。幸か不幸か大変な経験をして、だれでもそうだけれど、戦争に行ったために前の生活が中断されたから……。

とにかくそれで、戦後になってもいまさら贅沢しようという気が起きないんだ。普通、人がだんだん齢を取るに従って覚えて行く贅沢の味を、おれの場合は十代のうちに圧縮して知っちゃったということかな。

ここで変なふうに自分をどうかしようと思ってもしようがない。そうでしょう。背広だけやっと買ったところで、あとの物はどうなるというんだ。それに似合うワイシャツがない。ネクタイがない。帽子がない。靴がない。コートがない。

そういう物が全部そろえば買ってもいいけど、なんにもそろわない。みんなチグハグで。だから買う気になれないんだよ。

家を持つんだって、もともと大した家に住んでいたわけじゃないけれども、戦前でもね。だけど、どこだってきれいな家へ入って、うまいもの食ったり、旅行したりね、いろんなことをしてきてるだろう。

だから、いい家を持ちたいということもないんだなあ。おれの場合は要するにそういうことなんだけれども、綱吉の場合はそうじゃないからね。

三十過ぎまで質素、質素とやらされてきて、思いもかけない将軍になって、はじめのうちは堀田正俊なんかが頭を抑えていたからおとなしくしていたけれども、その堀田が死んでしまったろう。そこではじめて贅沢の味を覚えたから大変なんだ。

歴史に残る悪令「生類憐《あわれ》みの令」も、もとをただせば綱吉のエゴイズム。

綱吉がこうして贅沢に溺《おぼ》れて行くと、当然、将軍のおっ母さんである桂昌院も、女ながら大変な勢力を備えるようになる。

というのも綱吉は論語なんか勉強して自分では非常に親孝行のつもりなんだから。ところが、綱吉の親孝行というのは自分の母である桂昌院のみに対してであって、他人の孝行なんかどうでもいいんだな。

それがために、変な坊主が、隆光というんだが、とんでもない権力を持つようになる。これは紀州のどこかで山伏のようなことをしていた一種の予言者なんだ、密教の。千里眼であるとかいってね。この坊主が桂昌院に取り入って、すっかり信頼を得てしまう。

綱吉が将軍になって間もなく重い病気にかかった。すると早速、隆光が祈禱《きとう》をしてね、偶然にもなおってしまった。むろん偶然に過ぎないけれども、それは昔の人だからね、みんな祈禱のためになおったと信じるわけだ。綱吉もすっかり隆光を信頼するようになる。

そうすると隆光は、ますます気に入られようと思うから、

「将軍家におかせられましては戌《いぬ》の年のお生まれにござります。なれば、無益《むやく》の殺生を禁じるが肝要。ことに犬をいたわり、これをいつくしむことによって、御家はますます御繁栄。天下は万々歳にござります……」

こういう、愚にもつかぬことをいい出した。実際は、綱吉は最後に死ぬとき自分の子どもはみんな死んでしまって、結局は自分のすぐ上の兄で甲府の殿様になった綱重、この人の子どもの家宣《いえのぶ》が六代将軍になったんだからね。

いま、新橋に「御浜御殿」というのがあるだろう、浜離宮、あれは甲府の殿様の下屋敷だった。

そういうことで、悪名高い「生類憐みの令」というのが出るわけだ。手はじめは犬を殺してはいかん、犬を大事にしろという法律だったが、それがどんどん強化拡大《エスカレート》されて動物全部を愛護しろということになった。

江戸城の中で将軍の料理番が魚を料理しているとき蚊が一ぴきとまった。で、パチンとはたいてつぶしたら、それを見ていた同僚がいいつけた。可哀そうな蚊を無惨《むざん》に殺したというので料理番は島流し。同時に、告げ口した奴も見ていながら制《と》めなかったというのでこれも八丈島送り。

いまの大久保から中野あたりに、十八万坪の犬のアパートをつくって、江戸中の野

犬を集めて、うまいものを食わせた。「御犬屋敷」というんだ。八万二千頭もいたそうだよ、そこに。

その予算だけでも一年に二十万両とか三十万両とかかかった。そういう負担は全部、江戸市民にかかるわけだ。犬医者なんていうのは肩で風切って歩いた。金もたっぷり入るしね。

犬どもは「御犬さま」と呼ばれて傲慢《ごうまん》無礼になり民家に入りこんで食いちらす。追っ払うわけには行かないんだ。そんなことをしたらすぐ、犬目付に捕って牢《ろう》に入れられる。野良犬が子どもに咬《か》みついてもどうにもできない。

綱吉は手前《てめえ》のために贅沢のしほうだい。犬は全部市民の負担。今日、われわれがやらされているのと同じだよ。われわれが税金払ってトラックのために道路つくっているのとおんなじなんだよ。

現代社会は文明的とかなんとかいっているけれども、われわれの租税でバカみたいな議員どもの高い給料を払っているわけでしょう。結構な話だよね。バカでない政治家なら、いくらでも払って、十二分につかってやってもらいたいと思うけれど、バカ議員、バカ政治家ばっかりでしょう。むろん、全部じゃないが。

国民をなめているわけだよ、政治家がね。綱吉の元禄時代と同じなんだよ。なめきっていることがいろいろあるじゃないか。

たとえば選挙のときに、手前の苗字《みようじ》や名前をひらがなで書くじゃないの。ポスターでもなんでも。あれは、おれの字を投票者が読めないと思うから、そういうことをするんだよ。ひらがなで書く奴が選挙のたびにふえるな。芸能人みたいに。だから、そういう意味では元禄時代に似ている。政治家が国民をばかにしているという意味で。あのころも現代も変わっちゃいないわけだよ。

元禄時代は綱吉の独裁時代だから、そもそも綱吉が国民をばかにしているということだな。しかし「生類憐みの令」のような奇怪愚劣な法令に反対する家来が一人としていないという、これも呆《あき》れた話だ。媚《こ》びへつらう奴ばかりで。

堀田正俊の死後、綱吉の独裁者としての力は物凄《ものすご》かった。もともとバカな人じゃないから。やたらに書物を読んでいて、きれる人なんだから。こわいわけだよ、家来どもは。

戦争があるとないとではこうも違う。

江戸に蕎麦屋《そばや》ができ、茶漬屋ができ……

綱吉が一つ法律をつくったことで役人がふえたわけだ。犬のための役人が。犬の収容所の所長もできるし、犬目付という犬のための警察もできる。これは犬を虐待《ぎやくたい》する者を探して歩くんだ。ちょっと野良犬を蹴飛《けと》ばしたりしようものなら、すぐしょっぴかれる。そうすると手柄になるんだから、犬目付の。

そっくりだろう、現在の社会の様子と。いろいろな世の中のことが、封建時代であろうと二十世紀であろうと、やっていることは変わっちゃいないんだ。人間のしくみが同じだからね、やることも同じなんだよ。

それでね、こういう悪政が続く中で、綱吉は贅沢をしているわけでしょう。当然、他の大名もこれに習う。将軍といえども真冬に足袋もはかずにあかぎれだらけだったものが、いまや足袋一つでも贅沢な生地でつくるということになる。刀でもただの刀では気が済まないから金とか銀とかで鍔《つば》をつくったりする。持ち物すべてが贅沢になってくる。着物にしても、女の下着にしても。食いものだって、昔は外へ出るときに弁当持って行かなければならなかったのが、元禄時代になると、金さえ持っていれば外で食えるようになる。食いもの屋ができたから。

どうしてそういう店ができるようになったかわかるかい?

戦国時代には「余剰」というものがない。物資の面でも時間の上でも。戦争のためには、食いものだってなんだってできるだけ切り詰めて、武器をつくり大砲の弾つくりをしなければならないだろう。

人口も少なかった。それが戦争がなくなると、戦争に使っていた人手が余る。人の手があれば土地を開墾できるじゃないの。作物の耕作地帯がひろがる。人手が余っていれば米の他にも何かつくれる。蕎麦だとか。それがどんどんできるでしょう。

食糧事情にゆとりが出てくるわけだよ。米の他にもいろいろつくれるということで。だから、まず、蕎麦屋というものができる、都会では。余った人手の所産だよ、これは。金さえ持って行けば蕎麦が食べられるから大変便利になった。はじめは太く打った黒い蕎麦を箸《はし》でちぎるようにして口へ入れ、丹念に嚙《か》みしめるものだった。それがしだいに調理のしかたも工夫されてくる。

たとえば「蒸切蕎麦《むしきり》」などというものができるようになった。これは、湯でさらした蕎麦を水で洗って、それを蒸籠《せいろ》に入れて熱く蒸すんだよ。これを柚子《ゆず》の香りのする汁につけて食べるんだ。

元禄のこのころは、江戸では蕎麦屋と茶漬屋が大流行だった。米の生産も余剰分ができるようになったからね。ちょっとした盛り場へ行けば三色茶漬、五色茶漬などというのが食べられる。お茶漬といっても今日のそれとは違うよ。三色というのは三種類のおかずで飯を食わせるということなんだ。

西瓜《すいか》なんかも、信長、秀吉のころは南蛮渡来で、ポルトガルのものを船底に冷たくして運んできて、日本へ上陸すれば一個いくらか知らないが、とても一般の人は買えない値段だった。千利休なんかが、親指の頭ほどに切って茶会の座で使っているわけだ。

それが人手が余って畑も広くなってくると、蕎麦ばかりじゃない、西瓜なんかもできるから、夏になると西瓜、西瓜と売りに来て、都会なら金さえもっていればどんどん買える。

戦後、われわれが何もないところから、だんだん電気洗濯機だ、電気掃除機だ、テレビ、ステレオだ……こうなってきた。おんなじだよ。それで人間がますます贅沢《ぜいたく》になってくる。元禄時代から見れば現代は大変な贅沢だけれども、戦国時代から見ると元禄時代はもっと贅沢だった。夢みたいな、とんでもない贅沢だったわけだよ。

それほど戦争というものはエネルギーを食っちゃうんだよ。戦国時代から家光のころまでは宿屋へ行ったって丹前なんか出さない。江戸時代中期になっても出さないな。幕末に近くなってからだ。こういうものを出すようになったのは。

宿屋へ着くと袴《はかま》ぐらいは脱ぐけれども、ちりを払って部屋に通って、それで金を払って米を買うんだよ、客が。自分で宿屋の台所へ行って鍋釜《なべかま》を借りて自炊するんだ。弁当も自分でつくる。

それが綱吉の時代になれば、人手が余ってきて、金儲《かねもう》けができるから、宿屋へ行っても金さえ出せば全部用が足りるようになる。湯に入っている間に飯ができていて、これを食えばいい。昔の旅と比べたら天地の差だ。生活革命だよ、これは。こういうように世の中がなってくると、いろんな商売が出てくる。ということは武士の使う金がみんな町人の懐《ふところ》に入ってしまうということだろう。元禄時代になって本当に町人が経済的な実力をつけたんだよ。

そのかわり、綱吉が死んだとき、江戸城の御金蔵はからっぽですよ。祖先の遺した莫大《ばくだい》な金を全部使いつくして、そのうえ町人に借金まで残した。それで、みんなも知っている御三家の一人、徳川光圀《みつくに》、例の水戸黄門がずいぶん綱吉に意見をしたけれども、結局、光圀は怒って隠居しちゃうわけだ。

なんでも覚えるととめどがなくなる綱吉。
その「女狂い」のすさまじさときたら……

贅沢と慢心が昂《こう》じてくると、今度は女に狂い出す。綱吉というのは、はじめは女にあまり興味がなくて学問ばかり。むしろ男色のほうだった。これでは跡取りの子も生まれないし困るというので、牧野成貞、これは綱吉が館林の殿様だったころからの家来で、綱吉が将軍になると抜擢《ばってき》されて側用人《そばようにん》になったが、この人がいろいろ考えた挙句、なんとかいうきれいな女を腰元にして将軍に近づけた。そうしたら綱吉、覚えちゃった……女の味を。

この将軍はなんでも一つ覚えるととめどがなくなるんだよ。綱吉というのはそういう性格なんだ。それで、お気に入りの牧野成貞の屋敷へたびたび遊びに行くわけだ。将軍が家来のうちへ遊びに行くなんて破天荒のことなんだ。こんなことを始めたのは綱吉が最初だな。牧野のうちじゃ大変だよ。

そのたびに邸内を改築したり、能舞台をこしらえたりして一晩もてなす。そうしたら、綱吉、こともあろうに牧野の女房に目をつけた。きれいな女性《ひと》だったんでしょう。ある晩、突然、江戸城に呼びつけ、それっきり自分の妾《めかけ》にしちゃった。自分の最も信頼する、最も忠義な家来の細君をですよ。何年かたって牧野のところへ平然と奥さんを返した。普通の神経じゃないね。

それればかりじゃない。今度は牧野の娘・安子に目をつけた。これは一晩か二晩で返された。だけど、このときには安子は結婚したばかりだった。黒田直相《なおすけ》の次男が養子に来て牧野成住となっていたわけだよ。

自分の女房のときも、自分の娘のときも、牧野成貞は目をつぶってこらえた。一言の文句もいわずに。気が弱いんだな。けれども成住のほうは黙っていなかった。将軍を斬《き》るわけには行かないから切腹してしまった。狂人のような将軍に対する、これが唯一《ゆいいつ》の反抗だったのだね。安子も翌年死んだ。病死ということになっているが、わからないね。

牧野成貞は実に哀れだよ。まるで生ける化石のようになった奥さんと、死ぬしかなかった娘と、両方を体験しているわけですよ。それで「汝《なんじ》はまことに忠臣である」というような賞を与えたりしているんだ、綱吉は。破廉恥《はれんち》のきわみだな。

女色ばかりか、男色のほうも盛んなものだったらしい。綱吉は一生の間に、彼に愛《あい》玩《がん》された男女は合わせて百人をこえるというんだから。そんなことを平気でやっていながら、自分では動物を愛護しているつもり、母親に孝養をつくしているつもりなんだ、綱吉は。

自分は非常に孝行な将軍であるということをつねに自慢していた。仁義礼智信、孝行の道というのがあるでしょう、論語に。それを自分が実行しているつもりでいる。

だから手前《てめえ》だけの学問なんだ。世の中のことが何もわからない人が学問するとこういうことになってしまう。蚊をつぶして島送りになった侍に親がいて、どんなに悲しむか、そんなことは知っちゃいない。

いまでもいますよ、こういうタイプのインテリが。たとえば、勝手に法律をつくって、他人が自分のつくった法律を破ると容赦しない。それで自分がそれを破るのは一向に平気という……まったく身勝手なんだよ。こういう将軍のために一番苦しんだのは江戸の市民だね。それと直属の家来たち。大名の領地はそれぞれ独立した国だから、将軍といえどもそこまで行ってどうこうすることはできない。

学問をしながらも空虚なんだ。つねに。自分が実践しようと思っても機会がないでしょう。夜中に抜け出して町の酒屋で一杯飲みながら他人《ひと》の話を聞くなんてことはできないよね、将軍になったら。だから自分のできないことを家来に強いる。女房を自分の妾に差し出すことが忠義である、汝は忠義者である、そういうふうに自分で勝手に納得する、頭の中で。インテリだからね、綱吉は。インテリというのは自分で理屈をつけて自分で納得できる。自分を納得させちゃう。これが綱吉のようなタイプのインテリの特徴なんだ。

女でも、たまたま棄てたりしても、自分で自分に都合のいいように納得するんだ。あれを棄てたのはこういう気に食わないことをしたから、これは棄てるのが当然である、自分はちっとも悪いことをしていない、悪いのは女のほうだ……こう納得するわけだ。自己弁護の技術にたけているんだな、つまり。

綱吉は六十五歳まで生きた。

その血筋をたぐって行くと、なんと……

綱吉には徳松という子どもがいたんだが、五つのときに病死してしまった。それっきり世継ぎの子が生まれない。「生類憐みの令」というのは、もとはといえば跡継ぎ欲しさからだった。

それで、とうとう甲府の綱重の子をやむなく六代将軍にするわけだが、この六代・家宣に将軍の座をあけ渡す最期《さいご》のときに、自分が死んでも「生類憐みの令」は撤廃してはいかんと命じたんだよ、遺言として。

ところが家宣は、将軍になるやいなや、一日でもってこの悪令を廃止してしまうんだ。これは先代が最も気にかけておられたものに相違ないが、この禁令に触れて罪を得た者は何十万にも上る、先代の御遺志には背くけれども自分はこの法令を廃止する、そういってね。だから、いかに悪令であったか、どれほど怨嗟《えんさ》の声が巷《ちまた》に満ちていたかわかる。

綱吉が、こんなに恨まれながら六十五まで長生きしたということは、町民の血が入っていたから。母親がえたいの知れない魚屋の娘だったといわれる、その血が入っていたからじゃないかな。そう思うんだよ。

それからね、信長の血も入っているんだ、綱吉には。織田信長の血筋なんだよ、考えてみると。

いいかい。信長の妹のお市の方。これが浅井長政に嫁いで三人の娘が生まれたわけだ。長女は例の淀君。次女が初《はつ》。三女がお江《ごう》で、これが三度目の結婚で徳川二代将軍・秀忠の夫人になるでしょう。そして秀忠夫人が生んだのが三代・家光で、家光とお玉の間に生まれたのが綱吉というわけだからね。だから、信長と同じ血が入っていることになる。面白いだろう、ちょっと。

浅野内匠頭《たくみのかみ》

大名社会の基本倫理は「節倹」。これが綱吉時代に一変して……

これはもう何度も話をしていることだが、武家の社会というのは、戦国時代の末期でも豊臣秀吉の時代でも、何十万石という大名である加藤清正、福島正則、こういう殿様でも朝飯のおかずは塩だの焼き味噌、板に味噌を塗って火で焙《あぶ》ったものだが、せいぜいその程度なんだ。それに恐らく麦飯だろう。

それが何十万石の、大名の中でも大大名の朝飯ですよ。たまに、蓼《たで》の葉に味噌をつけて食ったら贅沢《ぜいたく》だといわれたという話、これも〔戦国篇〕のところで話したと思うけれどね。宴会の場合は別として、普段はそういうように質素な生活をしていたわけだ。万事に。

自分よりも家来を可愛《かわい》がらなければ、家来たちがよくやってくれない。家来たちがちゃんと働いてくれなければ国が治まらない、ということだから、自分のものは節約しても家来たちに与えるようにした。そうでないと侍社会というものは成り立たない、大名社会というものは。いざというときに働いてくれないんだから、日ごろからそうしていないと。

近江《おうみ》の彦根の殿様の井伊直政なんていう人は実にひどいものを着ていて、家来のほうがずっと立派な贅沢な恰好《かっこう》をしていたという話があるくらいです。

酒だってね。戦争中はろくに飲めない。すべてのエネルギーを戦争に注ぎこんでいるから、酒の生産量なんて微々たるものだ。だから毎日がぶ飲みするとか、好きなときに行って酒を飲むとか、そういうことはできない。

一年の間に、酒を飲むのはどういう日ときまっているんだ。正月とか紋日《もんび》とか。戦争に勝ったときの祝い酒とかね。出陣の酒とか。そうがぶがぶと酒なんて飲めないんだよ。生産量が少ないんだから。

だから、武士といっても、指導階級の親玉がそういうような生活をしていたわけでしょう。それが徳川も五代・綱吉の時代になってくると、いろんなものがだんだんとできるようになってくる。将軍自ら贅沢をする、ということになって、突然がらりと変わったんだ、時代が。

こういう贅沢な時代になって第一に考えられるのはなんだと思う？　経済的状態がどうなるか。

物価が高騰《こうとう》する、ということだよ。どんどん、どんどん物価が上がって行くんだ。そういうことを、まず、ちゃんと頭に入れておかないと浅野内匠頭の刃傷《にんじよう》事件というものを正しくとらえることができない。内匠頭は気違いで、当日は天気が曇っていて、そのためになんか激発して刃傷に及んだ……というようなことになっちゃうんだ。そういう解釈しかできなくなってしまうんだ。

元禄時代というのは泰平ムードが横溢《おういつ》して、都市が急速に発展し、消費生活というものが凄《すご》い勢いで伸びて行ったわけだろう。ということは、当然、そこに急成長に伴うさまざまな社会のゆがみが生じてくる。その第一が物価の高騰、インフレーションですよ。

家康の時代には、米の値段を例にとると、米一石が銀十匁《もんめ》だった。それが秀忠の時代になると銀二十匁、家光のときには平均して銀三十匁をこえたという。家綱の時代には四十匁から五十匁とさらに高くなり、綱吉のころになるとますます値上がりが激しくなって六十匁からついに七十匁に達した。元禄十一年ごろには百匁をこえたというデータもある。

こういう当時の社会情勢を頭に入れておかなくては駄目だよ。そうでないと物事のとらえかたがおかしなことになってしまうんだ。現代でもそういうことが多いけれども。

秀吉の重臣・浅野長政に始まる名家。
播州赤穂《ばんしゅうあこう》の浅野家はその分家として……

そこで浅野家のことに入るが、浅野家の本家というのは、ご存じのように、豊臣秀吉の重臣・浅野長政、芸州広島の藩祖となった、それが浅野の本家。浅野長政の長男・幸長《よしなが》の跡を継いだのが次男の長晟《ながあきら》で、これが広島で四十二万石の大身大名になっている。これがいわゆる浅野本家です。赤穂の浅野家というのは、その分家で、長政の三男・長重という人が藩祖なんだよ。長重は、はじめ上州の真壁、常陸《ひたち》の笠間と歴任して、それから息子の長直の代に播州赤穂へ国替えになった。

この浅野長直という人は非常な名君で、赤穂へ来て新城を築くとともに塩田を開拓して、日本一といわれる塩田をつくりあげた。その他に、水道の工事もやっている。赤穂に行くといまでもあるよ。土を焼いてつくった土管だな。それをつないで、山の奥から城下の町まで水道を敷設した。その土管を見ても、これがあんな昔につくられたのかとはちょっと信じられないほど。そのくらい立派なものですよ。赤穂の史料館に残っている。

当時の大名というものが、いかに領民のためを思って政治を行なったか、これ一つを見てもよくわかるね。

浅野長直は、領国の開発を積極的に推し進める一方で、才能のある家来を少しでも多く召し抱えることを心がけた。自分はきわめて質素な生活をしながら、余った金で。浅野家の家臣団の構成は、五万三千石の大名としては非常に層が厚く、充実していたわけだ。

才能のある家臣を増やそうというのは、だから長直以来の播州赤穂家の遺風なんだな。堀部安兵衛のような人物が浅野家の家来になったのも、そういうわけだから。

あれは大変なことですよ。本来は中山安兵衛といって、中山家を再興すべき人間だろう。その安兵衛を、いろいろ問題があったにもかかわらず、ついに浅野の家臣である堀部弥兵衛が自分の養子にした。これは、浅野家の家柄というか家風が安兵衛を感動させたということだろうと思うんだ。だから、自分の家は絶えることになっても堀部の養子になろうという気になったんじゃないかな。堀部弥兵衛自身も浅野家譜代の家来じゃない。やはり浪人であったのを召し抱えられた。そういう気風があの浅野家にはあったんだ。

赤穂義士で浪人から召し抱えられた一代の家来が随分多いんじゃないの。奥田孫太夫もそうだろう、やっぱり。この人は浅野家の江戸屋敷で武具奉行という役を勤めていた。有名な剣客で小石川に道場を開いていたあの堀内源左衛門（一説には源太左衛門）の高弟で、一刀流の達人といわれていた。

塩田からの収入が多かったから、こういう優秀な家来を次々と召し抱えることができたわけだけれども、土地の収穫も多かったろう。そういう余裕があって、実際は八万石から十万石の収入があったともいわれる。

だけど、その余った金をみんな家来と政治に注ぎこんでしまうからね。確かに実収は十万石でも、蓄財のゆとりはないわけだ。まあまあという経済状態であったろうと思うね。

浅野長直という人は実に大した政治家であったと、これは二百何十年も後の大正時代になってからのことだけれど、改めて政府から従三位を贈られているくらいですよ。

参勤交替《さんきんこうたい》をはじめとする諸制度の中で
武士の経済状態は逼迫《ひっぱく》していた……

本当に名君だったんだな、浅野長直。民《たみ》百姓を可愛がって、家来たちを大事にして。民百姓を可愛がらないと米が穫《と》れない、封建時代は。米が穫れなくては国が成り立たない。だから、封建時代の百姓はいじめられて可哀そうだとよくいうけど、実際は、殿様のほうがよっぽど苦しい質素な生活をしていたんだ。徳川三百年に近い治世で、大名が何百というほどいて、その中で数えるほどですよ、殿様が自分勝手な贅沢をして民百姓を苦しめたというのは。

概して、どこの大名も民百姓を大事にしたものなんだ。百姓たちをいじめて絞り上げて悪いことをすると、すぐにこれが幕府の耳に入っちゃう。幕府は絶えず全国的に大名たちのやりかたを調べているからね。政治のやりかたが悪いと、直ちに飛ばされてしまう、他の国へ。

幕府の命令一つで行なわれる大名の国替えというものは、気風も風土もまったく違う他国へ行って、そこで新しい領主となって未知の国と領民を治めて行かなければならないわけだ。大変なんだよ、国替えになったら。万が一にも失敗はゆるされないし。もしも新しい領国の治世にしくじったら、たちどころに幕府の厳しい処罰を受けるんだから。その点からいっても、浅野長直という人の政治家としての手腕のほどが察せられるな。

後年になって、殿様が身勝手で百姓をいじめると、百姓たちだって黙ってはいない。いまの日本国民みたいにおとなしくないんだ。命をかけて、よっぽどひどい領主の場合は、反抗するんだよ。百姓一揆《いっき》といってね。

それが幕府の耳に入ったら大変だ。もちろん一揆を起こした百姓たちも処刑される、主謀者は。同時に、殿様のほうも追っ払われちゃうんだよ。お前の政治が悪いからだということで。

それが幕府のやりかただった。とにかく厳しい。そうでなくても幕府は諸大名の力があまり強くならないように、さまざまな手を打っている。力を蓄えると何をするかわからないだろう。だから、いろんなことで金を出させる。

その一例が「参勤交替」という制度だね。これは、一年ごとに大名を江戸の屋敷に住まわせて忠義の証《あかし》を立てろということだが、本当の目的は金をつかわせて力を蓄えさせないことなんだ。大変なんだよ、江戸と国表を往復する道中の費用というものは。それぞれ大名の格式に応じて行列のしかたがきちんと定められていて、その通りにやらなければならない。

この参勤交替の行列のおかげで、江戸周辺の街道筋の町々は随分得をするわけだ。それだけの行列が、三百近い大名が日本国中から江戸へ向かって往《い》ったり来たりする。道中の町や村は大いにうるおうわけだよ。

領主が国へ帰っている間は、正夫人と跡継ぎの子どもは江戸に残っていなくてはならない。非常にうまく考えてあるシステムですよ。

そういうことで、どんどん市民の懐《ふところ》へ金が入ってくる。大名のほうから。侍たちの経済状態はどんどん苦しくなる一方だ。しかし、そうした逼迫した状態の中でも大名としての体面は保って行かなければならない。

綱吉のような将軍がいて、派手なことをするわけでしょう。万事が華美贅沢になっている時代なんだ。どうしても体面上、大名のほうでは金をつかわなくてはならない。牧野成貞の話にもあるように、たった一晩のもてなしのために、家を建て直したり能舞台を新築したり、ということが普通になってくるわけだ。

そういう時代背景の中で、浅野内匠頭の刃傷事件というものが起きた。

初代が立派であるほど二代目は辛《つら》い。浅野内匠頭の場合がそれだった……

浅野内匠頭というのは、自分の父親である長友が早く死んで、名君といわれたお祖《じ》父《い》さんの長直の跡を継いだわけだ。そのときわずか九歳ですよ。父の長友は藩主の座についてからたった三年で病死してしまった。だから、まだ九歳の子どもが浅野家五万三千石の藩主になった。

こういう浅野内匠頭が、まず、一番に考えることはどういうことか。お祖父さんの長直が大変な名君であっただけに、なんとしてもその名をはずかしめてはならない。長直が遺《のこ》してくれた浅野家の財産というものを、何がなんでも守り抜いて行かなければならない、ということですよ。

頼りになる優秀な家来をたくさん残しておいてくれて、その家来たちがよく訓練されているから、九歳の藩主でもどうにかやって行けたわけだが、内匠頭の身になってみれば一瞬も気をゆるめることができない。

無事に藩主を勤めおえて、これを次の代に譲り渡しても、それは当たり前ということになる。もしも失敗したら偉大な先祖・長直公の名を傷つけたことになってしまう。万一、失敗して幕府に咎《とが》められ、他の国へ追いやられることにでもなったら大変なわけだ。

優秀な初代のあと、二代目は辛いというよね。内匠頭がちょうどそれだった。本来は三代目なんだけれども父親が早く死んじゃったから事実上は二代目の重責を負わされた。

近ごろの二代目は、親父の金で遊んでいたり、親父に反抗してぐれたりということがあるけれども、そんなぐれるなんてことは許されないんだよ、大名の場合。

あくまでも偉い祖父さんの遺産を守って行くという使命を背負わされているわけだから、内匠頭としては、それこそ足袋なんか侍女が継ぎようがなくなるぐらい、ぼろぼろになっても捨てずに使ったというんだ。もちろん儀式やなんかでは新しいものをつけていたろうけれども。

内匠頭の日常生活というのは、それほどにつつましやかだった。後世の人びとは、こういうことを評して「浅野内匠頭はけちな人物である」などというけれども、それはちょっと違うんだよ。三百年前のこの時代にあっては、倹約質素というのが美徳なのだから。

いうまでもなく当時の日本の経済は、米の収穫が根本でしょう。米がどれだけ穫れるかでただちに財政が左右される。ところが、日本という国では台風や水害が絶えないわけだよ。十の種をまいたからといって、毎年必ず十の収穫があるとはいえない。それだけ日本という風土は「不合理」なんだ。

だから、一国の領主にせよ、一家の主《あるじ》にせよ、つねに倹約に励んで不時の危急に備えなければならない。そうすることが唯一《ゆいいつ》の用心なんだから。浅野内匠頭にしてみれば、戦国時代からの大名や武将には当然の態度を守り抜いたに過ぎないわけだ。

まあ、しかし、戦国武将に比べると気が小さいというか、神経質というか、そういう面もあったんでしょう、確かに。

内匠頭の性格を示す一つの例として、奥さんだけでお妾《めかけ》さんを持たなかったということも手がかりになるかも知れない。完全な一夫一婦だよ。

というと、すぐさま浅野内匠頭は不能者《インポ》だったんだろう、そんなことに結びつける奴もいる。子どももなかったしね。だけど、それはどうかわからない。

内匠頭は新藩主となってじきに婚約した。妻に選ばれたのは、備後《びんご》の国、三次《みよし》の浅野長治の娘で阿久利《あぐり》姫というんだが、この浅野家とはもともと親類なんだ。そのとき内匠頭長矩《ながのり》が十二歳、阿久利姫が六歳。その当時、こういう子ども同士で婚約を取りきめるのは珍しくない。

結婚したのは内匠頭が十七歳になったときだ。この夫婦は本当に愛情豊かな二人だったようですね。それは内匠頭が死んだあとの奥さんのあれでよくわかるんだ。そういうものだよ。

二人の愛情がいかにこまやかなものであったかを証明する手紙が岡山で発見されたよね、十年ぐらい前に。それを見ると大変なものらしい。内匠頭は、躰《からだ》が人一倍すぐれてエネルギッシュで精力的に偉大な、そういう人じゃなかった。躰も、どちらかといえばほっそりと小柄だったんじゃないか。寝込んだことはないけれども。

内匠頭を人呼んで「火消しの殿様」。

それというのも泰平の火事は戦陣と同じ、と……

内匠頭は、後に消防に対して非常に熱心になって「火消しの殿」などといわれている。火事というのは、戦争がない当時、何より恐ろしいんだ。営々として築き上げてきたものが一夜にして灰になっちゃう。

将軍お膝元《ひざもと》の江戸では、この火事が名物。冬から春先にかけて、ご存じのように、強い風が吹くだろう。なにしろそのころの江戸というのは、世界の大都市に比べても一、二を争うほど人口が密集していたのだから、火事も起きやすいし、火事になったら必ず大変なことになる。

だから、江戸における消防は非常に重要なもので、幕府は御手先組の旗本を選んで十組の消防隊を編成していた。これを「定火消《じょうびけし》」というんだ。民間消防隊の「町火消」は、この元禄時代にはまだ組織されていない。もっと後の享保《きょうほう》年間になってからのことだ。

もう一つ「大名火消」というものがあった。これは、諸大名に命じて、江戸城の内外、増上寺、上野、そういうところ数カ所を分担させていた。

さらに「奉書火消《ほうしょびけし》」というのがある。これは、いわば臨時消防隊だな。出火したとき、その状況に応じて幕府が臨時に諸大名へ命令するわけだよ。どこの大名でも、だから、それ相応に消防の用意は整えていた。

一度、浅野家に奉書火消の当番がまわってきたんだ。そのときに内匠頭、よっぽど感じることがあったと見えて、

「このような生ぬるい用意では、いざというときにどうにもならぬ」

と、自ら盛んに消防の研究をはじめた。日常、万事につつましく、物を大切にすることは人並み以上で、紙や筆、御殿で使用するろうそく一本まで無駄のないよう気を配ったという人でしょう。内匠頭。天下泰平の世の火は戦陣と同じことである、という結論に達したわけだ。治にいて乱を忘れずで、消防の心がけというのは武士の道のすべてに通ずることにもなる……そういうわけだよ。

それで思い切った予算を計上して、消防の道具類は一新するし、定火消を勤める旗本を招いて指導を受けるし、非常に立派な消防隊をつくりあげてね。訓練なんか年中やるんだ。

「費用《ついえ》は、いかほどになろうともかまわぬ」

というんだから、この倹約家の殿様がどんなに火事を恐れたかわかる。江戸でさんざんに訓練を積み、知識を吸収して、国へ帰ると今度はそっちでもやる。江戸と違ってめったに火事は起きないわけだよ、赤穂では。気候は温暖だし、強風が吹きつのるわけでもない。台風なんかほとんど来ない土地柄でしょう。それでも火事に備えて道具をそろえ、消火訓練を重ねるんだ。

夜の十時ごろ、突如、城内に新設された火の見やぐらから半鐘が響き渡る。「それっ」というので藩士たちが飛び起きて、火事装束で集まるんだ。浅野内匠頭はすでに自ら火事装束に身を固めて床几《しょうぎ》に腰をかけ、

「北からの強風であるぞ」

采配《さいはい》をふるって次々に指令を下す。

「それ、風が東へまわったぞよ」

殿様の声をうけたまわって、使者が馬を駆って城外へ走り出す。そりゃもう大変なんだ、本格的で。

(これはどうも、実に、おみごとな……)

まったくのところ、内蔵助《くらのすけ》もおどろいた。

はじめて演習に参加した国もとの藩士たちも、はじめのうちは殿さまの指令に追いまくられ、

「これは、たまらぬ……」

「いやどうも、おどろき入った」

こぼしながら走りまわっていたようだが、そのうちに熱が入って来て、

「飛火をふせぐため、作事小屋を引きこわしてござります」

とか、

「御蔵屋敷へかかりました火は消しとめました!!」

とか、夢中になって報告する。

そのたびに内匠頭は適切な指令を下した。約二刻《ふたとき》（四時間）後に、演習は終った。

「いかがじゃ？」

内匠頭に問われ、内蔵助は、

「おそれいりましてござる」

というよりほかに、返すことばもなかった。

演習が終ると、家臣たちは表御殿の大広間へ参集をした。

そこへ、家紋をつけた胸当に火事羽織、火事頭巾に身をかためた浅野内匠頭が大薙刀《なぎなた》を小脇《こわき》へかいこみ、手燭《てしよく》のあかりにかこまれてあらわれた。

「こたびは、はじめてのことゆえ、先《ま》ず先ずじゃ」

と、殿さまは御座の間の床几へ腰をおろし、

「火消しの演習を、ただ火消しのためとのみおもうな!!」

りんりんとした声で、いいわたしたものである。

「火消しの演習の中には、武士たるもののすべてがふくまれておるとおもいくれるよう。明年、躬《み》が江戸表へおもむくまでに、今夜のごとき演習を何度もおこなうつもりゆえ、事にあたって一所懸命にはげみくれい」

（『おれの足音＝大石内蔵助』より）

こういうふうだからね。江戸では火事のたびに浅野家へ奉書火消の命が下ったそうだ。内匠頭自ら率先して馬に乗って飛び出して行くんだよ、火事場に。躍りこんで行くんだ、火の中へ。殿様がこれだから、家来たちも勇敢に働かざるを得ない。だから、それからというものは火事が起きても、今晩は浅野家が当番だ、浅野の消防隊が出動したと聞くと、もう火は消えたといったくらいのものだ。

第一回目の勅使御馳走役は無事終了。このとき浅野内匠頭長矩、十七歳。

内匠頭は結婚した十七歳の年に、勅使の御馳走役を仰《おお》せつかっている。第一回目。徳川幕府は、毎年のはじめに、京都の朝廷へ新年のあいさつをするために、将軍の名代《みょうだい》として高家《こうけ》を京へさしむけるわけだ。この高家というのは、江戸幕府における儀式、典礼のすべてをつかさどる役目でね。これには足利幕府以来の名家が就任することになっている。

朝廷では、これに対して、天皇の名代として武家伝奏《てんそう》の公家《くげ》が江戸に下り、将軍家へ答礼のあいさつをする。勅使、本院使、新院使の三名がそろって来るわけだ。それで、江戸へ着くと竜ノ口の伝奏屋敷、つまり迎賓館だな、ここへ入って宿泊するんだよ。

御馳走役というのは、勅使一行を接待する役目だ。大役ですよ、これは。十七歳の若い藩主である浅野内匠頭がこの役を命ぜられたのは、一応、名誉なことといってよい。一人前として扱ってくれたわけだから。実をいえば接待の費用はすべて御馳走役が自腹を切るんだから、あまりありがたくない。浅野家は表高五万三千石でも塩田の収入はあるし、実収十万石とも見られていたから、幕府としてはその財政力を計算してのことでしょう。浅野家では三回もこの大役を課されているんだ。藩祖・浅野長直のとき。内匠頭十七歳のこのとき。そして例の刃傷事件が起こったとき。

いやとはいえないんだ。幕府の命令は絶対的なんだから。ありがたきしあわせと命令に従って精一杯に勤め、幕府に対して忠義ぶりを示さなければならない。

後年になると違ってくるけれども、この第一回目の当時は、その年に将軍名代として京へのぼった高家が、そのまま御馳走役の大名たちを指導することになっていた。この年の高家は大沢右京太夫基恒という人で、高家衆の中でごく人柄のおだやかな人物だったから、若い内匠頭の面倒をよく見てくれて、内匠頭は何事もなく大役を果たしたわけです。

伝奏屋敷は、いまの東京駅の向こう側、丸ビルのあたりにあった。それで何日間か儀式があって、きょうはあいさつの日、きょうは将軍の答礼の日、お能をやる日、四日か五日そういう行事が続くわけだ。

その間、御馳走役に選ばれた二人ないし三人の大名が高家の指導のもとに接待をする。交代で。その接待費は大変なものだ。全部畳を替えたり、障子唐紙を替えたり。唐紙といっても普通の唐紙じゃない。一流の画描きを呼んでやらせるのだから。もちろんご馳走の用意も全部する。あれこれ。何から何まで一切自弁でやるんだからね。

それを十七歳の浅野内匠頭が無事にやってのけた。このときはなんでもなかったんだよ。


元禄十四年三月十四日。浅野内匠頭、江戸城中に高家・吉良《きら》義央《よしなか》を斬《き》る！


それから十八年後、浅野内匠頭三十五歳のとき、第二回目の御馳走役を命じられた。どこの大名でも自分一代のうちに一度勤めればいいほうといわれるこの役を、内匠頭は二度までもやらされているわけだ。

そのころは、将軍綱吉の独裁政治が乱脈驕慢《きようまん》の頂点に達して、「生類憐《あわれ》みの令」が江戸市民を苦しめている一方、世の中が贅沢《ぜいたく》になって大変なんだ、もう。

硬骨漢はいなくなるし、みんな将軍のいうがまま。そういうときに内匠頭が心中でどう思っていたか。小さいときに家を継いで、祖父さんの遺風を守って、ひたすら質素に暮らして行くのが侍のなすべきわざである、指導者としての心構えであると、そう信じている内匠頭なんだから。

だんだん、だんだん、将軍の政治に対する怒りというものが腹の中につもりつもってきた、とおれは思うんだ。そういう内匠頭であれば当然じゃないかと思う。

江戸へ出て来るたびに、目のあたりに見るわけだろう、綱吉治下の江戸がどうなって行くか。ばかばかしいだろう、余りのひどさに。犬を蹴飛《けと》ばしたからといって島流し。蚊をつぶしたからといって島流し。こんなばかげたことはない。世の中、どんどん物価は上がって行くばかりだし。

そういうことだから、五代将軍綱吉のことを内匠頭、内心では、

(気違いじゃないか……)

と思ったに違いない。

質素を旨《むね》として暮らしている内匠頭の目から見れば、綱吉のやっていることは、まさしく狂人のしわざなんだ。

そういうときに御馳走役を仰《おお》せつかって、そこでそのときの指導役である吉良上野《こうずけ》介《のすけ》に刃傷したんだけれども、原因というのは不明なんだ。内匠頭がいわないから。

吉良を斬りつけたのは、これは武士の遺恨と思って斬りつけたものである、自分が

悪かった、殿中の松の廊下であああいうことをしたのは悪かった、これは武士の喧嘩《けんか》であるから一切申し開きはしない、いかような罪に仰せつけられても潔く自分はこれに従う……

これしかいわないんだ、内匠頭は。それに対して、吉良のほうは、自分は何も怨《うら》まれる覚えはない、内匠頭は突然乱心して斬りつけたのである、原因は自分にはわからないというんだ。

「このごろの遺恨、おぼえたるか!!」

と、そういうなり小刀を抜いて斬りつけたのだから、確かに内匠頭には喧嘩の理由があったんだろう。けれどもそれが何であるか、資料的にはっきりしたことは何一つ残っていない。推測はできてもね。

最後の、刃傷の当日に、何かちょっと叱《しか》りつけられたからという学者もいるし、諸説ふんぷんあるけれども、中には内匠頭はもともと精神状態が普通でなかった、ちょうどその日は天気が悪くて頭が重く、そのため突発的に気違いのように斬りつけたなんていう説さえある。

だけどね、考えてごらんよ。そんな気違いみたいな殿様が、これは自分の武士としての喧嘩であるから申し開きはしない、いかようにも処分してください、そんなことというかね。

しかも、斬りつけた直後、取り抑えられてからの内匠頭の態度というものは、実に礼儀正しく謙虚にして裁きを待っていたんだから。

推測はいろいろとできますよ。俗説には、吉良に賄賂《わいろ》を贈らなかったから。わずかな賄賂を惜しんだばかりに吉良に意地悪な目にあわされて、結局あんなばかなことになった、賄賂が常識の世の中なのに反抗してけちるからだ、内匠頭はばかだ……そういう人もある。

だけど、賄賂常識の世の中になったのはもうちょっと後なんだよ、本当は。この時代はまだそこまで行っていない。綱吉が滅茶苦茶に贅沢をするようになって、下々《しもじも》がこれに習いはじめてからね、そんなに年月がたっていない。戦国時代の武士のように、節倹を旨として暮らすべきであるという、そういう信念を持った人間もまだ少なからずいたわけだ。

それをね、江戸中心に考えるから、この時代を賄賂横行の時代だと錯覚してしまうんだよ。江戸というのは日本の一部であってね、パリだけを見てフランスがわかったことにはならないのと同じさ。殿様の中には国もとへ帰れば必死になって質素に生活している人もいたわけですよ。江戸じゃしかたがない。将軍自らそういうことをやっているんだから。将軍に付き合わなければ怒られるからしようがない。いろんな儀式が華美になってくる。着るものでもなんでも。何にしなくてはいけないとか、なんの日には大紋をつけろ、なんの日には長袴《ながばかま》にしろとか、うるさくなってきた。江戸にいる間は従わないわけにはいかない。しかし、国へ帰れば殿様みんな質素だったわけだ。江戸だけを見て判断すると、こういうところを間違いやすい。

刃傷の原因については諸説ふんぷん。
だが真因は永久に不明である……

いまは東京の風潮が、あっという間に日本全国にひろがる。交通がこうなってきたし、テレビもあるし。

そこが昭和元禄と元禄時代の違いなんだよ。いまは東京で贅沢三昧《ざんまい》の風潮が起きれば、すぐさま全国に波及する。あの当時は、そういうことはない。侍の生きかたというものについては。

賄賂が常識化したというのは田沼意次《おきつぐ》時代前後になってからでしょう。元禄よりずっと後のこと。それを正しく知っておかないと、浅野内匠頭の刃傷事件の原因がわからない。

江戸だけなんだ、贅沢で華美になったのは。江戸とか京都とか大坂、そういう大都会だけなんだよ。

それで、第二回目の御馳走役を命じられたときにだね、内匠頭は自分が十八年前に勤めたときの記録を取り出して見たわけだ。そのときのメモは全部残っているわけだから。残っていないはずはない。あの当時、伝奏屋敷の畳の縁《へり》はどういうもので、襖《ふすま》はどういう襖で、それがいくらかかったということが全部記録に残っている。それを取り出して見た。参考のために。そして、あまりにも違うのに驚いたんだろうと思う。内匠頭が。年々、贅沢になって行くものだから、畳にしても黒縁の畳でよかったものが金襴《きんらん》の縁をつける、そういうふうに変わってくる、万事。

ご馳走にしても、昔は侍がお客をするときのようなお膳《ぜん》だったのが、食いもしないものを、めったやたらに品数をふやして出す。何から何までそんな具合で、まず、そういうことが面白くないと思ったんじゃないの。けちじゃなくて。

それを全部、吉良上野介が指図《さしず》するわけだよ。それが前のときに比べると、あまりに違い過ぎるわけだよ。だけど、しようがないから我慢して勤めていたわけだ。

吉良に対する個人的な怒りもあったでしょう。しかし、それ以前に、こんなばかげたことをしなければならない時代背景、将軍の政治とかに対するいいようのない鬱憤《うっぷん》が内匠頭の内部にあったんじゃないか、とおれは思う。

吉良にしてみればね。毎年同じことをしていたんじゃ役目が勤まらないんだ。それでは指導すべき高家としての立場がなくなる。毎年何かしら変えないと、指導なんて不要ということになるだろう。

だから毎年どこかを変えなくてはならないわけだよ、やりかたを。畳の縁一つにしても、毎年、吉良が考えて行くんだ。そうしないと自分の立場がなくなってしまう。勅使の迎えかたにしても、去年は江戸城の大玄関にかかったときに外へ出て迎える。それを今年は式台のところで迎える。翌年には廊下のところでというようにね、必ず毎年変える。だからこそ毎年、いちいち吉良の指導を受けなくてはならないということになる。

吉良に対してお礼をしなかった、賄賂を届けなかったから内匠頭はばかだというけれど、これは今日の常識で考えてもわかると思うんだが、人にものを教わってお礼をする場合ね、たとえば長唄、清元でも踊りを教わるだろう、そのときお師匠さんのところへ頼みに行くのにお礼を持って行くかい？　持って行かないよ。終ってから持って行くでしょう。なんだってそうですよ。

恐らく、浅野内匠頭だって、全部済んだらきちんとお礼に行くつもりでいたに違いない。現代人だってそうするじゃないか。それに、吉良上野介も、教える前にお礼を持ってこなかったからどうするというような、そんな人じゃありませんよ。

そりゃいろいろ間に立って仕事をしている人だから、賄賂も取るでしょう。高家筆頭といえば外交官、将軍家と朝廷の間を取り持つ外交官で、将軍にもちょっと婚姻関係があるし、上杉家に自分の倅《せがれ》を城主として押しこむぐらいの政治力を持っている人間だから、当時、吉良の勢力というものは大変なものだ。

だけど、教える前に賄賂を要求するようなことは考えられない。だから刃傷の原因が賄賂うんぬんというのは大変な間違いだよ。

結局、吉良がこまかいことまでどんどん贅沢にして行くでしょう。畳なんて一年に一回、わずか四、五日しか使わないのに、それをまた新しくしろというのはどういうことだ。そういうことを口には出さないけれども面白くない、内匠頭は。

それが吉良の神経にピーンとくる。だから、なんだ、こいつ……そう思うわけだよ。そういうことがだんだん積み重なってきて、ああいうことになったんだと思う。

そのときに何か一言、武士としてどうしても聞き流せないことを吉良がいったんじゃないかな。それでカッとなって斬りつけた。

直接的には吉良のやりかたに対して鬱憤を感じていたわけだけれど、本質的には、背後の政治に対するそれだと思う。世の中、こんなことでいいのか、指導階級がこんなことでいいんだろうか、世の中を治める将軍がこんなことをしていてよいのか……そういう鬱憤だな。

老中はね、年々華美になり過ぎているから困る、今年は何事も質素にするように、そう命じているんですよ。だからといって内匠頭が老中の命令に従ったとも考えられない。

つまるところ真因はわからないんだ。武士階級が二分化して、官僚化した武士は贅沢に走り、武士たるものの本質を守り抜こうとする者は依然として質素だった。その境い目にあの事件は起きた。

だから、単なる個人と個人の喧嘩ともいえない。松の廊下の刃傷事件には、大きな時代背景があることを考えなくてはね。

「喧嘩両成敗」の掟《おきて》を自ら破った将軍。
それに対して多門《おかど》伝八郎が怒った……

松の廊下で吉良は傷を受け、内匠頭は梶川与《よ》惣兵衛《そうべえ》に抱きとめられ、双方別々の部屋に謹慎した。で、ただちに事件の報告が将軍のところへ行ったわけだ。将軍は、ちょうど勅使を迎えるために風呂へ入っていた。天皇の名代をお迎えするからと身を清めていたわけですよ。そういうところは綱吉らしいよね。学問狂いの上に、儀式や体面を重んずることが大きな生き甲斐《がい》でしょう、この将軍は。

そこへ報告が来たから、綱吉、激怒した。どうもこうもない。即時に切腹を申し付けろというわけだ。芝の田村町の田村右京太夫に預けて即日切腹。そういう命令を風呂場の中で下しちゃった。

天候の具合はどうで頭がおかしくなっていたというのは、内匠頭より将軍のほうじゃないかと思うぐらいだよ。

それで吉良はというと、吉良のほうはなんともない。抵抗しないでおとなしくしていたことは神妙である、邸《やしき》に帰って休めとねぎらいのことばまでかけた。御典医も遣わしたというんだから。

武士の喧嘩というのは、条文にはなっていないけれども「両成敗」ときまったものなんだよ。それでないと、どちらがよくてどちらが悪くても恨みが残るだろう、家族たちに。だから潔《いさぎよ》く両方とも死んでもらう。それによって後に恨みが残らぬようにするというのが武士の掟なんだ。

それを、そこで、天下に範を垂れるべき将軍自ら破ってしまった。

いまでいえば検事に当たる目付役、これが事件の詳細をいろいろと取り調べるわけだが、主任目付役が多門伝八郎という七百石の旗本だった。

多門というのは硬骨漢でね。これはおかしい、というわけだ。そりゃそうでしょう。喧嘩両成敗という厳然たる武士の掟があるんだから。第一、自分がまだ正式に調べていないんだよ、事情聴取だけで。これから調べるんだ。どういうことであったのか、役目上、自分がこれから調べなくてはならない。すべてはそれからのことだ。

であるのに、即断で一方は切腹、一方はお構いなしで自宅へ帰って養生せよ。これはどう考えても将軍家のなされることではないといって、多門伝八郎が若年寄を通じて老中に進言した。

「内匠頭は、何事にも正直に申したて、神妙の様子にござりまする。それに内匠頭は、なんと申しても五万三千石の城主であり、その本家は、天下にきこえたる大身の家柄でござります」

だから、ともあれ即日切腹のことだけは中止すべきであるというわけだ。たとえ吉良上野介が抵抗せずにおとなしかったとしても、浅野が一身を投げうっての刃傷であり、それだけの理由《わけ》があってのことに違いない。それを調べもしないうちに浅野は悪い、吉良はよいと決められるものではない、というのが多門伝八郎の主張だ。正論ですよ、これは。

だから老中も多門を抑えるわけには行かない。それで、側用人の柳沢吉保《よしやす》のところへ行き、多門がこういっていると取りついだ。

柳沢吉保というのも前の側用人・牧野成貞と同じく館林時代からの綱吉の家来、非常に可愛がられていた。将軍を懐柔する術《すべ》を身につけていることでは柳沢吉保のほうが段違いに上で、大変な権力をふるっていた。

この柳沢がいうには、将軍《うえさま》が申されたことであるから変えることはできない、ただちに内匠頭切腹の手続きをとれ、という。もちろん綱吉に改めて相談したわけじゃない。自分の一存。

そうすると老中はのこのこ帰って来て、駄目だというんだ。実にだらしがない。そこで多門伝八郎が怒った。将軍家じきじきの御沙汰なればともかく、柳沢が側用人の一存でそんな命令を出すとは言語道断である、と。

こういうことをしたら将軍の政道が曲げられることになる。町人でも百姓でも、だれも納得しない。侍のみならず一般の国民全部が納得しない。こういうことで徳川将軍の天下が成り行くかどうか、そこのところをもう一度将軍家に確認してもらいたいと食ってかかった。

そうしたら若年寄、老中、また多門の気魄《きはく》におされて行ったんだ。だらしがないったらありゃしない、おろおろと行ったり来たりするだけなんだからね。

現代人は「怒り」を忘れている。
だから内匠頭がばかに見える……

それで今度は、綱吉の耳に入れたんだ、柳沢が。すると綱吉が、これ以上いうことに反対するなら多門伝八郎を罷免《ひめん》しろ。これは大変な処罰ですよ、罷免しろということは。

こうなっては、もうしかたがない。決定的な命令なんだから。それで多門はどうしてそのときに「辞めさせていただく」といわなかったのか、それをとやかくいう人もあるんだな。多門はなんとかいっても、いざ自分の身が危くなってきたら承知したじゃないかと、そういう見かたをする人もいるわけだ。

だけどね、我が身になってみなければわからないじゃないか。あとからなにかいうのは勝手なんだ。だれがやったって、あの場合、同じことじゃないか、やるだけのことはやったんだ、多門伝八郎。

そして、自分が辞めたら、だれか新しい人間が目付をやらなければならない、それよりも自分がやったほうがいい……そう考えたわけですよ、多門としては。他の、へいへい、なちょこのへイへイいってる奴が目付になるよりも、自分が勤めたほうがまだしもいい、と。

その証拠には、田村右京太夫に預けられていたときに内匠頭の遺言を取り次いだのは多門だしさ。内匠頭の侍臣である片岡源五右衛門に密《ひそ》かに対面させたのも多門だ。

この多門伝八郎の親友が日下部《くさかべ》三十郎で、これは綱吉の近くに仕える小姓組に列し、千三百石の幕臣だ。幕府は内匠頭切腹の翌日、早くも赤穂の城を受け取る役として脇坂淡路守と木下肥後守の二大名を任命し、さらに目付として旗本二名を随行させることに決めた。その一人が、日下部三十郎。

ところが、これも大した硬骨漢で、きっぱり断っちゃった。将軍家の命令を断ったわけだからね、これは。もちろん、そうと承知で日下部三十郎は役目を拒否したんだ。綱吉は烈火のごとく怒った、当然ながら。しかし、日ごろから日下部が気に入っているんだ。だから内匠頭と同様に切腹させよとはいいきれなかった。将軍の命令を拒んだ家来をそのままにしておいたら、それこそ天下のしめしがつかないわけだ。

しかし日下部を殺せない。こういうところに、気まぐれ身勝手な綱吉の性格がよく出ているね。結局、どうにもできなくて、では代りの者をたてよということになって、日下部三十郎はなんのお咎《とが》めもなし。

これほどの男と多門伝八郎は親友なんだからね。そういうことを考え併せると、やはり多門伝八郎というのは大した人物ですよ。そう思うな、おれは。

内匠頭のことにもどるが、確かに内匠頭という人は失敗を犯した。浅野の家を潰《つぶ》してしまったわけだから。

もう一日の辛抱をすれば事件も起こらなかったかも知れないし、家来たちを路頭に迷わせることもなかったろう。

だけども、そこで癇癪《かんしゃく》が爆発しちゃったんだな。それを内匠頭はばかだというのは、現代人が怒りを忘れちゃっているからだ。

殿様が怒って相手を斬りつけるというようなときは、その相手も切腹になれば、家来たちもみんなあきらめるんだよ。侍としては、どんなことがあるかわからないと思って、その覚悟で仕えているんだから。

あれだけ祖父さんの遺風を守って営々と努力をしてきた内匠頭の身になって考えれば、それは残念だったろうと思う。だけど、男の意地というものがある。それが爆発しちゃったんだからしかたがない。現代の人間は意地を忘れ、怒ることを忘れているから、ばかだと思うんだよ、内匠頭のことを。

内匠頭の辞世の句、知ってるだろう。あれ一つ見ても、内匠頭という人が察せられるじゃないか……

風さそふ花よりも猶《なほ》我はまた
春の名残をいかにとやせん

大石内蔵助《くらのすけ》

吉良《きら》の無礼を笑い飛ばした津軽の殿様。

内匠頭《たくみのかみ》にもそれだけの度量があれば……

こういう話がある。ついでに話しておこうか。吉良上野介《こうずけのすけ》の奥さんというのはね、米沢十五万石の藩主・上杉定勝のむすめをもらったんだ。それで吉良と上杉家は婚姻関係がある。

吉良上野介は、なにかというと、この女房（富子）の実家である上杉家へ口出しをするんだ。というのは、上杉十五万石を救ったのは自分だという意識が強いから。

実は、先代藩主の上杉綱勝、これは富子の兄に当たるが、これが急死してしかも跡継ぎの子がなかったので、あぶなく上杉家は幕府から取りつぶしになりかけた。

このとき吉良上野介は、高家《こうけ》筆頭としての羽ぶりをきかせ、持ち前の政治力で将軍をはじめ各方面に運動工作をしてね。自分と富子との間に生まれた三郎というのを上杉家の養子にし、これによって家名断絶をまぬがれさせたわけだ。

このときまで上杉家は三十万石の領主だったが、幕府は吉良の願いを聞きとどけた代りに、半分けずって十五万石にしちゃった。だけど、たとえ半分とはいえ家名が存続することになったのだから、上杉家としては吉良に大変な恩をこうむったことになる。

　ところが、これには別の説もあって、吉良上野介は、わが子を上杉家の跡継ぎにするために、先代藩主・綱勝を毒殺したというんだ。本当のところはわからないよ。上杉綱勝が吉良の屋敷に招かれてご馳走になった夜、帰邸する駕籠《かご》の中で苦しみ出し、血を吐いて、七日後に急死してしまった……これは事実なんだ。だから、そういう説も出たんでしょう。

　また、こういう話もある。陸奥《むつ》（青森県）弘前《ひろさき》四万七千石の城主・津軽信政が、神田の藩邸へ吉良上野介を招いてご馳走をしたことがあった。信政の従弟《いとこ》の津軽政兕《まさたけ》という四千石の幕臣が、吉良上野介の次女を妻に迎えている。だから、津軽家と吉良家は、いわば縁類なんだ。

　その宴席でね、上野介が料理には箸《はし》をつけたが、ごはんが出ると、さも不快そうに押し黙って一箸もつけようとしない。招待役の津軽の家来がどうなされましたかと聞くと、

「料理は結構なれど、飯はまずく口に入り申さぬわ」

こういったそうだ。聞こえよがしに。他のお客も大勢来ているわけだよ、招かれて。その満座の中で大声でいったものだから、すっかり座が白けてしまった。これを別室で耳にした津軽家の御膳番、山口半蔵という侍が激怒した。当たり前だな。それで、飛び出して行って殺そうとしたんだよ、吉良上野介を。人のところへ招《よ》ばれてきてなんということをいうか。たとえまずくても、うまいといって食べるのが礼儀じゃないか。それを一体なんだ。あんな士畜生《さむらいちくしょう》はおれが首をはねて、自分もその場で腹を切る!! と、こういうわけだ。周囲《まわり》がようやく押しとどめて大事には至らなかったけれどね。このとき、津軽の殿様は平然として笑っていた。腹は立ったでしょう。むろん。こんな傲慢《ごうまん》無礼な話はないわけだよ。しかし、相手にしなかった、笑って。浅野内匠頭に、これだけの度量があったら、あの刃傷《にんじょう》事件は起きなかったかも知れない。だけど、なかなかそこまで行くものじゃあない。

ともあれ現代人から見れば、やはり、あそこで内匠頭が刃傷に及んだというのはまずかったということになるでしょう。いかに男の怒りを忘れちゃいけないということがあったにしても。

だけど、戦国時代には、こんなことはざらにあった。自分の意志が通らないときに死を覚悟でやるんだね。それが武士というものだった。内匠頭の刃傷は、そういうことをするのはバカな人間だということになりかけている時代に起きた。官僚の時代だから、綱吉のころは、もう。

官僚の社会というのは、自分の生命をかけて何かをするということじゃない。いかに自分の生命を長引かせるかということのために何かをする。それが官僚の本性なんだ。

そういう性質が悪いといってるんじゃないよ。現に日本の官僚というのは世界でも最も優秀なんだね。官僚が優秀だから、一部バカ政治家どもがなんとかなっているのだという説もあるほどだ。

吉良邸を呉服橋門内から新開地・本所へ移転させた、その将軍の真意は……

だれが見たって刃傷事件に対する将軍・綱吉の裁決は片手落ちだった。吉良はお構いなし、浅野内匠頭は切腹で浅野家五万三千石は取りつぶし。こんなばかな話はない。

それで、喧嘩《けんか》両成敗でないものだから、世間の評判は挙げて浅野家に傾いちゃったんだよ、当時。多門《おかど》伝八郎が予測した通りになってしまった。侍のほうは、表立っていうわけに行かないから陰でこそこそ。町人たちはもう大っぴらに将軍家のやりかたを非難した。落首《らくしゅ》とか狂歌を書いて、ビラをつくって江戸の市中にまきちらすありさまだ。しんらつなんだから、当時の町人は。現代とは違うんだから。

ところがやっぱり綱吉の時代でも、江戸の市民の声というのはばかにできない。江戸では将軍といえども町人の反響に気を遣い、神経質になる。

(しまったことをした……)

と、思ったんじゃないかと思う、バカじゃないから、綱吉。自分が早まって、一時の怒りにまかせて裁断を下《くだ》した。それがためにまずかったんじゃないか。日がたつごとに、そう思うようになったんだろう。

前にもいったように、自分が斎戒沐浴《もくよく》して勅使を迎えようとしているのに、よりによってそういう大事なときに何事であるか、ということでしょう、綱吉としてみれば。それに加えて、自分が父親のように思っていた堀田正俊が殺された、あの自分が若いころの記憶がパッとよみがえった。二つの思いがはたらいて、綱吉に衝動的な片手落ちの裁決をさせたと思うんだ、おれは。

自分だけの、頭の中だけの学問だからね、綱吉の学問というのは。だから、学問通りにモラルが通用しないと怒る。その場、その場で、気まぐれでモラルを持ち出すんだ。そういうことなんだ。

しかし、こりゃ間違えた、しまったと思ったわけですよ、将軍も。そこでどうしたかというと、吉良の屋敷を呉服橋御門内から本所・松坂町に移した。

呉服橋御門内といえば、将軍の住む江戸城の曲輪《くるわ》内でしょう。大名や武家の邸宅地としては超一級の場所なんだ、よほどの大名でなければ、こんなところに屋敷は持てない。それを吉良は持っていたわけです。大名でもないのに。高家筆頭といっても、これは家柄のよさと役職を示すもので、身分としては旗本なんだ。三千石程かな、その程度の屋敷が呉服橋にあるというのは大変なことなんだ。

江戸城の邸内でしょう、これは。だから赤穂浪士がそこへ討ち入ってきたら大変なことになる。全部やっつけてしまえばいいけど、万が一にも吉良がやられたら体面まるつぶれだ、幕府として。

それで吉良上野介を本所へ追いやってしまった。つい先ごろまでは下総国《しもうさのくに》で、新開地ですよ、当時の本所・松坂町なんて。江戸市中というより、まだ江戸郊外だな。両国橋を渡ればもうまるで田舎だったんだ。

すでに、そのころ、江戸では、

（赤穂浪士が吉良屋敷へ討ち入り、亡《な》き主君の恨みを晴らすのは、いつのことか……）

そのことに市民の関心が集まっていたわけだ。将軍自身も幕府も、このことは十二分に承知している。だから、恐れたわけだよ、赤穂浪士の討ち入りによって将軍家の権威に傷がつくことを。

いくら喧嘩両成敗の不文律を破り、自分でもしまったと思っていたにせよ、それを表向きにあらわすことはできない。徳川将軍の裁決が間違っていたとは絶対に認めるわけに行かないんだ。そんなことをしたら今後の政治にさしつかえることになる。

そこで苦肉の策だな、いわば。吉良の屋敷を江戸城の曲輪内から、遠い本所に移したというのは。これは、考えようによっては、赤穂浪士たちが討ち入りをしやすいように仕向けたともいえる。

しかし、逆の見かたをすれば、浅野家の再興を許すつもりはないということを幕府と将軍が明らかにしたともとれる。そうだろう。大石内蔵助の嘆願を聞き容《い》れて浅野家を面目が立つように再興させるつもりなら、なにも吉良邸を本所へ移す必要はないわけだから。


二十そこそこで国家老になった内蔵助。

二十九歳のとき、妻・理玖《りく》を迎える。

大石内蔵助は、幼名を竹太郎といった。後に「昼行灯《ひるあんどん》」などといわれた内蔵助の性格は子どものころからのものらしいね。

おっとりしているといえば聞こえはいいけれども、見ようによっては愚鈍ということにもなりかねない。読書もするし、習字もする。剣術の稽古《けいこ》も本人としては熱心になっているつもりなんだが、ちっとも進歩がない。すぐに、うつらうつらと舟を漕《こ》ぎはじめるというんだ。何かしているうちに。

親としては随分心配したろうと思う。ことに母親が。内蔵助、そのころはまだ竹太郎だが、父親は大石良昭《よしあき》といって病弱な人だったらしいな。三十四歳で亡くなっている。それで竹太郎はお祖父《じい》さんの大石良欽《よしたか》の手もとで育てられたわけだ。

大石家というのは、浅野藩では大した家柄なんだ。兄の大石良欽が赤穂《あこう》で国家老を勤めていて、いわば首相でしょう。弟の大石頼母《たのも》良重《よししげ》のほうは江戸家老、つまりは外務大臣だ。名君といわれた浅野長直が、死ぬ前に、

「わが家に、良欽、頼母の大石兄弟あるゆえ、躬《み》も安んじて冥土《めいど》へまいれる」

と、いいのこしているぐらいですよ。大石頼母の奥さんは浅野長直のむすめ、鶴姫で、大石家は主君と縁続きになっているわけだよ。そういう家柄に大石内蔵助は生まれた。

やがてお祖父さんが死んで、竹太郎はまだ二十そこその若さで国家老になる。このときに名前も大石内蔵助良雄となるわけだ。正確にいえば大石家の家督を継いだのが十九歳のときで、本家老になったのは二十一になってからだったかな。

まだ、そのころは殿様自身が若いわけだろう、内匠頭が。そこへ持ってきて、文字通り藩の大黒柱ともいうべき江戸家老の大石頼母が急死してしまった。だから若い家老の内蔵助は若い殿様をまもりながら藩と領国の治政をととのえて行くために、それこそ閑《ひま》な日などなかったに違いない。そんなこともあって、内蔵助はずっと独身でいたんだ。むろん女遊びはしてましたよ。酒と女は、生得《しょうとく》、好きだったらしいな。

大石内蔵助がようやく結婚したのは満二十八歳、昔ふうに数えれば二十九のときだ。死んだ大叔父の大石頼母が生前に持ち込まれていた縁談で、相手は、但馬《たじま》（兵庫県）で、豊岡三万五千石の城主・京極甲斐守《かいのかみ》の家老で石束《いしつか》源五兵衛という人のむすめ、理玖。

内蔵助という人は背が高くない。五尺二寸ほどというから、今でいえば一六〇センチ足らずか。ところが、奥方になる理玖のほうは内蔵助より五寸（約一五センチ）も高い大女だった。そういうことは知っていても、内蔵助自身は、一度も理玖を見たことがない。そのころのことだから。

だけど、大石家でも石束家でも、それぞれに内蔵助の人柄、理玖の人柄をよく調査して、その上で縁談を進めたわけだろうね。

男と女が夫婦になるというのは、ただ当人同士だけの問題ではすまないんだよ。これは現代でもそうでしょう。夫の家と妻の実家は親類同士になるんだから。双方がうまくとけあわなくては、当人たちの夫婦生活にも暗い影響が及ぶわけですよ。だから、そうしたことはこまかに配慮した上で縁談というものは進められなければならない。こうなると若い当人たちよりも両親や親類にまかせておくほうが間違いない場合が多い。それを「古くさい！」とか「封建的だ！」とかきめつけるのはどうかと思うんだ、おれは。

内蔵助の奥さんは、なかなか大した女性だったらしいね。嫁入りした直後に、家老の一人、藤井又左衛門が訪ねてきた。内蔵助との相談が終って帰ろうとすると、内蔵助が不意に、まあ酒でも……といいだしたんだ。こういうことは異例なんだよ、武家のならわしとして。だから何の用意もしてない。普通なら大あわてにあわてるところだが、新妻の理玖は少しもたじろがなかった。

あっという間もなく酒と吸い物の椀《わん》が出た。それと内蔵助の好物である柚子《ゆず》味噌。侍女がそっと内蔵助へ手渡した紙切れを見ると、

（この吸い物には中身がございませぬ）

と、理玖の筆で書いてあった。

内蔵助は、にんまりとして柚子味噌と酒を勧めはしたが、一向に吸い物の椀を勧めようとしない。主人の側から、どうぞ箸をおつけくだされと勧められない限り、客は椀のふたを取るわけに行かないんだよ。それが当時の作法だから。

藤井又左衛門も酒好きだったと見えて、ちょっと不思議に思ったかも知れないけど、柚子味噌で一献やっているうちに吸い物のことなど忘れてしまった。そこへ改めて理玖みずから新しい吸い物の椀をはこんであらわれたというわけだ。とりあえず空の吸い物椀で時間を稼いで、その間に、大急ぎで膳部のしたくをととのえたわけですよ。

こういうのを「気ばたらき」というんだ。それは、つまり、夫の大切な客をもてなす誠意に通じることでしょう。こうした「気ばたらき」は、単に料理のことだけでなく、家をまもる女としての生活のすべてに通じる、そう思うんだ、おれは。

人呼んで「昼行灯」。しかし人間の真価は

土壇場になるまでわからないものだ……

「昼行灯」というあだなは、つまり「あってもなくてもいいようなもの」という意味だろう。それと、内蔵助が城中に出仕しても、御用部屋で例のごとくうつらうつらと居眠りをしている様子をいいあらわしているわけだ。

しかし、こまかいことは、それぞれの役目についている藩士にまかせておく、国家老としての自分はその藩士の働きぶりさえ掌握していればよい、というのが内蔵助の流儀なんだ。これでいいわけですよ、上に立つものとしては。

そして内蔵助自身は何を考えていたかというと二十年、三十年先のことだ、いつも。たとえば、領内の山々への植林だね。

赤穂の名産は塩だろう。塩をつくるには膨大な量の薪《たきぎ》がいるわけだ。塩田から得た濃厚な塩水を釜《かま》で煮て、加熱結晶させてつくるんだから。

同じ家老の一人で先輩格である大野九郎兵衛が、もっと塩田を拡張しようと主張したことがあった。すると、めずらしく、

「それは、いましばらくなりますまい」

と、内蔵助が一言で制止した。どうしてだかわかるかい。

大野の主張は、だれが聞いてももっともなことなんだ。世の中が贅沢《ぜいたく》になり、物価は年々あがるばかりでしょう。藩の財政を考えれば塩田を拡張して収入をふやす以外にない。大野家老は、頑として塩田拡張を認めなかった内蔵助を「まだ若い、若い。いまのうちに塩田をひろげておかないと、とんだことになろうよ」と、陰で嘲《ちょう》笑《しょう》したそうだよ。

内蔵助が何故《なぜ》、塩田拡張に反対したかというとね、薪の不当な高騰《こうとう》を恐れたからですよ。塩田をひろげれば、それだけ多くの薪が必要になる。塩をつくるための薪をどんどん切れば、山々は裸になってしまうばかりでなく、領民たちが毎日の生活に使う薪が不足して、当然、薪の値が高騰する。ここまで考えているわけだよ、内蔵助とい

う人は。真の政治家というものは、かくありたいものだね。どうだい。一事が万事、内蔵助のすることはこんなふうで、すぐさま現実の役には立たないことばかりだったという。

だけど、ときには周囲《まわり》の人びとが「あっ」と驚くような迅速な処置もしてのける。備中《びっちゅう》（岡山県）松山五万石の水谷《みずのや》家が、跡継ぎの子がないために、幕府の掟《おきて》によって断絶ということになった。こうなると、水谷家の家臣たちは、城を幕府へ明けわたし、松山を離れてそれぞれ浪々の身となって散って行くことになる。その後の松山城へは、どこかの大名が国替えになって入るわけだ。

新しい領主が松山へ入るまでの間、浅野内匠頭は城を接収して預かる役目を幕府から申しつけられた。費用はかかるし、万が一にもスムーズに役目を果たさなかったら、今度は自分が罰せられるし、非常に気の重い役目ですよ。そこで、ちょうど国もとへ帰っていた浅野内匠頭は、緊張して重臣たちと会議を開き、ともかくも、

「われらが赤穂を発する前に、たれぞ、こころきいたるものをひそかに松山城へ送り、様子をさぐらせたい」

と、内匠頭がいうと、大石内蔵助、にっこり笑って、

「すでに……」

そう答えたというんだ。前夜のうちに人を選んで松山へ発たせてあるという。ちょ

うど年末のあわただしいときでもあり、だれ一人、そういうことまで思い至らなかった。これには、内匠頭も一瞬絶句したそうだよ。何事によらず、ゆったりしすぎるぐらいゆったりしている内蔵助だから、日ごろは。内蔵助にはそういうところもあった。ふだんは昼行灯みたいで、女遊びが好きで、それも金の力にまかせてやるのじゃない、庶民的な遊びなんだよ。吉良の首を狙《ねら》いながら江戸にいる間でも結構遊んでいるんだよ。風流人なんだな、一口にいえば。それでいて奥さんとも実に仲がいい。

こういう大石内蔵助が最初にちょっと名を挙げたのは、この備中・松山の城を受け取りに行ったときだ。

城の受け取りというのはむずかしいんだよ。相手がおだやかに明けわたしてくれるかどうか、わからない。杓子定規《しゃくしじょうぎ》に家を取りつぶしてしまう幕府への憤懣《ふんまん》があるだろう、相手側には。やけになって、城内へたてこもって刃向かう場合もないとはいえない。そうかといって力ずくで攻め取ったのでは、城受け取りの役目をスムーズに果たしたことにならない。

このむずかしい役目を浅野内匠頭が無事に果たしえたのは、大石のはたらきなんだ。別段、目にふれるようなあざやかなはたらきぶりというのじゃない。であるのに、目に見えないところで内蔵助の力がじわじわと動き、万事にはたらきかけて、結果としては理想的なかたちで城の受け取りが完了してしまう。

このときは、相手の水谷藩の家老も偉かった。だからすべてうまく行った。これも同じ内蔵助という名前で、鶴見内蔵助。戦国のころに生きた武士の典型ともいうべき人物で、元禄の当時の時流とは合わない剛直の士だった。この鶴見内蔵助が大石内蔵助の人柄にすっかり感服して、城内の不穏な動きを完全に封じてくれた。それでうまく行った。このあたりの話は『おれの足音＝大石内蔵助』の中に詳しく書いておいた。それで、このとき大石内蔵助は一時評判になったわけだけれども、あとはまた、ぼやーっとしてしまった。だから、それほどの大人物であるとは思わない、周囲の人は。人間の真価というのはわからないんだよ、なかなか。土壇場になると思いがけないその人の性格が出てくる。土壇場にならないと、わからない。いざというときになってはじめてわかるものだ、人間の真価というのは。

内蔵助の唯一の目的は浅野家の再興。

それもあくまで五万三千石にふさわしく……

運命というものは、不思議なものだね。備中・松山城のときは、城を受け取る立場だった大石内蔵助が、今度は、赤穂の城を明けわたすことになる……

内匠頭が松の廊下で刃傷事件を起こしたのが元禄十四年三月十四日。四月十九日には早くも脇坂淡路守、木下肥後守の受城使一行が赤穂へ到着して、城の引きわたしが行なわれている。このとき、目付役として先行したのが荒木十左衛門と榊原采女《さかきばらうねめ》だ。大石内蔵助は、赤穂城の検分に来た二人の目付役に、再三にわたってお家再興に尽力願いたいと頭を下げているんだ。

「なにとぞ、故内匠頭が実弟・浅野大学をもってふたたび御公儀へ御奉公がかないまするよう、お口ぞえを……」

と。それも単なる再興じゃない。

「そして、浅野大学が面目も立ち、人前をも相つとめ、こころよく御奉公つかまつるよう、なし下されるならば、われら一同、ことごとく安堵《あんど》つかまつりまする。はばかりをもかえりみず、申しあげまする」

こういうわけだよ。だれが見ても、五万三千石だったのだから、五万三千石にふさわしいと認めるようなお家再興をしてくれ、というんだ。

内匠頭には子どもがないから、実の弟である浅野大学に継がせてもらいたい、それも二千石や三千石の旗本じゃこまる、五万三千石そのままとはいわないまでも、なるほど、これなら立派な浅野家再興だと思われるようにしてもらいたい……これが内蔵助の主張なんだ。

幕府がこの願いを聞き容《い》れず、このまま家中の武士《さむらい》どもが離散することになったら、われわれ浅野藩の家臣としてはまことに心外であるとも内蔵助はいっている。これは明らかに片手落ちの裁決をした将軍と幕府への抗議ですね。荒木、榊原の両目付を通じて、自分たちの抗議を幕府へ、さらには将軍自身の耳へとどかせようとしたわけですよ。

このとき、ことば遣いこそ鄭重《ていちょう》だったけれども、内蔵助の気魄《きはく》はすさまじいものだった。内蔵助の気魄におされて荒木も榊原も思わずうなずいてしまった。

荒木十左衛門は、江戸へ帰って来てから、例の日下部三十郎にこういっている。

「かの仁《じん》を、内蔵助などと軽がるしく呼びすてにしてはなるまい。かならず内蔵助殿と、うやまって呼ばなくては、武士の冥加《みようが》にはずれよう」

それほどに、城明けわたしの際の大石内蔵助の態度は立派なものだったんでしょう。このようにして、自分と浅野家の人びとの心を将軍家へ伝えることを二人の目付役に確約させたから、赤穂城の家来たちも納得したわけだ、大石にすべてをまかせて。

赤穂城の明けわたしが済むと、旧浅野家の家来たちはそれぞれ各地へ散って行き、内蔵助自身は京都郊外の山科《やましな》に落ち着く。とにかく内蔵助としては、はやる同志をおさえて幕府の、つまりは将軍・綱吉の裁断を仰いだわけだ。

浅野家再興という目的のためには、内蔵助は護持院の隆光にさえ頭を下げて頼んでいるんだよ。桂昌院と綱吉に取り入って、あのバカ法令「生類憐《あわれ》みの令」を出させた怪坊主。将軍のお気に入りで江戸城と大奥に絶大な権力を持っているが、江戸中の市民から目の敵《かたき》にされている隆光さえも、内蔵助は利用するにやぶさかでなかった。

大石内蔵助の声は間違いなく、荒木十左衛門から老中へ伝えられ、最終的に綱吉にまで伝えられています。老中・秋元但馬守《たじまのかみ》と小笠原佐渡守が、そろって綱吉の前へ出て、荒木、榊原両名の報告と内蔵助の嘆願を、一語もたがわず将軍へ伝えた。綱吉はいちいち、うなずきながら黙って報告を聞き、その顔にはありありと後悔の色がにじみ出ていたというね。これは日下部三十郎が将軍のそばに控えていて、すべて見ているんだ、小姓組だから。

だけど、五万三千石にふさわしい再興でなければ再興と認められない、お情けの二千石や三千石では承知できないとクギをさされているわけだろう、内蔵助に。だから、そこがむずかしい。

大石内蔵助の要求をそのまま認めたら、将軍と幕府の面目は丸つぶれだ。浅野内匠頭への裁断が間違っていたと天下に公表することになってしまう。将軍としては絶対にそんなことはできない。

とうとう、翌年の夏、浅野大学は謹慎を解かれて広島の本家へお預けということになったわけだね。そして、播州《ばんしゅう》・赤穂の城へは、下野《しもつけ》の烏山城主であった永井直敬《なおひろ》が三万三千石の新しい領主として行くことに決まった。これで幕府の浅野家に対する最後の処分が終ったことになり、同時に、お家再興の望みは完全に断ち切られたわけだ。

大石内蔵助としては、こういう結果が出ることをあらかじめ洞察していたかどうか……それはわからないけれども、ともかくもそこまでやらなければ浅野家の家老としての本分が立たないから、だから尽せる限りの手は尽したということですよ。浅野家の存続ということこそ、家老の一番願わなければならないことだから。たとえ駄目でもそれをやらなければ、後世、家老としての職分を尽さなかったということになるからやった。

以前と同様に浅野家の再興がかなうならば、ともあれ「喧嘩両成敗」という掟を、おそまきながらも幕府と将軍がまもったことになるわけだろう。そうなれば、旧浅野の家来たちも浅野大学を新しい藩主としてもう一度出発することができるし、だれも生命を捨てることもなく、すべてが円満におさまる。それが一番いいことだから、国家老としての内蔵助はひたすらその一事のために努力をしたわけですよ。

元禄十五年十二月十四日、赤穂浪士討ち入り。

その真の目的は吉良の首級ではなくて……

しかし、幕府の最終的な裁決は、浅野大学の本家へのお預けだった。これだけ順序を踏んで再興のことを願い続けたのに、幕府はこれを採り上げなかった。こうなれば、赤穂浪士たちは吉良上野介を討ち、天下の大法を自分たちの手で明らかにする以外にない……ということになるでしょう、だれが見ても。ここではじめて赤穂浪士の吉良邸討ち入りが「正義」の行動として万人に認められるわけだよ。

それを、浪人たちが単独で事を急ぎ、幕府の最終的な裁断がくだる前に討ち入ったりしたら、たとえ吉良上野介の首を取っても駄目なんだ。それでは浅野の遺臣を代表しての行為にならず、単なる個人的な復讐《ふくしゅう》ということになってしまう。内蔵助が最も恐れたのはこのことなんだよ。

堀部安兵衛なんか急進派の最たるもので、内蔵助がいくら待っていても腰を上げないものだから、じりじりしていた。とにかく理屈も何もない。一時も早く吉良の首を討たなければ武士としての大義を尽すべき機会を失い、ついには天下の物笑いになる。お家再興などにぐずぐずかかわりあうことなく、一日も早く吉良を討つことだけを考えればよい。こういう考えかただ、急進派は。最後のころには大部分がこうした考えに傾いていた。待ち切れなくなって。そこへ、ようやく浅野大学の処分が決まり、内蔵助から上方《かみがた》の同志へ招集がかかったわけだ。ちょうど堀部安兵衛もそのとき京都に来ていたんだ。

内蔵助は、京都円山《まるやま》の「重阿弥」に同志を集めて、こういった。

「さてさて、これまでの辛抱、よくぞなし下された。方々《かたがた》のはやるこころをこれまで押えてまいったのは、ひとえにわれらが浅野の臣下としての道をつくさんがためでござった。さだめし、方々は内蔵助を腰ぬけ武士とおもうておられたであろうが……いまは、大学さまの安否もさだまり、おもいのこすこともなくなり申した。かねての存念のごとく、江戸へおもむき、吉良上野介の首級《みしるし》を討ちとることになったが、方々は、おもいおもいに江戸へ下られたい。身どもは、上方での始末をなし、十月には江戸へまいりましょう」

といい、

「なお、これよりのちも、内蔵助の指図のままにうごかれたい。かまえて、ぬけがけの功名をなさるまじ。このことを只今ここに、あらためて誓約されたい」

と、念を入れた。

堀部安兵衛はじめ一同は、うなだれたまま、声がなかった。

（『おれの足音＝大石内蔵助』より）

いよいよ、こういうことで討ち入りを決意して江戸へ来た。ところが幕府も全部承知しているんだよ。浅野大学を本家へ預けると決定したときから、覚悟をして、これは討ち入りになるとわかっていたんだ。わかっていて、討ち入りになったら吉良の首を取れるか取れないかわからないけれども、今度は間違いなく喧嘩《けんか》両成敗ということであれしようということなんだよ。

だから、内蔵助が江戸へ入って来て、吉良家のまわりを赤穂の浪士がちょこちょこ集まって探っていても、幕府はなんにもいわない。実は全部わかっていた。だれがどこにいるか、何をしているか。わかっていたけれども黙っていた。

吉良を討つなら討たせて、そのときに裁断しようと考えていたわけだよ。前の修正をするために。内蔵助は、幕府がこういう考えかたであることを意識しているから、そんなに心配していなかった。討ち入りのことは。

それをやることによって幕府が誤りなく裁断をくだせば、いくらか政道がもとにもどるということになるでしょう。幕府と将軍が間違っていたことを認めたことになるんだ。そこが内蔵助の次の狙《ねら》いなんだよ。

討ち入りを果たしたあとで、自分と赤穂浪士に対して、将軍がどういう裁断をくだすか、というところを見とどけるためにやるわけなんだよ。それに対して世間がどういうふうに今の政治を見てくれるか、そこに期待しているわけだ。泣き寝入りはしないんだ。それでついに討ち入りを決行したわけだが、だからむしろどっちかというと楽に見ていたんだよ。

京都円山での会議の後に、内蔵助は各地にひそんでいた同志たちへ、いったん誓紙を返している。最後まで内蔵助に従い、内蔵助と行動をともにすると誓った証書を。去るものは自由に去れ、という主義なんだね。このときまた何十名だか脱落して、いよいよ最後のふるいにかけられて残った同志は五十数名だった。それが最終的には四十七士になるわけだよ。

本所・林町の堀部安兵衛宅。同徳右衛門町の杉野十平次宅。相生町の前原伊助宅の三カ所に集合した赤穂浪士四十七名が、松坂町と相生町二丁目の境の道へあらわれ、一つに合流したのは、正確にいうと十五日の午前一時半ごろであった。

月は、依然として頭上にある。

火事装束に身を固めた浪士たちは、先頭に立つ大石内蔵助の歩調に合せ、ゆっくりとすすんだ。

前原伊助と神崎与五郎が一町ほど先を行く。これは、物見のためである。

道を一度まがり、もう一度まがると、吉良上野介屋敷の表門が正面にのぞまれた。

どこもここも、白一色であった。

(この雪で、さいわいした)

と、内蔵助はおもった。

人ひとり通っていないことはもちろんであるが、この大雪で、町々の火事や盗難への警戒がひっそりと絶えてしまっている。

表門の前に立って、同志たちを見まわした内蔵助が采配《さいはい》を振った。

大石主税《ちから》が大きくうなずき、堀部安兵衛ら裏門から打ちこむ西組の同志二十三名と共に、内蔵助の前から駈け去って行った。

東組の矢田五郎左衛門ら五名の同志が塀へ梯子《はしご》を掛けて、身軽に邸内へ消えた。

彼らは、門番たちを押しこめ、内側から表門の扉をひらいた。

内蔵助を先頭にして、東組の同志たちが門内へ入り、ふたたび、門扉を閉じた。

「では……？」

と、原惣右衛門が内蔵助に声をかけた。

「よし」

うなずいた内蔵助が、颯《さつ》と采配を振った。

（『おれの足音＝大石内蔵助』より）

赤穂浪士の討ち入りとは、あくまでも政道の過ちを正す政治的主張であった……

人によると、こういうことをいっている。吉良家の付人はそんなに数が多くなかった、それを夜中に四十何人かで押しこんで、なぶり殺しにしたというんだ。だけどね、吉良の付人は随分いたんだ……ろう、と思うんだよな、おれは。

考えてごらんよ。米沢十五万石の藩主・上杉綱憲《つなのり》は、吉良上野介の実子でしょう。幕府の手前があるから、そうおおっぴらに父の上野介を警護したりすることはできないけれども、その代りに精一杯の付人をつけたに違いないんだ。

しかし、それだけの付人を抱えているということは吉良家は公表しませんよ。だってそうだろう。そんなことをしたら幕府に対して吉良の立場が悪くなってしまうもの。同情をしてもらえないものね。わずかにこれだけしかいないところへ大勢押しこんで来て殺されましたといわなければ、吉良の立場が悪い。伜《せがれ》の左兵衛《さひょうえ》という跡継ぎがいるんだから、浅野と同じに断絶になったらこまる。同情を買わなければならない、世間の。

だから、付人の正確な人数なんて書き出してとどけませんよ。そういうところが甘いんだよ、見かたが。事実は、かなりの付人がいたと思うね。浪士たちの手傷の模様から推して。少なくとも赤穂浪士たちと同等、あるいは、それ以上いたかも知れない。死んだ人間の数だけを見て、吉良の手勢はこれだけしかいなかったというのは間違いだ。

結局、このときは幕府が間違いのない裁決をくだして、赤穂浪士は四大名にお預け、他日切腹。吉良家は断絶、左兵衛は信濃・高島の諏訪安芸守《すわあきのかみ》へ「生涯御預け」となって、そこで死んだんだよ。

ようやくここで喧嘩両成敗の定法が誤りなく適用されたわけだ。そういうことは世間に、全部わかる。侍はもちろん、町人たちにも。

将軍と幕府は前にやったことは間違っていたと認めたことになった。それがすべての人びとにわかるわけだよ、理屈はいわないでも。こういうことになってはじめて浅野・吉良の事件が納まったんだ。大石内蔵助が最後に狙ったことは見事に成功したということになる。現代の人たちにいわせれば、こんなことはばからしいというかも知れないが、ばからしいかどうか、なんでも理屈で解釈することはできないんだ、人間のことは。

ところが将軍・綱吉は、討ち入りの報告を聞いたら、飛び上がって感激して、天晴《あっぱ》れ忠義なものだと、こうだ。自分勝手なんだよ。それで、なんとかして赤穂浪士たちを助けてやりたい、今度はそういうことをいうんだ。なんとか助ける道はないものかと思って、輪王寺の宮様に、京都の朝廷から来ているわけだから、そこへ相談をもちかけてみたら、

「過《あやま》ちなきように。同情ではなく、あくまでも過ちなきように……」

というので、それで綱吉もあきらめて、赤穂浪士を切腹させることに決心したんだ。綱吉が死んで六代将軍・家宣《いえのぶ》になったら、途端に義士の子どもたちの罪は全部許されて赦免になったよ。

まあ「忠臣蔵」というのは、こういうことだけれども、大石内蔵助という人は実に大したものだね。おれは、歴史上の人物の中で一番好きだな。内蔵助。

内匠頭が刃傷事件を起こして切腹になったときに、そのとき内蔵助は、

(自分が城代家老としてどういうことをしなければならないか……)

ということを順序だてて考えて、それによって急がず、あせらずにやって行ったということだけれども、それがなかなかできないことなんだね。

しかも自分一人でやるならわけないことなんだけれども、自分一人で吉良の首を取ったってしようがないんだよ。さっきもいった通り。城代家老という立場で自分が浅野の遺臣たちを率いてやるというところに「主張」があるわけだから。一人や二人でやったんじゃ単なる私怨《しえん》になってしまう。それでは大義名分、天下のご政道に対する

怒りというものをあらわせなくなっちゃう。

そういうところが大事なんだよ。物事すべて、そういうところがよくよく大事なんだよ。いいかい。

お嫁さんもらったりして、お嫁さんの実家と自分の実家との間でいろいろな事件が起こるということがある。いろんなことが起きてくるものだよ、必ず。そのときに、当主として行動することはなかなかむずかしいことになるんだよ。

そんなことどうでもいいという世の中になっているけれども、だけど、そういうことを自分がやって行かないと男の力がついてこないからね。

ばかみたいなことだと思うけれども、そこまで自分の家の中を治めて行くのはなまやさしいことではない、しかもそれをやってのけなくては男として一人前になれない。

そういう意味からも、内蔵助の神経のつかいかたというものがどういうものか、わかるでしょう。

男というものは宰領しなくてはいけない。

食いもののことも家族のつきあいも……

他の話になるけれど、これは『池波正太郎の映画の本』にも書いたことだが、ぼくの弟が役者だったろう。役者というのはやめられないんだ、やめさせようとしても。乞食をしてもやめられないというんだね。

だけど、人間は食べて行かなきゃならない。そもそも弟は役者には向いていないんだよ、顔が小さくて。役者というのは背丈よりも顔だからね。まあ、いろいろ考え併せると、弟は役者をやめさせるのが一番本人のためにいいと思った。

そういう場合、当人がはっきりと、この道じゃないほうがいいと自覚してやめなければ駄目なんだよ。あとに、いつまでも未練が残っちゃう。そうすると、たとえ転業してもその仕事に身が入らない。そういうものだよ。

そういうところまで全部考えて、一つ一つ段階を踏んで弟に役者をやめさせたんだ、おれは。女はどうしてもこういうところまでわからない。おふくろにしても、弟の女房にしても。だからおれは、おふくろは今はわかっているかも知れないが、弟の女房には恨まれていると思う。

ともかくもそういうふうにして、弟自身がはっきり役者よりもこっちのほうがいいというところまで持って行った。そこまで行くのは本当に大変なんだよ。別に自慢するわけじゃないよ、これは。だけど、そういうことは女にはわからないことで、男がすべきことなんだ、やはり。男としてやらなくてはならないことなんだよ。

ところが今は、それが男たちにできないということになってきちゃったから、世の中がおかしくなってきた。核家族時代でどんどん離ればなれになっちゃうし、それで、だんだんおかしくなってくるんだ。

今の男は気がまわらなすぎるんだよ。内蔵助の神経のつかいかたと比べないまでも、あまりにも現代の男は気がまわらなくなっている。女がまわらないのは昔からそうだけれどもね。第一、男が気をまわすのは恥みたいなことになってきている、今の世の中では。

これは実に食いもののことでも……そうだろう。逆なんだよ。男のくせに台所へ入るなどいやしいなんて、かえっていやしいんだよ。いつもいうことだけれども。

昔はね、あれだけ質素な家康でも、客をもてなすときは、こんなまずい汁を客に食わせられるかといって怒るんだ。客をもてなすときの汁は十種類も二十種類もつくれ、その中の一つを自分が選んで使うというんだ。予行演習するんだよ、前の日に。ちゃんとそれだけつくらせて飲んでみる。食ってみる。それほどに気を遣ったものですよ。

食いもののことなんて男は口にすべきじゃないなんて、裏返しなんだ。そういう奴に限って、むろん例外はあるけれど、男として大したものじゃないことが多いんだよ。

女の味覚なんて頼りにならないよ。全部が全部じゃないよ、もちろん。だけど、毎日まいにちコーヒーいれていて毎日まいにち違うんだ。それが女だよ。

うちの母だって家内だって、毎日まいにち味噌汁つくっていて、それが毎日違うんだよ。あれだけおれがうるさくいっているうちの家内でもそうだよ。茶碗に飯を残して出すだろう、もう少し食べたいと思うとき。このくらい入れてくれといって渡してやる。ところが「このくらい」の量を入れてくれた例しがない。たいてい多くなっている。見本を見せてやっているのに、できないんだから。ぴったり同じだけ入れてくれたことはただの一度もないよ。女っていうのはしようがない、そういうことは。うかうかすると、三倍ぐらいいきちゃうんだ。

だから、男というものは宰領しなくてはいけない。食いもののこと、家族のつきあいのことのみならず、すべてに関して。男がそれをしないと、全体的に家というものがくずれてくるんだよ。そして家というものがくずれると、その男は不幸になっちゃうんだよ。

家庭が駄目になっても、その男だけが立派だなんていうことは絶対にありえないんだ。

徳川吉宗

五代将軍・綱吉の兄が甲府宰相・徳川綱重。その綱重の子・綱豊が六代将軍になる……

八代・吉宗までの橋渡しとして、一応、家宣《いえのぶ》、家継の話をしておこうか。

家宣というのは、綱吉の兄さんである徳川綱重の子なんだね。この綱重という人は、三代将軍・家光の三男で、本来なら当然、五代将軍となるべき存在なんだ。綱吉より上なんだから。順番からいって。

ところが、つまらない迷信があった。正保元（一六四四）年に生まれたものだから、ちょうどそのとき父・家光が四十一歳で、父が四十二のときの二歳児を忌《い》むという迷信にひっかかってしまった。

それがために、江戸城の中で育てるわけにいかない。それで、将軍の姉さんに当たる天樹院の手許《てもと》に引き取られ、ここで養育された。天樹院というのは千姫ですよ、元の。

天樹院のお付きの老女に松坂局《まつざかのつぼね》という人がいて、実際に綱重を育てたのは、この松坂局だった。いわば、育ての親だな。そういうわけで、綱重は、大きくなってからもしばしば松坂局を訪ねて行く。

そこに、おほらという侍女が仕えていた。これに綱重が手をつけ、やがて生まれたのが後の六代将軍・家宣。幼名を虎松といった。

物凄《ものすご》く複雑なお家騒動の中で育っているんだよ、家宣というのは。甲府宰相・徳川綱重のまぎれもない長男なんだが、正室の子ではないわけだ。ちょうど虎松が生まれるころ、綱重には京都の公卿《くげ》から夫人を迎えるという話があった。相手が相手だろう。関白二条光平の娘なんだ。そういうところから奥方をもらおうというのに、すでに長男がいるというのではどうも具合が悪い。

それで、このころよく使う手だが、家老の新見正信が虎松を預かり、わが子であるということにして育てた。名前も表向きは新見左近。

寛文九（一六六九）年に、虎松が八歳の誕生日を迎えた直後、綱重夫人は死んでしまう。これでようやく虎松は陽の当たるところへ出られるようになった。なんといったって長男なんだから。他《ほか》に跡継ぎの子もいないし。

だけど、決してすんなりと事が運んだのではなかった。綱重の長子であると正式に認知をして、これを甲府の藩邸にもどそう、そういうことになったとき、猛然と反対運動が始まるんだよ。

家老・新見正信の同僚に、島田時郷、太田吉成というのがいて、この二人がいうには、虎松君はすでに亡《な》くなられた、新見正信はその事実を隠し、ひそかに他人の子を養って虎松君と称しているのだ……と、こういうんだ。後の「天一坊事件」を地で行ったような話ですよ。

結局、反対派が幕府へ提出した訴えはしりぞけられて、虎松は正式に徳川綱重の跡継ぎとして認められる。こうなるまでに二年かかった。

その後、延宝四（一六七六）年に元服して綱豊と名乗り、二年後に父の綱重が世を去ると甲府二十五万石を継いで藩主となる。だからはじめは厄介者扱いされていたんだ、六代将軍・家宣というのは。それだけに苦労している。

甲府の殿様である徳川綱豊が、綱吉のあと六代将軍になったのは、人柄もあるが運もある。綱吉は一人息子の徳松が死んだあと、ついに跡継ぎが生まれなかったろう、前に話したように。

そうなると血筋からいって、この綱豊が第一ということになるんだけれども、大奥の策謀があって、なかなか決まらない。というのは、綱吉と側室・お伝の方の間に生まれた鶴姫が紀州家に嫁いでいる。紀州藩主・徳川綱教のところへ。この婿《むこ》さんの綱教を何とか六代将軍にしたいわけだ。お伝の方のみならず、綱吉自身もそう思わぬでもなかった。それで、柳沢吉保なんかが随分と手をまわして工作をしたんだ。

最大の障害が、綱豊を推す水戸光圀《みつくに》だった。光圀があくまで筋を通して頑張っている間はどうにもならない。ところが、元禄十三年に光圀が死ぬと、吉保の運動が実を結びそうになって、もう一息というところまで来た。

だけど、肝腎《かんじん》の鶴姫と綱教が死んじゃうんだよ、疫病で。それで、とうとう綱吉もあきらめて、跡継ぎは甲府の綱豊しかないということになった。

綱豊が六代将軍を継ぐべしと決まったのは宝永元（一七〇四）年で、このときすでに四十三歳。この時点で綱吉の養子になって、名も家宣と改めたわけだ。綱吉が死んだのは宝永六年だろう。四十八歳でようやく将軍になり、たった三年で死んでしまうんだよ、家宣は。あまりにも短い治世だった。

六代・家宣のブレーンが新井白石。

あたら大学者が政治の泥にまみれて……

徳川幕府第六代将軍として家宣が最初にしたのは「生類憐《あわれ》みの令」の廃止だったが、家宣の治世は一言でいうと、綱吉の悪政をただすことだったね。

もともと家宣は、徳川綱豊を名乗っているころから一貫して綱吉のやりかたに批判的だった。そういうことで、赤穂浪士をかげながら援助したという噂《うわさ》があったのをもとにして、真山青果が御浜《おはま》御殿を舞台にした「元禄忠臣蔵」の芝居を書いているわけだ。先々代の市川左団次が甲府宰相・徳川綱豊の役をやった。この芝居を土台に、溝口健二が映画を撮っている。戦前の名作ですよ。その映画では市川右太衛門が綱豊役。

家宣の正式な奥さん（天英院）というのは、京都の近衛家の娘で皇族の血を引いている。だけど、躰《からだ》が弱くて子どもができない。将軍の跡継ぎがなくてはというので、家宣が侍女に手をつけて鍋松というのが生まれる。この鍋松、後の七代将軍・家継を生んだ侍女というのが月光院ですよ、後に大奥で大変な勢力を占めた。

月光院という人は、最初は、播州赤穂《ばんしゅうあこう》の浅野内匠頭《たくみのかみ》の屋敷に奉公していた。甲府の綱豊のところへ奉公する前に。それで真山青果の芝居では月光院が出て来るわけだよ。

赤穂浪士の一人である富森《とみのもり》助右衛門と、昔は同じ家中の奥方の侍女であった月光院と、この二人は顔見知りということで、今やその侍女が甲府二十五万石の綱豊公の側室になっている、それで富森がいろいろ思案するところがあって、それを月光院が昔のよしみでかげながら援助することになる……そういう経緯《いきさつ》が真山青果の「元禄忠臣蔵」では描かれている。事実はどうであったか、それはわかりません。

御浜御殿、今の浜離宮だな、そこで能狂言が催されることになり、吉良上野介《きらこうずけのすけ》が「舟弁慶」を舞うんだ。この機会に富森が上野介を討とうとするけれども、綱豊がたしなめる。

非常に綱吉の悪政に批判的な綱豊だから、本心は、富森に仇討《あだう》ちをさせてやりたい。しかし、そこはあくまでも天下の法、天下の時というものがなくてはならない。そういうことで、はやりにはやる富森助右衛門に綱豊が厳しくいうんだ。

「さすがは内蔵助《くらのすけ》。浅野家再興を願い出ながら、昨日は島原、今日は祇園《ぎおん》と、苦しい酒を飲んでいる胸中――そちたち不学者には察し得べくもあるまい」

まあ、芝居では、そういうことになっているわけだ。とにかくこういう芝居ができるくらい綱豊は綱吉に対して批判的だった。どういうタイプの人だったかというと、ひたすら読書につとめてきた学者肌。綱吉のように学問に淫するということはないけど、学問の殿様なんだ。

だから、新井白石という当代の大学者を登用して一所懸命に学問をした。新井白石が家宣の政治顧問として腕をふるったことは知っているだろう。そもそもは学問上の先生なんだ、白石。

元禄六（一六九三）年、甲府時代の綱豊に侍講として仕えたのがはじめで、それ以来、正徳二（一七一二）年家宣が死ぬまで、十九年間にわたって講義をした。

家宣が将軍になるとすぐに、白石は幕政にも参与するようになった。これまでは、将軍の侍講として政治顧問の役をつとめるのは、林道春以来代々、林家の職だったのを、家宣が敢て新井白石を登用した。それで、林信篤《のぶあつ》と白石との間には衝突が絶えなかったというね。よほど心服していたんでしょう、家宣は、白石に。

家宣と、そのブレーンである新井白石という学者が理想としたのは、簡単にいうと徳川幕府の政治というものを京都の朝廷ふうにしよう、朝廷のありかたを手本にしてこれに近付けて行くというのが狙《ねら》いだった。

だけど、何もかもこれからというときに家宣が死んでしまったから。将軍治世期間が足かけ四年でしょう。何もできませんよ、これでは。

新井白石という人物は、政治に関係することなく学問一本で行ったら、凄《すご》いところまで行ったろうと思うんだよ。名著をいっぱい著わしたに違いないな。なまじ政治にかかわったがために、折角の学者としての才能が存分に生かされなかった。学者としては、結局、林羅山でしょう。

驚異的な博学の人で、歴史家としては恐らく明治以前における最大の存在だったのだから、この人が政治になんか足を踏み入れず学究生活に打ち込んでいたらねえ……

七代将軍・家継は、わずか四歳の子ども。
それで側用人《そばようにん》の間部詮房《まなべあきふさ》がつきっきり……

家宣という人は、幕府の政治に対して、はっきりした一つの理想を持っていた。ところが、その理想に手をつけるかつけないうちに死んじゃった。

そうなると、また、跡継ぎの問題が出てくるわけだ。月光院との間に生まれた鍋松という伜《せがれ》がいるけれども、これはまだ小さいうえ非常に躰が弱い。月光院の血じゃなくて、お父さんのほうを受け継いじゃったんだな。

家宣は、学問の殿様らしく、あれこれ考えて、自分が死んでも跡継ぎは必ずしも鍋松とするには及ばない、といい出した。側用人であった間部詮房を通じて、新井白石にそういったわけだ。

天下のことは私すべきものではない。昔から主君が幼少の場合は世の中が無事であったためしがない。神君・家康公が三家(尾張、紀州、水戸)を立ておかれたのは、このような事態に備えるためである。ついては、自分の死後は尾張殿に譲ることにしてはどうか。もし、鍋松がさいわいにして成人した暁には、そのとき改めて尾張殿に考えてもらえばよいであろう……つまり、家宣は、こう考えたんだ。

これに対して新井白石は真っ向から反対した。そんなことをしたら、またまた天下が乱れる、権力争いが起きて応仁の乱の二の舞いである。三家の意味はこういうときに将軍をたすけるところにあり、若君が将軍となるのに何の問題があろうか、というわけだ。

結局、家宣は、白石の意見に従い、とくに三家協力して将軍補佐に当たるよう遺言して死んだ。こうして、わずか四歳の子どもが七代将軍・家継となる。

大層よくできた子どもだったらしいよ、家継は。輪王寺宮が登城して帰ろうとしたとき、家継は途中まで送り出て、深く頭を下げて挨拶《あいさつ》する輪王寺宮に対し、軽く手をついて会釈《えしやく》をした。それはとても幼年とは思えない威厳のある態度で、並いる老中たちが感涙にむせんだ、という話が残っている。

だけど四つ五つの子どもでしょう。政治なんかできやしない。それで実際は側用人の間部詮房が全権をふるうことになった。新井白石は、相変わらず政治顧問。

間部詮房というのは、家宣がまだ甲府の殿様だったころに、お能の役者だった。それを寵愛《ちようあい》して、だんだん出世させて、側用人にした。家宣は能楽が好きだったからね。だから、家継という幼い将軍を補佐して、補佐というより代行だな、まるで自分が将軍であるかのごとくに政治を行なった。

そのときにね、家宣の側室であった月光院というのは、今や、将軍を生んだ女だということで物凄い勢力を持っている。この月光院と間部詮房が大奥でこたつに入って、さし向かいで酒を飲んだりしていた。

間部詮房という人は、能役者の出だけれど、人格が高潔な、非常に立派な人だった。新井白石が詮房を評して書いたことに、

「いとけなき時より身の暇なくて、もの学びしなどいう事はなけれど、きわめて性質の美なる所ありて、大かた古《いにしえ》の君子の人にも恥ずまじき事もありし」

とある。だから、人間として立派だったことは間違いないんだ。だけど将軍が子どもだから日夜つきっきりでしょう。大奥でも。当然、月光院といろいろ小さい子どもの将軍について相談しなければならないので、だんだん親密になって、そりゃ寒い日にはこたつで酒も飲んだろうね。そういう二人を見て、幼い家継が、

「間部は上様のようじゃ」

と、いったそうだ。

これじゃ治まりませんよ。あの二人は完全に怪しい……と噂が立った。実際はどうだったかと思うけれども。いくら高潔の人であったにせよ、こういう噂が立っては治まらないわけだよ、大奥は。

すっかり風紀が乱れてしまった。野放しの状態だな。男子禁制の大奥に側用人が一日入りびたりになって、将軍が父親のようになついているわけだから。それを月光院

と二人であやして、お菓子をやったりなんかしている。これは、もう、どうにもならないよ。

正徳四年、かの「絵島生島事件《えじまいくしま》」起こる。

これを機に月光院一派が落ち目になって……

だんだん月光院関係の腰元侍女たちが、それぞれに好き勝手なことをしはじめる。役者を江戸城へ連れ込んだり、ね。

大奥の乱脈な雰囲気というものは、前の綱吉のころからだけれども、大っぴらに大奥の女たちが外から役者を隠して連れて来るという、そんなことはなかったわけだよ。綱吉の場合は、自分だけが勝手なことをしていたんだから。

正徳四（一七一四）年の一月、木挽町《こびき》の山村長太夫座で、美男で知られた生島新五郎の狂言がかかっていた。それを見物に来ていたのが大奥の年寄・絵島の一行。

本来は、増上寺の前将軍《さきの》・家宣の墓まいりということで代参に行ったんだけれども、そういう口実で外へ出て芝居見物をする。これはもう、当時、公然の秘密になっていた。

絵島というのは、月光院に非常に可愛《かわい》がられていて、自分は月光院様のあれだというので図に乗ってしまって、つまり、そこが女の愚かさだな。すっかり生島新五郎とできてしまう。

やれ代参だ、やれ宿下がりだと口実をこしらえては生島と会っていた。このころの劇場は、桟敷《さじき》には簾《すだれ》がかかっていたし、桟敷から楽屋や座元のところへ間道が作られていたらしいから、どんなことだってできる。

大奥の年寄といえば大した権力を持っているんだ。まして月光院のお気に入りでしょう。そこへ目をつけて、御用商人どもがごきげんうかがいに来る。絵島の口ききで商売の手をひろげようという魂胆で。絵島が芝居見物に来ているとなれば、すぐさま、酒や料理を席に運ばせるし、役者を接待にはべらせるわけだ。

そういうことで、絵島はしだいに図に乗って、とうとう生島新五郎を江戸城の大奥まで連れ込もうとした。実際にそこまでやったかどうか、とにかくそういう話になっている。いい気持で、酒に浮かれて、門限が過ぎているのに平気な顔で帰って来たことは何度もあったろう。

そのうちに、あまり噂が高くなって、ついに幕府も放っておけなくなった。調べてみると乱脈ぶりがわかって、処罰しなければならないということになる。

月光院一派を面白く思っていない反対勢力があるわけだよ。それが一ぺんに立ち上がって、ここぞとばかりに絵島・生島の関係をあばきたてた。

取調べに当たったのは御目付の丸毛五郎兵衛と稲生次郎左衛門で、ことに稲生という人物は峻烈《しゅんれつ》な裁判で知られる硬骨漢だった。よほど大奥女中の乱脈というものを苦々しく思っていたんでしょう。

一気に事を大っぴらにして、大々的な取調べを開始したものだから、もはや、もみ消すこともできない。さしもの月光院も、間部や白石も、公《おおやけ》に口をはさむわけにはいかない。あれよ、あれよという間に裁判が進んで、たちまち刑が決まってしまった。

絵島は信州の高遠《たかとお》に流され、生島新五郎は三宅島に島流し。山村座は取り潰《つぶ》しだ。本当は絵島も島流しになるところだったのを、やっと月光院の減刑運動でそれだけは助かった。しかし、寛保元（一七四二）年六十一歳で死ぬまで信州の高遠に閉じこめられていた。哀れな末路だね。

生島新五郎は、三宅島に流されて二十九年間流人《るにん》生活を送った。絵島が高遠で寂しい一生を終った翌々年に、ようやく許されて江戸へ帰って来たけれども、すでに七十三歳、見るかげもない老人だったというね。

絵島生島の事件が、これほど迅速に厳しい態度で裁かれたのは、その背後に、六代将軍の未亡人・天英院がいて運動したからだといわれている。

自分に跡継ぎの子が生まれなかったばかりに、月光院に勢力をとられてしまったわけだろう。内心は面白くない。正夫人なんだからね、なんといっても。だから、月光院・間部詮房一派の勢力をそぐ絶好の機会として絵島生島事件を利用した。

月光院と間部詮房のスキャンダルというのは嘘《うそ》だと思うんだ、おれは。さっきもいったように人格高潔な人だからね、間部詮房。当時のものの本に間部を「玉のごとき人」であると、ただもう顔も姿も美しくて、温厚で、条理がよくわかっていて実に立派な人だといっているぐらいだから。

それで大奥の御殿女中たちの人気は間部詮房に集まっていた。月光院と間部のほうへ若い女中たちがみんなついてしまって、大変な勢力をつくってしまった。それがこの絵島生島事件のあと、急に状態が悪くなる。待ってましたとばかり反対派にやっつけられて。

いずれにせよ、この家継時代というのは、政治的には何ら見るべきものがない。将軍は子どもだし、月光院も間部詮房もただひたすらに家継が大きくなるのを待っているということだから。何もしないうちに二年、三年と経《た》って行く。

家継は生まれつき病弱だった。年中風邪を引いてばかりいるんだ。それでこの将軍はそう長くないというので、次の将軍をどうするか、またまた、跡継ぎ問題が出て来た。ここで月光院対天英院の対立になる。

八代将軍に尾張家を推した月光院派。

しかし、正室・天英院の一派が勝って……

天英院は京都の近衛家の出で、公卿《くげ》さんの娘だから、ろくに笑いもしない、泣きもしない。ツンとしているわけだよ、いつでも。だから人気がない。

月光院のほうは、元来が町人の娘だから、気さくでニコニコしていて、みんなに好かれる。こまかいことに目くじらを立てることもないし「いいわ、いいわ」で、うるさいことをいわないんだ。人がいいんだな。自分も一緒になって楽しんじゃうほうで、小さな将軍を連れて花見に行ったりしたらしいよ。

もともと躰《からだ》の弱い家継を、月光院と間部詮房が、庭園での酒宴に連れ出して、それで風邪を引かせた、そういうことを何度もやったから家継がますます病気がちになり、とうとう八歳で死んでしまったと、そういう噂さえあったというよ。

正徳五（一七一五）年に家継が死ぬと、さて、八代将軍をだれにするか。わずか八歳で死んだ家継に子どもがあるわけはないので、そこで大変な政治的争いが起きる。

徳川家に最も近い家筋として尾張、紀州、水戸の御三家がある。跡継ぎの将軍はその御三家から迎えなければならない。いざ将軍家に何かあったら、徳川家康の血統をひいているこの御三家から跡継ぎを出す。そのための御三家なんだ。

六代将軍・家宣は、それは利巧な人だったから、伜《せがれ》の鍋松がそんなに長く生きられないだろうと見越して、いっそ尾張家から次の将軍を迎えようと考えた。それを新井白石が反対して、七代将軍は家継ということになったわけだけれど、結局、家宣の遺志は尾張家からということだった。

そうすると当然、月光院と間部詮房は、上様の御遺志であるから家継公の跡継ぎは尾張家から、そういい出すわけだよ。これに対抗する意味で、天英院のほうは、いや紀州家からと別の候補をかつぎ出す。

格式からいうと尾張家が一番上なんだ。第二が紀州家。最後が水戸家。順当にいえば当然尾張家ということになる。それが勢力争いの結果、天英院側が勝って、八代将軍・吉宗が誕生した。

尾張家から将軍を迎えるということは、せっかく絵島生島事件で旗色が悪くなった月光院・間部詮房の一派に再び勢力を与えることになる。天英院の側としては、何としてもこれを阻止したい。幕府閣僚のあとおしで自分たちの勢力が強くなっているときではあるしね。

一説には、家継のあとは紀州家から将軍を迎えよと家宣がいい残してあったというが、これはそうじゃない。家宣の遺志は、やはり尾張家から。それで、天英院と老中筆頭の土屋政直らが大いに政治工作をした。

紀州藩主・吉宗というのは徳川家康の曾孫《ひまご》に当たる。それも直系の。家康の子で秀忠の弟である徳川頼宣が紀州家を開き、その頼宣の子が光貞で、光貞の子どもなんだ。だから、血統からいうと、六代将軍・家宣よりもっともっと近いわけだ、家康に。

ただし吉宗は紀州光貞の正室の子ではない。紀州家の家来で細井六左衛門という者の娘・おゆりというのが侍女に上がっていて、あるとき風呂場で光貞の背中を流していた。それに光貞が手をつけた。

こういう生い立ちで、しかも兄が三人もいたから、まさか八代将軍になれるなどとはだれ一人思いもよらなかった。

別の説では、光貞が馬で遠乗りに出たときに、紀州をまわっていた巡礼の女を見つけて、これを犯した。その巡礼女を御前に連れて来て生ませたのが吉宗だという説もある。この時代までの殿様には、まだそういうことができるような自由さがあったわけだ。地方の殿様の場合はことに。

享保元年四月三十日、家継死す。
徳川吉宗、八代将軍となる。

それで一番末の男の子ではあるし、妾腹《しょうふく》の、それも家来の娘を母として生まれた子というので、吉宗は、部屋住みで厄介者扱いをされて育った。たまたま、五代将軍・綱吉が紀州藩におもむいた際に、そういう吉宗を見かけて可哀そうになったんだろうね。越前福井の丹生《にう》の殿様に取り立てて三万石くれた。三万石というのは小さい大名ですよ。これが元禄十一（一六九八）年のことで、ときに十四歳。当時は吉宗でなく、頼方。

小さな越前の大名で、実際の藩政は紀州藩の代官が代わってやっていたから、吉宗は気ままに山野を駈《か》けめぐって、もっぱら躰を鍛えていた。そういうことが大好きなんだ。

そうこうしているうちに、紀州の三代目を継いでいた兄さんの綱教が死んだ。四代目を次の兄さんが継いで、すぐまた死んでしまった。もう一人男の子がいたが、これは小さいうちに死んでしまっている。

しようがないということで、吉宗は、思いもかけない紀州家五十五万石の五代目の藩主になった。このとき綱吉の名前から一字もらって吉宗になるんだ。吉宗になってすぐ翌年に伏見宮貞致親王《ふしみのみやさだゆきしんのう》の娘を夫人に迎えているわけだ、京都から。

紀州藩主として徳川吉宗は、窮乏して金のなくなってしまった藩の財政を立て直した。津波や暴風雨で荒れ果てた紀州家の財政は、当時どん底状態にあった。それを吉宗が再建したわけだよ、徹底的な緊縮政策で。

優秀な人材を発掘、登用して、治水土木改良事業をやらせる。農業生産の増強をはかる。その一方で、家臣に武芸、学問を奨励し、ゆるみにかかっていた士風のたがを締め直す。こういうことで大きな成果をあげた。

ちょうど五代将軍・綱吉の華美な、軽佻浮薄《けいちょうふはく》な時代が終りかけていた。だから吉宗のそういうやりかたがきいたともいえる。なんといっても吉宗という人は、厄介者にされて、苦労した末にやっと殿様になれたのだから、とても贅沢《ぜいたく》はできないわけだ。全部節約して質実剛健にやるという、子どものころからそれが身についている。後に八代将軍として吉宗が行なった「享保の改革」の原型は、この紀州藩主時代に、すでにあったんだよ。

それで、変な話だけれど、吉宗が紀州に来て藩の財政を立て直すまでは、前の家宣の未亡人・天英院も尾張の殿様を跡継ぎにする気だった、月光院と同じように。はじめのうちはね。ところが紀州家の立て直しに成功した吉宗を見て、考えが変わった。

天英院はすっかり感心してしまったわけだ。これは紀州家の吉宗のほうがいいと。だから天英院が転向して紀州家を推すようになったのは、むろん月光院・間部詮房一派に対抗するためではあるけれど、それだけが理由じゃない。あくまでも吉宗の実績を買ってのことなんだ。

どうしようもない奴を、対抗上、引っぱって来ようというのではなくて、やっぱり吉宗の紀州藩主としての、政治家としてのあれを見て、それなら……ということですよ。天下に評判がひろがったんだから、吉宗の手腕。それを天英院一派も聞き及んでいるから。

紀州藩主になったときの吉宗は、まだやっと二十一歳だろう。それから約十年間、年ごとに名君の評判を高めて行ったわけだ。そうして享保元(一七一六)年四月、ときの将軍・家継が危篤《きとく》に陥ってもういけないということになったとき、吉宗は後見人として江戸城へ入り、三十日に家継が死ぬと、その跡を継いで八代将軍になる。ついに尾張家対紀州家の争いは紀州家に軍配が上がったわけだ。

当然、尾張としては面白くない。だから吉宗が将軍になって後に尾張の殿様が病死すると、これはハシカだったということになっているけれど、いや、吉宗が毒殺したのだという噂《うわさ》が立った。それほど両家の対立は深刻なものになってしまった。

将軍家と尾張家のデリケートな関係。

それを誤解した水野忠善《ただよし》という大名が……


これは前にも話したかも知れないけど、将軍家と尾張家との間には、それはいろいろな軋轢《あつれき》があった。さかのぼれば古い話なんだ。三代将軍・家光のころからの。

そのころ尾張六十余万石の藩主は徳川大納言《だいなごん》義直で、これは家康の子だから、家光にとっては叔父に当たる。この尾張大納言には将軍の位への根強い野望がある……と、もっぱらの噂だった。

かつて寛永十年の冬に、こんなことがあった。将軍の家光が病気にかかったんだよ。このとき徳川義直は、侍臣を引き連れ、準武装に身を固め、馬を飛ばしてやって来た。品川まで来ると、酒井忠勝が出迎え、

「お上《かみ》のお許しもなきに、何ゆえの御下向《ごげこう》なるや？」

すると義直は、少しも臆《おく》するところなく堂々とした態度で答えたものだ。

「申すまでもない。将軍にはいまだ御子がなく、もし御他界とあれば天下の騒乱を呼ぶやも計りがたい。余は将軍家の叔父である。なればこそ御名代として江戸城を守護し、天下を他家にわたさぬため駈けつけたのじゃ」

酒井忠勝といえば、家康の代から徳川の柱石として重きをなして来た人物だからね。相手が将軍家の兄弟親類であっても、びくともしない。せっかく義直が駈けつけたのを、上様は御快癒に向かわせられてござる、もはや御心配には及びませぬと、その場から追い返してしまった。

このとき家光が本当に死んでいたら義直の行動もさすがということになるのだけれど、病気はあっさりなおってしまったし、やがて跡継ぎの子も生まれたわけだ。そうなると、まだ将軍が死にもしないのに御他界のときは——などと八十六里の道を駈けつけてきた義直に対して、あれは尾州《びしゅう》公が将軍位への執心をあらわに示したものだ、尾張大納言は将軍位を狙《ねら》っているのだとレッテルを貼《は》ってしまう、世の中というものは。以来、幕府の尾張家へ対する警戒の眼が白く光りはじめた、というわけだよ。もちろん風評に過ぎないけれどね。

この話には後日譚《ごじつたん》があって、これがちょっと面白い。尾張から遠くない三河の岡崎、徳川家発祥の地だな、ここに五万石の殿様で水野監物《けんもつ》忠善という大名がいたんだ。

水野忠善というのは徳川譜代の大名で、はじめは下総《しもうさ》・山川の領主だったが、後に三河の吉田へ国替えとなり、三年後に岡崎五万石の殿様になった。

これには深い仔細《しさい》があったわけじゃなくて、たまたまそうなったということなんだけれど、幕府と尾張のあれがいろいろ取り沙汰されているときだろう、これは譜代の家臣を近くに置いて尾張家の動向を監視させるための策に違いないと、そういう噂が立った。

本当のところはどうだかわからないよ。真偽はともかくとして、当の水野忠善は、すっかりそのつもりになってしまった。

それで、あるとき、綿商人に変装してひそかに名古屋城下へやって来て、城の様子を探ろうとしたものだ、五万石の大名が、自分で。武骨一点張りの、いささか血の気の多い殿様なんだよ、水野忠善。

たった一人の家来を連れて名古屋へ潜入した水野忠善は、お濠端《ほりばた》へ計り縄を投げ込み、濠の深さをはかろうとしたらしい。ところが尾張家では、このことを万事承知の上だった。というのも、水野忠善が連れて行った家来の笠原助右衛門というのは、実は、尾張家が以前から水野藩へ潜入させておいた隠密《おんみつ》。

だから、尾張の殿様は、水野忠善が一所懸命変装して人目をはばかったつもりでやっているのを、天守閣のどこかからながめて笑っていたわけだ。ただし、この話は、おれの『戦陣眼鏡』という小説だがね。

とにかくそういうことがいろいろあって、幕府と尾張家との間には、何かというと臆測や疑惑が生じやすい。ずっとそういう底流があるわけだよ。それが吉宗の時代になって再び表面化して来る。将軍暗殺計画というのが実際にあった。尾張家かどうかわからないが。その話は『おとこの秘図』の中に書いてある。

野性派の将軍・吉宗の理想は「権現様《ごんげんさま》」。

自らも若き日の家康そのもので……

吉宗が紀州藩主になってすぐ伏見宮から迎えた奥さんは死んでしまったが、後添えはもらわない。正夫人はその人だけ。あとは全部側室。

質実剛健で何でも節約して、食べるものなんかでも本当の一汁一菜。足袋なんかすり切れるまで履くし、着物は全部木綿。そういう殿様なんだが、その代り、女のほうは凄《すご》いんだ。前の六代将軍の側室だった月光院とも怪しいとかね。手当たり次第なんだ。於紺《おこん》の方、於久《おひさ》の方、於久免《おくめ》の方、於須磨《おすま》の方、そのほか数え切れないくらいなんだよ。

躰《からだ》が大きくてね、吉宗。手なんかでもやけに大きくて、槍《やり》でも鉄砲でも使いこなす。若いころの家康そのものですよ。今までの優男《やさおとこ》のグニャグニャした将軍とは全然違うわけだ。それが江戸城の大奥へ入って来て、好きだと思ったら強引に……。

八代将軍としての吉宗の政治方針は、一言でいえば「家康に返れ」ということ。あくまでも勤勉貯蓄。それ以外に立て直しの道はない。何事も権現様（家康）の成し置かれ候《そうろう》通りになすべし……というわけだ。

鎖国をしているんだからね、当時は。それに、たとえ国を開いても貿易で食って行くというところまで行かない、どこの国だって、あの時代では。大変なんだから、船で行くということは。

それで、山の多い日本の国でなんとかやって行くには、勤勉貯蓄以外にない。台風が来る、洪水が起きる。となるとたちまち米が穫《と》れなくなるんだから。今日のように米が穫れなければ輸入するというわけにはいかない。だから勤勉貯蓄。諸事倹約。それ一手しかない。それが徳川幕府の限界なんだ。その限界がついに破れたのが幕末ですよ。

幕末が来る前に港を開いて幕府自身が外国との貿易を積極的にやればよかったけれども、ちょっと遅かった。ペリーが来たときでは手遅れだった。あれより前に、まだ幕府の力が強くて安泰のときにやったらよかった。幕府が危機のときにやったから、勤王の志士が騒ぎ立てたわけだよ。

大名たちが幕府のやることに不信感を持ってしまった、そういうときになって開国したから間に合わなかったんだ。幕府が信頼されているうちにやれば、ずっと続いていたでしょう、恐らく。幕府が今日まで続いていても大丈夫ですよ。同じなんだから、人間のやることは。徳川家が明治新政府をつくろうが、長州、薩摩がつくろうが、結局はああいうふうになって、こうなって、現在のようになって来るわけだ。

歴史の移りかわり、時の流れというのは、結局は同じなんだ。それが日本という国の、日本の政治の限界ですよ。

ともかくそういうことで、吉宗が先頭に立って勤勉貯蓄に励む。元禄時代の、綱吉の時代のような華美贅沢をすべて廃止する。そうしなければ幕府は、日本は、立ち直れないから。女のことは別だけど、質素に諸事節約するという点では、将軍の吉宗が一番。家来の大名たちのほうが駄目なんだ。

冬でも足袋を履かない、正式のとき以外は。それで馬に乗って狩りをする。鷹狩《たかが》りや狩猟が非常に好きな将軍だった。吉宗は。それも自ら弓を使い、鉄砲を使う。鉄砲なんか上手だったらしいよ。十八羽もの獲物をとったことがある、一度の狩りで。

はじめのうちは家来もたくさんは連れて行かない。ほんの二、三十人で、思い立つとパッと出かける。本所の先の向島あたり。将軍が来ると百姓が土下座するだろう。百姓が手を休めては困る、そんなことをさせては申し訳ないというので、自分が狩りをしている間、百姓たちは知らんふりをしていればいい……そういうお達しを出すわけだ。

狩りに行くときでも吉宗は、さっさと自分で仕度をする。草鞋《わらじ》でも何でも自分で履ける。越前時代、紀州時代のあれがあるから。お伴《とも》の大名たちは草鞋が履けないんだ。いつも家来にやってもらっているから。綱吉の時代に、すっかり駄目になっている。

野性的なんだよ、吉宗は。遠乗りに行って、飯を食うだろう。うっかりすると椀《わん》の中に虫が入っていたりするね。吉宗は、そのままパッと食べちゃう。平気なんだよ。虫が入っていたといえば切腹ものでしょう。お付きの人が大変なことだと顔色を変えているのに、吉宗は、構わないといって食べてしまう。自分がそれをいえば、だれかの首が飛ぶと承知しているから。

ある日、狩りをしているときに、水死人があった。それでみんなが騒いでいると、何事じゃ、水死人でございます。すると、吉宗は見るなり、これとこれを持って来い。薬草の名前をいって、村の者に持って来させる。それを自分で煎《せん》じて、飲ませて、生き返らせてしまった。そういうことは全部心得ているんだ。紀州の山の中を駈けまわって、木樵《きこり》とか猟師とかにいろいろ教わっているから。薬草だけでなくて百舌鳥《もず》なんか獲って来させて、その生き肝か、生き血か飲ませる。そうしたら本当に生き返ったという話が残っている。

将軍が粗末な木綿の着物。となれば家臣も、わざわざ木綿の着物を新調せざるを得ない……

吉宗は「米将軍」という異名を奉《たてまつ》られている。それほど農政に重きをおいた。当然のことだが。これは現代《いま》だってかわりはないんだよ。農政は国家の基本なんだから。

いろいろ気を遣っていますよ、農政に対しては、吉宗。まず、それまでの年貢《ねんぐ》の検《け》見《み》制というものを改めて、定免《じょうめん》制に変えた。年ごとに違うわけだよ、米のできというものは。それで、豊凶によって年貢をふやしたり減らしたりしていたのが従来の検見制。

吉宗が採った定免制というのは、過去十年間の米の収穫量をもとに、一定額を決め、年の豊凶にかかわらずそれだけ納入させるという方法。こうすると、領主の収入は安定するし、検見の役人の不正も防止できる。

しかし、この方法が効果的に実施されるためには、何よりも農民をその土地に安住させなければならない。そこで、当時すでに空文化していた田畑の永代売買禁止令を復活した。これによって、田畑が直接生産者である農民から離れ、一部の豪農や商人に集められてしまうのを防ごうとしたわけだ。質流れというかたちで土地をとられてしまうことが多かったんだ、それまで。

こういうふうに、あれこれとやったが、なかなかうまく行かないんだな。米の値段が一定しなくて、豊作で穫れ過ぎると、ぐんと値が下がってしまう。百姓たちが困る。飢饉《ききん》になると米価が暴騰《ぼうとう》する。天候次第でどうにでも変わってしまうわけだろう。

吉宗の治世を通じて、米の値段は実に激しい変動を見せていますよ。吉宗が将軍になった年の享保元（一七一六）年には一石・銀六十七匁《もんめ》だった。それが十二、三年ごろには三十七、八匁。十四年には二十八、九匁に暴落。十七年になると七十から九十匁にはね上がり、元文元（一七三六）年にまた四十匁台に逆戻り。寛保（一七四一―一七四三）に入って再び六十五匁から七十三匁という具合なんだ。

すべての財政の根本である米の値段がこうなんだからね。大変なことですよ、これは。だから吉宗が農政に力を入れ、米価の安定に全力投球をしたのは当然だった。

それだけ努力をしたにもかかわらず、やはり、うまく行かなかった、現実には。天災が非常に多く。風水害がほとんど毎年のようにあるし。なおのこと倹約、倹約ということになってくるわけだよ。

刀でも、印籠《いんろう》でも、蒔絵《まきえ》の素晴しいものを使っているでしょう、五代将軍なんか。それに対して吉宗のほうは質素きわまりない。印籠も竹製のを使う。刀は、中身はいいものを差しているけれど、鞘《さや》なんか紀州のころから愛用していた粗末なものですよ。新規なものは一切用いない。

いろいろと法令を出している、面倒だからいちいちいわないけど。一般町民に対して、今使っているものを完全に使い古すまで新しいものを使ってはいけない、贅沢品《ぜいたくひん》はいうまでもなく一切禁止、そういう法令。将軍自ら実践しているから、それはいいんだけれど、それでは困るという面もある。長く続いた天下泰平で貨幣経済が相当発達してしまっているからね。

農村はそれでいいかも知れないが、町は困るわけだ。だから一方では吉宗に対する批判も多かった。

自分は茄子《なすび》と芋の煮っころがしに玄米飯で喜んでいるんだ、吉宗。一皿でも余計に出ると、すぐに下げい！ こんなものはいらん！

家来の大名が立派な着物で来るだろう。そうすると、じいっと見ている。一言も口をきかないで。吉宗は粗末なものを着ているわけだ。真っ黒な木綿の、しわだらけの着物。家来のほうは絹の着物と裃《かみしも》で「へへーっ」とかしこまっている。それを吉宗が黙って睨《にら》んでいる。

こうなると、みんな木綿の着物を改めてつくらなければならない、将軍拝謁《はいえつ》用に。将軍自身が率先してそういうことをしているだけに、かえって困ってしまうわけですよ、家来たちが。

変な話だけれど、ぼくの師匠の長谷川伸が、芝居の脚本料をいくらにしましょうかというと、いくらでもいいよという。おれなんか門下生だろう。長谷川先生でもいくらいくらですよ、そういわれちゃうんだよ。それで先生に一度いったことがある。それはよくわかっているけれど、といったけどね、先生。

それと同じことで、結局、将軍自体がそうするのは結構だけれど、それがために非常に困ることもあったろうと思うんだ、おれは。

日本最初の人口調査を行なったのは吉宗。
これを見ても政治家としての偉さがわかる……

いったん膨脹したものは元には戻らない。今の世の中をごらんなさい。何もかもが、あまりにも膨脹してしまって、結局、昔のものというのは全部なくなってしまった。何でも新しくなっているわけでしょう。それだけ経済生活が全部ひろがっているわけだよ。

それで、たとえば今、電気が切れたらどうなるか。蠟燭《ろうそく》を点《つ》ければいいというけれど、五分や十分ならいいよ。ずうっと電気が切れたままということになったら、もはや、どうにもならない。ニューヨーク大停電のことを考えればわかる。

よしんば日本が戦争をすることはないにせよ、今、どこか他の国に戦争が起きて、そのために石油が日本に入ってこなくなるということは充分にあり得る。そうしたらもう電気が使えない。

その代わり何を使うか。今は本当に不時用の蠟燭の生産しかしていないわけだ。それが一般全部が毎日使うということになったら大変な騒ぎになる。その場になって急に生産量をふやすわけにはいかないんだよ。

全部、破壊されてしまっている、そういうものを生産するシステムが。石油がなくて暖房もできない、困るから代りに炭を使えといったって、炭をつくるシステムがないんだよ、もう。むろん、その場合は、石炭もないんでしょう。

終戦後、高度成長のおかげで国民の生活は豊かになった、便利になったというけれど、同時に、二度とあと戻りできないものに膨脹してしまった。これは恐るべきことだよ。

江戸のこの時代には、元禄時代にいくら膨脹したとはいえ、生活の根本要素というものまでは変わっていない。火、水、木。こういうものは変わらないんだ。旧来からあるものが、一つしか生産できなかったのを十も十五も生産する、ということだから。その分、品質がよくなるということだから、あと戻りが可能なんだ、まだ。

それにしても、一度膨脹した経済生活というものを元に戻すのは大変なんだ、吉宗の時代でさえ、物凄い抵抗がある。だから、当時の吉宗があくまでも実行しようとした政策は、今日の人から見れば批判はいろいろあるでしょう。だけど吉宗が考えていることは、今おれがいっていることと同じなんだよ。

日本の人口調査というのは、吉宗がはじめてやったものだ。享保十一（一七二六）年に全国に命令して第一回の人口調査を行ない、その後は六年ごとに調査することになった。

そういうところがやっぱり違っている。日本という国にこれだけの人間がいる、ここにこれだけ、ここにこれだけ。それに対してどれだけものを生産したらいいかということを考えるためにやったわけだから。

そういう意味では吉宗というのは大変なものですよ、政治家として。現代の人間が、吉宗のやりかたを批判することはできる。昔の家康時代に戻すというだけで解決するものではないとか、限界だったとか。だけど、吉宗がやろうと思ってやったことは大したものです、やっぱり。

結局、元禄時代の華美な風潮に馴《な》れてしまっているから、町人たちが。それで反撥《はんぱつ》も相当あった。倹約一点張りとは器量がせまい、こんなことでは日本は衰微してしまう、贅沢な品を買う者は大身か裕福な者で、その金はぐるぐるまわって職人商人をうるおすのだから決して無駄ではない……そういう意見も少なくなかった、当時でも。

吉宗批判を一番大っぴらに堂々とやってのけたのは、尾張の殿様・徳川宗春だ。自分の城下の名古屋では、吉宗の倹約令などまったく無視して好き勝手にやらせた。

家中相互の会合はどんどんやれ、町の祭礼もにぎやかにやるがよい、芝居小屋は増設しろ、遊女町もお構いなしというわけだ。これで名古屋城下の様相が一変し、一年余りのうちに江戸、大坂をしのぐ活気を呈したというんだ。

最後には吉宗の怒りを買って隠居慎しみを命じられたけれどね、尾張の殿様。随分派手なことをやった。寺社参詣《さんけい》のときなんか、白牛に乗り、猩々緋《しょうじょうひ》の羽織を着込んで、黒の唐人笠をかぶり、それで五尺もある大煙管《おおぎせる》をくゆらしていたという話だ。

男は自動車。女は自転車、乳母車。
狭い国土がますます狭くなるばかりだ……

吉宗の時代というのは、人口が今日と比べものにならない。今の東京都の人口くらいが全国の人口でしょう。だから将軍としては、何とかしてそれだけの人間が食えるように心配してやればいいわけだ。

ところが現代では、国土は昔とちっとも変わらないで人口が十倍にもなってしまった。これが単なる十倍では済まないんだな。

家族制度というものが崩れて、核家族でみんなバラバラに家を持つから、狭いところがさらに狭くなる。同時に、人間が贅沢になっているでしょう。男が一人一台車を持っているといわれるご時世なんだ。

そうすると、男の人口の占めるスペースが二倍になる。道をふさぐスペースというものが、昔の男に比べて二倍になってくるわけだよ。倍の大男が歩いているようなものだ。二倍どころか三倍にも五倍にもなる。

自動車にはガレージがいるということで、その分さらに場所をとる。それでも納まりきれなくて、あふれた車は道を占領することになる。結局、国土そのものを車で占領しているわけだよ、常時。だからいろんな破綻《はたん》が生じるんだ。交通事故がふえるし、排気ガスで大気は汚されるし。

それに加えてだね、このごろは赤ん坊が一人生まれると乳母車を買うんだよ。乳母車というのは小さな赤ん坊の二倍ですよ、スペースが。それだけ狭い国土が侵蝕《しんしょく》されるわけだ。

これは、物理的に地面のスペースが侵蝕されるだけでなく、それにかかわる経費というものが、金のかかりかたが、それだけ膨脹するということに他ならない。しかし、その膨脹することを飯のタネにして業者が生きているということになれば、あながちそれを潰《つぶ》すというわけにはいかないことになる。そのジレンマだね、今の日本は。

悪循環で、この狭い国がますます狭くなってくる。暮らしにくくなるということになる。この財政危機をどうするかということだね、東京都の人口を減らすことをまず始めなければならない。人口ですよ。人口がこんなにあるから財政が破綻するんだよ。

東京都の人口というのは、他県から昼間入って来るわけだ。それで水を使う、電気を使う、交通機関を使う……そういうものは全部、東京都でやらなければならないんだから。水だって電気だって東京都民の金でやる、全部。これでは財政が破綻するのが当たり前だ。

だから、根本は人口なんだよ。こんなことは、われわれは十五年も前からいっているんだ。それを、このごろやっと考えているわけだろう。今になって、すべった、ころんだと騒ぎ出しても駄目ですよ、もう、十五年前ならできたけれども、今となってはできない。むだな官僚組織ができてしまっているから。

そういうことで、吉宗が考えていたことは決して古臭いことじゃない。現代《いま》と同じなんだ。吉宗は幕府の官僚の単純化は将軍になるとすぐ行なっています。なんといっても将軍独裁の時代だからできたんだけれどね。

幕府の財政を立て直すために吉宗が展開した政策は、反撥もあったが、それなりに成功したといっていいだろう。何百万両もあった負債を全部返したわけだから。

大名に対しては、参勤交替《さんきんこうたい》で一年ごとに領国と江戸を往復していたのを、江戸滞在期間を半年でいい、その代り、一万石について百石を上納せよということにした。これを「上げ米」といった。江戸で一年暮らさなくていい、半年で許すからということで。これで幕府自体はかなりうるおった。負債も返すことができた。

だけど、それによってまたいろいろと経済的な問題が起きて来る。それで「上げ米」の制度は十年ぐらいで廃止になった。参勤交替も前の通りになる。しかし、この間に、政治そのものが精気を失って来たことは否《いな》めない。

吉宗は、いろいろと人材も登用して精一杯にやりましたよ。それでも結局、五代将軍・綱吉の時代に膨張した経済に対しては、何らなすすべがなかった。限界なんだから。

どうしても金がかかる世の中になっているわけだ。旅行でも宿屋に泊まった人が宿屋から鍋《なべ》と釜《かま》を借り、自炊する、それが普通だった、家康のころは。それが、着けば、布団を出してくれる、食事も全部出してくれる、下女がいて何かと世話をしてくれる。それだけ金がかかるしくみになってしまった。一度こうなってしまうと、いまさら自炊しろというわけにはいかない。そんなことをしたら、また随分食うに困る人が出てしまうから。

今でもそうでしょう。車輛《しゃりょう》が多すぎる、車を減らせといっても、それには車を生産する企業が社員を減らさなければならないわけだ。そうすると大きな社会問題になる。吉宗のときも現代も、ちっとも変わらない。今のほうがもっとひどい事態に立ち至っているというだけで。

新しいものを入れようとするときは、それを収納する「いれもの」というものをよほど考えなければ駄目なんだ。機械文明というものがこれだけ発達してしまうと、こんな小さな日本の国では収容しきれない。現代の日本の社会問題というのは、すべて、ここに始まっているのじゃないかと思うね、おれは。

赤ん坊が生まれれば、すぐ乳母車でしょう。昔はお母さんが背負ったわけでしょう。それを今は、みんなが乳母車。商店街、歩けやしないよ。

自転車が流行《はや》ると今度はみんな自転車。女房連中がみんな自転車乗りまわして来る。今までは自動車だけ心配していればよかったけれど、大変だよ。スーパーなんか見てごらん。乳母車では店の中へ入れない。だから入口に置き去りにして入る。物凄《ものすご》いもんだよ。ずらーっと……。不便だろうと思うんだがねえ、あれは。


「御庭番」をはじめて活用したのも吉宗。

人を使ううまさでは歴代将軍中随一で……


吉宗はタイプからいえば武人型の将軍だろう。綱吉、家宣のやりかたは文弱に過ぎるということになる、吉宗にいわせると。だから家宣時代からのブレーンである新井白石や間部詮房なんか、すぐ罷免《ひめん》してしまった。「京都風」は性に合わないんだ。

だけど、紀州藩主時代のお気に入りを連れて来て側近にするようなことはない。そういう点は器量が大きいんだね。大岡越前守《えちぜんのかみ》がいい例でしょう。あれは紀州時代からの家来じゃないんだから。

将軍になったとき、紀州から家来を連れて来ましたよ、たくさんではないけれど。その大半は隠密だね。紀州では積極的に活用していたんだ、隠密。それを使って領国の様子を調べ、自分自身の政治改革をやってのけた。その連中を十七、八人、江戸へ連れて来た。それが、いわゆる「御庭番」だ。

はじめは「閉戸番《しめどばん》」といった。夜警だな。だから江戸城の大奥までも自由に出入りし、庭先の戸を閉めたりする。それで閉戸番。

吉宗が庭へ出ているときに、どこからともなく、すっとあらわれる。そうすると吉宗自身が路用の金を渡して、どこどこへ行って探って来いと命ずるわけだ。

紀州のころから直属の隠密としてよく知っているわけだよ、閉戸番の一人一人。だから、お前は尾張へ行け、尾張藩の内情を探れ。お前は水戸なら水戸へ行け。その閉戸番が当番で庭へ出ているときに、吉宗も出て行って命令を下す、自分で金を渡して。その後の将軍のときも御庭番はいたけれど、その時分になると将軍自ら金を渡すということはない。

御庭番というのは身分は必ずしも低くないんだよ。小十人格、両番格、添番格にわかれていて、添番格は別として、前の二つはお目見得以上の身分なんだから。

添番格の場合は、大奥と中奥の間にある御籠台《おかごだい》の下に行って、左手に箒《ほうき》を持ったまま土下座して将軍から命令を受けたという。この御庭番という制度は、ずっと幕末まで続いて相当な働きをした。

紀州から連れて来た家来、本当の腹心をこのように隠密として使ったけれど、子飼いでない徳川の家来もどんどん抜擢《ばってき》して、いろんな役につけた。そういうところが偉いんだな、吉宗は。才能のある人間は、どしどし登用する。

井戸平左衛門というのを大森代官にしたのもその一例だし、青木昆陽《こんよう》、さつまいもで有名な昆陽のような異色の学者も大いに用いている。吉宗は学問の殿様ではないけれど、学問そのものを嫌ったり否定したりしたのではないわけだ。

実学は大いに尊重する。学派の別なんか問題にしない。実際に役に立つと思えば、ヨーロッパの学問でも何でも迷うことなく採り入れるのが吉宗のやりかたなんだ。

享保五（一七二〇）年には、それまで禁止されていた洋書を読むことさえ許している。青木昆陽が蘭学《らんがく》の研究を進めることができたのはそのおかげで、これが後に蘭学興隆のもとになったんだからね。

井戸平左衛門が勘定役という下役から抜擢されて大森代官になったのは六十歳になってからのことだ。石見《いわみ》大森の銀山を管理する大森代官というのは、全国各地に散らばっている幕府の直轄領《ちょっかつ》、天領というんだが、このすべてを統括する重要な職務ですよ。日本全国の代官の頭領ということになる。大変な名代官だったと後年まで慕われている人物だ。

財政、民政を担当する部門に非常に多くの能吏を抜擢登用したが、そのかげにも御庭番を中心とする情報網の働きがあったわけだ。どこにどういう人間がいるか、非常にこまかく情報を入手しているんだよ。吉宗。自分自身もよく気のまわる人だったというしね。だから、的確な人事ができた。

吉宗の治世は約三十年間続き、いわゆる「享保の改革」として一応の成果を収め、それがために後世の幕府政治家の模範といわれている。それは、このようにして吉宗が登用した優秀な人材の働きによるところが大きいわけだ。結局、それは、とりもなおさず吉宗の偉さということになるけどね。

「大岡政談」で不朽の人気を誇る大岡越前守。もとは伊勢山田奉行だったのを、吉宗が……

吉宗が登用した多くの人材の中で、なんといっても一番有名なのは大岡越前守忠相《ただすけ》だろう。

これは、もともとは吉宗の家来じゃない。この人は江戸の旗本ですよ。紀州から連れて来たんじゃないんだ。大岡越前守をどうして吉宗が抜擢したかというと、大岡忠相というのは家康の妹の曾孫に当たるんだ。

だから非常に血統正しい名家なんだよ、大岡家。三河以来の由緒《ゆいしょ》ある家柄。吉宗自身は家康の曾孫。大岡越前守は家康の妹の曾孫。妹といっても、むろん、腹違いの妹だけどね。

大岡忠相は分家に生まれたが、本家に迎えられて、跡を継いだ。五代将軍・綱吉のころには大岡家は将軍家に憎まれて、忠相の父だの兄だのが罰を受けたり、禄《ろく》を減らされたり、閉門を仰《おお》せ付けられたりしている。理由はよくわからない。硬骨の家柄だったからかも知れない。

その反動で、六代将軍になってから、このときは忠相が大岡家を継いでいたが、重く用いられるようになるんだ。それでまず伊勢の山田の奉行に任命される。あそこは天領だから。人によると伊勢山田の奉行というのは左遷《させん》だという人もある。しかし、なかなかむずかしい重要な役職なんだ、これは。

伊勢山田というのは漁業で保《も》っているところだろう、鯨とったりして。その向こうの海続きが紀州ですよ。大岡忠相が伊勢の山田へ赴任して、そこで凄い手腕を発揮したら、たちまち吉宗の耳に入る。

当時、吉宗は、まだ八代将軍じゃない。紀州の殿様だよ。隠密たちを駆使して紀州藩の内外のことを、つねに調べ上げて、それを土台にして藩政の再建をはかっていたんだ。だから、新任の伊勢山田奉行・大岡忠相の評判はよく知っている。その能力も。

鯨とりのことで喧嘩《けんか》が起きたりすると、それをうまく裁くということで、吉宗が、これはなかなかやるなと思ったりしていた。

それで、自分が将軍になるとすぐ伊勢山田から大岡忠相を呼び返し、江戸の北町奉行にした。江戸には南町奉行と北町奉行とあり、月ごとに交代で職務に当たる。大岡忠相は北町奉行。このときはじめて大岡越前守になった。それまでは大岡能登守。家は名門の旗本で千九百二十石、だいたい二千石だろう、中級の立派なものだ。書院番、使い番、目付、ずっと歴任して伊勢山田の奉行になって、いよいよ江戸北町奉行。

この大岡越前守忠相を自分の片腕として、吉宗は民政の充実につとめた。享保六(一七二一)年には評定所に「目安箱《めやすばこ》」を設置して広く庶民の意見を聞く制度を開いた。この目安箱を通じての建議は、実際に少なからず採用されている。形だけの思いつきじゃないんだよ。

それから「町火消《まちびけし》」というものが吉宗の時代にはじめて誕生した。これは享保五(一七二〇)年八月。この年の春、江戸に大火があったのが一つのきっかけになっている。町火消、いわゆる「いろは四十五組」の創設によって江戸の火事による損害は随分減った。

現代からは想像もつかないほど、当時の火事の影響というのは大きい。せっかく経済的に復興しかかったのが、一夜にして全部、無にしてしまうんだから、火事、水害、飢饉《ききん》のうち、水害、飢饉はともかくとして火事は防ぎようがあるということで、江戸の各町ごとに火消をおいて、それを奉行所で統括することにした。

こうした働きによって大岡忠相は、八年後に、二千石加増されて四千石になっている。北町奉行としての忠相については、大岡政談なんていうのがあって講談ではいろいろいわれているけれど、多くは作りものでしょう、今日われわれがテレビで観たりする話そのものは。立派な人物で、きわめて優秀な名裁判官であったことは間違いないけどね。

宝暦元年六月二十日、八代将軍吉宗没。

同じ年の十二月、大岡越前守忠相も……

しばしば芝居や映画になっている「天一坊事件」というのは、これは御落胤《ごらくいん》の騒動なんだよ、知っての通り。

吉宗のみならず、御落胤というのはいっぱいいるわけだ、当時。おれは何々の御落胤だというのが、他の大名でも。六代将軍・家宣だって御落胤だったわけでしょう。

吉宗の、大岡政談の天一坊事件というのは、吉宗が若いころ侍女に手をつけて子どもを生ませた、そのときに自分の紋所のついた短刀を渡して、何かのときにはこれを証拠に名乗り出よ……それが、そもそものはじまりなんだ。

その女は、田舎へ帰って、こっそり子どもを生んで、死んでしまった。子どもも、生まれて間もなく死んでしまった。この母子を世話した婆《ばあ》さんが短刀を持っていたわけだ。

それで、実はこれは死んだ女と子の、こういうもので、可哀そうに、今をときめく将軍のお子さんを生みながら二人とも死んでしまった、と、何かのはずみにしゃべっちゃったんだな。

この話を天一坊宝沢という坊主が聞き込んで、その婆さんを殺し、短刀を奪って、江戸へ出て来た。われこそは将軍家の御落胤であると名乗って。これは講談だよ。

何しろ証拠があるから、どうにもならない。大岡越前守は天一坊が偽者《にせもの》であると見破ったけれど、切腹させるわけにはいかない。やっとそのとき、紀州のほうへ調べにやっていた家来が帰って来て、天一坊が婆さんを殺して短刀を奪ったということがわかった。芝居だの講談でやる天一坊というのは、そういう話だ。

御落胤、御落胤と称する奴は、いっぱいいるんだ、この時代には。その狙《ねら》いは何かというと、おれは松平何々の御落胤だというと、それに群《むら》がってくるのがいるわけですよ、浪人たちとか商人とか。そういう連中から金銭をまきあげる、つまり、詐欺《さぎ》だな。こういう詐欺事件というのは、ざらにあったわけだな。

現代と違って科学的に証明されることもない時代だろう。写真もないし、指紋もないし。何かもっともらしいことをいって、それらしくふるまって、葵《あおい》の御紋のついた証拠品を作って出せば、簡単にできるんだ。

蒔絵師《まきえし》とか、彫金師とかを仲間に入れて、刀に細工をさせれば、なんでもないことなんだよ。ちょっと悪知恵が働いて、胆っ玉のすわった奴なら、いちばん簡単にできる詐欺。天一坊の場合は、大岡越前守が看破して、結局、処刑されたということになっている。あくまでも講談ですよ、これは。

しかし、吉宗にそういうことが全然なかったかというと、ないわけでもない。実説の天一坊というのは改行という名前で、母は紀州藩士の、一応の家柄。そういうところに生まれて、大風呂敷をひろげたが、とっつかまって処刑された。そういう記録が残っているところから、講談であういう天一坊事件ができた。いずれにしても、こんなことはきりがない。いくらでもあったんだと思うね。

それで吉宗の治世三十年間というものは、幕府政治を、元禄前後からの社会的、経済的な変動に対応して整備し、再建したということだけれど、この時期が徳川幕府の支配権の限界なんだね。これ以後は駄目になる一方。

吉宗は、延享元（一七四四）年に還暦を迎え、跡継ぎの家重が三十四歳にも達していたので隠退することになる。翌年二月、将軍の位を家重に譲り、自分は後見人。将軍をやめても実際に政治の面から消えるつもりはないんだ。その後もずっと、宝暦元（一七五一）年に死ぬまで、大御所として実権を握っていた。家重の九代将軍というのは名目上に過ぎなかったといっていい。

吉宗が死ぬ前の年あたりに大岡越前守は寺社奉行になっている。禄高も一万石の格になった。旗本としては最高の格になったわけです。九千九百九十石までが旗本、一万石からは大名だから。幕臣としてはこれ以上はないというところまで行ったということです。

吉宗は宝暦元年六月二十日に六十八歳で亡《な》くなっている。そのとき大岡越前守は七十五歳。吉宗より年上なんだ。自分自身も躰《からだ》の具合が悪い。これは結核ですよ、腸結核。

それで、吉宗が死んだときは、喀血《かっけつ》しながら病軀《びょうく》に鞭《むち》打って、寺社奉行だから、将軍の葬式を取り行なわなければならない。自分をあれだけ信頼して、まるで片腕のように思ってくれた吉宗のために、血を吐きながら葬儀の宰領をつとめたんだ、忠相。

すべてを立派にしてのけると、大岡越前守忠相は、吉宗のあとを追うかのように、同じ年の十二月十九日、七十五歳で死んだ。

この後の将軍は大したのがいない、幕末まで。

九代・家重、十代・家治《いえはる》、十一代・家斉《いえなり》……

九代将軍になった家重というのは、父の吉宗が偉丈夫で狩猟や武芸を好み、政治にも熱心だったのと対照的に、もっぱら大奥にいりびたりで、政治の仕事もしない。病弱なんだよ、生まれつき。頭は悪くはなかったらしいけれど。

非常に癇癖《かんぺき》が強くて、躰が弱いにもかかわらず大奥の女たちを相手に酒色にふけった結果は、言語障害になってしまった。何をいっているのかわからないんだ、まわりの人間には。

ただ一人、将軍・家重のことばを解するのが側用人《そばようにん》の大岡忠光。この人だけ。名前からもわかるように、大岡越前守の一族ですよ。遠い親戚《しんせき》。十六歳のときに小姓になって、家重の気に入られ、吉宗が死んだ年に一万石の大名に取り立てられた。

その分、側用人となって大変な勢力を持つんだ。というのも将軍が口がきけない、何をいってるのかわからない、わかるのは側用人の大岡忠光だけなんだから。老中たちは、こうなると、側用人を通さない限り何でも話が通じないということでしょう。

月番をつとめるときは必ず忠光に贈りものをするのが例になった。

文字通り将軍家の代行だから、忠光の権力は物凄《ものすご》いわけだ。当然、賄賂《わいろ》が横行する。上のほうで公然とこういうことが行なわれれば、世の中全部がそうなって行く。いつの時代でも同じことだよ。こうして五代将軍・綱吉のころに戻って行くわけだ。

家重のあとが家治。この十代将軍・家治というのは家重の長男で、小さいころはなかなか出来がよかったらしい。それで、お祖父《じい》さんの吉宗が非常に可愛《かわい》がった。一流の学者や武芸家を家庭教師につけて教育したわけだ。

だけど、性格的に、やっぱり癇癖が強いほうなんだな。人見知りがひどくて。いつもよく知っている相手とでなければ、ろくに口をきかない。だから直接に老中と会って話をすることもしない、ほとんど。すべてお気に入りの側近を通じて言上させるだけ。

このお気に入りというのが例の田沼ですよ。田沼主殿頭意次《とのものかみおきつぐ》。もう一人、大岡忠光の伜《せがれ》で忠善というのも気に入っていたけれど、こっちが職を退いてからは、田沼ただ一人。

田沼意次は、少年のころに吉宗の小姓で刀持ち。そのころから目をかけていたから、可愛い孫の側衆につけてやったわけだ、吉宗が。家治も非常に意次が気に入って、どんどん加増して取り立てた。

はじめはわずか六百石だったのが、宝暦八年には一万石の大名。明和四（一七六七）

年に家治の側用人となって二万石加増され、安永元（一七七二）年には老中、その後もさらに加増されて最後には五万七千石の大名になっている。

自分が出世したばかりじゃない。伜の山城守意知《おきとも》は若年寄、弟の能登守意誠は一橋家の附家老という具合で、一門ことごとく重要な地位を占めるようになった。いわゆる田沼時代の到来だ。

田沼意次については、いろいろな批判がある。ことに賄賂政治を大っぴらにやったということで。将軍家の絶対的な信任を確保するために、必要な方面へはどんどん賄賂を贈ったし、自分でも遠慮なく喜んで受け取った。

三冬　秋山先生。間もなく父上がこれへまいられます。
小兵衛　何、御老中が……。
三冬　野駆《のが》けのついでと申しては失礼ですが、秋山先生へお願いのことあって立ち寄られます。
小兵衛　はて……？
三冬　近いうちに、田沼の下屋敷にて、剣術の試合がございます。その審判を先生におつとめいただきたいとのことで。
小兵衛　ならば、こなたより御屋敷へ出向きましたものを。

三冬　いえ、父上も、たまさかには、おしのびで外へ出たほうがよいのです。明けても暮れても汚らしい政事《まつりごと》に関わり合い、権勢をたのみに、あれこれといそがしく、まるであれは、人の暮らしともおもわれませぬ。
小兵衛　天下の御老中ともなれば、仕方もないことでござろう。
三冬　金銀は人のいのちにもかえがたき宝物。その宝物を贈っても、御奉公をしたいと願うほどの人なれば、上《かみ》に忠なることはあきらかである。志《こころざし》の厚い薄いは、贈り物の多い少ないにあらわれる、と、父上が申されたそうです。
小兵衛　それは、世間のうわさにすぎませぬよ。
三冬　なれど先生……。
小兵衛　さほどに、御老中の御威勢が気に入りませぬか？
三冬　汚らしくおもいます。
小兵衛　政事というものは、汚《よご》れの中に真実《まこと》を見出《みいだ》すものじゃ。わしは、きれいごとの政事など、かえって信用いたしませぬよ。善と悪との境は紙一重じゃ。善と悪、白と黒との間にあるものが政事というものでござる。

（戯曲『剣客商売』より）

だけど、田沼時代にはまったくよいところがなかったかというと、そうでもない。

非常に割り切った考えかたをする人だからね、むしろ進歩的な政策を展開したとも解釈できる。蝦夷地《えぞ》（北海道）の開拓とロシア貿易に着目したことは事実だし、印旛沼《いんばぬま》や手賀沼を開発して国土をひろげようともした。

前野良沢《りょうたく》や杉田玄白などが『解体新書』を刊行したのが安永三（一七七四）年でしょう。その二年後には、一七七六年というと、ちょうどアメリカが独立宣言をした年だな。こういう異色の学者が輩出したのは、やっぱり、田沼時代の自由で開放的な風潮のおかげだろうと思うんだ、おれは。平賀源内が「エレキテル」を完成している。

それで、このあと天明に入ると、まず天明三（一七八三）年に有名な浅間山の大爆発があり、いわゆる天明の大飢饉が始まる。七年間も大凶作が続いて、農民たちは死者の肉さえ切り取って食ったと、ものの本にある。地獄だね。

天明六（一七八六）年、十代将軍・家治が死ぬと同時に田沼意次も追放され、これから十一代・家斉の治世になって、老中・松平定信を中心とする「寛政の改革」が断行されることになる。

松平定信というのは、八代将軍・吉宗の孫なんだ。それが奥州・白河城主である松平定邦の養子になり、天明の大飢饉で奥羽地方が潰滅《かいめつ》的な打撃を受けたときに、白河藩の被害を最小限にくいとめた。それで名君の評判を高くした。

寛政の改革というのは、田沼政権の反動として行なわれたわけだけど、あんまり神経質にやり過ぎたものだから、たちまち人びとの反感を買った。

「白河の清き流れに魚住まず、濁れる田沼いまぞ恋しき」

という落首があらわれたのは無理もなかったんだよ。江戸の市民たちは息がつまってしまったんだ、一種の恐怖政治のもとで。

『鬼平犯科帳』の主人公・長谷川平蔵もこの時代の人物ですよ。この長谷川平蔵の建議によって、松平定信が石川島に人足寄場というものを作ったわけだ。

Ⅲ 幕末維新篇

長野主膳に出合ったときから、不思議な運命に行き当たる。

井伊直弼《なおすけ》

徳川幕府崩壊の一番大きな原因を一言でいえば、結局、日本が鎖国をしていたということ。そもそもの遠因はそこにあるんですよ。どうしてだかわかるかい?

この戦後の三十数年間を考えてみてもわかるようにね、農作物というのは年ごとに出来、不出来があるでしょう。たとえば去年の冷害がいい例だ。今日の日本では、そうした場合に、すぐ貿易で食料を輸入するから、何でもない。ところが江戸時代は鎖国をしていて、外国との交際がない。凶作だったらもうどうにもならない。

幕末の井伊直弼が大老に就任する前の、田沼時代から天候が定まらなくて飢饉《ききん》が相次いでいるわけだよ。これは地球の運行によって周期的に繰り返される現象なんだ。いまでも「冷夏」だとか「氷河時代に近づきつつある」とか、いろいろいわれている。本当のところはどうなのか、よく知らないけどさ。

ただ、平安朝のころの風俗を見ると、男でも女でも薄い麻の単衣《ひとえ》のきもので、冬でもそれを何枚か重ねているだけでしょう。あのころはやっぱり天候が現代よりいくらか暖かかったんじゃないのかねえ。

それが幕末になると、何というのかねえ、ちょうど地球の運行からいって気候不順の時期に当たっちゃったんだね。冷害が続いて飢饉の年が続く。みんなが騒ぎ出す。騒ぐっていうことなら、いつの世の中でも政治が悪いということになるわけだよ。それで、もう一方に国学の発達ということがある。本居宣長《もとおりのりなが》に発する「日本は神の国である」という、古事記を土台とした思想だな。これがいつの間にか有力な、幕府政治に対する反対イデオロギーのようなものになってきた。

折りしも世界の交通が発達して、外国人たちが船で日本へやって来る。進んだ武力を背景として日本に対して開国を迫る。しかし、国学が盛んになっている日本では、青い眼の外人たちがこの神国へ入って来るなんてとんでもないことだ、というわけだ。

いろいろな条件が、幕末のこの時期に来て全部一緒に重なっちゃったんですよ。そこに「夷狄《いてき》を攘《う》つ」つまり異国の人間を追い払う攘夷《じょうい》思想というものが生まれた。ところが外国側も黙って引込んではいられない。日本という基地が東南アジアの一角にどうしても必要なんだから。現代の日米関係と同じことですよ。まあ、あの当時は貿易のための航海で水や食料を補給したいということでしょうけどね。

アメリカ東インド艦隊司令長官ペリーが軍艦四隻《せき》を率いて浦賀へ来航したのが嘉永六（一八五三）年の六月。同じ年の八月にはロシアのプチャーチンが、やはり軍艦四隻とともに長崎へ現われた。安政元（一八五四）年にはイギリスの東インドシナ艦隊が来るという具合で、日本の国情は内外ともに騒然たるものになってきた。ちょうどそういう時代に井伊直弼は大老になったわけです。井伊家はごぞんじのように藩祖・井伊直政以来、徳川家の大名の中では生え抜きの名家で、井伊直弼という人はその十三代目に当たる。

本当は直弼が井伊家を継ぐはずはなかったんだよ。それというのも十一代藩主・直中の十四男ですからね、それも妾腹《しょうふく》の。だから他の大名の養子になるあてもなく、彦根城のそばに小さな家をもらってね。これに、

「埋木舎《うもれぎのや》」

という名前をつけて、そこでひっそりと暮らしていた。自分はもうここで一生埋れ木で朽ち果てるというあきらめなんだ。いまでも残っていますよ、大名の子どもが住むような家じゃなくてね。まあ、厩《うまや》はありましたがね。

それで、悶々《もんもん》の日々を過ごしていたところに現れたのが長野主膳なんだ。後に井伊直弼の懐刀《ふところがたな》といわれた人物。この人の経歴は詳しくはわかっていないけれども、紀州のね、殿様のご落胤《らくいん》……という感じなんだな、どうも。とにかく紀州藩に縁《ゆかり》の深い

人ではあるが、やっぱり直弼と同じような境遇で、だからこの二人は意気投合したところもあるんでしょうね。

井伊直弼という人は、何事によらず一心に打ち込んでやる性格だったらしい。文武両道を学んだが、どれも通り一遍ではない。禅は悟道の域に達し、居合《いあい》は自分で一派を創立したほど、さらに茶道にも熱心で後年「茶湯一会《いちえ》集」という本を著わしているんですから。

また直弼は和歌も学んでいた。それで、国学者として、同時に歌人として盛名を馳《は》せていた長野主膳に出合ったときから、主膳の学識に心酔して師弟の契《ちぎり》を結んだ。これが天保十三（一八四二）年のこと。当時はまだ井伊直弼も若かった。三十にもなっていません。むろん、やがて自分が大老になるだろうなんて夢にも思っていない。ところが不思議な運命というのか、思いもかけず井伊家の当主になる。兄貴がみんな死んだり他家へ行っちゃったりでね。そうすると、本来井伊家は名藩ではあるし、直弼の持ち前の賢明さ、頭の切れるところが作用して、それでついに大老に就任ということになったわけだ。

直弼は水戸藩を恐れた。

何せ十四代将軍で争った仲だから……

幕末のことを考えるときは、水戸藩の存在というものに注目しなければならないんだ。紀州家、尾張家、水戸家。これは徳川の親族の中でも最大の、いわゆる御三家で、将軍家に跡継ぎがないときは、御三家から出るというぐらいのものですからね。それほど重要な御三家の一つでありながら、水戸藩というのはかねがね幕府に対して不満を抱いているわけだよ。

そもそも水戸家は、黄門・水戸光圀《みつくに》の時代から、幕府に対する御意見番なんだ。幕府の政治がよくないというときには、昔から水戸家が意見をいうことになっている。

光圀以来ね。

光圀の時代というのはちょうどバカ将軍の五代綱吉の時代で、綱吉が光圀にさんざんやっつけられたものだから、ついに光圀を遠ざけてしまった。それで光圀は隠居して引き籠《こも》り、そこで「大日本史」というものを編纂《へんさん》した。そのときから水戸藩というのは、学問の非常に盛んな、日本の歴史というものはどういうものであるかを研究することの盛んな、そういうお国柄になっているわけですよ。

元来がそういう幕府批判の伝統のある水戸藩であるのに加えて、ちょうどそのときの藩主が水戸斉昭《なりあき》。これがねえ、偉い人だったというんだが、まあ何ていうのか一種の過激人物なんだね。大老・井伊直弼とこの水戸斉昭がことごとに激しく対立した。直弼は開港やむなしという考えかたなんだ。とにかく外国側の強硬な申し入れを断ったら大砲でどんどん撃ちかけられて、もう、どうにもならない。勝負にならないとわかっているから。それで井伊大老は、この際、しかたがないから国を開いて外国と交際を始めようという政策に踏みきったわけです。

ところが水戸藩にいわせれば、井伊大老はけしからん、外国と交際するなんて何事だ、というわけ。そういう水戸の精神的風土を頼って、攘夷派のグループがいろいろ画策をする。水戸は水戸で彼らに対してひそかに援助をする。

こうなってくると直弼としては、ちょっと捨てておけないことになる。単に過激な革命分子がうろうろして騒いでいるのと違うから。徳川の親藩であり御三家の一つである水戸藩が、そういう不穏分子と結びつくということは、これは大変なことですからね。幕府の大老である井伊直弼は、立場上、何とか思い切った手を打たなければならない。それがつまり「安政の大獄」ですよ。

徹底的に取り締って、多くの人間を処刑した。このとき直弼の意を受けて働いたのが長野主膳でね。革命分子のアジトがいっぱいあった京都へ長野主膳が行き、いまでも残っている俵屋という旅館を定宿にして、密偵を放っていろいろとお公家《くげ》さんだの志士だの、あるいは大名家なんかを探索して、それを井伊直弼に報告する。長野主膳は、紀州藩と深く関係のある人でしょう。ということは元来水戸とは相容《あいい》れない立場なんだ。将軍家継承問題でも、紀州の徳川慶福《よしとみ》か、それとも水戸の一橋慶喜《ひとつばしよしのぶ》か、争ったばかりのところですからね。結局、このときは紀州藩主慶福が勝って、十四代将軍家茂《いえもち》になる。その陰に主膳の暗躍があった。

そういうこともあって、水戸藩に対する処分が一番苛酷《かこく》なものになった。安政の大獄と呼ばれる弾圧では百人を越える反幕府派が捕えられ、処刑されたけれども、やっぱり徹底的にやられたのは水戸藩。斉昭は国許永蟄居《くにもとながちっきょ》、慶喜は隠居・謹慎。あるいはね、検挙しなくてもいい者までもやってしまったかもしれないんだよ。だけどねえ、井伊のやったことは、大老として当然のことをやったまでなんですよ。

ただ、時代が悪かった。もう少し前だったら是認された何でもないことなんだけれども、このときは、かえって火に油をそそぐ結果になってしまった。井伊自身は、よくよく考えて、これはやらなくてはしようがないと思ってしたことだろうと思うんだよ、ぼくは。後になってから、井伊のやりかたは過激だ、もっと他にやりようがあったろうなんていうのは簡単なんだ。だけど、その当時にあってはね、ちょっといえないと思うね。

ところで、もう一つね、これは歴史家がまだ見逃しているんじゃないかと思うんですがね。人間というのは、年少のころから若い時代に押しひしがれた下積みの生活をしているとね、自分が権力の座に着いたときに、反動的にその力をふるうんだよ。これは井伊大老のみならず、一般の人みんなに当てはまることです。

恐ろしいんだよ、これは。年少のころの鬱屈《うっくつ》したものが、何かの拍子にバーッとふき出して来る。それは本人でさえ無意識のうちにすることなんだ。

直弼の場合は、別に生活に困るということはないわけです。下積みではあっても一応、藩から金は出ている。しかし、現実には自分の家来たちよりもっとひどいような家をあてがわれてねえ。十七歳から三十二で藩主になるまで、わずか三百俵の捨て扶《ぶ》持《ち》でしょう。殿様の子でありながら貧乏世帯なんだ。その直弼が井伊藩三十五万石の藩主になり、ついには大老になったとなるとだね、やっぱり、しいたげられていた時代の反動が無意識のうちに出てくるんだよ。

だから、そういう人間のどうにもならない心理というものから見て、安政の大獄に象徴される井伊大老のやりかたに、ある程度年少時代の反動が出たということはいえるんだ。そうでなければ、ああまで激しい弾圧はしなかったんじゃないのかな。他にまだ方法がなかったわけじゃないと思うしね。

幕府の大老としては、あくまで当然のことをしたに過ぎない。井伊が悪いことをしたとは、ぼくは思わないんだ。しかし、もう少しやりかたが他にもあったろう、他の人だったらまた別の方法で解決しようとしただろうということですよ。たとえば、せめて皇女和宮《かずのみや》の降嫁《こうか》の終わるまでは事を延ばすとかね。まあ、井伊としては、ここでやってしまわないと見せしめにならないと思ったんでしょうね。何しろ水戸が背後にいるから、革命分子たちの。直弼はその点を一番恐れたんだよ。

第二次大戦で本当に戦ったのは、天皇しかいない。

当事者というのは、自分のことはわからないものなんだ。自分で自分のことはわからなくても、他人《ひと》のことはわかる。これが人間ですよ。同時に、渦中にあるときはわからないんだよ。

このことは大東亜戦争自体を見てもわかるでしょう。あの推移を見てもね。駄目だとわかっていながらも引きずられて、結局は戦争をするんだから。駄目だ、駄目だってみんながいっていた。海軍でも到底こんな戦争はできない、やったら敗《ま》けると、資材もなくてやったら必ず最後には敗けるんだと海軍がいっているのに、陸軍がおっぱじめるだろう。

だから、動乱のときというのはどうしようもないんだよ。日露戦争のときのように、海軍と陸軍がすっかり肚《はら》を割って、相談して、この戦争はやるけれども早くやめなければいけないということで一致してね、そこでお互いに協力して戦争を始める……ということじゃなくてだねえ、もう駄目だとわかっていて引きずり込まれるわけだからね、この前の戦争は。

だから、井伊直弼の場合は、それよりももっと無理からぬことだと思うんですよ。一番バカバカしいのは今度の太平洋戦争ですよ。あの中で、真面目《まじめ》に戦ったのはただ一人だけです。他の、大臣とか政治家、軍人、みんな口では、駄目だ駄目だ、陸軍の横暴を何とかしなきゃいかんっていってましたがね、本当に戦ったのはたった一人しかいない。だれだかわかる？

天皇ですよ。日本の敵・陸軍の横暴というものに対して、たった一人敢然と戦ったのは天皇なんです。ぎりぎりのところまで戦い続けている、政治上の独裁権がないにもかかわらず。だけど、その天皇を援《たす》けるやつが一人もいなかったんだ、命がけでやるやつが。

始めから最後までもう、しっかりとした見通しを持ち、日本の将来というものを賢明に予見して、正しい考えをつらぬいたのは天皇一人だけ。これは、ちかごろいろいろな資料が出るようになってきて、ようやくわかったことです。もし、そういうものの資料が出なければ永久にわからずじまいですよ。天皇はいつも雲の上の存在で、戦争なんかでもみんなまわりのいう通りに動かされて、うんうんっていって戦争になっちゃったと、そういうふうにしか思えない。

それがこのごろになって、さかんに資料が公開されるようになり、だから、ああそういうことだったのかとわかってきたわけだよ。あれほど英邁《えいまい》な君主がいながら、時の流れというものは結局どうしようもなく、日本はバカバカしい戦争に突入した。このことは、ちゃんと覚えておいたほうがいい。


桜田門外の変もかなり疑問のある事件だ。

資料に表われない裏側の事情があったはず……


安政の大獄以来、水戸藩の井伊大老に対する怨《うら》みというものは、これは大変なんだ。まあ、あれだけ徹底的にやられたんだから無理もない。で、結局、その不満が爆発して、水戸浪士が桜田門外で井伊直弼を殺すわけだ。

この事件も不思議なんだよねえ。当然、早くから、何かありそうだ、いつ襲われるかもしれないという噂《うわさ》は入っているわけだし、危険であることは十二分にわかっていたわけですよ、井伊家にも。それにもかかわらず、あんなに簡単にやられちゃうというのが不思議でしょう。いくら雪が降っていたからって、油断をしたといってもねえ。江戸城のところで真っ昼間に襲撃してくるとは夢にも思わなかったんだろうな。こういうことが、こういう場所で起こるという、そこにも将軍家というものの権威がいかに落ちていたか、よく表われていますね。

昔の将軍家の威光といったら、それは大したものだからね。考えられないわけだよ、こんな事件が起きるなんて。結局、八代吉宗以降、だんだん将軍家の威光が薄れていったんだな。中には利口な将軍もいたけどね。それで当然、独裁政権であるだけに、ひとたび威光が薄れだしたらもう、どうにもならないんだ。

やむを得ず合議制になってくるわけだ、政治が。老中、若年寄が集まって相談をし、それを大老が決裁するというような形にね。合議制というものには本来、それなりのいいところがあるわけだが、そこがやっぱり、いまの民主政治と違ってそれぞれ殿様だからね。領国があり、そこへ帰れば絶対君主でしょう。

封建時代の日本は、たくさんの独立国の集合体ですからね。国境がいくつも存在したわけです。国境感覚が日本人にはないなんていう学者がいるけど、とんでもない話でね。

それでまた桜田門の事件だが、井伊家といえば藩祖・直政以来「赤備え」で名を取ってきた武勇の家柄なんだ。それがわずか十八人の浪士に襲撃されて、大将の首を取られるという醜態をさらしたわけだからねえ。井伊家の江戸屋敷は桜田門から見えるんだよ。いまの国会議事堂のちょっと前のところですからね。ほんのわずかな距離でしかない。しかも真っ昼間なんだ。

この三月三日は上巳《じょうし》の節句といって、殿中でお祝いの儀式があるわけだ。だから各大名がどんどん行列をつくって登城してくる。ちょうど雪が降っていたこともあって、みんな合羽を着て、刀に革の柄袋《つかぶくろ》をはめている。その柄袋をはずさなければ刀は抜けない。そこへ飛び込んで来られたものだから、たちまちに斬《き》り立てられたんですね。井伊の家来にも一人や二人、落ち着いているのはいた。柄袋をはずして、たすきを掛けて、それから立ち上がって防いだというのもいました。だけど、そのときにはすでに井伊直弼は腹に鉄砲玉を受けていた。そうでなければ直弼ほどの男があんな死にざまはしませんよ。

映画で観るとみんなおかしいんだ。桜田門外の変。何回も映画になっている。それが必ず血相変えて、いまにも斬り込むぞという恰好《かっこう》で近寄っているわけだ。あんなことしてたら、すぐにバレちゃう。井伊のほうだって柄袋をはずせることになる。だから、柄袋をはずすひまもないような斬り込みかたを見せないとね。あれはアッという間に終っちゃうんだから。まず、五分か十分だろう。

桜田門の近くに集まっているのはいいんだよ。みんな武鑑を持って、

「今度の大名は何々様だ。次は何様……」と、武鑑に出ている紋と行列の紋を照らし合わせて、見物しているわけだ、田舎侍が。それで井伊家の行列がすぐ目の前まで来た瞬間に、水戸浪士の一人、森五六郎《ごろくろう》っていうのがパッと飛び出し、訴状を捧《ささ》げて、

「申し上げます!」

「何事だ、退《ど》け!!」

そのときにもう、隠れてるやつがドーンと一発撃っている。それが直弼に当たっちゃったんですねえ。実際に見たわけじゃないが、まあ、こうだったろうと思う。

浪士十八人の中に一人だけ薩摩《さつま》藩の出がいた。有村治左衛門という。この有村が駕《か》籠《ご》から直弼を引きずり出して、首を切り取った。それで有村はその首を持って、少し逃げて、結局重傷のために松平大隅守《おおすみのかみ》の屋敷の門前で死んだ。そのために松平家が直弼の首を預かっちゃったんだよ。

井伊家としては、その首を返してもらうのに大変だった。さんざん交渉をしてね。ようやく直弼の首を返してもらって、傷口を縫合して、病死ということで幕府へ届け出たわけです。むろん、幕府は委細承知の上で、これを認めた。認めざるを得ませんよ。大老が路上で浪士に殺されたなんていったら、幕府の権威自体が吹っ飛んじゃうもの。そうでなくたって非常時なんだからね。

一説には、前の晩に、

「明日の御登城に浪士たちの襲撃あり」

という投げ文が、井伊家の屋敷にあったというんだ。で、それを直弼に知らせたところが、泰然自若としていたとか、死を予期して、

「死ぬなら死んでもかまわぬ……」

という様子であったとか、そういう話が残っている。だからねえ。資料には表われない裏側の事情が、やっぱり、いろいろあったんじゃないかと思いますね。

昔の大名というのは、政治でも、座興にしても
真剣にやった……

十二、三年前に、彦根へ講演に行ったんですよ、頼まれて。講演の後で市長主催の宴会があったわけだ。そのときぼくは市長の井伊さんの三味線で長唄をうたった。「勧進帳」を。ぼくは、どっちかというと、そんなことしたくないほうなんだ。

小福っていう芸者がね、ぼくに、

「あたし市長さんの三味線、一回も聴いたことがないから、いい機会だから是非聴きたい。だから、勧進帳お願いします」

と、そういうんだ。

ぼくは、そのとき考えたのはね、自分がそういうことやるのはいやなんだけれども、市長がどういうふうに三味線を弾くのか見たかった。殿様だからねえ。それで、

「じゃ、やろう。おまえも手伝ってくれ」

と、いうことになって、小福といっしょに勧進帳をうたった。井伊兄弟の三味線で。市長の弟さんは大学の先生なんだ。学者ですよ。その人も三味線を弾くんです。うたいながら市長の井伊さんを見てるとね、もう真剣なんだねえ。汗びっしょり流して。いわゆるお座敷芸じゃない。もう本当に自分が習ったものを真剣にやるわけですよ。あれはやっぱり大名芸ですね。お大名というのは、それほど真面目な、立派なものなんだ。

この話はもう何べんもしたろうけど、いいと思うんだ。とにかくぼくは非常に感にうたれてね。ご兄弟を見ていて、

（ああ、昔の大名というのは、こういうものだなあ……）

って、感覚としてね、こういうふうに思ったね。それは、どこがどうって、ことばではいい切れませんよ。ただ、昔の大名というのは何事に対しても、たとえ座興の、座興ですよ実は、ぼくなんかの三味線を弾くというのはね、それでも汗びっしょりになって真剣にやるわけだよ。

大名っていうのは、こうだったんだよ。政治でも何でも。むろんバカ大名もいたろうけれども、だいたいはもう、みんな一所懸命ですよ。

で、井伊さんがね、全国市長会議に行くだろう、当時ね。そうすると一番見すぼらしいんだよ、洋服が。戦前のものをそのまま着ているから。修理に修理を重ねてね。ところがねえ、会議が始まるでしょう。すると、だんだん井伊さんがピカピカ光ってきて、立派に見えてくるんだって。これ、別の市長から聞いた話だ。つまり、大名っていうのはそういうものだよ。

あとでぼくは恨まれたよ、本来ならば彦根藩の殿様である人に三味線を弾かせた、池波正太郎はけしからん、なんてね。

それで、井伊さんは、昔の御下屋敷の一つの小さなほうに、奥さんと二人で暮らしているわけだ。奥さんは沖縄の公女ですよ。大変な名流の出なんだ。だけど女中も使わないで掃除から何から全部、奥さんが自分でやっていて、屋敷の一部を何か病気の人たちの施設にして、その世話もしているわけですよ。

そういうことを彦根の市民はみんな知っている。他人によく思われよう、自分が何か得をしようという気が全然なくて、そういうことを一所懸命にやっていることをね。だから、いかに革新派が立っても市長選挙には駄目なんだよ。勝てないんだよ。市民が知っているから。

本当の大名というものはどうであったか、井伊さんを見ているとわかる。自分のことなんか考えていないんです。ところが明治維新で成り上がったやつには、そういうところがない。利権を漁《あさ》る、地位を漁る、名誉を漁る、というやつのほうが多くなっちゃった、明治維新以後の政治家は。

昭和のこういう世の中になっても、大名というのはああなんだからね、井伊さんのように。金にも名誉にも関心がない、何よりも市民のことが一番大切だと。殿様って、そういうものなんですよ。そういう無私の生きかたが伝統的に血になってつながってきているわけです。そこがわからない人が多いんだねえ。

徳川家茂《いえもち》

和宮《かずのみや》降嫁《こうか》の条件としてあった攘夷《じょうい》は、始めから空手形だった。

十三代将軍・家定というのは、生来凡庸だった上に、子どもができなかったから、早くから跡継ぎのことが問題になっていた。候補者は二人いて、一人は家定の従弟《いとこ》に当たる紀州藩主・徳川慶福《よしとみ》、つまり後の十四代、家茂だな。そしてもう一人は水戸藩の徳川斉昭《なりあき》の七男である一橋慶喜《ひとつばしよしのぶ》。

幕府の大奥と奥女中たち、これは大変な勢力があるわけだよ。その大奥と井伊大老が協力して、紀州の慶福を推し、水戸側と真っ向から対立した。

紀州藩では十一代当主の斉順《なりより》が死んだ後、一時、その弟の斉彊《なりかつ》が家を継ぐんだが、わずか四年足らずで死んでしまった。それで、当時まだ四歳の慶福が十三代の紀州藩主になる。それから九年後には将軍家の跡継ぎ問題が起こり、結局、慶福が十四代将軍と決まり、名前も徳川家茂と改めることになる。これが安政五（一八五八）年、ちようど井伊直弼の断行した安政の大獄が進展中のときだ。

将軍になったとき家茂はようやく十三歳ですよ。そりゃあ昔の十三歳といえば、現代とは違って大人であるとはいえるけど、やっぱりまだ一人前じゃない。周囲の情勢に流されて、気が付いてみたら十四代将軍になっていた……というのが家茂の偽らざる気持ちじゃないの。

百四十年前に、同じように紀州藩主から八代将軍になった吉宗の場合は、もう三十三歳だったわけだからね。それに何といっても時代がよかった、吉宗にとっては。徳川幕府の勢いが盛んで天下太平だったでしょう。だから徳川中興の祖と称《たた》えられるような名将軍になることができた。

それに比べて、家茂の場合は、あまりにも時代が悪かった。晩年の勝海舟は、家茂のことが話題になるたびに「お気の毒なかただった」と、老眼に涙を浮かべて嘆息したそうだよ。

家茂が十四代将軍になった翌々年に、井伊大老が暗殺されてしまう。同じ年の夏、徳川斉昭も死ぬ。井伊直弼亡《な》き後、大老の地位についたのは安藤対馬守《つしまのかみ》信正《のぶまさ》だ。安藤信正は井伊直弼の政治構想を受け継いで「公武合体」というものを推し進めようとした。その一つの策が皇女和宮の降嫁ですよ。将軍家茂の妻として、孝明天皇の腹違いの妹である和宮を迎えることができれば、幕府と朝廷の絆《きずな》は万全になる。典型的な政略結婚だね。

孝明天皇は、執拗《しつよう》な幕府の要求に負けて、この結婚を承諾したわけだ。それというのも勤王派の長州だの薩摩だの、あるいは各地から流れ込んで来た浪士たちが京都で騒ぎ立てるでしょう。それが非常にいやだったんだねえ。それともう一つ、極端なほどの外国人嫌いだった。

目の色の青いやつらが、日本へ入って来てどんなことをするかわからないということで、和宮を家茂の嫁にやる代わりに、必ず夷狄《いてき》をやっつけてしまえというのが和宮降嫁の条件だった。幕府はこの条件を呑《の》んで、やっと政略結婚を実現させるわけだ。だけど、幕府の基本方針は、本当は違うわけでしょう。すでに日米修好通商条約を結んだりしているんだからね。だから攘夷の約束は始めから空手形なんだ。それでも孝明天皇は一応満足された。

公武合体も、孝明天皇と将軍家茂の死で四年しか続かなかった。

和宮降嫁が発表されると、尊王攘夷派の志士たちが騒ぎだして、江戸へ下る途中を襲って皇女を奪いかえそうというわけだ。それで降嫁の行列は厳重な警戒のもとに、危険な東海道を避けて、中山道《なかせんどう》をとった。

行列が京を発《た》ったのは文久元（一八六一）年十月二十日、江戸へ無事到着したのが十一月十五日。婚儀が行なわれたのは翌年の二月十一日。このとき、家茂も和宮もまだ十七歳です。この婚儀の約一カ月前には、老中安藤信正が浪士の襲撃を受けて負傷している。いわゆる「坂下門外の変」だ。

和宮には、幕府から降嫁の要請があったときもう、婚約者がいたんだよ、有栖川宮《ありすがわのみや》熾仁親王《たるひとしんのう》という。それを無理やり引き裂いて降嫁を実現させるために暗躍したのが岩《いわ》倉具視《くらともみ》。だからそのおかげで、尊王攘夷の過激派が全盛のときには、岩倉具視は命が危くなって、京の外へ逃げ出して隠れなければならなかった。

将軍の娘が天皇家へ嫁いだ例はあるけれど、天皇家のかたが将軍のところへ嫁入りするというのは、これが初めてだから、幕府としては随分と気を遣ったらしいよ。たとえば将軍夫人となった和宮を、どのように呼べばいいかというようなことまで。

このとき、大奥で実権をふるっていたのが天彰院《てんしょういん》なんだ。この人は前将軍家定の未亡人で、もともとは薩摩の出身ですよ。なかなかの女傑だったらしい。それだけに和宮の気苦労というものは並みたいていじゃなかったろう。

だけど、将軍家茂と和宮との仲は、非常に睦《むつ》まじいものだった。同じ十七歳の若い将軍と若い夫人ですからね。政略結婚ではあっても、結果的には二人の心が通い合って、この結婚は成功だったわけです。

その点はよかったんだけれども、孝明天皇に対する幕府側の約束がある、攘夷という約束だ。孝明天皇は早く攘夷を実行せよと迫る。幕府はいよいよ窮地に追い込まれて行く。ということは、将軍である若い家茂が一身に苦労を引き受けるということですよ。立場上ね。

家茂は文久三（一八六三）年二月以降、三回上洛《じょうらく》している。というより行かざるを得なかった。朝廷の勢力がそれだけ強くなっていて、政治の中心はもう江戸じゃなくて京都に移っていたということです。

この当時、京都では過激な浪士たちが、天皇のことを「玉《ぎょく》」なんていって、

「玉をかつぎ出して、どこかへ移してしまえばいいではないか」

とか、

「面倒だ。いっそ玉をやってしまえ」

とか、平気でいってたんだからね。もう、ひどいものですよ。

天皇を長州へ移して、そこで事を起こそうというような話は本当にあったんだ。風の強い日に御所へ火を放って、その騒ぎのうちにあわよくば天皇を誘拐《ゆうかい》して……という計画だった。

だから、孝明天皇は、いかになんでもそういう無茶なことをしかねない勤王は、自

分は絶対にいやだ、長州はもういやだと。そんな浪士たちと比べれば、幕府のほうがどれだけ信頼がおけるかわからない……ということになるわけですよ。

初めて上洛して参内した若い将軍を見て、孝明天皇は一目で気に入った。誠実で純真な家茂の人柄がわかったから。公武合体はこのときに実現したといっていいわけだ。ところが続かないんだな、これが。時の流れの恐ろしさですね。それからわずか三年後に、家茂が大坂で二十一歳の若さで病死してしまう。長州征伐に行った幕府軍がさんざんに打ち負かされて醜態をさらしている最中のことだ。続いて、同じ慶応二年の終りに、今度は孝明天皇も急死してしまう。公武合体という理想は、ここで、あえなくも終止符を打たれることになる。

討幕の主流は薩・長・土・肥。みんな金のある藩だった……

討幕運動というのは京都で始まって、それからもう終始、京都を中心として行なわれたわけだ。これは京都に天皇がいるんだから、まあ、当然のことでしょう。天皇がいるところでやるからこそ勤王運動になるんだからね。

で、その京都では、どうしても幕府側の評判が悪いんだよな。どうしてかわかる？

つまりねえ、一口にいうなら金がないわけですよ、もう。幕府自体にそんなに金がないから、幕府の用事をしている大名たちが、それぞれ自分のところで賄《まかな》わなきゃならない。京都守護職を命じられていた会津藩にしても、とにかく金がないんだよ。だから、どうしても何かにつけて金払いが悪いことになる。料理屋なんかに対してもね。京都の料理屋でも、芸者町でも、幕府の御用《あれ》だっていうと、みんな、いやな顔になるわけだ。

勘定をツケにしてためておくだろう。そうすると年中、転勤命令が出るんだよ。京都の町奉行所の役人たち、奉行や与力なんかにね。今度は江戸へ戻れ、だれそれと替われと。というのも京都が大変だから、しょっちゅう人間を入れ替えて何とかしようというわけですよ。そうするとね、料理屋の勘定、ためっぱなしで江戸へ帰っちゃう。それが二人や三人じゃない。年中なんだ。当然、幕府のほうは人気が悪くなる。

そして、反動的に勤王の志士たちに人気が集まる。京都の市民はみんな、まあ全部ではないけど、勤王びいきになっちゃう。金を落としてくれるのは勤王の連中だから。長州なんていうのは、ぽんぽん金をばらまくでしょう。長州の志士なんか料理屋へ行って、芸者をあげてさ、金ばなれのいいこと凄《すご》いんだ。それで京都市中の人気はもっぱら勤王の志士に集まってだねえ、現に芸者の幾松《いくまつ》なんていうのは桂小五郎の愛人から、ついに夫人になってしまったね。

革命運動だ何だといったって、金がなけりゃ何もできやしない。薩摩、長州なんか金があったからこそ主流になれたわけですよ。暗殺者を雇って邪魔な人間を殺させる。それも金があるからできることでしょう。人斬《き》り以蔵と異名を取った岡田以蔵にしたって、金で雇われて働いたんだからね。

勤王運動の中心になった四大藩は、ごぞんじのように薩・長・土・肥。土は土佐、肥は肥前。みんな江戸から遠いんだ。九州、四国でしょう。で、隠密が報告したからって、末期の幕府にはもう、それに対して、けしからんから呼び出してどうのなんていえないんだよ。そんなことといったら逆《さか》ねじくわされるぐらいに幕府は腰くだけになっているんだから。

それで、これじゃいかんということで井伊大老が幕政刷新をはかったのが、前にいった安政の大獄なんだ。だけど、それがもう遅かったんですね。もう少し前だったら効果のあったことが、逆に導火線に火をつける結果になってしまった。

幕府に対する長州藩の恨みは
関ヶ原以来の怨念《おんねん》だった。

どうして薩摩・長州があれほど倒幕運動の中心になれたか……この問題を考える場

合は、薩摩と長州の実態をよく知らないといけないんだ。変な話だけどね、長州と薩摩では幕府に対する考えかたが違うんですよ。

長州はね、水戸と同じで、幕府に対する長い間の怨念《おんねん》がある。何しろ関ヶ原以来の怨念なんだ。毎年、正月が来るたびに、殿様の前でみんなが「幕府を倒せ」っていうようなことを誓い合って正月の儀式をするくらいですからね。そういう抜きがたい恨みが長州にある。幕府自体もまた長州に対しては、過去の二百何十年間、つねにひどく冷たい態度を取り続けてきたわけだよ、関ヶ原の合戦以来ね。

長州つまり毛利家というのは、まかりまちがえば徳川に代って天下を取ろうという者の子孫なんだから。それが関ヶ原で敗れたために、俸禄《ほうろく》をばっさり削られて、とにかくひどい扱いを受けてきた。その恨みが大変なんだ。

ところが、薩摩のほうはね、これは毛利と全然違うんだよ。幕府に対するあれが。薩摩藩の場合は「攘夷、攘夷」っていっていながら、もう、外国とは貿易をしなければならないということがわかっているわけですよ。薩摩自体が前から盛んに密貿易をやっているんだもの。

ただ、攘夷というスローガンを利用して幕府を倒そうとしているだけなんだ、薩摩は。倒すというのも、完全にやっつけて再起不能にしようとか、徳川を根絶やしにしようとかいうのとちょっと違うんだな。薩摩と幕府とは昔からいろいろと接触も多いしね。ほら、天彰院のように、薩摩から将軍のところへ嫁入りしている場合さえあるわけだから。

だからね、西郷にしても大久保にしても、徳川幕府を倒して明治維新を達成したときにね、自分が指導権を握って事に当たらなければ、むざむざと長州の一派に取られるだけだろう。それでやったに過ぎないんであってね。

結局、明治維新の後で、幕府に対して一番同情的だったのは西郷隆盛だったんじゃないかと思うんだ。西郷にしろ大久保にしろ、旧幕府の人たちに対しては非常に好意的ですよ。人材登用のしかたなんかを見てもね。もう気の毒なことをしてしまった、済まないっていう気があるわけだよ、薩摩には。

薩摩・長州が革命運動の主軸になった理由というのは、要するに、まず金があったということ。それとやっぱり地理的な条件だね。あんな日本の端っこでしょう。幕府の眼が届かないわけですよ。何かやってるなと思ったって手の出しようがない。

幕府は、長州や薩摩へ隠密を潜入させていろいろやっているんだが、みんな殺されてしまう。だから、隠密が行ったきりで帰れないのを「薩摩飛脚」というくらいですよ。

薩摩藩では他国の人間が入って来てもすぐわかるようにことばまで変えた。あれはいまでも、ぼくらが行ってもわかりませんね。外国語も同然で。新国劇の芝居に桐野利秋を書いたとき、薩摩ことばを少し勉強しようと思ってね、鹿児島のおばあちゃん芸者を三人ばかり呼んで、勝手にしゃべってもらった。聞いてたら、何いってんだか全然わからなかったよ。だから、ぼくの芝居では、だれが聞いてもわかる薩摩弁にした。

その芝居、「人斬り半次郎」を、テレビでもやったんだよ。若山富三郎が、まだ売れなくて弟の勝新太郎に押しまくられちゃって、しょんぼりしてたころ。このドラマをきっかけにして若山は息を吹き返したんだからね。そのときに、薩摩から人を呼んで。ある程度本格的にやったんだよ、薩摩弁を。わからないんだ、何をいってるんだか。

で、薩摩弁というのは、たいてい芝居なんかで西郷隆盛が出てくると、

「なんとかなんとかでごわす!」

と、威張った口調でやるだろう。あれ、全然違うんだよ。もう、優しいんだよ、本当は。どちらかといえば京都弁によく似た、とてもやわらかいアクセントなんですよ。

孝明天皇はほぼ暗殺された。

誰が犯人かははっきりしないが……

とにかくね、幕末のこの時期になると、しっかりと腰のすわっているのが少ないんだ、幕府の要人に。みんな大名だからね、それぞれ自分の藩を持っている。それで、あっちへついたほうがいいか、こっちへついたほうがいいか、うろうろしている。薩摩といまのうちに手を握っておかなきゃいけない、いや、長州と組んだほうがいいなんてね。

で、長州はまあ、やっつけても構わんじゃないかと。こともあろうに御所へ攻めかかって来たんだからね、長州兵。このときは松平容保《かたもり》の会津藩の兵が中心になって、ようやく長州兵を打ち破ったわけだ。この「禁門の変」では薩摩藩も幕府側について長州をやっつけているんだよ。

その後、今度は長州征伐になるわけだが、攻め切れないんだ、幕府は。みんな腰抜けばかりになっちゃったから。それで、勝海舟がこんなことじゃしようがない、長びけば幕府が馬鹿にされるばかりだというので、長州へ乗り込んで行って和解を成立させた。まったくだらしがないんだよ、幕府のほうも。結局のところ寄り合い世帯で、みんな大名だから、薩摩や長州と同じなんだから。いざとなると自分の領国のことしか考えない。もうそれだけ幕府というものの威厳がなくなっていたということですね。

その中にあって若い家茂がね、一人で苦労をしていたわけだよ。そういう家茂の純粋な気持ちに孝明天皇も動かされる。自分の妹のご亭主なんだから、可哀そうになってくる。それで、いよいよ天皇は幕府のほうに好感を持つようになるわけですよ。

そうなるとだ、倒幕派にとっては、孝明天皇がもう邪魔だってことになってきた。だから、妙な話だけれども、孝明天皇が亡《な》くなられたときに暗殺説が流れたんです。これは有名な話で、作家の南条範夫さんをはじめ、いろいろな人たちがね、それぞれにかなり信憑性《しんぴょうせい》のある調査のもとに書いていますよ、孝明天皇暗殺説を。ぼくも、ほとんど暗殺に違いないと思っている。

だれが犯人か、だれにもわからないよ。いろんな説があるんだ。岩倉具視だという説もあるし、伊藤博文だともいわれている。本当のところはわからない。

これは嘘《うそ》か本当か知らないけれども、伊藤博文を暗殺した犯人がハルビンで軍事裁判にかけられたときね、犯人がだね、

「伊藤公は、明治維新の際に、孝明天皇を……」

っていいかけたら、その瞬間に、

「閉廷!!」

って、ストップさせられたというんだ。これは事実らしいんだよ。だけどそこまで、もう「中止!!」って引っぱられて行っちゃったから、真実はやっぱりわからない。

また、ある人にいわせれば、孝明天皇が御所で便所へおいでになって、帰りに手を洗ったときにね、縁の下から手槍《てやり》でもって孝明天皇を突いたやつがいる、と。それが

伊藤博文だという説がある。説だよ。本当だっていうんじゃない。だけど、本当でないともいえないんだ。天皇のあれをね、拝見したお医者さまの話が伝えられているんです。歴史小説家の村雨退二郎さんが、だいぶ前にこの人は亡くなりましたが、「病死か暗殺か――孝明天皇の死」という一文を遺《のこ》しているんだ。それをぼくも『近藤勇白書』という小説の中で紹介しておいた。

村雨氏の知人でシェパードの訓練士をしていた山本正英氏から、村雨氏が直接にきいたはなしだそうであるが……。

山本氏の祖父は山本正文といい、当時の御所の医師をつとめてい、山本氏は、この祖父から孝明天皇の最期《さいご》について、次のようなことをきいた記憶がある、と、村雨氏に語った。「……孝明天皇の毒殺説というのがあるが、毒殺じゃあないのだ。ほんとうはね、天皇が厠《かわや》から出て来られ、お手を洗っておられるときに、下から手槍で突き上げた者があるのだ。天皇は、槍に突き倒され、それから縁側を這《は》って御病間へ辛うじてもどられたのだよ。縁側は血だらけになっていた。

……自分が御所によばれ、駈けつけたとき、次の間に、二十五、六の女官らしい女が、ふすまの陰から苦しんでおられる天皇の御様子をうかがっていたが、自分を見ると、ニヤリと、それはそれは不気味な笑いをうかべたかと思うと、すーっと、どこかへ消えてしまったよ」

（『近藤勇白書』より）

十四代将軍家茂《いえもち》の死で
徳川幕府は滅びたといえる。

結局、十四代将軍家茂は、ついに徳川幕府二百何十年の歴史が閉じられるという変動期にあって、将軍なるがゆえに苦労に苦労を重ねてね、その苦労が積み重なったために病死してしまうわけですよ。二十一歳の若さで。この家茂の死についても、やっぱり一時は毒殺ではないかという説が流れた。家茂は慶応二（一八六六）年七月二十日、大坂城中で死んだわけだが、七月二十五日大坂出帆の船で博多へ帰った助蔵なる者が、将軍は何者かの仕業によって毒殺されたらしいという大坂表での風説を伝えているんです。それが福岡藩庁の記録に載っているという。だけど、これは当時の異常な雰囲気の中から生まれた単なる噂《うわさ》でしょうね。家茂が殺されたんだとすれば、家茂を殺したのは心労そのものですよ。

もともと家茂は躰《からだ》は弱かった。その弱い躰に鞭《むち》打《う》って京都と江戸を何度も行ったり来たりしているわけでしょう。真面目《まじめ》一方の誠実な人柄で、ほとんどもう申し分のない立派な将軍だった。だからこそ死んじゃったんだ。これが十五代・徳川最後の将軍になった一橋慶喜のように変わり身の早い人間だったら、もっと長生きできたかもしれないんだ。

そういう将軍の苦悩しているありさまを、和宮は夫人として目のあたりに見ているわけですよ。だから、はじめは泣き泣き嫁いで来た和宮だけれども、夫婦になってみると、そのあまりにも純真な夫の人柄にだんだん、心を惹《ひ》かれていったのは当然なんだ。

で、苦闘空《むな》しく家茂が大坂で病死してしまったときに、その和宮がだね、

「世の中の憂《う》きてふ憂きを身ひとつに……」

と。憂きというのは、ほら、憂鬱の憂き、人間としての苦しみだよ。

「……憂きてふ憂きを身ひとつに、とりあつめたる心地こそすれ」

と、詠《よ》んでいますよ。自分の夫を悼《いた》んで。これはもう、そのころには家茂に対して心からの愛情を持っていたということですよ。家茂のほうでも妻である和宮を愛していた。三度目の上洛で、そのまま大坂で死んでしまったけれども、妻への土産にと西陣の織物を買い調えていたくらいなんだ。家茂の遺骸《いがい》と共に船で運ばれて来たその西陣織をひしと抱きしめて、和宮は、

「空蟬《うつせみ》の唐織衣《からおりごろも》何かせん綾《あや》も錦《にしき》も君ありてこそ」

と詠んで泣きくずれたと伝えられている。

家茂が死んだ後、明治維新になり、和宮にはまた皇室へ戻っていただこうという動きもあったんです。だけど和宮は最後まで徳川家の人であることを望まれて、だから没後は芝・増上寺の家茂の隣りに葬《ほうむ》られている。

これは余談だけど、和宮の姑《しゅうとめ》に当たる天彰院ね、十三代将軍家定の夫人。この人は前にもいったように薩摩の島津家から嫁に来ているわけだろう。それにもかかわらず明治維新のときには、この人も徳川の人になりきっちゃっているから、もう嫁と姑が完全に一つになっちゃったわけだよ。

それで、十五代将軍慶喜が鳥羽伏見の戦いで敗《ま》けてさ、さっさと船に乗って大坂から江戸へ逃げ帰ってきたろう。そうしたら、天彰院と和宮に、

「総大将が何ということだ、しっかりしなさい」

って、やっつけられたんだよ。やっぱり水戸の出だからね、慶喜は。幕府のために本当に命を捨てて戦おうという、何としてでも徳川幕府を存続させようという精神が乏しいんだよ。だから、十四代将軍家茂が死んだ慶応二年をもって家康以来の徳川幕府は滅びたと、そういっていいでしょうね。

松平容《かた》保《もり》

徳川幕府の屋台骨がゆるんでも
会津藩には藩祖以来の伝統が受け継がれてきた。

公武合体という政治構想の実現には、孝明天皇と将軍家茂に、もう一人、会津藩主・松平容保が大きな働きをしたんです。今度は、松平容保の話をしよう。

会津・若松二十八万石の最後の殿様になった松平容保の肖像写真というのは残っているんですよ。それを見ると、文字通り眉目《びもく》秀麗な美男子そのものなんだ。容保が京都守護職という大任を課せられていたときの写真では、陣羽織に籠手《こて》、臑当《すねあて》をつけ、陣太刀を持っている。まあ、いかめしい武装をしているわけだけれども、そういう恰《かっ》好《こう》とまったく異質の、優しくて美しい顔ですね。躰《からだ》もほっそりとしている。少年のころから病身だったというからね。

松平容保の少年時代のことはあまり詳しく伝えられていない。天保六（一八三五）年十二月二十九日に、美濃国、いまの岐阜県だな、高須三万石の城主・松平義建の六子として生まれたわけだ。生まれたのは美濃じゃなくて江戸。四谷《よつや》の藩邸ですがね。幼名は銈之允《けいのすけ》。

高須藩というのは禄高《ろくだか》こそ三万石の小藩だけれども、本家はいわゆる「御三家」の一つ、尾張家の分家なんだ。尾張家二代・大納言《だいなごん》光友の次男・源四郎義行がその藩祖で、義建は十代目に当たる。家柄はもう非常にいいし、官位も高いんですよ。

六番目の子ですからね、容保はやがて会津・松平家へ養子に入ることになる。十二歳のときかな。そして六年後の嘉永五（一八五二）年に養父の容敬《かたたか》が死ぬと、銈之允改め松平肥後守《ひごのかみ》容保として名実共に会津藩九代目の藩主になる。

会津藩というのは、前にも話したように、徳川二代将軍秀忠の子である保科正之《ほしなまさゆき》が藩祖です。保科正之が、三代家光、四代家綱の両将軍をたすけ、徳川政治をゆるぎないものとするため、精力的に働いたのは有名な話だ。

正之が幕府の閣僚たちと一緒に改定した「武家法度」二十一カ条というものを読むと、これはむろん徳川政権の安泰を願うためのものではあるけれども、行文には、おのずからなるきびしさがみなぎっている。つまり、幕府も大名も互に歩調をそろえて、

「世をおさめるものは、みずからをきびしくいましめねばならぬ」

という意気込みが、はっきり出ているわけです。その正之の時代から二百年経《た》って、徳川幕府の屋台骨はもう、すっかりゆるんでしまうわけだけれども、まあ、会津藩に

は藩祖保科正之以来の伝統がきびしく受け継がれてきた……といっていいでしょうね。それが幕末に至って、最後の藩主・松平容保によって開花したんだ。

松平容保が京都守護職の役についたのは欲得ずくでなく、義に生きるため……

松平容保が幕府の政治に参与し、京都守護職という大任を与えられたのは、文久二(一八六二)年のことだ。この年の七月、幕府は京都守護職という新しい役所の設置を決定した。その目的は、いうまでもなく朝廷と京都の警備です。京都には前から京都所司代というのが置かれていたんだけれども、もう、それだけじゃおさまらないような情勢になっていたんだね、当時の京都は。

それで、京都所司代の上にもう一つ京都守護職を新設して、それを松平容保に命じたわけだよ。だけど、ちょうどそのときも容保は病気中で、はじめはこの大役を辞退した。

「いやしくも将軍の命とあらば、何事にせよこれを受けるのが藩祖からの家訓であり、謹んで命を奉ずべきであるが、この容保は才がうすく、空前の、この大任にあたる自信がない。そのうえ会津は東北の地にあって家臣らはおおむね都の風習に暗く、なまじいに将軍の命と藩祖の遺訓を重んじて浅才《せんさい》を忘れ、大任にあたるとしても、万一過失のあった場合、一身一家のあやまちではおさまらず。累《るい》を宗家にまで及ぼすかもしれない……」

というわけだ。

無理もない話ですよ。何しろ大変な時代になってきているから。革命運動を行なう勤王の志士や浪人たちが続々と京都へ集まって、血で血を洗う陰謀や暗殺が日常茶飯事になっているわけでしょう。そういうところへ乗り込んで行くなんて、まるで薪を背負って火の中へ飛び込むようなものだと、国許《くにもと》の会津から家老の西郷頼母《さいごうたのも》が駆けつけて来て、絶対に反対だというわけだ。

勤王の志士といっても、中には随分ひどいのもたくさんまじっている。浮浪者みたいなものまで勤王の志士と称して、どさくさまぎれに徒党を組んで悪事を働いていたんですからね。金品強奪や婦女暴行なんて珍しくもない。要するに、そのころの京都は目もあてられない状態にあったんだ。

で、ここは何が何でも松平容保に京都守護職を引き受けてもらわねばならない。そのために、前越前福井三十二万石の藩主・松平慶永《よしなが》を通じて、幕府は再三にわたって容保を説得した。

松平慶永はほとんど連日のように容保のところへ足を運び、将軍家からの強《た》っての頼みであるというわけだ。

それで、ついに松平容保が引き受けた。慶永の熱心な説得に負けたというよりは、やっぱり年若の将軍家茂のことを思えば、引き受けないではいられなかったということでしょうね。

こういう役目を引き受けると大変なんだ。金がかかるんだよ、金が。昔はみんな、大名が役を命じられたとき、費用は全部大名自身が持つんだからね。何百人という部隊を率いて殿様みずから京都まで行って、家来たちの生活費だけでも大変なところへ、京都ではいろいろな設備をして屋敷を構えなきゃならない、各方面へ運動費も使わなきゃならない、交際費もちっとやそっとではすまない……ということだから。会津藩だってそんなに金持ちじゃないでしょう。家来がみんな大反対したのは当たり前の話なんだ。

それでも、最後に松平容保が断を下した。

「この上は義の重きにつくばかりで、他日のことなど、とやかく論ずべきではない。君臣もろともに京都の地を死に場所としよう」

殿様にここまで決心されたら、もう、家臣たちも何もいうことはないわけだ。こういう覚悟で京都へ行ったんですからね、容保は。天下のために、世の中を鎮《しず》めるために、自分はどうなっても構わない、と。

そこが偉いんだよ。だからその気持ちが、自然に天皇へも伝わることになる。つまり。他意がないんだから、まったく。単に勤王のやつらをやっつけちゃえとか、そんなことじゃないんだ。

あくまでも公武合体して世の中の動乱を鎮めようという、自分はその一つの力になればそれでよろしいということで行ったわけだから、孝明天皇の気持ちとぴたっと合ったんですね。

「反対のための反対」という風潮は幕末維新から……

そのころ京都で騒いでいた浪士なんていうのは、ただもう、

「幕府を倒せ、幕府を倒せ!!」

というだけなんだ。で、幕府を倒したら、その後どうするのかということは考えてもいない、一般の浪士の場合はね。もっと偉い人たち、たとえば西郷隆盛のような人は、倒幕後の政治構想をある程度は持っていたけれどね。

一般の浪士は騒ぎ立てること自体が目的なんだよ。というのも、みんな食いつめているから、下積みの生活で。騒ぎがあれば、なんとかどさくさにまぎれて、そこで食

べて行ける。だから戦国時代にだねえ、大坂城に十何万人もの浪人たちが集まったでしょう。あれと同じなんだ。もう、半分はやけっぱちで、いつ死んでもかまわない、世の中を騒がせるのが面白くてやっているということなんだ。そういう連中が自分の命をちっとも惜しまないで暗殺をやったり、いろいろやるわけだよ。勤王がたの偉いやつに操られて。

これは変な話だけれども、日本人というのはどうも時の政府に対して、どんな政府であろうと反対をする、そういう風潮があるでしょう。そういう反対のための反対という風潮が出てきたのは、考えてみると、この幕末維新のころからなんだな。

つまり、政府のやっていることで、いいことであった場合には、反対党であっても政府と力を合わせてやっていこうという気風がね、このとき以降、なくなっちゃったんだよ。

結局、その当時でも、もうわかっているわけですよ、勤王運動、攘夷《じょうい》運動の指導者たちにも。つまり、外国と交際しなければだめだということが。港を開いて外国と条約を結んでやっていくしかないと、彼らにもわかっているんだ。わかっていながら反対するわけです。なぜかというと、反対するスローガンが「攘夷」でなければいけないから、幕府が「開港」なんだから、その反対はどうしても「攘夷」になるわけだよ。どうだい、いまの日本の政治そのものだろう。

スローガンのために反対しているのであって、指導的な立場にあるほどの人たちは、気持ちの中では、

(外国とは、いずれは開港して交際をしなければならない……)

と、わかっている。だけど、幕府が開港を主張する限りは、あくまでもそれに反対するわけですよ。どんなにいいことであっても、幕府のやることには全部反対するんだ。

話はいろいろと前後するけど、幕末の動乱を勤王革命、明治維新と美化していうでしょう。あれは封建制度を打破して近代日本を誕生させた正義の革命である、と。しかしねえ、あれは民衆の革命じゃないんだ。武士階級の、特権階級の政権交代に過ぎないんです。

本当の意味で革命になっていない。だから結局のところ、同じようなものができただけなんだよ。支配権が徳川幕府から薩長連合に移ったというだけのことなんだ。反対のための反対ということじゃなくて、みんなが幕府を助けるようにして明治維新政府をつくっていたら、もっとあかぬけていますよ。いろんなやりかたがね。幕府のほうには優れた人材がいっぱいいたんだから。そういう人材がみんな埋没しちゃった、敗《ま》けたばっかりに。それで新政府は田舎っぺばかりになっちゃった。

ただ、中にはね、自分はもともと田舎者であると、あかぬけないんだと、政治家と

してもっと勉強してしっかりやらなきゃいけないんだ、そういうふうに自覚して努力をした人もいますよ。

維新の新政府に徳川方の人材がもっと有効に登用されていたら、日本の歴史は随分変わっていたろうと思いますね、ぼくは。だけど、維新というのは要するに民衆とは無縁の政権闘争だからね。敗れたほうはすべて追放されてしまうわけだよ。

政治家というのは、その時代にぴたりと合ったときに、力が出るんです。たとえば、吉田茂さんという人は動乱期が、終戦直後のあの動乱期が性格的に合っていた。だから、あれだけの活躍ができたわけですよ。現代《いま》のような時代だったら、吉田茂はもう面倒臭がって、何かにつけて「馬鹿野郎!!」の連発ですよ。いくつ内閣を替えたって足りやしないよ。あの動乱期だったからこそ、てきぱきと自分の思うがままにやることが全部、ツボにはまってきたわけです。

選挙の投票日に、吉田茂がだね、白足袋を履いてさ、草履も脱がずに投票していった。畳敷きのところへそのまま上がって。みんな他の選挙民は履きものを脱いで投票するのに吉田はけしからん、威張っていると。一事が万事、野党の論理というのはそれなんですよ。

だけど、よく考えてごらんよ。一般民衆が投票するのに、履きものを脱がなきゃ上がれないような選挙投票場をなぜつくるのか、ということだよ。そうでしょう。だれでも履きものを履いたままで、どんどん投票できるようにしておくのが当たり前なんだ。なんでもないことなんだよ、そんなことは。だから、吉田茂は別に偉ぶって履きもののままで投票したわけじゃないんだよ。

日本の野党というのはねえ、そんなこともわからないで、ただもう重箱の隅をほじくるように、上げ足取りをするだけなんだ。みんなつまらないんだよねえ、反対のための反対ばかりでさ。そういう風潮が出てきたのは、もとは明治維新からなんだ。


天皇が自分の着ているものを最初にあげたのが容保だった。


また松平容保の話に戻ると、とにかく立派なんだよ、やることなすことがね。容保が京都の藩邸へ入ったのは十二月二十四日だが、京都守護職を引き受けた八月に、さっそく京都へ先発隊を送って、いろいろと下準備をさせている。大庭恭平という家臣には特別の密命を与え、情勢を探らせた。

その大庭の働きで、会津藩のアの字も知らなかったような浮浪志士の連中が、だんだん会津藩の立場をよく理解するようになってね。

後に、容保が事破れて会津へ帰り、官軍を迎えて若松城へ立て籠《こも》ったときに、ひょ

っこりと現れて、

「死にに来ましたよ」

と、会津藩士とともに戦って死んだ者が何人もいるんです。

京都では、先に京都守衛を命じられてさんざん失敗を演じている彦根藩や、二条城へ逃げ込んだ所司代などの姿を見ているだけに、一般の市民さえも、

「田舎大名が、どんな間の抜けた姿を見せるか……」

と、馬鹿にしていたわけだ、会津藩のことを。ところが会津藩士の行列というのは、それはもう立派なものだった。馬上に凜然《りんぜん》たる殿様を中心として、行列は前後一里にも及び、殿《しんがり》を務める家老・横山常徳をとりまく儀仗兵《ぎじようへい》だけでも五十人に及んだというんだから。会津藩が二百年の間に培《つちか》ってきた士風というものが、遺憾なく発揮された素晴らしい行列だったと思いますね。それで、京都の市民たちがびっくりしたんだ。

松平容保は、京都へ入るとすぐさま、時の関白・近衛《このえ》忠熙《ただひろ》を訪れて挨拶《あいさつ》をしている。

「ただいまの急務は、日本国内の人心一和が何よりの先決で、その人心一和は主として公武の、即《すなわ》ち皇室と将軍家の一和であり、それが欠けましては、いかなる上策がありましょうとも実行はむずかしいと存じまする。これに反し、人心一和すれば、いかなることもかなわぬことなし。容保、不肖ながら公武一和のため、死をもってこれに当たる決心にござります」

こういったわけだよ。

近衛関白も老熟した人物で、勤王運動の騒ぎに巻き込まれて熱に浮かされたような、いわゆる過激派の公卿《くげ》たちとは比べものにならない。だから、松平容保の挨拶に対して、非常に好感を持ち、さっそく孝明天皇に報告して、会津中将は当今稀《まれ》なる至誠の人物でありますと伝えていますよ。

年が明けて文久三（一八六三）年の正月二日、松平容保は初めて孝明天皇に拝謁《はいえつ》をした。天皇は、前に近衛関白から容保の人柄を聞き知っておられたから、非常な期待を持って謁見されたわけだ。実際、会ってみたら、

（まさに、近衛が申した通りの人物である……）

というので、たちまち好感を抱いた。それで、特に緋《ひ》の御衣《おんぞ》を下賜《かし》されて、それを、

「戦袍《せんぽう》か直垂《ひたたれ》につくり直すがよい」

と、いうわけです。こんなことはかつてなかったことですよ。天皇が御自分の着ておられるものを手ずから武士に賜るという、この一事をもってしても、容保が、初めての謁見でいかに天皇の深い信頼を得たかということがわかる。

天皇と現将軍・家茂をつなぐ一つの絆《きずな》は、和宮の降嫁《こうか》によって生まれたわけだけれども、これは幕府が無理やりに実現したものだからね。孝明天皇としては、家茂の純な人柄を知るまでは、面白く思っていなかったわけだ。

そういう意味で、松平容保が果たした役割は非常に大きかった。公武合体の最も強力な絆になったんだからね。このとき松平容保、二十九歳。偉かったねえ、昔の日本の男は。

容保の配下にあって臨時警察になったのがすなわち新選組……

容保が京都守護職としてしなければならないことは山のようにあった。しかも、全部、急を要することばかりなんだ。まず、何をおいても皇都である京の街の治安をとのえなければならないし、同時に、朝廷の経済状態も改善しなければならない。物価が上がっているわけですよ、昔に比べたら何倍にも。天皇家だって苦しいんだ。それに対して、長い間、幕府は何も積極的な手を打たなかったわけだ。もっと早い時期に、こんなことは当然ちゃんとしておかなければいけなかったんだ。

それを放置していたというのは、つまり、それほど幕府政治というものが新しい時代の流れに鈍感になっていたということですよ。

皇室に対する経費というものが乏しいんだから、むろん、公卿たちの暮らしはさらに苦しいことになる。ほとんど食うや食わずの貧乏生活を強いられてきたわけですよ。

だから、内職をしながらやっと暮らしてきたというお公卿さんが多いんだ。

その鬱積《うっせき》した恨みが全部、幕府へ向けられて、勤王運動が起こると同時に公卿たちがこれに参同して、

「幕府を倒せ!!」

と、騒ぎだしたのは当然のことです。

そういうところへ容保は乗り込んで行ったわけですからね。一通りや二通りの苦労じゃないんだよ。京都守護職として容保が働き始めてからは、一時、公卿たちもおとなしくなった。

だけどもう、あまりにも時期が遅かった。相変わらず暗殺は横行しているし、後見職の一橋慶喜の宿へ生首が投げ込まれたりしたこともある。だから、松平容保や幕府に協力しようと公卿たちが思っても、うっかり何かすると、自分の命が危くなっちゃうんだ。

こうした中にあって、容保は何回も躰《からだ》をこわし、病床についている。病気にならないのが不思議なくらいの激務についているんだからね。それでいて、容保のすることは実にてきぱきとしているんだ。

「京都守護の責任は、何事も自分一身にある」

と、いい切って、どんなにむずかしい事件が起きても、他へ責任を転嫁したり、逃

げたりするようなことは一度もない。だから孝明天皇の信頼は深まるばかりで、容保が軽い病気にかかったりすると、それが回復するまで、

「中将の身に万一のことあらば、今後の日本の行末にもかかわることになる」

と、いても立ってもいられない様子で心配をされたというんだ。

容保は、そこまで天皇の信頼を得て、いよいよ公武合体を完全なものにする好機であると考えた。つまり、

（今こそ、将軍家みずから上洛《じょうらく》して親しく皇室をまもり、世情をととのえるべきである）

と。すでに勤王派の活動は手がつけられないほどになっていて、

「何月何日に外国勢力を追い払え」

なんていう無茶なことを平気で公言している。具体的に攘夷の月日を決めろというわけだよ。できるわけがないでしょう、そんなこと。

一番強硬だったのは長州藩で、公卿の三条実美《さねとみ》を押し立て、過激派の朝臣を引き入れてね、もう物凄《ものすご》い勢いを示していたんだ。

容保自身にしても、幕府があまりにも外国列強に対して弱腰なものだから、それについては苦々しく思っていたんです。だから、

「横浜、長崎、箱館《はこだて》の三港のみを外国に開き、その他の開港要求は拒絶し、後に時期

を見て外国に出て行ってもらえばよい……」

と、考えていた。

そういう容保の、しごく当然ともいえる考えを実現するために、一日も早く将軍・家茂に上洛してもらわなければならない。それで、この年の三月、家茂が京都へ上ったわけですよ。その直前の二月、浪士隊二百三十四名が一足先に京都へ出発している。近藤勇も土方歳三《ひじかたとしぞう》もその中にいたわけだ。

物騒だからね、京都は。将軍が出かけて行ったら、たちまち暗殺される恐れがある。そこで、腕の立つ浪士を集めて京都へ先発させてね、京都守護職である松平容保の配下に置き、それでもって革命志士たちの動きを封じようということですよ。いわば臨時警察というか、機動隊だな。それが後に新選組になるわけだ。

新選組の母体は清河八郎の野心から出たもの。

この浪士隊というのは、清河八郎の発案によるものなんだ。清河八郎というのは、もともとは山形の豪商の子に生まれ、郷士の扱いを受けていた人物ですよ。頭はよかったらしいよ。学者であり、また、剣客としても相当なものだった。北辰《ほくしん》一刀流の千葉道場で鍛えたんだからね。

清河は、実は熱心な尊王攘夷《じょうい》主義者なんだ。だけど何しろ頭の切れる男だからね、そんなことはうまく隠して、幕府に浪士隊の発足を説いた。幕府はうまうまと清河の弁説に乗せられたことになる。というのも清河自身は、この浪士隊を京都へ連れて行って、自分が勝手にそれを動かして勤王方の戦力として使うつもりでいたんですから。浪士隊が京都へ着いた途端に、清河が現れて演説をした。今回の浪士隊の目的は、近く上洛する将軍家を守護し、併せて京都の治安を守ることとなっているが、それはあくまで表向きの名目である、と。真に目指すところは「尊王攘夷のさきがけとなり、一天万乗の大君をいただき、天下のために粉骨するにある。以後は、この清河八郎が指揮を取らせていただく」

こういうわけだよ。

清河の弁説のあざやかさというのは、魔術的だったらしいね。何が何だかよくわからなくて、煙に巻かれてしまうんだ、みんな。清河八郎は、まず、こうして浪士隊の連中を掌中に収めると同時に、朝廷へ建白書を差し出した。

朝廷は、この建白書を採り上げて、鷹司《たかつかさ》関白を通じて孝明天皇の御製を下賜された。

雲きりをしなとの風に払わせて
たかまの原の月のきよけさ

さあ、もう清河の喜びようといったらない。それというのも、御製の「……月のきよけさ」のきよ、これは清河八郎の清《きよ》にかけて天皇が詠まれたと思い込んだから。だけど、近藤勇と芹沢鴨《せりざわかも》、後の新選組の連中だけは怒っちゃった。怒るのが当たり前でしょう。まるで詐欺《さぎ》だもの。清河八郎は近藤たち十三人を京都に残して、他の二百二十何人かを連れて、さっさとまた江戸へ帰ってしまう。

その浪士隊を清河がうまく使ったかというと、結局、うやむやに解散しちゃうんだよ。何もできなかったんだ。

それから、どうもあいつはけしからん、幕府に対して裏切りを働いたのは許せないというんで、会津藩士の佐々木只三郎《ただざぶろう》がね、清河を斬《き》るわけだ。むろん、幕府からの指令があってのことでしょうがね。

清河八郎ほどの剣の遣い手が、どうして簡単に殺されちゃったかというとね、佐々木は浪士隊を組織するときからの同志だから、佐々木に挨拶をされれば、挨拶を返さないわけにいかないんだよ、清河は。で、佐々木が、

「あ、清河さん。どうもしばらくでした。ごきげんよろしゅうございますか」

って、頭を下げたものだから、清河もしかたなく、

「しばらく……」

と、笠をぬいだ、その瞬間にパッと斬った。大刀じゃない。脇差《わきざし》だよ。大刀という

のは、ある程度の距離がなくては使えないんだ。離れてなけりゃ大刀は抜けないでしょう。で、そばへ来てこうだから、清河ほどの剣客でも、まさかと思ったわけですよ。清河八郎については、なかなか人間的な一面もあり、再評価すべきであるという人もいるんですよ。いまだに清河の郷土では、偉い人物だといわれている。だけど、なんの実績もないんだねえ、結局。

それでまあ、京都へ残った近藤・土方たちは会津藩に泣きついてね、こういう次第であるから庇護《ひご》してもらいたい、と。それに対して松平容保が、可哀そうだというので、金を出してやり、屯所《とんしょ》を設けてやり、それでだんだん隊士をふやして行って、新選組というものが生まれたわけだ。

薩長連合ができると会津藩は「朝敵」の汚名を着せられた。

松平容保の庇護のもとに誕生した新選組が一番華々しい働きをしたのは、いわゆる「蛤御門の変《はまぐりごもん》」なんだよ。幕府と薩摩藩がついに手を結んで、暴走する長州藩を京都から追い払ったわけだ。このとき、そこまでは、まあ、よかったんだけど、すぐに家茂が急死し、孝明天皇も後を追うかのように死んでしまうでしょう。

松平容保が意図し、命がけで促進してきた公武合体という構想は、ここにおいて完全に挫折《ざせつ》することになる。薩摩藩はこのときから旧敵の長州と手を結んで、いよいよ薩長連合軍の倒幕運動が表面化する。

家茂の後、十五代将軍になった徳川慶喜は、松平容保とはどうもしっくりいかなかったらしいな。容保は一命を賭《か》けて主張を貫き通すという人でしょう。ところが、慶喜のほうは簡単に変わっちゃうんだ、世の中の動きにつれて。そこが慶喜の賢明なところだ、新しいタイプの政治家だという人もいるけどねえ。

やがて、

「政権を朝廷に返し、徳川家も一大名として新政府に奉公すべし」

ということになった。

だけど、薩長連合のやつらは、それでは満足しないんだ。何が何でも徳川を根絶やしにしようというわけだよ。幕府側は「鳥羽伏見の戦い」で、もう惨憺《さんたん》たる敗《ま》けかたをしたのを最後に、とうとう江戸へ逃げ帰る。松平容保も将軍とともに江戸へもどり、明治元（一八六八）年の二月、会津へ帰って、朝廷に対して恭順の意を表明した。

松平容保の会津藩が「朝敵」の汚名を着せられるなんて、とんでもないことですよ。ひたすら天皇のために働いてきたんだからね、容保は。それが一変して朝敵だという。もう滅茶苦茶ですよ。

薩摩も長州も、京都で会津藩の実力をまざまざと見せつけられているからね、いくら容保が謹慎し恭順の意を明らかにしても、心配なんだ。だから強引に会津を攻めたんだ。

このとき乗り込んで来た薩摩・長州の連合軍は「官軍」の威名をふりかざして、それこそ横暴の限りをつくした。あまりにもそのやりかたがひどいものだから、東北諸藩の反抗が激発して、ついに官軍参謀の世良修蔵《せらしゅうぞう》が暗殺されることになる。

こういう情勢のもとでは、人間の本当の心が届かない、おたがいに。それで、どちらも疑惑を深め合って、結局は戦争になるわけだよ。ベトナム戦争だってそうだったでしょう。人間のやることというのは、昔も現代《いま》も少しも変わらないんですよ。で、松平容保は、ついに抗戦の決意を固めざるを得なかった。不本意ながら。このとき会津藩が藩士一同に与えた布告がある。それを読むと、維新戦争における会津の立場というものが非常によくわかります。だから、少し長いけど、その大要を載せよう。

「……嘉永六年以来、外国軍艦航海して猖獗《しょうけつ》をほしいままにし、物価の高騰《こうとう》、日に益《ま》し月にはなはだしく、ついに人心混乱するに至る。その原因《みなもと》をたずぬれば、これみな幕府の失体よりおこる。

天皇ふかくこれを憂悶《ゆうもん》し給《たま》い、ゆえに何となく公武の間、一和せざるの勢いあり。幕府、その罪をさとり、旧弊をあらため遵奉《じゅんぽう》の典をおこし、衆に選《よっ》て、我公（容保）を京都守護の職に任じ給う。（中略）我公の上京するや、誠忠をもってはたらき給うにより天皇ふかく依頼し給い、将軍（家茂）の愛寵《あいちょう》また厚し。以来、六年の間、誠忠ついに変らず、天皇叡感《えいかん》のあまり幾度となく宸翰《しんかん》を下したまわり、我公かつて病するとき、かたじけなくも、みずから内侍所《ないしどころ》において祈願し給うにいたる。その寵遇、実に無比類というべし。（中略）元来、長州は先年より外は尊王攘夷に託して実は不軌《むほん》の志をいだき、皇室をさそい、幕府をあざむき、その罪枚挙《つみまいきょ》すべからず。甲子《かっし》七月、ついに大兵をあげて皇居を襲い、銃丸は御所の屋根におよぶ。その逆乱の罪、誅《ちゅう》してなおあまりあり。

天皇はお怒りになり、将軍またこれを悪《にく》むといえども、ついに寛典にしたがい、官位を脱剝《だっぱく》し領地をけずるも、長州はなおその命をきかず。

しかるに天皇（孝明）崩御、将軍（家茂）薨去《こうきょ》し、国家多難のときに逢い、すべからく兵を解くを知り、姦邪《かんじゃ》、そのすきに乗じて、もったいなくも幼主（明治天皇）の明をくらましたてまつり、事に託して長州の罪をゆるし官位旧に復し、先帝の飛勘をこうむる公卿を用い、陪臣をして参与せしめ、将軍、我公など、みな其職を免じ、正邪地を易《か》え、忠姦ところを換うるに至る。

これ先帝（孝明）の意にあらざるのみならず、また今上《きんじよう》（明治天皇）の意にあらざるは明白なり。

嗚呼《ああ》、一杯の土いまだ乾かざるに、今上をして父の道をあらためしむること、大悪不道の至りというべし。

（中略）我公多年の誠忠はむなしく水の泡となり、残念というもおろかなることならずや。禁庭に対し弓を引くことは決してなすべからずといえども、奸邪の徒、もしも綸旨《りんじ》を矯《た》めて兵を加うることあらば関東と力を合せ義兵をあげて君側の奸悪をのぞかざることを得ず」

まあ、およそこうしたものだが、この布告を藩士全員に暗誦《あんしよう》させたわけですよ。

明治元年九月二十三日。

ついに松平容保は降伏。

官軍と称する薩長軍が会津を攻めたときのやりかた、ついに若松城が陥落した後のやつらのやったこと、ひどいねえ。強姦、掠奪《りやくだつ》、やりたい放題ですからね。

そりゃ、そうなんだ。もう食いものもなくて攻めているんだから、官軍のほうだって。官軍官軍なんて、勝手にそういっているだけで、軍資金はないしさ。掠奪しながら攻めて行くより他にどうしようもないわけだよ。

会津藩の抗戦というのは、それだけで何冊もの書物になるほどの悲痛な話ばかりですよ。老人も戦い、子どもも戦い、女たちまで戦ったんだ。戦記には、こうある。

「……城兵死するもの相つぎ、糧食は竭《つ》き、弾丸無し。このとき、ようやく初冬の候、北風冷雨肌を刺し、婦女子は飢えんとす。士卒は瘡痍《そうい》に苦しみ、城外の領民は、みな山野をさまよい、家を焼かれ財をうばわれ、尚《なお》いまだ城下の戦止《や》まざるをもって帰ることを得ず……」

この悲惨な戦いのことをね、会津の人が書いていますよ、柴五郎という人が。中公新書で出ている。「ある明治人の記録――会津人柴五郎の遺書」というんだ。やっぱり、ぼくみたいなものは、それを読んでいると涙が出てくるね。ひどい、あまりにもひどい目にあわされているので。

会津藩というのは、自分たちで大変な犠牲を払って、経済面でも、あるいは人的資源の面でも、公武合体という理想を達成するために努力を続けてきたわけでしょう。それはみんな天下を平和にしようという、ひたすらそれだけなんだ。自分たちにとっては何の得もないことなんだ、直接的にはね。

それで、その誠実さを認められて、孝明天皇にあんなに信頼されてねえ、誇りを抱いていたわけですよ。その天皇の軍がなぜ自分たちを朝敵として討つのか、と。どう考えたって納得が行かないよ、会津にしてみれば。あれほど犠牲を払って一所懸命やってきたものが、いきなり賊軍にされてしまったということについての、抑えても抑え切れない口惜しさがある。

その口惜しさというのは、黙って泣き寝入りをしてしまったのでは、永久に埋《うも》れたままになるでしょう。だから最後まで徹底的に戦ったんだよ。戦うことによって、結局、敗けることはわかっていても、歴史にその事実を残すことができるわけですよ。そのための抗戦なんだ。

明治元年九月二十三日、午前十時。

ついに松平容保は白い降伏旗を城の大手門前にかかげた。当時、もう城内には白布がないんだ、全部負傷者の繃帯《ほうたい》に使い果たしちゃって。それで、ようやく白の布の切れ端を何十枚も縫い合わせて白旗を作ったというね。

そこで両軍の砲撃がようやく止んだ。正午に、官軍から代表として中村半次郎、後の桐野利秋だな、これが兵を率いて城受け渡しの式場へやって来た。このときばかりは、軍監である桐野の指揮がよかったから、官軍の態度も整然としていた。だから、式を終えた松平容保父子が官軍陣営へ連れ去られるときも、恥をうけるようなことはありませんでした。一応、ちゃんと駕籠《かご》に乗せられて行ったんだからね。

松平容保は江戸へ送られると、鳥取藩邸へ預けられ、厳重な監視のもとにおかれた。

はじめは死刑にされるはずで、容保自身、当然死を覚悟していたんです。だけど、明治新政府もさすがに気がとがめているからね。結局、二年後に死一等を減じられ、永久禁錮《きんこ》ということになった。それも後には許されましたよ。

その後、容保は日光東照宮の宮司になったりしたんだけれども、寂しい晩年だった。最後は会津へ帰って、若松市の粗末な長屋に住み、零落のままに身をまかせて、明治の終り近くに亡《な》くなりました。

西郷隆盛

本来、詩人であり教育者である男が歴史の舞台に登場せざるを得なかった……

西郷隆盛はどういう人間か……一言でいうならば詩人ですよ。軍人でもなければ政治家でもないんだ。あるいは教育者といってもいい。西郷隆盛の本質は教育者であり詩人なんだ。

そういう多情多感な、理想主義的な男が時代の奔流に包み込まれて歴史の舞台に登場せざるを得なかったということですよ。

西郷隆盛は前名を吉之助という。文政十（一八二七）年十二月七日、薩摩七十七万石、島津家の城下、鹿児島で生まれた。西郷が生まれた鹿児島の加治屋町というのは、下級藩士の家が集まっているところです。父の吉兵衛は勘定方小頭だった。同じ加治屋町で大久保利通も生まれている。

吉之助は長男で、下に弟や妹がいっぱいいた。全部で七人きょうだいでね。

「夜具《ふとん》などつくれぬほど貧しいくらしなもので、一枚の夜具をきょうだいどもが引っぱり合うて寝たものじゃ」

と、後年に西郷が語っていますよ。

西郷隆盛というと、だれでもすぐ上野公園に建っている銅像を思い浮かべるでしょう。現代《いま》の若い人たちはそれも知らないかな。六尺に近い巨体で、素晴らしい顔をしている。それは子どものころからだった。無口で鈍重な感じの少年で、まわりの子どもたちからは、

「木のぼりもできないやつ」

と、蔭口《かげぐち》をいわれていた。だけど、まともに吉之助に向かい合って、あの黒ぐろとした大きな眼で見つめられると、だれも圧倒されて口がきけなくなったそうだよ。

当時の西郷は、四書の素読も習字も算盤《そろばん》もだめ。何をやっても上達が遅いわけだ。得意なのは腕力にものをいわせる相撲だけだった。仲間の少年と争って右腕を刀で傷つけられてね、腕のすじを切られちゃったものだから、それで剣道をあきらめなければならなかったというエピソードが残っている。

西郷吉之助の勉学が目ざましく進み始めたのは、この右腕の負傷が動機だったというから、少年時代の出来事というものが人間の一生にいかに大きな影響をもたらすものか、つくづく思い知らされるね。

十六歳のころからは、島津家の菩提寺《ぼだいじ》である福昌寺へ通って、無参和尚《おしょう》について禅を学んでいる。西郷隆盛が、後年、征韓問題をきっかけに陸軍大将の軍服を脱ぎ、明治新政府と訣別《けつべつ》して故郷の鹿児島へ去ったとき、子どものころから西郷をよく知っている大久保利通が、

「西郷な思いきりが早すぎて困る、困る」

と、ちょうどそばにいた伊藤博文に嘆いたという話があるよ。

西郷隆盛の伝記的なことは、いろんな本があるんだから、それを見ればいいだろう。

ぼくも一冊『西郷隆盛』という題で書いている。

派閥争いにくれた新政府に
西郷は大きな不満を抱いた。

西郷に大きな影響を与えたのは、島津藩主の島津斉彬《しまづなりあきら》なんだ。幕末の最も有力な幕政改革論者の一人ですよ。この殿様は、西郷が、

「自分にとっては斉彬公は神のごときものであるけれども、あまりにも殿が異臭芬々《ふんぷん》たるには困ります」

と、顔をしかめたほどのハイカラ好きなんだ。若いころから外国事情に通じていて、

幕府の厳しい監視の目を盗んでは蘭学者たちとも深い交際をしていた。

雲行丸という日本最初の蒸汽船を就航させたのも斉彬だし、その他に製錬所をつくり、反射炉を設け、電信機も取り寄せて研究している。みずから写真機をあやつって撮影したりね。とにかく熱心にあらゆる外国文化の吸収につとめた人物ですよ。そういうことができたのも薩摩という国の地理的条件のおかげなんだ。古くから密貿易をやっていて、外国との交際を一番身近に感じていた薩摩藩だからね。

島津斉彬の政治構想は、一橋慶喜を中心に有力大名や有能な幕臣、さらには天下有識の人物を広く登用して、強力な新政府をつくりあげ、いずれは海外諸国との官貿易もおこない、世界の強国に肩を並べて行かなければならぬ……というものだった。

こういう殿様の薫陶《くんとう》をうけている西郷隆盛だからね、幕府はもう腰抜けの状態で、このまま日本の将来を幕府の手にゆだねておくわけにはいかない、と。そういう信念を持っているわけです。その確固たる信念のもとに、自分が隠密になって、本当は自分はいやだと思うようなこともやっているんだよ。つまりさまざまな謀略活動をね。だけど、本質的にそういうことが好きじゃないんです、あの人は。

それでも西郷は、信念というか、西郷なりの新時代に対する構想があって、あくまでもそのために東奔西走したわけだ。新しい強力な行政府をつくり出すためには、ひとまず徳川政権を倒さなければならない、そのために謀略が必要ならあえて辞せずということですよ。で、結局、それが成功して明治維新になったよね。そのときに西郷自身はどう考えていたか。

あれだけのことをして、つまり表沙汰にはとてもできないようなことをいろいろとやって、多くの犠牲の上につくり出した新政府である。だから絶対に失敗は許されない。これからはもう、行政に携わる人間がみんな緊張して、全力を尽して日本の国のために働かなければならない。そう考えていたわけだ。物凄《ものすご》い責任感があったということですよ。

ところが現実にできた新政府は、これは一体何だ、ということになった。新時代の理想も何もない。たちまち派閥争い、利権争いの場になっちゃったんだ。長州藩、薩摩藩、何藩、何藩がつくった新政府だから、そのポストはおれがもらう、いや、その椅子《いす》はこっちへ寄こせ、そのためにはあいつが邪魔だから何とか追い出してしまえとかね、もうそればかりなんだ。

新政府ができあがった途端にこれだから西郷はがっかりしちゃったわけですよ。理想のために血まで流して生み出した新政府なのに、みんな威張りくさって、いい気になって大邸宅を構え、賄賂《わいろ》を取り、そんなことでどうするんだというのが西郷の怒りなんだよ。

成り上がりのような思想を西郷はもたなかった。それだけに絶望の度も……

明治維新政府というものが誕生したとき、西郷はまあ、やはり高給をもらう立場になったわけですよ。だけど、それを自分のものにしていない。子弟の教育とかそういうことに全部注ぎ込んじゃって、自分自身は浜町の昔の大名屋敷の跡の長屋に住んでいて実に質素な暮らしをしているんですよ。

その西郷が見るとだね、みんなこうヒゲなんか生やして、ふんぞり返っているでしょう。ついこの間までは素浪人だったり足軽の伜《せがれ》みたいだったのが、急に偉そうにしてさ、軍人になったり政治家になったりしているわけだ。妾《めかけ》を囲ったり、利権を漁《あさ》ったり、やることが見ていられないわけだよ、西郷にしてみれば。苦々しくてたまらない。

二十年、三十年たってそうなったんじゃないんだ。ついこの間のことなんだ、明治新政府が生まれたのは。できたと思ったら四、五年もたたないうちに、そうなっちゃった。だからどうしたって西郷が離れて行くことになる。

われわれが徳川に代わって天下を取った暁には、ひたすら身をつつしみ、一所懸命日本のために尽すんだと、それで国民全部をしあわせにするんだというのが西郷の新政府の理想でしょう。それでなかったら、なにも幕府を倒す必要なんかなかったんだ。

にもかかわらず、新政府になってみたら、せっかく血を流して多くの死者を出して倒した幕府の時代よりも、もっとひどくなっちゃった。成り上がり者がみんな威張り出してね。西郷の考えている新しい時代とはまったく違う。それで西郷は次第に絶望して行くんですね。

山縣有朋《やまがたありとも》なんてねえ、元をただせば長州藩の足軽よりさらに下、これより下はないという軽輩だったものが、もう出世欲の権化《ごんげ》になっちゃって、文字通り「位人臣を極め」たわけだろう。大元帥《だいげんすい》になって、物凄い屋敷を構えてさ。目白の、いまの椿山荘《ちんざんそう》。あれは山縣有朋の屋敷だったんだからね。

人斬《ひとき》り半次郎といわれた中村半次郎。これも陸軍少将に出世して、ヒゲを生やして、名前も桐野利秋。湯島の切通しの向かい側に、何とかという大きな殿様の屋敷があったんだよ、今はマンションが建ってるけど。あそこを自分の住まいにしてね、威張りくさって暮らしていたわけだ。

だけど、人間の中身はちっとも変わっていない、西郷から見れば。あんな薩摩の農家の伜で、食うものも食えないでいたやつがね、いくらヒゲ生やして偉そうにしていたって、全部わかっているわけだよ。知ってるんだから、昔から。

人間というのは、自分ではそのときは気づかない、後になってようやくわかるんだけれども、自然にその時代の流れというものにね、押し流されて行っちゃうものなんだ。だから世の中こわいよ。

昔、よく、畸人《きじん》といわれた人がいるでしょう。たとえば、まあ、池大雅《いけのたいが》とか。金がいくらでも入って来るようになると、わざわざ金から離れる人がいるんだ。これは金というものがね、こわいんですよ。金を持つことによって自分が変わるのがこわい。

だから、いくら大金を積まれて絵を描いてくれと頼まれても、わざと断っちゃう。それで一生貧乏。そういう変人畸人というのがいるでしょう。それは、やはり、金がほしくないというんじゃなくて、金を持つことによって自分はどうなっちゃうか、自分の人間性は、芸術はどうなっちゃうか、それを恐れるわけだ。つまり、それだけ人間の弱さを知っているということですよ。己れを知るというかね。明治新政府の役人や政治家は、むろん全部じゃないけど、成り上がりばかりだからね、それが全然わからないんだ。西郷隆盛がそういうものに絶望したのは無理もないことなんだ。

征韓論の対立で
西郷は新政府と袂《たもと》を分かつ……

西郷の本質は詩人であり教育者であるから、つまり、無私の人なんだ。こういう人間は幕末の何がどうなるのかわからないような動乱の中にあっては、多くの人びとの指導者として一番大きな役割を果たす。しかし、一度新政府という官僚組織ができあがってしまうとね、もう西郷のような存在は無用になってくるわけだよ。邪魔なんだよ、むしろ。

西郷隆盛が下野《げや》する直接の動機となった征韓論でもね、西郷は自分で向こうへ行って死ぬつもりで、自分が死んでしまえば、つまり自分が朝鮮で殺されてしまえば、それを理由に出兵できると、そういう狙《ねら》いで朝鮮へ使者に行きたがったのだと、まあ、こういうふうに一応いわれています。しかし、本当のところはどうなんだかねえ。

西郷自身は、そんな戦争をしかけるつもりで朝鮮へ行くと主張したわけじゃない、とぼくは思うんだ。向こうへ行って談判をして、説得する自信があったからなんだ。

当時、朝鮮はどうなっていたかというと、それまで幕府とはちゃんとつきあってきたわけだ。その幕府を倒した、素性の知れない浪人どものつくったような新政府とはね、自分たちはつきあう必要はないというわけだよ。それで何回も新政府から通告しても全然応じない。日本から行く使節は非常な侮辱を加えられたんだ。いろいろといやがらせをされたりね。

それで、もう放っておけない、もっと強腰で本格的な外交交渉をしなければいけな

いということになって、それなら、

「よろし。他人じゃいかぬ。わしが使節となって朝鮮へ乗りこんで見よう」

と、西郷がいい出したわけだ。

旧幕時代から続いている旧対馬藩の出張所のようなものが朝鮮の釜山《ふざん》にあって、これを倭館《やまと》と呼んでいた。そこに日本の外交官や居留民がいたわけですよ。ところが、朝鮮政府が、倭館の日本人に対して衣食用品を一切売ってはならぬとか、無茶なことをいい出していたからね。そのうちには居留民たちの生命の危険まで感じられるようになってきた。

それでついに西郷が乗り出そうというわけだ。そうすると新政府の閣僚たちは、武力を背景にした強硬な談判を行なう以外にない、まず軍隊を先に釜山へ送り込んで、それから交渉を開始すべきであるというんだ。このとき西郷は、そういうやりかたは朝鮮をいたずらに刺激するだけだからいけないと、はっきりいっていますよ。

「そりゃ、ちょいと早すぎもそ。にわかに出兵となれば戦争さわぎにもなりもすよ。いままでの折衝のこともあろうし、ここは、先《ま》ず全権を派遣して正式に韓国政府へのぞみ、正理公道を説き、大院君にも面接して、切に反省を求むべきじゃ。

この全権にしても兵をひきいて行くべからず。大使たるものは、よろしく烏帽子直《えぼしひた》垂《たれ》の礼装に身をかため、礼をあつくし、道を正すことを第一義として彼地《かのち》へおもむくべきでごわしょう」

そういう礼を尽したやりかたで朝鮮へ交渉に行きましょうというのが西郷の主張だったんだ。だけど、新政府は、西郷隆盛が出て行ったら必ずもう戦争になると決めてかかっている。西郷は自分が死んで戦争を誘発するつもりだと。

もし、そうなったら大変だ、戦争になったら日本はまだ内政も固まっていないし、いたずらに諸外国列強の食いものにされてしまう。だから、絶対に戦争になるようなことだけは避けなければならないというのが、大久保利通や木戸《きど》孝允《たかよし》（桂小五郎）なんかの考えかたなんだ。そのために必死になって西郷全権派遣を阻止したわけです。で、結局、岩倉具視の暗躍が成功して征韓論はつぶされ、西郷隆盛は、もうこういう新政府とは一緒にはとても働けないということで、薩摩へ帰ったと、まあ、こういうわけだ。だけど、そのときは朝鮮と戦争にならずにすんだが、じきに戦争になってるじゃないか、台湾と。まったく馬鹿な話ですよ。ビジョンも何もないわけだよ、新政府には。

政治家の感覚としては
大久保利通の方が西郷より上。

大久保利通には、大久保なりの構想というものがあった。薩摩も長州もない、新しい政府をつくるんだということでは、大久保も西郷も同じなんですよ。ただ、西郷のことをね、薩摩の士族たちが「先生、先生」といって神のごとくにあがめたてまつっている。それがみんな軍人なんだからね、ほとんどが。西郷隆盛の動き一つで、新政府の軍隊というものが、どうにでもなってしまう恐れがあるわけです。だから大久保としては、やりにくいことおびただしい。

大久保はアメリカからヨーロッパを回って、列強の科学文明の素晴らしさを目のあたりに見て来ている。そして日本へ帰って来て一番感じたのは、とにかく内政をととのえなければならぬということなんだ。

まだ新政府ができたばかりで、内政が乱れている。官吏だの軍人だのをきちんと掌握して、内政を固めてからでなければ、戦争どころじゃないというのが大久保の信念なんだ。

自分が正しいと信ずる政治構想を実現するためなら、どんなことでもするのが大久保利通ですよ。政治家としては、それはもう大久保のほうが西郷より上です。西郷自身、大久保のほうが上だということを知っている。大久保のやることが間違いじゃないって知ってるんだ。だから、あとのことは大久保にまかせておけばいいと、自分は故郷へ帰ったわけですよ。

だけど、西郷隆盛は神様も同然だからね、薩摩へ帰ったら。まわりの子分たちが悲憤慷慨《こうがい》して、西郷を押し立てて、新政府をやっつけようとする。それが困るわけだよ、西郷も。なんとか薩摩隼人《はやと》たちをなだめて、暴走させないようにと、西郷は一所懸命に頑張った。

だから旧佐賀藩の士族たちが、ちょうど故郷へ帰って来た江藤新平をかつぎあげて、佐賀の乱を起こしたとき、鹿児島の西郷のところへも一緒に事を挙げましょうと誘いがかかって来たけど、西郷は言下にはねつけていますよ。そんなことをしてはいけないって。

佐賀の乱は、あっという間に鎮圧された。江藤新平が四国まで逃げて捕えられると、大久保はみずから佐賀へ駆けつけ、そこで臨時裁判所を開いて、たちまち江藤を死刑にしてしまうんだ。中央政府の力を何としてでも強固なものとして確立しなければならない。

それがためには地方士族の反乱などは片っ端から打ち砕いてくれようと、大久保は大久保なりに闘志を燃え上がらせていたわけです。

熊本の神風連の挙兵。九州・秋月の乱。長州・萩の乱。こういうものを大久保は徹底的にやっつけている。そのたびに各地から西郷へ誘いがかかるんだけれども、西郷は動かない。相手にしないんだよ。大久保のやっていることが正しいと認めているからなんだ。

大久保利通の強圧手段というのは、安政時代の井伊大老の大弾圧に比べれば、規模は小さい。だけど、その激しさは安政の大獄よりもっと凄かった。命がけで新政府の安定を目指していたからね、大久保は。政治家としての大久保の生活は西郷と並んで清廉《せいれん》そのものなんだ。

とても今をときめく政府最高権力者とは思えないほど粗末な家に住んでいて、死んだとき家にはわずか三百円の金しか残っていなかったそうです。

大久保利通のやりかたは、それが正しいと思ったらもう、他のことは全然気にしないんだ。旧藩士意識というようなものはまったくないから、すべて新しい中央政府の立場から割り切って考える。

版籍奉還とか廃藩置県とかを推進して、かつての主君である島津久光が激怒したって平気だし、きのうまでの仲間である士族たちが没落したって一向気にしない。そこが大久保の大久保らしいところであり、西郷隆盛と違う点でしょうね。

西郷を敬慕する私学校党の生徒達の蜂起《ほうき》に西郷も従わざるを得なかった……

西郷の場合は、不平不満の士族たちを、大久保のようには切り捨てられない。むしろ、彼らの不満というものを全部、自分が一身に引き受けてしまう。結局そのために西郷は死ぬことになる。

もし、西郷隆盛が生きていて、明治維新前夜の秘密をしゃべったら、今の歴史なんか一変しちゃうようなことがあったに違いないと思いますね、ぼくは。

西南戦争というのは、大久保が謀略によって挑発したものだという説がある。ある程度真実と思っていいでしょうね。薩摩だけは西郷王国として独立国みたいになっている。それは困るわけだ、新政府としては。何とか手を打ちたいんだけれども、大久保にしてみれば自分の故郷であり、西郷隆盛への遠慮もあるから。

それで、いつかは機会をとらえて薩摩の西郷王国を中央政府の前に屈服させようと狙っていたわけだ。そのために鹿児島県令の大山綱良を東京へ呼びつけて詰問《きつもん》したり、鹿児島へ大量の密偵を送り込んだりしている。それが西郷に心酔している私学校党に見つかって、捕えられた密偵の一人が西郷暗殺計画を自白したからたまらない。そういう騒ぎの中で、私学校党が、鹿児島にある政府の火薬庫を襲撃するという事件が起きた。

もう、こうなったら公然たる反乱ということになる。大久保にいわせれば、またとない薩摩打倒の口実ができたわけですよ。このとき西郷自身は大隅《おおすみ》半島の小根占《こねじめ》というところにいて、狩猟を楽しんでいたんだが、火薬庫襲撃の第一報が届いた瞬間、

「しまった!!」

と叫び、やがて嘆息をもらして、

「ただ、天でごわすよ」

と、つぶやいたのは有名な話だ。

大久保利通を中心とする新政府が、とうとう西郷を死に追いつめたといっても間違いではない。だけど、政府が追いつめたというよりも、西郷みずからが追い込まれて行ったというほうがもっと正確でしょうね。そこが政治家でもなければ軍人でもない、西郷の西郷らしいところなんだ。情に負けてしまったわけですよ、自分のかつての部下たちの。じゃあ、みんなのために死んでやろう、と。そうすればまた、そのことによって中央政府のやりかたというものが正しい方向へ改められて行くだろう、というわけだ。

詩人ですからね。あまりにも感情が豊かだから。それに禅の影響を受けているでし

ょう、若いときから。それで思い切りが早過ぎるということになるんだよ、どうしても。

井伊大老の大弾圧のときもそうなんだ。島津斉彬の在世中から西郷とともに幕府改革を叫んで来た人びとが徹底的に弾圧されたでしょう。西郷もこのとき、幕府方の追及を逃れて、僧・月照と一緒にようやく鹿児島まで落ちのびた。だけど、藩の重役たちは、幕府を恐れて、ただちに月照を立ちのかせよという。西郷にはそんなことはできない。それで、たちまち月照とともに死のうと決意してしまうわけだよ。そういう人なんだよ。大久保のような粘りがないんだね。

昔の政治家は教養があった。
それにひきかえ今の政治家は……

西郷隆盛はね、大変な女好きですよ。京都の島原の遊郭へはしょっちゅう通ってたよ、若いころは。金があるからね、勤王がたは。それで、どこかの料理屋の仲居といい仲になってね。その西郷の恋人というのは、西郷に負けないくらいの大女でさ。凄《すご》いおでぶちゃんなんだ。

これ、芝居でよくやりましたよ。先々代の松本幸四郎が西郷をやるとするとね、今の延若のお父さん、石川五右衛門をやるような大きな人が女のほうになるんだよ。

島流しになったときも、島の娘の愛加那《あいかな》と一緒になって、子どもも二人いた。後に鹿児島へ連れて来ましたよね。とにかく西郷は女が好きですよ。それで新政府が新島原という遊郭を今の新富町のところへ設けたわけだ。ところが、あんまりそこで新政府の連中が遊び過ぎて、風紀が乱れるというので、廃止しちゃうんだ。そのとき西郷は物凄く怒ったという話が残っていますよ。西郷の女好きというのは、女のほうが放っておかないわけだよ、西郷を。あの大きな黒ぐろとした眼で見つめられたらねえ、だれだって逆らえないよ。

明治維新であれだけ大立物として活躍した西郷だけれども、本質は政治とは無縁の詩人でしょう。そういう不思議な人がいるんだよね、ときどき。軍人でありながら本質的には違うというような、たとえば乃木希典《のぎまれすけ》がそうですよね。

これもやはり詩人ですよ、西郷と同じだよ。軍人じゃないんだ、本当は。乃木希典の詩、漢詩ですがね、これは日本詩人全集を出したら真っ先に入れなきゃいけないほど立派なものですよ。素晴らしいんだよ。だけど詩人としては絶対に認めないね、日本の文壇は、乃木希典を。

山縣有朋なんかでもね、政治家あるいは軍人としての山縣は、ぼくはあんまり好きじゃないけど、詩人として漢詩は大したものですよ。これはもう物凄く感情が激しい人なんだ。だから詩はいいんだよ。

岸信介にしてもね、獄中にあったときに短歌を詠《よ》んでいるわけですよ。うまくはない。それでも短歌になっているものね。とにかく岸信介という政治家ではなくて、もう一人別の岸さんの顔を見るような気がするぐらい。昔の人はみんな、何かそういうところがあったよ、どこかにね。

そういう点では、現代の政治家は実に無教養でお粗末なのが多いね、全部とはいわないけれども。泥臭いでしょう、みんな。明治維新当時の政治家は田舎臭い成り上がり者ばかりではあったが、なるべくあかぬけよう、あかぬけようと努力したことは事実なんだ。

明治天皇でもそうでしょう。この天皇は大変な豪傑だったというんだけど、天皇としての責任を物凄く強く感じているんですよ。明治維新のときはまだ子どもだったとはいえ、自分を中心に押し立てて薩長を中心として勤王がたが新しい政権を樹立したわけでしょう。

そのことがつねに心にあるから、大変な責任を感じている、日本の国に対して。だからあれだけ立派な天皇になったわけだ。

年々《としどし》に思ひやれども山水の
　汲《く》みて遊ばん夏なかりけり

　そういう御製があるんですよ。毎年毎年、山へ行って清水を汲んで遊びたいと思いながらも、そういう夏はない、と。国務にそれだけ打ち込んでいるわけですよ。これはねえ、一般のわれわれと違って嘘《うそ》をついたり自分を飾ったりしないんだよ、天皇は。本心をいっているんだよ。

　小学校のとき、読本に載っていた、その明治天皇の歌をね、ぼくは今でも覚えているんだ。子ども心にも、

（ああ、天皇って偉いなあ……）

　と、思ったからだろうね。何から何まで国のため、国民のため、それしか考えないのは天皇だけでしょう。「……汲みて遊ばん夏なかりけり」って、衒《てら》いでも嘘でもハッタリでもないんだから。今の天皇の歌もそうですよね。優れた名歌とかなんとかいうんじゃないけど、やっぱり俗人じゃ詠めない歌ばかりですよ。「明治天皇御製」というのが出ているだろう、どこかの文庫で。たまには、ああいうものを読むといいんだよ、いまの政治家は……。

編者あとがき

佐藤隆介

本書はすべて池波正太郎の語り下ろしである。第一回〔織田信長〕の語りをテープにとるために、編者が恐るおそる東京・荏原《えばら》の池波邸を訪れたのは、昭和四十九年の夏であったと記憶している。早くも八年という歳月が流れ去ったことになる。

その間、先《ま》ず昭和五十年の暮れも押しつまった頃に、ようやく第一部〔男の系譜・戦国篇〕が、続いて五十三年はじめに第二部〔同・江戸篇〕が、それぞれ単行本として文化出版局から刊行された。

当初の予定では、引き続き第三部〔幕末維新篇〕も同じ文化出版局から刊行されるはずであったが、諸般の事情から延びのびになり、いつしかそのまま埋れてしまったかたちになっていた。

それが今度、立風書房編集長・宗田安正氏の強い要望により、そしてまた池波正太郎の温情によって、戦国篇・江戸篇・幕末維新篇を全一巻にまとめた本書〔男の系譜〕が世に出ることになり、編者としてはいささかの感慨なきにしも非ずというところである。

もともと、

「忙しくて、とても引き受けられない。駄目だよ……」

という池波正太郎に、無理に無理を重ねてもらって、やっとここまでたどりついたものだ。いま、ここで、編者というよりは完結を待ち焦《こ》がれていた読者のひとりとして、改めて池波正太郎に心からお礼を申し述べたい。

語り下ろしは、荏原の池波邸を皮切りに、いろいろな場所で行なわれた。伊豆・修善寺で徳川五代将軍・綱吉から浅野内匠頭、大石内蔵助までを語ってもらった師走の夜は、例年にない寒さで、テープをまわす手がかじかむほどだったことを思い出す。

埼玉県・寄居の鉢形城址《じょうし》取材に赴いた池波正太郎に同行して、城址を眼前に望む風雅な旅荘〔京亭〕で聞いたのは、剣豪・荒木又右衛門、侠客《きょうかく》・幡随院長兵衛の、それぞれ血湧《わ》き肉躍る物語であった。

八代将軍・吉宗から幕末に近づくあたりまで、徳川幕府の屋台骨が次第に傾いて行く様が語られたのは、水戸の大洗海岸であった。このときは、おりからの台風で停電となり、蠟燭《ろうそく》のあかりの中で澱《よど》みもなく語り続けた池波正太郎の表情を忘れることができない。

語部《かたりべ》としての池波正太郎の魅力は、ときたまテレビで歴史や美術を語るときにも遺憾なく発揮され、すでによくご存じの読者も少なくないであろう。ちなみに池波正太郎は、美術にも造詣《ぞうけい》深く、みずから筆を取っても一流の画家である。といってもご当人は、東京人特有のシャイな感覚で、われわれ周囲の人間が、わがことのように興奮して、

「先生。ぜひとも個展を開くべきです」

と、再三勧めても、頑として首を縦には振らない。

それはさておき……。

ようやく〔男の系譜〕の最終篇・幕末維新の群像を語り下ろしてもらったのは、昨年の夏のことである。ところは伊豆・大仁《おおひと》。眺望も料理も雰囲気も申し分ない〔大仁ホテル〕の離れを三日間借り切って、一気呵成《かせい》に語ってもらうことができた。

正直なところを白状すれば、この幕末維新篇のまとめが、編者としては一番むずかしかった。何しろ登場人物が多い。事件が多い。しかもそれらがごく短い年月の間に圧縮されている。こういう歴史の激動期を背景に、さまざまな男たちの人物像を掘り下げて行くためには、先ず、聞き手であるこちらにそれだけの勉強がなければならぬ。むろん、編者としては一応の下ざらいをし、質問表のようなものをこしらえはしたが、もとよりそんなもので間に合うはずがない。十に一つも、いや、百に一つぐらいしか質問らしい質問はできない。われながら歯痒《はがゆ》く、情けない限りであった。

それでもどうにかテープどりを完了することができたのは、ひとえに池波正太郎の忍耐強さと寛容のおかげである。そして、この取材にみずから出馬してくれた立風書房の宗田安正・高橋淑文両氏のおかげである。ことに若い高橋君にはお世話になった。宗田氏がやむを得ぬ急用で一人先に帰京してしまった最後の晩は、高橋淑文君なしではどうにもならなかったろう。彼が実によく勉強し、維新史に通じているのには舌を捲《ま》いた。年長の編者としてはひたすら恥じ入るのみであった。

池波正太郎が資料や年表などまるで必要とせずに、過ぎ去った歴史の日々を鮮やかによみがえらせつつ、さながら、

「テープに向かって書いて行く……」

そのありさまは、ただもう見事というしかない。編者としては、その独特の魅力にあふれる語り口を忠実に再現することに全力をつくした。しかし、所詮《しょせん》は大河の水を猪口《ちょこ》で汲《く》むようなものである。語り手と聞き手の落差はあまりにも大きかった。池波正太郎が語る〔男の系譜〕の真骨頂を十二分に読者にお伝えできない責任はすべて編者たる私にある。伏してお詫《わ》び申し上げる次第である。

ところで、本書〔男の系譜〕をどう読むか、いや、どう読んでいただきたいかということである。これは単に肩の凝らない歴史人物伝として読んでも絶対に面白いはずだ。それはそうだけれども、

（ああ、面白かった……）

だけで終らせてしまうには、あまりにももったいない本である。編者だからという身びいきでいうのではない。

この本には一本の太い骨がある。戦国武将から幕末維新の群像まで、さまざまな男たちの系譜をたどりながら、彼らを一つにつらぬいている池波正太郎その人の骨である。ここで語られているのは、ときには信長であり、家康であり、あるいは井伊大老であり、西郷隆盛であるが、それ以上に、池波正太郎自身である。

だから、この本を読む人びとは、日本の男の系譜というものを二重に語り聞かせてもらったことになるのだ。つまり、本当の日本の男とはこうしたものだ……ということを、歴史の中の群像を通じて、同時にまた池波正太郎その人を通じて、読者は二重に知ることができるということである。男が〝男を磨く〟ために本書が座右必携の書であると私が確信する所以《ゆえん》もそこにある。

いつぞや、池波正太郎が皮肉たっぷりの口調で（と、聞こえたのは編者のひがみ根性ゆえであるが）こんなことをいった。

「日本語の読み書きはろくにできないで、そのくせ英語なんかだけはしゃべれる……そういう奇怪な日本人がふえたようだね」

このまま行ったら日本という国は、日本人という民族は、どうなってしまうのか。

そのことを池波正太郎は憂《うれ》えていたのだった。戦後の日本の教育がむざむざ切り捨ててしまったものの測り知れないほどの大きさを、池波正太郎の一言はいい当てているのではないか。

英会話ができ、車の運転ができ、外国事情に通じ、世界中どこへでも商談に飛んで行く日本人は確かに凄《すご》い。その凄さが日本をこれだけの経済大国に押し上げたことは間違いない。しかし、世界の国ぐにの間で、

「日本人がどれほど尊敬されているか」

という問題になると、話は違ってくる。はっきりいってしまえば、国際社会における日本人の評価はきわめて低いといわざるを得ないだろう。

それもこれも結局、日本人が日本人らしさを失い始めているからではないだろうか。何国人だかわからないような奇怪な民族になってしまったら、ついには国際社会のだれからも相手にされなくなってしまうのは目に見えている。いま、日本は、そういう意味で非常に危険な曲がり角に来ているような気がしてならない。

そんなことを考えるにつけても、池波正太郎が八年の長きにわたって語り継いでくれた〔男の系譜〕の重みを、私はいまさらのように感じないではいられない。ここには、日本人が真に日本人らしかった時代の様子が、生き生きと再現されている。現代の日本人がここから学び得るものはきわめて多いはずである。

どんな時代になり、どんな生活様式に変わろうとも、日本人はあくまで日本人なのだ。すべてはその自覚から始まらねばならない。そのためには、やはり歴史から学ぶことが必要である。とはいうものの大方の人間にとって「勉強」はなかなか容易ではない。だからこそ本書はありがたい存在なのである。味わって、味わって、味わいつくしてもらいたいものだ……というのが編者の念願である。

（昭和五十七年一月）

解説

八尋舜右

まったく偶然にではあるが、わたしは池波正太郎さんが商業誌にはじめて発表した作品を読んでいる。

『三根山』――昭和三十二年、著者三十四歳のときの作である。

当時、まだ学生だったわたしは、アルバイトさきの出版社の倉庫で、なにげなくその掲載誌を手にし、わずかな休みの時間に、天井からぶらさがった裸電球のあかりをたよりに読んだのだ。

「おい、いつまで怠けているんだ」

係りのおやじさんに肩をたたかれるまで気づかぬほど、夢中になって読みふけったことをおぼえている。

十年ばかりまえ、池波さんの「年譜」を編ませてもらうことになったとき、国会図書館の書庫のなかであらためて読みかえし、なつかしい思いにひたるとともに、偶然にとはいえ、ほとんど無名時代の池波さんの作品をいちはやく読んだというのは、やはりわが読書歴の勲章の一つといってよいのではないか、などと、いささか誇らしげに思ったことだった。

役所づとめのかたわら劇作をしていた池波さんが、勤めをやめて本格的に小説を書きはじめたのは昭和三十年だから、ことしはちょうど作家生活三十年目にあたる。僭《せん》越《えつ》なものいいをゆるしてもらえば、この作家生活の三十年は、まことにもってみごと、といってよい。

この十年来、わたしは池波さんの手もとから資料を借り出しては簡単な年譜様のメモをつくっている。いずれ何かの役にたつだろうとのかんがえもなくはないけれど、ありていは単純なファン意識からやっていることである。

「ああ、ことしもお元気で、これだけの仕ごとをされたのだなあ」

などと思いながら、ながめているだけでたのしいのである。

池波さんにはじめて面晤《めんご》の機をえたのは、わたしが二十六歳のときだった。池波さんとは一まわり年がちがうから、池波さんはまだ四十歳になっておられなかったはずだ。しかし、そのころすでに、ゆるぎない存在感をたたえた大家の風格をそなえておいでだった。自閉症ぎみで、満足に話しもできないわたしのために、池波さんはみずから話題をさがし、さまざまに語りかけてくださったが、その口吻《こうふん》にはなんともいえない温もりがあり、また、ことばの一つ一つに、しかとした自信の錘《おも》りが感じられた。

直木賞をとられてから一年ばかりたったころで、

「これから、忙しくなりますね」

わたしが月並なことをいうと、池波さんは、

「いや、ぼくは自分のペースをまもっていく」

という意味のこたえをされた。

「出版社が、そうはさせませんよ」

かさねて、利《き》いた風な口をきくと、

「そんなことにはならない」

断固とした口調でいわれたのをおぼえている。

三十年間の作家活動を「年譜」にして一覧するとき、そのことばはたしかなかたちで実証されている。流行作家になるとともに、当然ながら作品のかずはふえているが、おのれの仕ごとを整合しようという著者の意志はつらぬかれているのである。

だれにもまして〝情〟の人である池波さんにとって、他者からの要請をこばむのはすごくつらいことにちがいない。しかし、作家はつねに充電をこころがけ、自分の作品をこわすような多作をしてはならないのだ。この三十年間、池波さんはつとめて旅に出かけ、映画、芝居を観、音楽を聴き絵を描き、そして家族との団欒《だんらん》にも意をもちいてきた。そのゆとりのなかから、つねに新しい意欲をもって次なる作品に立ち向か

ってきた！
「みごとな三十年」という意味は、そのあたりにある。

ところで、この『男の系譜』は、すべて池波さんの〃語り下ろし〃である。編者の佐藤隆介さんの表現を借りれば、池波さんが佐藤さんの慫慂《しょうよう》をうけて、「テープに向かって書いた」もの、だという。

戦国時代から幕末まで――ここには時代を代表する男たちの生き死にが、池波正太郎という作家のフィルターをとおして、実にいきいきと写し出されている。

あらためてのべるまでもなく、池波さんは小説のなかに理屈をもちこまない。観念に属する叙述は極力しりぞけ、すべてを具体的な描写でつらぬく。つまり、生まな理屈をいっさい捨象したところに、その作品世界はなりたっているのである。

したがって、作者の〃思想〃は、磨きぬかれた詩句のように一語一語が昇華された会話、練達の織匠が丹精した上布のように肌理《きめ》あざやかな描写の行間に巧みに隠し縫いされており、ストーリーのおもしろさばかりに気を奪われていると、ついつい見おとしがちである。〃思想〃は上等であればあるほど、毳《けば》だたず、さりげなく肌にふれてくるものなのだ。

池波正太郎の小説は、そのような性質のものであるだけに、本書のような「語り下ろし」の企画は、読者にとってまことにありがたい。池波正太郎の人と作品をよりふかく知るための、格好のマニュアルになりうるからである。

まず、冒頭の織田信長の項から読みすすんでみよう。と、すぐさま、つぎのような言説にゆきあたる。

「人間は、死ぬところに向かって生まれた日から進んでいる、それしかわかっていない。あとのことは全部わからない。わかっているのは、そのことだけ。人間は生まれて来て毎日死へ向かって歩み続けているということだ」

つづいて、

「死というものを、ひたとみつめることがないから」現代《いま》は「血がたぎっていないんだよねえ」

と語っている。さらに、真田幸村の項にすすむと、

「人間というものは、いつか必ず死ぬということを（幸村は）よくわきまえていた人ですね」

ともいっている。

この「人は死に向かって生きている」という認識こそが、池波正太郎のあらゆる作品に通底するライトモチーフなのである。池波作品のかもしだす雰囲気はおだやかで、かるみさえ感じさせるが、そこにくりひろげられる人間ドラマは、すべて、死に向か

って回転を早めていくターン・テーブルの上にセットされている。

「われわれは死に向かって生きている」――実は二十数年まえに池波さんに会ったとき、すでにこのことばをきいている。きいたとき、われしらず胸がふるえた。わたしもまた、それに似た思いをいだいて生きていたからである。僧家に育ったわたしのばあいは、ものごころついたときから、いやおうなしになまぐさい死と向きあって生きねばならなかった。ことに十歳ごろになると戦争がはげしくなり、裏の墓地で町の娘をおさえつけたりしていた近所の兄《あん》ちゃんたちが、そろって骨になって還《かえ》ってき、わたしはこどもごころにも〝諸行無常〟を肌身に感じながら、不在の父にかわってその葬《とむら》いをしたものだ。そのような体験をとおして、わたしは、

「どうせ自分も死ぬのだから、できるだけ我欲をおさえて、人さまとあらそわずに生きていこう」

と思うようになり、おのずと、その生活の姿勢は消極的なものになった。

ところが、池波さんの死の認識はそこをつきぬけていて、そこから逆にポジティブな人生観をひき出しているところに魅力があった。

たとえば、池波さんは食べることをだいじにし、異常なばかりの情熱をそそぐ。わたし流のかんがえでは、「どうせ死ぬのだから、食べることに執着してもつまらない」となるのだが、池波さんのばあいは、

「いつかは死ぬのだから、一回一回の食事をだいじにする」

というふうになる。その思いは、さらに、

「かぎりある人生だから、自分もできるかぎり世の中にむくいようとする」

というかんがえに高められていくのだ。池波さんの創作活動の根は、おそらくこのあたりにあるといってもまちがいではないだろう。

「有限の生命」は、思想家や芸術家にとっての永遠の大テーマであり、ことさらめあたらしくもなんともないが、池波さんから発せられると、にわかに〝体温〟をもって感じられてくるからふしぎだ。それは、ブッキッシュなところから発想されたものでなく、池波さんが「一足跳びに、少年時代に大人の苦労」をしたと語る生活や、青年時の軍隊の経験をとおして自然に感得されたものだからであろう。

この『男の系譜』のなかには、池波さんの死生観だけでなく、政治、経済、倫理、恋愛などについての率直な意見、価値観が開陳されているが、なかでも痛快なのは、

「物を食べる、眠る、男と女の営みをする」

これが人間の基本だ、といいきっているところだ。

「動物なんだから、人間も」

これだけ明快に、単純化して語られてしまうと、なまじな理屈ではもはや反論の加えようがない。

池波さんには本書のほかに、『男のリズム』『男の作法』などという本もある。「男」ということばを表面的にとらえると、この作家がなにやら男中心の思想のもちぬしであるかのように思えてくる。しかし、よく読めば池波さんのいう「男」は、ある次元からは性別の「男」の領域を超えた存在、つまり、「あるべき人間」をあらわしていることに容易に気づくはずだ。

徳川家康の項で、池波さんはこういっている。「男という生きものは女しだいでどうにでも変わり、女という生きものも、また、男しだいでどうにでも変わる」と。作家池波正太郎は、たまたま自分が男であるために、男の責任として、女にあるべき生きかたをさせるためにも、まず男がきびしくわが身を律し「男をみがく」べきだ、と主張しているのである。

本書には、このほかにもふんだんに池波さんの「男」の〝哲学〟や〝美学〟が語られている。一見、断片的なようでいて、その実、いずれも池波作品の重要な核の部分を構成するものである。池波さんの作品の意匠や筋立ては千変万化、多彩をきわめて展開するが、この核の部分は、つねに不変である。あらゆる意想、価値観が変転するなかで、時代を通貫し、持続する力をもった池波さんの文学は、すこぶる貴重な存在といってよい。

池波正太郎という作家と同時代に生まれあわせたことを、わたしたちは幸せとすべきであろう。

（昭和六十年十月、作家）